C.I.Har

Symantriet

Der Kuss der Täuschung

DRACHENMOND VERLAG

Drachenmond Verlag GmbH
Auf der Weide 6
50354 Hürth
http: www.drachenmond.de
E-Mail: info@drachenmond.de

Lektorat: Michaela Marwich
Korrektorat: Michaela Retetzki
Satz: Marlena Anders
Layout: Astrid Behrendt
Karte: C.I. Harriot
Umschlagdesign: Marie Graßhoff
Bildmaterial: Shutterstock

Druck: Booksfactory

ISBN 978-3-95991-282-2

Für alle,
die noch träumen können.

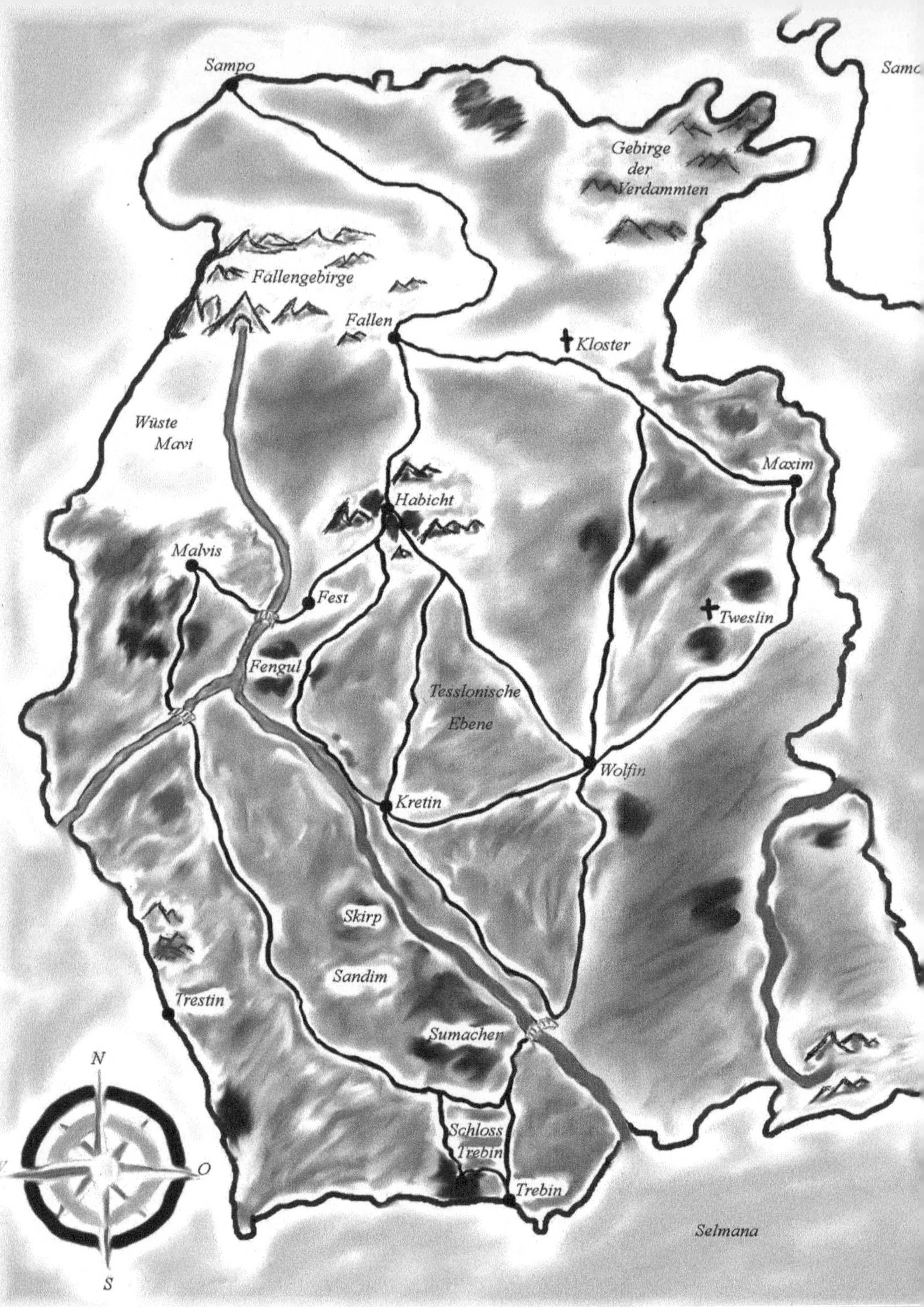

Sampo
Sampo
Gebirge
der
Verdammten
Fallengebirge
Fallen
Kloster
Wüste
Mavi
Maxim
Habicht
Malvis
Fest
Tweslin
Fengul
Tesslonische
Ebene
Wolfin
Kretin
Skirp
Sandim
Trestin
Sumachen
N
O
S
Schloss
Trebin
Trebin
Selmana

Prolog

Fallenday

Edwin

Ein alter Mann stand im Schatten einer Mauer im Burghof. Abseits jeglicher Fackeln und neugieriger Blicke starrte er nach oben in den klaren Nachthimmel.

Bald würde sich die Dunkelheit zurückziehen und geschäftiges Treiben im Hof Einzug halten. Vorerst jedoch lag alles einsam und friedlich da.

Noch …

Ein eisiger Wind umwehte den Mann, schüttelte die alten knorrigen Bäume im Hof und rüttelte an den Fensterläden, die daraufhin schaurig knarrten.

Das Geräusch ließ den Mann, der auf den Namen Edwin hörte, sich vom Himmel ab- und seiner Umgebung zuwenden.

Der Vollmond tauchte das Land um ihn in ein milchig-fahles Licht. Edwin sah den Raureif, der nahezu alles wie eine Decke überzog. Mit Erstaunen spürte er auf einmal die Kälte, die ihm bisher verborgen geblieben war. Der König fröstelte, aber die klirrende Kälte war nicht der einzige Grund für sein Zittern …

Die Heerscharen an Gesetzlosen, die in Richtung Osten gepilgert waren und von denen ihm Boten berichtet hatten, hätten ihn stutzig machen müssen – dass die Männer in Gregors Gefolge, die ihm treu ergeben waren, sich nicht meldeten und keiner seiner Boten zu Gregor durchdrang, hätte ihn warnen müssen.

Aber er hatte es abgetan, bis die Nachrichten die Gewissheit brachten, ihn erreichten …

Nachrichten über die Ermordung des Königs Elias von Endline, über brennende Städte und Dörfer in ebendiesem Reich und über die plötzliche Verlobung Gregors mit der Prinzessin.

Unheilvolle Geschehnisse, die ihn und ganz Symantriet erschütterten. Aber das Schlimmste war, dass sein Gefühl ihm sagte, dass dies erst der Anfang von etwas Größerem war.

Die Machtgefüge Symantriets befanden sich im Umbruch. Das Gleichgewicht der Kräfte war gefährlich ins Wanken geraten. Es drohte sich erneut zu verschieben und zwar nicht zu ihren Gunsten.

Es ist wie damals …

»Gregor … Was hast du nur getan?«

Edwin blickte erneut zum Himmel und ließ seinen Blick wandern. Am Horizont sah er einen zarten Lichtschein, der sich wacker seinen Weg durch die Dunkelheit bahnte.

Ein neuer Tag kündigte sich an. Ein Tag, der den Anfang vom Ende bedeuten konnte.

Nachdenklich beobachtete Edwin, wie die Sonne langsam vor ihm aufging, doch er sah nichts von deren Schönheit, zu weit waren seine Gedanken entfernt. Ihm war bewusst, dass Gregor sich niemals nur mit Endline zufriedengeben würde, dafür kannte er den Mann, zu dem sein Sohn in den letzten Jahren geworden war, zu gut.

Alle Königreiche lebten von nun an gefährlich, so viel stand fest, und am gefährlichsten lebte er. Die Gründe dafür lagen Jahre zurück …

Edwin seufzte und ließ das erste Mal seit all der Zeit die Erinnerungen an das Vergangene zu …

Damals, in Gregors Kindheit, hatte er seinen Sohn stets einen Schwächling geschimpft und gehofft, den schmächtigen Jungen, der bei den kleinsten Lappalien zu weinen begann, mit Härte und Strenge zu einem würdigen Thronerben zu erziehen. Edwin wollte einen Herrscher erschaffen, der später einmal stärker war als er selbst.

Ein Regent, der nicht dieselben Schwächen besaß und die gleichen Fehler machte wie er, und genau das war ihm gelungen …

Gregor war stark geworden, aber mit der Stärke kamen auch Hass, Vergeltung und Gier …

Edwin schüttelte sich.

»Alles ist schiefgelaufen. Was habe ich nur getan?«, flüsterte er in den beginnenden Morgen hinein. Eine Frage, die doch keine war oder zumindest keiner Antwort bedurfte.

Die Verwandlung seines Sohnes war spürbar, ja sogar greifbar gewesen. Aus dem Kind, das alles in sich hineinfraß und innerlich zerbrach, war ein gefühlskalter Mann mit einer gehörigen Portion Machthunger geworden.

Edwin hatte es gespürt, aber ignoriert – er dachte, er könne diese Entwicklung seiner Art und Weise der Erziehung zusprechen und dass er seinen Sohn jederzeit unter Kontrolle haben würde, doch das hatte er nicht.

Hatte er nie.

Er erinnert mich an … Jäh kam Edwin der Gedanke und er schreckte auf.

Erneut erfüllten ihn Erinnerungen – Erinnerungen von vor fünfundzwanzig Jahren drängten sich in sein Gedächtnis und im nächsten Moment befand er sich wieder im Kerker des Schlosses in Wolfin.

Er roch den Moder, hörte die Schreie der Gefangenen und spürte die eisige Kälte. Edwins Körper verkrampfte sich, als er sich den anderen Prinzen von damals gegenübersah. Sie standen vor einer Zelle und hatten nur Augenblicke zuvor eine Entscheidung getroffen, die es zu vollstrecken galt. Sie mussten *ihn* töten. Nur sein Tod würde ihrer Welt für immer Frieden geben, da waren sie sich einig.

Chaver musste sterben – Edwin erinnerte sich, als wäre es gestern gewesen. An die Worte, die sie dem gefangenen Mann in der Zelle mitgeteilt hatten, und an dessen Reaktion …

Ein erneutes Schaudern ließ Edwins Körper beben.

War an den Worten, die damals in dem Kerker laut geworden sind, etwas Wahres dran? Hatte Chaver sie mit seinen letzten Atemzügen mit einem Fluch belegt? Edwin schüttelte sich und versuchte den Gedanken zu verdrängen. *Nein, das kann nicht sein! Das ist nur ein Hirngespinst, mit dem er uns Angst machen wollte!*

Zumindest hatten sie es damals als solches abgetan. Aber was wäre, wenn sie sich geirrt hatten? Wenn es doch einen Fluch gab? Wenn Gregor …?

Fröstelnd stand Edwin da, er wollte einfach nicht weiter an diese Möglichkeit denken. Energisch schüttelte er den Kopf und verbannte die Vergangenheit.

Es ist vorbei!

Oder nicht?

Wieder im Hier und Jetzt, bemerkte Edwin, dass die Sonne bereits aufgegangen war und er unbewusst die ganze Zeit in die ersten wärmenden Sonnenstrahlen des Tages geblickt hatte. Müde wandte er sich vom Licht ab und rieb sich die schmerzenden Augen. Er brauchte einen Moment, um sich an die Helligkeit zu gewöhnen und als er wieder aufsah, streifte sein Blick den Garten, in dem Gregor als Kind immer mit seiner Mutter gespielt hatte, und Melancholie überkam ihn.

Wann in all den Jahren habe ich eigentlich meinen Sohn verloren?

Die Antwort kannte er selbst. Niedergeschlagen sah er zu Boden.

»Ich bin an allem schuld … Ich wusste, dass etwas nicht stimmte. Mein Gefühl hat mich noch nie getäuscht und dennoch habe ich ihn allein gehen lassen … Wie konnte ich nur so dumm sein?«, flüsterte er in die Stille des neuen Tages hinein.

Lange aber, da war er sich ganz sicher, würde es nicht mehr so still bleiben.

Es war nur noch eine Frage der Zeit, bis Gregor kam, nur wie sollte er ihn empfangen?

Als Sohn oder Feind?

Kapitel 1

Endline

Belle

Laub des letzten Jahres raschelte unter den Hufen der fünf Pferde, die sich trittsicher ihren Weg über den gefrorenen Boden suchten. Ansonsten war kein Laut zu hören. Nur ab und an schnaubte eines der Tiere und durchbrach damit die unnatürliche Stille der Sumachen.

Für dieses Frühjahr war es eine sehr kalte Nacht gewesen. Die kälteste seit dem Winter und alles um sie herum wurde von Reif bedeckt.

Als Belle erwachte, sah sie, wie ihr Atem in kleinen Wölkchen nach oben stieg. Es wirkte, als würde die ausgestoßene Luft vor ihr tanzen und unwillkürlich musste sie lächeln. Ein Lächeln, das bereits einen Augenblick später erstarrte.

Wie konnte sie so etwas wie Freude empfinden, wo in ebendiesem Moment so viel Schreckliches in ihrem Land geschah?

Belle zwang sich zur Räson und versuchte sich über ihre Lage bewusst zu werden. Ein unauffälliger Blick auf die Umgebung sagte ihr, dass sie sich noch immer in den Sumachen oder zumindest in den letzten Ausläufern davon befinden musste.

Durch Zufall, oder besser gesagt dank einer glücklichen Fügung, die von ihrer Mutter ausgegangen war, irrte sie nicht mehr allein umher, sondern war auf Chace und seine Freunde gestoßen.

Belles Blick huschte zu den beiden Reitern vor ihr, die sie zielsicher durch den Wald führten.

Ed und Twin unterhielten sich flüsternd und Belle sah, wie sie dabei unentwegt die Umgebung im Auge behielten.

Ein Gefühl sagte ihr, dass die beiden besorgt wirkenden Männer etwas zurückhielten. Doch welchen Grund sollten die königlichen Begleiter haben, etwas vor ihr zu verheimlichen?

Energisch verbat Belle sich jede weitere Überlegung und versuchte das Gefühl zu ignorieren, das ihr den Magen verschnürte. *Chace vertraut ihnen und das solltest du auch!*, beschwor sie sich.

Um sich abzulenken, sah sie an den Männern vorbei nach vorn. Durch das Geäst der endlich lichter werdenden Bäume erhaschte Belle ab und an einen kurzen Ausblick auf die Ebene, die sich langsam, aber gewiss vor ihnen auftat.

Sandim, die endlinische Ebene, erstreckte sich nordwestlich zwischen den Sumachen und einem weiteren Waldgebiet, dessen Name Belle trotz gründlichen Nachdenkens einfach nicht einfallen wollte. Sie wusste jedoch, dass die weite Ebene vorwiegend für Ackerbau genutzt wurde und man nur ab und an vereinzelte Höfe oder kleine Dörfer antraf.

Die Bevölkerungszahl im gesamten Gebiet war überschaubar, da das Land und die Bedingungen karg und mager waren. Die meisten Menschen Endlines trieb es in die Nähe der Küsten oder auf die andere Seite der Sumachen. Dort war das Leben um ein Vielfaches erträglicher.

Belle wandte sich wieder ihrer unmittelbaren Umgebung zu. Noch stand die Sonne tief und schaffte zwischen den turmhohen Bäumen eine eigene Schattenwelt. Reif wechselte sich mit Tau an den Stellen ab, an denen das Licht den Erdboden erreichte. Fasziniert bemerkte Belle die Kraft der Sonne, die hier am Rande der Sumachen wieder an Intensität gewann, während sie tief im Wald auch im Frühjahr, wenn die Bäume noch keine Blätter trugen, kaum eine Chance hatte, auch nur bis zum Boden durchzudringen.

Die meisten Menschen mochten die Sumachen nicht. Seine Ausstrahlung und die Geschichten, die über diesen Wald im Umlauf waren, machten ihnen Angst, doch Belle fühlte sich in seiner Gegenwart sicher und geborgen.

Bewusst atmete sie die kühle, klare Luft ein. Sauerstoff füllte ihre Lungen und mit einem Mal fühlte sie sich frei von allem. Fast so, als wäre sie aus einem schlechten Traum erwacht. Aber sie hatte nicht geträumt …

Obwohl es ihr vorkam wie Jahre, war ihre Flucht kaum mehr als ein paar Stunden her, und was sie im Schloss gesehen hatte, verfolgte sie wie ein Schatten. Diese Bilder würden sich auf ewig in ihrem Kopf einnisten … Menschen, die sterbend zu ihren Füßen lagen. Die Grausamkeit und Rachsucht derer, die sie angegriffen hatten.

Belle wurde es eiskalt, als sie an die Unmengen an Blut und das Geräusch, wenn Metall durch Knochen und Fleisch schnitt, dachte. Doch das alles war nichts im Vergleich zu dem Verrat, den Camelia begangen hatte.

In der Sekunde, in der Belle Camelia gemeinsam mit Gregor gesehen hatte, war ihr unbewusst klar gewesen, dass beide sich kennen mussten.

Dennoch … *Wie konnte Camelia nur so etwas tun? Was hatte Vater ihr jemals getan? Er hatte sie geliebt!*

Die Erkenntnis traf Belle wie ein Schlag. Wie hatte jemand, den ihr Vater geliebt hatte, nur so grausam sein können?

Und was war mit Gregor? Welche Rolle spielte er in diesem grausamen Stück? Was erhoffte sich Camelia von ihm? Allein der Name dieses Prinzens reichte aus, um Belle kalte Schauer über den Rücken zu jagen.

Warum hat es niemand kommen sehen?, fragte sie sich.

Ja, wie hatte es nur geschehen können, dass jemand eine Armee mit einem Angriff auf Trebin, nein, ganz Endline befehligte, ohne dass im Vorfeld auch nur irgendjemand etwas mitbekommen hatte? Die Fragen nagten an ihr.

Tief ausatmend zwang sich Belle, nicht weiter darüber nachzudenken. Irgendwann würde sie die Antworten erhalten, dafür würde sie Sorge tragen.

Belle dachte an Rache und fühlte Zorn in sich aufsteigen, doch mit einem Mal war die Stimme ihrer Mutter in ihrem Kopf.

»Mein Kind, denk daran, Rache und Hass waren noch nie die Werkzeuge, um einen Krieg zu gewinnen. Dafür sind wir nicht gemacht.«

Irritiert weitete Belle ihre Augen, war sie nun vollends verrückt? Hatte sie wirklich gerade die Stimme ihrer Mutter gehört?

Immer mehr Fragen durchfluteten ihren Kopf, und ganz nebenbei war da noch diese klitzekleine Sache, die sie immer noch nicht glauben konnte oder wollte …

Ihre Verwandtschaft mit der Göttin Edid …

Es war zu unglaublich, um real zu sein, und doch war es genau das.

Alles ergab auf einmal einen Sinn. Die Dinge, die in ihrer Umgebung geschahen, die Worte der uralten Sprache, die einfach in ihrem Kopf waren und so viel bewirken konnten …

Die Gedanken prasselten so schnell auf sie ein, dass Belle das Gefühl hatte, den Boden unter den Füßen zu verlieren.

Wenn das stimmt, was wird dann von mir erwartet? Kann ich etwas tun, um mein Land zu retten?

Ihr Blick wanderte zu den Reitern vor ihr.

Und was ist mit Ihnen? Soll ich sie einweihen? Ihnen das Wissen über meine Herkunft anvertrauen? Ein Wissen, das ich selbst nicht gänzlich glauben kann?

Fragen. Nichts als Fragen schwirrten in Belles Kopf, dann erinnerte sie sich an die Worte ihrer Mutter und die Warnung, die darin gelegen hatte.

Belle hielt an ihnen fest und beschloss, dass es besser war, wenn ihre Begleiter nichts wussten. Es war ihr Geheimnis und würde es bleiben. Vorerst.

Als sie den Schatten des letzten Baumes am Wegesrand verließen, blickte Belle von einem Moment zum nächsten in gleißendes Sonnenlicht und musste blinzeln. Die Wärme in ihrem Gesicht fühlte sich gut an, aber das wohlige Gefühl der Sicherheit in ihrer Magengrube ließ mit jedem Schritt, der sie von den Sumachen trennte, mehr und mehr nach. Melancholie ergriff sie.

Ob ich die Sumachen und meine Heimat jemals wiedersehen werde?

Egal, wie sehr Belle sich auch bemühte und in ihrem Innersten suchte, diese Frage konnte sie sich nicht beantworten. Zu viel war in so kurzer Zeit geschehen. Zu viel hatte sie verloren, als dass sie sich krampfhaft an die Hoffnung eines Wiedersehens klammern würde.

Für sie, die einstige Thronerbin von Endline, gab es im Moment kein Zurück mehr und diese Erkenntnis traf sie hart.

Ich besitze weder Familie noch Land. Wer bin ich jetzt eigentlich? Was habe ich noch in dieser Welt außer einem Verlobten, der mich entweder an seiner Seite oder tot sehen will? Ich bin allein.

Wellen von Trauer erfüllten das Mädchen und ließen es schwermütig werden, doch dann spürte Belle die Wärme um sich herum. Die warme Brust, an die ihr Rücken sich die ganze Zeit schmiegte, die Hände, die sie schützend umgriffen hielten. Wie hatte sie all das die ganze Zeit nur ausblenden können?

Nein. Sie war nicht allein. Sie hatte sie, ihre Beschützer … Ed, Twin und … Chace. Die Erkenntnis über Letzteren ließ unwillkürlich Röte in ihre Wangen steigen.

Energisch schüttelte Belle ihren Kopf, um das verräterische Rot und die Gedanken zu vertreiben. Die abrupte Bewegung blieb jedoch dem Mann, mit dem sie das Pferd teilte, nicht verborgen.

»Ihr seid wach. Endlich!« Seine Stimme klang erleichtert und sorgte damit nicht unbedingt dafür, dass ihr Gesicht wieder die normale Farbe annahm.

»Ich hatte schon befürchtet, dass Ihr gar nicht mehr erwacht, so lang und tief war Euer Schlaf.«

Belle wandte sich zu ihm um und sah nach oben in sein besorgtes Gesicht. Sie hatte gar nicht gespürt, dass sie so weit weggeglitten war. Im Gegenteil, ihr selbst war der Schlaf kaum mehr als ein paar Augenblicke vorgekommen, oder meinte Chace die letzten Minuten, die sie fast bewegungslos mit ihren eigenen Gedanken beschäftigt gewesen war?

»Entschuldigt bitte, Chace. Ich wollte Euch keinesfalls Sorgen bereiten«, versuchte sie sich ausweichend zu rechtfertigen. »Die letzten Stunden und Tage waren einfach sehr viel für mich. Mein Vater, Sophia, Gregor … Ich kann Euch nicht einmal sagen, wann ich das letzte Mal erholsam geschlafen habe. Es kommt mir vor, als wären Jahre vergangen und nicht nur ein paar Tage, seit dies alles hier seinen Anfang genommen hat.«

Belle hielt inne und wandte sich nach vorn. »Auf einmal ist alles so anders. Ich habe so viele Menschen, die mir etwas bedeutet haben, verloren, und ich weiß ehrlich gesagt nicht, ob ich die Kraft habe, damit zu leben oder ob ich damit überhaupt leben will. Mein Leben besitzt keinen wirklichen Sinn mehr, außer der Frage, warum dies alles geschehen ist, und vielleicht auch Rache …«

Traurig schweifte ihr Blick in die Ferne ab, ohne dabei wirklich etwas genauer zu betrachten. Ungewollte Tränen bahnten sich an und Belle versuchte, sie mit aller Macht zurückzuhalten. *Sei stark,* mahnte sie sich.

»Alles wird gut werden!« Die Wärme in Chaces Stimme ließ sie sich erneut umdrehen und zu ihm aufschauen. Seine grünen Augen sahen sie durchdringend an. Sie wirkten ehrlich und so voller Zuneigung, dass Belle sich in ihnen zu verlieren drohte.

»Woher wollt Ihr das wissen?«, wisperte sie.

»Ich weiß es eben«, antworte er geheimnisvoll und sie spürte, wie er eine Hand von den Zügeln löste.

Sie fragte sich noch warum, doch kurz darauf wusste sie es schon. Sachte drückte er mit seiner Hand ihr Kinn nach oben und sah sie fragend an. Ihr Puls begann zu rasen und ihr Herz schlug schneller, als sie realisierte, was er vorhatte.

Sie sprachen kein Wort und wie in Zeitlupe sah sie seinen Mund näher kommen. *Und nun? Wie soll ich mich verhalten? Will ich das überhaupt?*

Die Antwortet lautet *Ja.* Sie hatte es schon auf dem Stadtfest gewollt und es wäre geschehen, wenn Sophia nicht dazwischengeplatzt wäre.

Sophia.

Dank der Erinnerung an ihre tote Freundin fand eine der mühsam zurückgehaltenen Tränen den Weg ans Tageslicht und lief ihre Wange hinab.

Unvermittelt stoppte Chace in seiner Bewegung und sah sie prüfend an. Sein Mund war nur Millimeter von dem ihren entfernt und Belle wollte, dass er weitermachte.

»Es ist nichts«, murmelte sie und sah ihn auffordernd an. Chace blinzelte und hielt unschlüssig noch einen Moment inne. Sekunden zogen sich wie Stunden, doch dann löste sich endlich seine Starre, er wischte die Träne zärtlich fort und sein Mund kam erneut näher.

Belle schloss die Augen und spürte kurz darauf die sanfte Berührung, die schnell fordernder wurde. Chaces Lippen waren rau und seine Bartstoppeln kratzten, aber Belle störte es nicht. Sie genoss den Augenblick und legte einer Intuition folgend ihre Hände um seinen Nacken, um ihn näher zu sich heranzuziehen.

Gefangen von diesem Moment, der nur ihnen gehörte, vergaß sie auf einmal alles um sich herum. Die Vergangenheit und Gegenwart, aber auch die Zukunft.

Ein warmes, angenehmes Gefühl machte sich in ihr breit und ihr Herz schlug schneller. Der Kuss war wunderschön, aber etwas in ihr war enttäuscht … *Ich dachte, es wäre anders. Intensiver …*

Hatte sie zu hohe Erwartungen in ihren ersten wirklichen Kuss gesetzt?

In ihrem Kopf war diese Szene ganz anders verlaufen, und dennoch … Belle wünschte sich, dass die Zeit stehen bleiben würde und sie für immer so verharren konnten. Aber Wünsche wurden nur selten Wirklichkeit, und auch dieses Mal verrann die Zeit unerbittlich weiter und fast schon abrupt löste Chace sich von ihr. Belles Arme sanken schlaff nach unten und irritiert sah sie ihn an.

Der Moment war dahin.

»Entschuldigt bitte, dass hätte ich nicht tun dürfen! Meine ganze Handlung war unverantwortlich. Besser, wir vergessen das Geschehene einfach«, murmelte Chace.

Noch bevor sie etwas erwidern konnte, hatte er sich schon von ihr abgewendet, zumindest so weit, wie es ihm auf dem gemeinsamen Pferd möglich war und betretenes Schweigen setzte ein.

Forschend sah sie über ihre Schulter zu ihm auf, nicht in der Lage, seinen Blick wieder einzufangen oder anderweitig auf sich aufmerksam zu machen.

Verwirrt und enttäuscht tat Belle es ihm gleich und setzte sich im Sattel zurecht.

Lag es an mir? War der Kuss mit mir so furchtbar?, fragte sie sich, als sie wie erstarrt nach vorne blickte.

Kapitel 2

Endline

Ed

Die letzten Ausläufer der Sumachen zeichneten sich vor ihnen ab und ihre Deckung wurde schlechter. Ein prüfender Blick über die Schulter sagte ihm, dass die Prinzessin noch immer schlief.

Im Gegensatz dazu war der junge Prinz, der eigentlich genauso erschöpft sein musste, hellwach und so sehr damit beschäftigt die Umgebung zu mustern, dass er den forschenden Blick nicht mal bemerkte. Mit Unbehagen sah Ed, wie Chace seine Hände um das Mädchen gelegt hatte und sorgsam auf es achtgab.

Ein Seufzer entfuhr ihm, als er sich umwandte und sich gerade in den Sattel setzte. Die ganze Sache gefiel ihm ganz und gar nicht.

»Was beschäftigt Euch?«, flüsterte Twin, dem seine missbilligende Haltung aufgefallen war.

Zerknirscht sah Ed seinen alten Freund und Mitstreiter an.

»Das Mädchen – die Prinzessin.«

»Was ist mit ihr?«

»Ihr wisst, dass sie eine Gefahr für uns darstellt?«

Überrascht zog sein Freund eine Augenbraue nach oben. »Hatten wir das Thema nicht bereits zu Beginn abgehakt? Wenn wir entdeckt werden, ist das Spiel für uns aus. Gregor will Chace aus dem Verkehr ziehen, da spielt es keine Rolle, ob sie bei uns ist. Außerdem … « Er machte eine vielsagende Geste nach hinten. »Chace wird nicht zulassen, dass wir sie irgendwo zurücklassen. Er hängt an ihr.«

Ed warf einen weiteren verstohlenen Blick nach hinten. »Ich weiß, und das ist das Problem. Isabelle ist verlobt, das ändert alles. Er darf sie nicht mögen und es ist nicht nur der Umstand, dass sie bei uns ist, sondern dass was wir tun. Wir verstecken sie vor ihrem zukünftigen Mann.«

Eds Worte waren zum Schluss hin immer leiser geworden. Fest sah er Twin an, der noch immer nicht verstand, auf was er hinauswollte.

»Twin! Versteht Ihr es wirklich nicht oder weigert Ihr Euch den Tatsachen ins Auge zu sehen? Wenn jemand herausfindet, wer sie ist und wer *wir* sind, dann sind wir mehr als nur geliefert. Chace ist der Prinz von Tesslon. Sie ist die Prinzessin von Endline und Verlobte des neuen Königs von Endline. Das könnte einen Eklat zwischen den Ländern hervorrufen. Gregor hätte damit jedes Recht der Welt, Chace festzusetzten und einen Krieg mit uns zu beginnen. Wollt Ihr das?«

»Nein, natürlich will ich das nicht! Aber woher soll jemand wissen, wer wir sind? Wir sehen wie Landstreicher aus und nicht als gehörten wir zu einem königlichen Hof!« Sein Gegenüber deutete auf die dreckige Kleidung und seinen Bart. »Und Gefangennehmen kann man uns jederzeit.«

»Gefangennehmen, ein gutes Schlagwort.«

Beunruhigt sah Ed nach vorne. Twin hatte in gewisser Weise recht, aber seit die Glocken, die vor gut einer Stunde die Krönung eines neuen Königs ausgerufen hatten, erklungen waren, hatte er arge Bedenken. Es galt nicht mehr, ein Mädchen vor einem Angreifer zu schützen, sondern eine Prinzessin vor ihrem zukünftigen Mann. Einem Mann, der sich von nun an König von Endline nannte. Dass die Geschehnisse rund um seine Thronbesteigung mehr als fragwürdig waren, spielte angesichts dessen keine Rolle.

»Was meint Ihr?«, erkundigte sich Twin.

Ed schüttelte den Kopf. Er verstand nicht, wie Twin alles so auf die leichte Schulter nehmen konnte. »Spürt Ihr es etwa nicht? Jemand ist uns auf den Fersen …«, flüsterte er.

Twin zuckte mit den Schultern. »Und?«

Irritiert sah er seinen Freund an. »Ihre Präsenz? Bemerkt Ihr es nicht? Sie ist zu stark, um die eines normalen Menschen zu sein, und die Präzision, mit der sie uns verfolgen, weist darauf hin, dass wir haben, was sie suchen …« Ed machte eine vielsagende Pause und sah Twin durchdringend an. Seine Bedenken waren echt. Diese Macht, die bedrohlich näher kam, hatte er nur einmal zuvor gespürt, und zwar im

Wald in Trebin, wo er sich vor Gregor und dessen Schergen versteckt und deren Gespräch belauscht hatte.

An jenem Tag hatte er erfahren, dass man Chace nach dem Leben trachtete ... Sein Körper bebte bei dem Gedanken daran. Ed versuchte einen klaren Gedanken zu fassen. Es waren keine Menschen, die hinter ihnen her waren, sondern die Halbdämonen Gregors, da war er sich sicher ...

»Könnt Ihr Euch noch daran erinnern, was uns unser Lehrmeister über seltsame Auren erzählt hat?«

»Ihr meint das mit den Dämonen? Ist das Euer Ernst?«

»Ja«, hauchte Ed. »Es heißt die Schergen, die in Gregors Diensten stehen, seien mit dem früheren Dämon Dragon blutsverwandt. Das würde alles erklären. Ihr wisst, dass man den Nachfahren teilweise die dämonischen Kräfte nachsagt und Dragon ...«

»Das sind doch nur Gerüchte«, fuhr Twin ihm ins Wort.

»Nur Gerüchte? Ihr spürt es doch auch, wie wollt Ihr Euch die Macht sonst erklären?«

Fragend sah Ed zu seinem alten Freund. Spürte er denn nicht diese unheimliche Kraft, die alles zu überschatten drohte?

Verächtlich schaute Twin zurück. »Dragon ist damals verschwunden. Er und seinesgleichen sind tot. Omir hat uns Kindern nur irgendwelche Märchen erzählt, damit wir nicht aufhören, an uns zu arbeiten! Wir sollten die besten Kämpfer werden – für Chace ...« Twin hielt kurz inne und seine Augen funkelten. »Außerdem, selbst wenn dem so wäre, was wollt Ihr tun? Die Prinzessin hier aussetzen und sich selbst überlassen, während wir davonreiten und versuchen, unseren eigenen Hals zu retten? Denkt Ihr wirklich, sie ließen uns einfach so ziehen? Gregor würde jeden töten lassen, der ihr geholfen hat ...«

Ed sah zu Boden, dieser Gedanke war ihm auch schon gekommen.

»Ihr habt tatsächlich daran gedacht, sie hierzulassen?« Twins Stimme klang fassungslos.

»Vielleicht ...«, murmelte Ed ausweichend. Er hatte zumindest die Möglichkeit kurz in Betracht gezogen

»Wie konntet Ihr nur?« Twin schüttelte den Kopf und wandte sich ab. »Wir lassen sie nicht zurück. Diese Möglichkeit steht nicht zur Debatte! Sie war *nie* eine Option!«

Die Entschlossenheit in Twins Stimme überraschte ihn und erstaunt sah Ed auf. Nie zuvor hatte er erlebt, dass sein Freund so für jemanden Partei ergriffen hatte.

»Ich weiß«, flüsterte Ed. »Aber was machen wir dann? Wie sieht unser Plan aus?«

Ein ernster Ausdruck machte sich auf Twins Gesicht breit. Dieser Punkt schien auch ihn beschäftigt zu haben. »Überleben, würde ich sagen … Wir versuchen uns nach Habicht durchzuschlagen, und wenn wir dort sind, werden wir weitersehen. Solange die Hoffnung nicht stirbt, gibt es immer einen Weg.« Twin warf einen Blick über die Schulter und Ed tat es ihm gleich.

Die Prinzessin war während ihres Gespräches erwacht und unterhielt sich leise mit Chace, der ihr förmlich an den Lippen hing.

»Er mag sie«, stellte Twin fest.

»Leider …« Bedauern schwang in Eds Stimme mit. Überrascht nahm Twin seinen Blick von dem Paar und wandte sich ihm zu.

»Leider?«

»Sie ist verlobt, schon vergessen? Er darf sie nicht mögen …« Die Bestimmtheit in seinem Tonfall ließ keinen Raum für Widerstände und Twin nickte nur stumm zur Bestätigung. Endlich hatte auch er verstanden.

Schweigend ritten sie einige Zeit nebeneinander, und während Twin die Umgebung im Auge behielt, arbeitete es in Eds Gehirn.

Wie konnte er Chace nur schonend klarmachen, dass er lieber auf Abstand gehen sollte?

Chace

Unendlich erleichtert hatte er festgestellt, dass Belle endlich aufgewacht war. *Ob sie schon lange wach ist?*

Er war so sehr mit der Umgebung beschäftigt gewesen, dass er nicht auf das Mädchen in seinen Armen geachtet hatte. Oder besser gesagt, er hatte sich eine Aufgabe gesucht, um sie nicht ständig anzusehen …

Stumm lauschte er ihren Worten und betrachtete sie dabei aufmerksam. Mit einem Mal wirkte sie so zart und zerbrechlich.

Kaum noch etwas erinnerte an die starke und schlagfertige Frau, die er vor wenigen Tagen das erste Mal getroffen hatte. Intuitiv ergriff ihn der Drang, sie schützen zu müssen.

»Alles wird gut werden!«, sagte er bestimmt und sah sie fest an. »Woher wollt Ihr das wissen?«, wisperte sie und mit ihren haselnussbraunen Augen blickte sie ihn fragend an. Was sollte er ihr antworten? Dass es nur eine Floskel war, weil ihm nichts Besseres eingefallen war? *Keine gute Idee,* dachte er bei sich.

»Ich weiß es eben«, antwortete er stattdessen ausweichend und erwischte sich im nächsten Moment dabei, wie er eine Hand von Goatees Zügeln löste.

Er wollte, er musste ... *Ich sollte nicht ...*

Doch zu spät, sein Verstand begann erst zu arbeiten, als seine Hand bereits unter Belles Kinn lag und es sanft anhob. Ihre braunen Augen erinnerten ihn an ein verletztes Reh, und in diesem Moment stand für ihn fest, was er wollte.

Langsam, um ihr die Möglichkeit zu lassen, sich ihm zu entziehen, näherte sein Mund sich ihrem. Er suchte den Blickkontakt und sah, wie jäh eine einzelne Träne aus einem ihrer Augen rann und sich langsam den Weg ihre Wange hinab suchte. Abrupt hielt er inne. *Ist das meine Schuld? Hat sie etwa Angst und traut sich nicht, mir zu sagen, dass sie das nicht will?*

»Es ist nichts«, murmelte Belle und lächelte ihn an. Ihre Mimik und Gestik versuchten ihm zu vermitteln, was ihre Worte nicht konnten, nämlich, dass er weitermachen sollte.

Behutsam strich Chace ihr die Träne von der Wange.

»*Tu das nicht, lass es bleiben!*«, schimpfte ihn eine innere Stimme, aber Chace ignorierte sie kurzerhand und küsste Belle im nächsten Augenblick.

Einen kurzen Moment dachte er, dass sie ihn von sich weisen würde, aber er irrte sich – Belle schlang ihre Hände um seinen Nacken, der plötzlich angenehm prickelte, und zog ihn näher zu sich.

Angesichts dieser Tatsache fiel es Chace schwer, sich zu beherrschen und er küsste sie härter, als er eigentlich gewollt hatte. Seine Gefühle drohten ihn zu übermannen und sein Körper wollte den ihren.

Was tust du denn da? Benimm dich!, fuhr er sich in Gedanken selbst an und ließ in der nächsten Sekunde ruckartig von Belle ab. *Verdammt noch mal, was war das eben? Kannst du dich nicht mal mehr unter Kontrolle halten?,* schimpfte er sich.

Augenscheinlich nicht, zumindest nicht in Belles Nähe.

Chace brauchte eindeutig etwas Abstand, um nichts gewaltig Dummes zu tun …

Er sah Belles fragenden Blick, aber entgegen seiner Erwartung blieb sie stumm.

»Entschuldigt bitte, dass hätte ich nicht tun dürfen! Meine ganze Handlung war unverantwortlich. Besser, wir vergessen das Geschehene einfach.«

Chace versuchte sein Verhalten abzutun und sich schnellstmöglich abzuwenden. *Lenk dich ab! Sofort!,* befahl er sich. Jeden ihrer Blicke ignorierend sah er sich in der Umgebung um und rückte so weit wie möglich von ihr ab. Jedes bisschen Abstand, den der beengte Raum zuließ, war ihm recht.

Nach einer gefühlten Ewigkeit ließen sie endlich die Sumachen hinter sich und Sandim, eine weite Ebene mit Unmengen von Feldern und Wiesen, erstreckte sich vor ihnen.

Das Licht der aufgehenden Sonne tauchte alles in einen roten Schimmer und die Landschaft sah fast malerisch aus.

Es wirkt alles so friedlich – so wie immer.

Aber nichts war wie immer, daran erinnerte ihn auch das betretene Schweigen, dass zwischen Belle und ihm herrschte.

»Diese letzten Stunden waren für uns alle schwer und mit nichts zu vergleichen, was wir bisher erlebt haben. Das Schlimmste jedoch ist, dass das wohl erst der Anfang war und uns noch viel furchtbarere Dinge bevorstehen werden«, stellte Chace flüsternd fest, um die schreckliche Stille, die zwischen ihnen entstanden war, zu vertreiben.

Eigentlich war es etwas anderes, was er Belle sagen wollte, aber die Worte kamen einfach nicht über seine Lippen.

Ich muss mich ihr erklären, wurde ihm bewusst, als sie ihm nicht antwortete und nur stumm in die Ferne sah.

All seinen Mut zusammennehmend setzte er zu einem neuen Versuch an, kam jedoch nicht dazu, die Worte auszusprechen.

Das Pferd unter ihm scheute aus heiterem Himmel und machte dabei so einen gewaltigen Satz nach rechts, dass Chace kurzzeitig Schwierigkeiten hatte, sich im Sattel zu halten.

Belle schrie erschrocken auf und krallte sich vor ihm in der Mähne des Tieres fest. Geistesgegenwärtig fasste Chace sofort die Zügel nach, doch er schaffte es nicht, das nervöse Tier zu beruhigen. Das genaue Gegenteil war der Fall, der Hengst tänzelte und versuchte zu steigen. Chace verlor kurzzeitig beide Zügel aus der Hand und für einen Moment schien der nachlassende Druck das Tier zu beruhigen, doch nur Sekunden später änderte sich die Situation gänzlich.

Belles Stute, die sich losgerissen haben musste, schoss an ihnen vorbei und sein Pferd tat es ihr mit einem Sprung nach.

Chace sah nach unten zu Belle, die sich wacker im Sattel zu halten versuchte, während Felder und Wiesen unter ihnen hinwegflogen. Sein Blick glitt wieder nach vorn und er betete, dass sie nicht in irgendeinen Hinterhalt gerieten.

Was ist nur mit Goatee los? Fragend sah er auf das durchgehende Tier hinunter, dem inzwischen Schaum aus dem Maul rann. Erneut versuchte Chace die Zügel straff zu ziehen und Goatee damit zu bremsen, aber jedes Mal, wenn er anzog, buckelte das Pferd unter ihm. Belle entfuhr ein leiser Aufschrei.

»Was zum …?«, stieß Chace zwischen den Zähnen hervor und versuchte es erneut. Als das Tier unter ihm endlich langsamer wurde, fiel ihm ein Stein vom Herzen und er wollte erleichtert durchatmen, als Ed im vollen Galopp neben ihm auftauchte und ihm in die Zügel griff.

»Nein, nicht durchparieren. Wir müssen hier weg«, waren die einzigen Worte seines Freundes, bevor dieser vorbeizog und der Stute folgte.

Verwirrt sah Chace ihm nach und ließ seinen Hengst wieder laufen. *Was hat das zu bedeuten?*

Als Antwort ertönte hinter Chace ein metallisches Klirren, das ihm verdächtig bekannt vorkam. *Das klingt wie Schwerter, die gezogen werden!*

Während Goatee weiter über die Felder stürmte, versuchte Chace, einen Blick über seine Schulter zu werfen. Schemenhaft erkannte er drei Gestalten, die sich ein ganzes Stück hinter ihnen gegenüberstanden. Einer von ihnen kam ihm sehr bekannt vor.

Twin! Sein Freund war mitten auf dem Feld stehen geblieben und fand sich nunmehr zwei anderen Reitern mit Schwertern gegenüber, denen er den Weg abgeschnitten hatte.

Die Situation registrierend wollte Chace seinem Freund zu Hilfe eilen und unbewusst war er schon dabei, Goatee zu zügeln, als seine Vernunft sich meldete.

Unweigerlich musste Ed die fremden Reiter bemerkt haben und dennoch hatte er ihm befohlen weiterzureiten.

Ein kurzer Blick nach unten machte Chace auch bewusst, warum. Mit Belle vor sich konnte er unmöglich kämpfen, ohne sie in Gefahr zu bringen.

Aber was nun? Er traf einen Entschluss. Hastig gab Chace Goatee die Sporen und ließ ihn erneut schneller werden, damit das Tier zu Ed aufschloss.

Belle

Krampfhaft suchten ihre Finger Halt in der warmen Mähne des Tieres. Sie roch den scharfen Schweiß und spürte, wie der Brustkorb des Hengstes sich rasant hob und senkte, als sie erneut immer schneller wurden.

Auch Belle hatte die Reiter gesehen, die Twin gegenübergestanden hatten, und Angst überkam sie.

»Was ist geschehen? Wer oder was war das?« Ihre Stimme war kaum mehr als ein Flüstern und sie befürchtete schon, dass Chace sie nicht gehört hatte, als der verbissen nach vorn Schauende zeitverzögert antwortete: »Ich glaube, Sie haben uns gefunden.«

Belle erstarrte …

Twin

Schon als er die Entscheidung getroffen hatte zurückzubleiben, war ihm bewusst geworden, dass es die falsche gewesen war. Zumindest für ihn …

Die beiden Männer, denen er mit seinem abrupten Stopp den Weg abgeschnitten hatte, umkreisten ihn drohend.

»Beiseite oder müssen wir uns Platz machen?«, fuhr der eine Reiter ihn an.

»Nein, ich werde nicht zur Seite gehen«, presste Twin zwischen den Zähnen hervor und zog sein Schwert. Er würde sie unter gar keinen Umständen kampflos vorbeilassen.

»Wie niedlich. Schaut doch, Bled, er will mit uns kämpfen.« Amüsiert sah sein Gegner ihn an und wandte sich dann an den anderen. »Wollt Ihr oder soll ich?«

»Ich lasse Euch gern den Vortritt, Grip.«

Kaum waren die Worte ausgesprochen, sauste bereits der erste Hieb auf Twin hernieder. Im beinahe letzten Moment gelang es ihm, diesen zu parieren, doch die Härte des Schlages war erschütternd und Angst durchflutete ihn augenblicklich. Trotz seines jahrelangen Trainings wurde ihm bewusst, dass er nicht einmal den Hauch einer Chance besaß. Aber nicht dieser Umstand machte ihm Angst …

Die Kraft der Hiebe war viel zu gewaltig, als dass ein normaler Mensch fähig gewesen wäre, sie auszuführen. Twin erhaschte einen Blick in das Gesicht seines Gegners. Die rötlich schimmernden Augen und die Gerüchte, die Ed ihm vorhin ans Herz gelegt hatte, bewahrheiteten sich. Außerdem war da noch diese Präsenz, die er nur allzudeutlich spürte

Ed hatte recht. Omir hat uns damals keine Märchen erzählt. Das müssen Gregors Schergen sein – die Halbdämonen …

Twin hatte von Anfang an keine Chance gehabt.

Inständig hoffend, dass er die Monster wenigstens lange genug beschäftigen konnte, um den anderen die Flucht zu ermöglichen, kämpfte er dennoch weiter.

Noch gelang es Twin, ihren Hieben ausweichen oder sie zu parieren, doch er spürte, dass es nur eine Frage der Zeit war, bis ihm die Kraft ausging und diese Kerle ihn besiegen würden. Am Ende spielten sie nur mit ihm und zwar ein äußert tödliches Spiel.

Macht schon! Flieht!, betete er im Stillen, als ihn ein plötzlicher Schmerz überkam und keuchend zusammenfahren ließ. *Verdammt, ich war zu langsam,* stellte er auf die harte Art fest.

Er hatte das Schwert des zweiten Schergens nicht kommen sehen. Doch nun, da es sich in seinen Magen und durch seine Eingeweide bohrte, spürte er es sehr genau. Ein erneutes Keuchen entfuhr seiner Kehle, als das Monster sein Schwert genussvoll in der Wunde drehte und dann langsam herauszog.

Der Schmerz wurde immer schlimmer und breitete sich rasend schnell aus. Twin spürte, dass er tödlich getroffen worden war.

Die Kraft verließ ihn. Kurz darauf glitt ihm #das Schwert aus der Hand und fiel scheppernd zu Boden.

»Wollt Ihr uns nun endlich vorbeilassen oder müsst Ihr uns noch weiter nerven?« Fast schon arrogant sah der eine Halbdämon ihn an.

»Das würde Euch so passen. Wenn Ihr vorbei wollt, dann nur über meine Leiche«, zischte Twin durch seine Zähne, die er vor Schmerz zusammengebissen hatte. Mit den Händen versuchte er krampfhaft, die Blutung zu stillen. Doch es gelang ihm nicht.

Schon jetzt war sein Hemd durchtränkt von seinem eigenen Blut, das in der kalten Morgenluft dampfte. Es würde nicht mehr lange dauern, bis er verblutet wäre oder die Magensäure sich durch seine Eingeweide gefressen hätte. *Was von beidem wohl schlimmer ist?*

Jäh durchfuhr ihn ein weiterer stechender Schmerz und er wand sich zur Seite. Seine rechte Wade brannte und ein Blick darauf sagte ihm, dass sein Gegenüber ihm eine tiefe Kerbe bis hin zum Knochen verpasst hatte.

Tiefrote Tropfen verteilten sich auf dem Boden um ihn herum und färbten das graue Gras und den Sand.

Twin wankte und spürte, dass er nicht mehr lang durchzuhalten vermochte.

Der größere der beiden Halbdämonen, dem sein Wanken nicht entgangen war, lachte und Geringschätzigkeit lag in dem Blick, den er ihm zuwarf.

»Ich denke, wir haben jetzt genug gespielt. Vielleicht wollt Ihr uns ja nun doch noch verraten, wo Eure Gefährten hinwollen?«

Hasserfüllt sah Twin seine beiden Gegner an. Ihnen würde er kein Sterbenswörtchen erzählen.

»Nein? Wie schade, dann werden wir es wohl selbst herausfinden müssen. Wir sollten weiter, denkt Ihr nicht auch, Bled?«

»Ja«, lachte der andere.

»Gut, wisst Ihr, mein Lieber, wir müssen weiter. Es gibt wichtige Dinge zu erledigen und da haben wir leider keine Zeit zum Plaudern, Ihr versteht?«

Ohne auf eine Antwort von ihm zu warten, fuhr der Größere der beiden an den anderen gewandt fort: »Wir sollten das hier beenden und die Verfolgung aufnehmen, denkt Ihr nicht auch? Weit können sie nicht gekommen sein und verstecken können sie sich erst recht nicht. Wir finden das Mädchen und den lassen wir hier.« Sein hämischer Blick streifte Twin. »Die Wölfe werden sich schon um ihn kümmern. Er kann gar nicht überleben.«

Denken sie, ich lasse sie einfach ziehen, solange ich noch kämpfen kann?

Twin versuchte sich im Sattel aufzurichten, doch während er mit aller Macht versuchte, sein Bein zu ignorieren und es ihm zeitweise gelang, war dasselbe bei der Bauchverletzung unmöglich. Er spürte, wie die Magensäure sich in seiner Bauchhöhle verteilte. Die Schmerzen wurden immer stärker und drohten ihn zu übermannen. Eine erneute Woge des Schmerzes zwang ihn, sich zu krümmen.

Die Bluthunde lachten.

Das ist also das Ende, stellte Twin fest.

»Tötet das Pferd«, waren die letzten Worte, die er vernahm, ehe er bewusstlos wurde und sein Körper auf dem kalten Erdboden aufschlug.

Chace

»Ich sehe ihn nicht mehr. Wir müssen umkehren!«

Alle Vorsicht vergessend, drosselte er erneut Goatees Tempo und ließ ihn wieder hinter Eds Pferd zurückfallen.

»Wir können nicht zurück!«, war Eds einzige Antwort.

Erstaunt blickte Chace zu ihm und sah, wie sein Freund das Tempo beibehielt und der Abstand zwischen ihnen bereits größer wurde.

»Was soll das heißen? Wir müssen ihm helfen!«

Verunsichert sah Chace sich um, er konnte hinter sich weder Twin noch die anderen Reiter ausmachen. Widerwillig trieb Chace seinen Hengst an, um zu Ed aufzuschließen.

»Was ist los? Warum reitet Ihr, als wäre der Teufel hinter uns her?«

»Weil *er* hinter uns her ist!«, zischte Ed.

»Wie bitte?« Irritiert versuchte Chace ein Anzeichen in Eds Gesicht zu finden, dass dieser einen Scherz gemacht hatte, aber pure Ernsthaftigkeit starrte ihm entgegen.

»Ich erkläre es Euch später. Zuerst müssen wir hier weg!«

Verwirrt sah Chace ihn an. Was wurde hier gespielt? Es wollte einfach nicht in seinen Kopf, dass Ed ihren gemeinsamen Freund seit Kindertagen einfach so zurückließ.

Als hätte er seine Gedanken erraten, setzte Ed an: »Wir können Twin nicht mehr helfen. Er hat seine Entscheidung getroffen und damit sein Schicksal besiegelt.«

»Was redet Ihr da für einen Unsinn?«

Worauf wollte Ed hinaus? Die Situation war doch überschaubar gewesen … »Es waren doch nur zwei Reiter, hätten wir uns gestellt, wären sie schon außer Gefecht gesetzt. Allein hat er doch kaum eine Chance!«

Jetzt war es Ed, der das Tempo drosselte. Sie hatten einige breitstämmige Buchen erreicht und er führte die Gruppe in den Schatten der kargen Bäume, ehe er sich zu ihm umdrehte und antwortete.

»Ihr lasst einfach nicht locker, oder?«, prustete Ed und holte dabei lautstark Luft. »Sie mögen wie zwei normale Reiter ausgesehen haben, doch lasst Euch gesagt sein: In ihnen steckt mehr. Es sind König Gregors persönliche Schergen. Ich habe es Twin gesagt, aber er wollte einfach nicht hören … Es heißt, sie besitzen dämonisches Blut. Angeblich soll es nur ein Gerücht sein, aber ich befürchte, dass einfach nur niemand diese Monster überlebt hat, um darüber zu berichten. Diese Präsenz …«, er stockte. »Prinzessin, Gregor liegt allem Anschein nach viel daran, Euch wiederzubekommen, denn nun haben wir die zweifelhafte Ehre dieser Bestien.«

Chace sah den tadelnden Blick und spürte, wie Belle sich vor ihm im Sattel unruhig bewegte.

»Vielleicht sollte ich …«, begann sie.

»Nein, untersteht Euch, dieses Wort auch nur in den Mund zu nehmen! Ihr bleibt bei uns. Diese Männer, wenn man sie überhaupt so bezeichnen kann, haben uns gesehen und werden uns so oder so jagen und auslöschen, wenn sie die Gelegenheit erhalten. Ob mit oder ohne Euch. Jetzt spielt es keine Rolle mehr. Twin werden sie inzwischen schon ausgeschaltet haben, ich bezweifle, dass er ihnen noch standhalten kann. Wir sollten schleunigst weiter.«

»Und wenn nicht? Wir müssen zurück!«

Eds Blick war voller Unverständnis. »Versteht Ihr nicht, Chace? Wir können nicht zurück. Es ist zu spät! Twin ist nicht mehr am Leben! Diese Kreaturen machen keine halben Sachen und wir täten gut daran, so schnell wie möglich Schutz zu suchen und am besten irgendwo, wo sie uns nicht finden. Twin wusste, worauf er sich eingelassen hat. Dafür hat er sein ganzes Leben trainiert. Das war seine und meine Aufgabe, seit wir uns kennen, und diese hat er nun erfüllt. Er hat Euch beschützt und nun hört auf zu diskutieren und lasst ihn nicht umsonst gestorben sein!«

Mit diesen Worten wandte Ed sich um und trieb sein Pferd erneut an.

Wie erstarrt blieb Chace zurück.

Belle

Alles ist meine Schuld, schoss es ihr durch den Kopf und diese Erkenntnis traf sie hart. Ohne sie wären die drei noch zusammen und am Leben …

Sie schaute nach oben in das nachdenkliche Gesicht von Chace und spürte, dass sie etwas sagen musste. Sie musste ihn erreichen und wachrütteln, denn er hatte sich noch immer nicht gerührt und sie konnten nicht an diesem Ort verweilen. Ed hatte recht. Es war zu gefährlich, vor allem, wenn Twin sich wirklich geopfert hatte.

»Chace?«, fragte Belle zaghaft.

Zu ihrem Erstaunen wandte er sich sofort ihr zu. »Ja?«

»Ihr wisst, dass wir hier nicht bleiben können?«

»Ja«, flüsterte er und sie spürte, wie seine Schenkel einen leichten Druck ausübten und Goatee sich unter ihnen in Bewegung setzte, dicht gefolgt von Charlotte.

Kapitel 3

Endline

Gregor

Fast ein ganzer Tag war vergangen, seitdem die Prinzessin verschwunden war. Immer noch wurmte es ihn, dass sein Hauptmann nicht in der Lage gewesen war, auf sie aufzupassen.

»Wie konnte ihm das nur passieren? So ein verdammter Mist!«, fluchte er laut. Überall in der Umgebung hatte er nach dem Mädchen suchen lassen, aber bisher keinen Erfolg erzielt. Im Gegenteil, niemand konnte auch nur eine Spur von ihr finden …

Frustriert hatte er Sep weggeschickt. Sollte er doch in den Bergen die Widerständler ausrotten. Dort konnte er wenigstens nicht viel falsch machen …

Seine Hoffnung ruhte nun gänzlich auf Grip und Bled, sie hatten ihre Aufgaben bisher immer schnell und zuverlässig erledigt und er war sicher, dass es auch dieses Mal der Fall sein würde.

Wobei … – Auch sie hatten nach einem halben Tag der Suche noch keine Ergebnisse geliefert und Sep war vorher auch immer zuverlässig gewesen … Irgendetwas stimmte nicht, das sagte ihm sein Gefühl.

»Was dauert denn so lange daran, ein Mädchen zu finden? Allein kann dieses Weibsbild nicht weit gekommen sein! Wo bleiben diese Nichtsnutze nur?« Nervös fuhr er sich durchs Haar. Er brauchte das Mädchen. Nur es konnte alles zunichtemachen, was er sich geschaffen hatte.

»Muss man denn hier alles selber machen?«, polterte er und sein wütender Schrei hallte durch den großen Raum, gefolgt von Klirren und Klappern, als er den vor sich stehenden gedeckten Tisch leerte und das Geschirr samt Inhalt sich über den Boden verteilte.

Erschrocken sahen sich die Mägde um, die sich im hinteren Teil des Raumes aufhielten und den Boden säuberten. Ihren Blicken nach zu urteilen, erwogen sie, ob sie es gefahrlos wagen konnten, sich ihm zu nähern. Mit Genugtuung las Gregor die Angst in ihren Gesichtern und das erregte ihn. Dennoch, sein Ärger war keineswegs verflogen. *Wo zum Henker steckt dieses Miststück nur?* Wütend blickte Gregor sich im Raum um. Welchen Grund hatten Grip und Bled ihn warten zu lassen?

Selbst von Sep hatte er kurz nach dessen Aufbruch in die Berge wieder positive Nachrichten erhalten ... Auf dem Weg ins Gebirge war er auf einige Widerständler gestoßen, die er ohne große Probleme aus dem Weg geräumt hatte.

Die restlichen Dörfer, die Sep passiert hatte, hatten sich nicht mehr gewehrt. Langsam erkannte wohl selbst die ungebildete Bevölkerung Endlines ihre ausweglose Lage und fügte sich ihrem Schicksal.

Der alte König war tot und er würde ein ganz anderes Regime führen. *Nur noch das Gebirge, dann habe ich sie alle ausgeräuchert ...*

Zufrieden dachte Gregor über sein Werk nach. Niemand hatte auch nur den Hauch einer Ahnung gehabt, dass er kommen würde. Niemand war vorbereitet gewesen und niemand würde den Menschen zu Hilfe kommen. Dafür hatte er gesorgt. Ein Lächeln stahl sich auf sein Gesicht.

Gregor hatte Informanten im ganzen Land. Er hatte gewusst, wer die Führer der endlinischen Armee, die in kleinen Gruppen über das Land verteilt war, waren und wo sie lebten. Noch bevor er in Endline eingefallen war, hatte er dafür gesorgt, dass diese Männer aus dem Weg geräumt wurden. Die endlinische Armee als solches hatte sich weder vor noch nach seinem Angriff formieren können und die kleinen Truppenteile waren nur ein kleines Häppchen für seine Männer. Einen wirklichen Gegner hatte es in Endline für ihn nicht gegeben, und er hatte das Land problemlos unter seine Herrschaft gebracht.

Gregor grinste. Seit gut einer Stunde war er das gekrönte Oberhaupt dieses Königreiches und damit der unangefochtene Herrscher. Nun war es Zeit, dass die Menschen das auch endlich akzeptierten.

Vorfreude stieg in ihm auf, aber ihm fehlte immer noch seine wichtigste Zutat, die in den falschen Händen alles zu ruinieren drohte: das Mädchen. Sein nettes Extra hatte Gregor nicht vergessen, aber sollte er nicht doch lieber auf Nummer sicher gehen und ihren Tod herbeiführen? Königstreue konnten sich immer noch gegen ihn richten, solange sie am Leben war, selbst wenn sie jeglichen Ansprüchen entsagen würde. Nachdenklich sah er aus dem Fenster und beobachtete, wie draußen auf dem Meer sich die Wellen schäumend brachen.

War die Kraft der Prinzessin es wert, ein Risiko einzugehen?

»Ja«, flüsterte eine Stimme in seinem Inneren und Gregor zuckte zusammen.

Ja ... Aber warum? Das sagte ihm sein Innerstes nicht.

Gregor wandte den Blick wieder dem Zimmer zu. Er brauchte dringend eine Ablenkung. Handeln konnte er im Moment ja doch nicht, sondern nur warten ...

Aus den Augenwinkeln bemerkte Gregor, wie Bewegung in den Raum hinter ihm kam. Die Mägde trauten sich endlich, das von ihm verursachte Chaos zu beseitigen, und ein Lächeln schummelte sich auf sein Gesicht, als ihm ein Gedanke kam. Er war der König und jeder musste tun und lassen, was er befahl. Mit einem teuflischen Grinsen taxierte er eine der jungen Mägde mit seinen Blicken. Das Mädchen schien seine Aufmerksamkeit zu spüren und versuchte sich zurückzuziehen, aber es war zu spät.

»Du da!« Er deutete auf eine zierliche Frau. »Komm her! Ihr anderen lasst uns allein! Sofort!«

Die Magd sah sich unsicher um, als erwarte sie sich Hilfe von der restlichen Dienerschaft.

»Mädchen, das war keine Bitte!«

Seine Worte waren so scharf, dass die junge Magd zusammenzuckte. Gregor grinste.

Wenig später waren sie allein und Schmerzensschreie erfüllten den Raum.

Camelia

»Was fällt Euch ein, mich in den Kerker meines eigenen Schlosses zu werfen?«, keifte Camelia einen der Soldaten an. Doch außer einem dreckigen Grinsen entlockte sie ihm keine Antwort.

Nach ihrem vermeintlichen Verrat, um den alten König aus dem Weg zu räumen und Platz für Gregor und sich zu schaffen, hatte sie feststellen müssen, dass Gregor ganz und gar nicht auf ihrer Seite stand. Allein der Macht war er zugetan. Nicht ihr.

Schlimmer noch: Er hatte sie hintergangen und nun war er der neue Herrscher, während man sie aus dem Weg geräumt hatte.

»Wie könnt Ihr es wagen, mich in diesen kalten, zugigen Kerker zu sperren? Ich bin die Königin!«

Sie hielt sich so aufrecht, wie es ihr möglich war und ließ ihres Erachtens keinen Zweifel daran, welchen Titel sie innehatte.

»Wenn Ihr überhaupt mal etwas gewesen seid, dann Königsgemahlin, aber diese Zeiten sind lange vorbei. Seid lieber ruhig und betet, dass man Euch vergisst.« Fast schon hochnäsig sah der dreckige Soldat sie durch die Gitterstäbe hindurch von oben herab an. »Andernfalls lässt unser neuer König Euch vielleicht noch hängen? Ich habe gehört, dass er ganz und gar nichts von Konkurrenz hält. Vielleicht sollten wir ihm den Floh ins Ohr setzen, dass Ihr fleißig Pläne gegen ihn schmiedet?«

»Ich verbiete Euch, solche Lügen in die Welt zu setzen! Lasst mich lieber hier heraus. Mein Platz ist nicht hier«, fauchte Camelia.

Die Wache lachte. »Ach nein? Ich denke schon, dass Ihr Euch in Eurem neuen Zuhause befindet! Und nun seid leise, sonst werde ich Euch das Maul stopfen!« Seine Stimme war barsch und endgültig und mit einem Ruck wandte er sich ab. Das Gespräch war seinerseits beendet und Camelia wusste, wann sie verloren hatte.

Kopfschüttelnd drehte sie sich um und ging auf die Steinmauer im hinteren Teil der Zelle zu. Mit dem Rücken zur Mauer und den Augen zur Tür ließ sich Camelia auf dem Boden nieder.

Traurig starrte sie durch die Stäbe. Sollte dies wirklich ihr neues Heim sein? *Wie konnte alles nur so schieflaufen?*, dachte sie bei sich.

Sie hatte Rache gewollt und was hatte sie bekommen?

Nichts.

Die Landschaft um sie herum änderte sich, wie ihr Tempo, rasant. Die Felder und kargen Wiesen der Ebene blieben hinter ihnen zurück. Stattdessen erreichten sie die weiten Auenwiesen des Sumils.

Der Fluss muss ganz in der Nähe sein, kam Belle der Gedanke und sie versuchte, einen Blick nach vorne zu erhaschen, sah jedoch keinen Sumil und konzentrierte sich sogleich wieder darauf, sich im Sattel zu halten.

Das Tier unter ihr bewegte sich im Galopp ganz anders als Charlotte, und obwohl sie es nicht zugeben wollte, hatte sie Angst davor, den Halt zu verlieren. Sie klammerte sich an dem Sattelknauf fest, doch schon nach kurzer Zeit spürte sie, dass ihre Kraft langsam abnahm.

Lange halte ich das nicht mehr aus … Belle hielt den Atem an und versuchte sich von ihren schmerzenden Händen abzulenken.

Im nächsten Moment hielt das Pferd abrupt und sie schnappte hörbar nach Luft. *Edid sei Dank! Ich hätte keine Meile mehr geschafft!*

»Alles in Ordnung?« Chaces Stimme klang besorgt und Belle wollte ansetzen, um ihm zu antworten, da fuhr Ed dazwischen.

»Wir haben jetzt keine Zeit für dieses Geplänkel.«

Überrascht sah Belle Chaces Freund an und löste ihre zittrigen Hände vom Sattelknauf. Was meinte er damit? Waren sie nicht schon längst außerhalb der Reichweite dieser fremden Männer?

Ed starrte an ihnen vorbei in die Ferne. Aus seinem Blick war jegliche Emotion gewichen. »Diese Monster werden uns verfolgen. Sie wissen genau, wie sie uns finden können und ich befürchte, dass sie uns bald einholen werden. Zumindest wenn wir weiter so trödeln.«

»Trödeln? Wir sind geritten so schnell wir konnten. Unsere Pferde sind am Ende und deren Tiere haben ebenfalls Grenzen!« Chace sah zu Ed.

»Sie hatten zwar Pferde, aber im Normalfall brauchen sie die nicht. Ohne sind sie sogar schneller und effektiver. Daher danke ich Edid, dass sie aus irgendeinem Grund auf diese Tiere zurückgegriffen haben.«

»Wie meint Ihr das?« Belle starrte ihn an, aber Ed schüttelte nur den Kopf. »Ich erkläre alles später, jetzt müssen wir weiter. Tempo-

und kräftemäßig sind sie uns weit überlegen. Wenn Ihr erholt genug seid, Prinzessin, schlage ich vor, dass Ihr Euer eigenes Pferd reitet, um Goatee zu schonen. Unser Weg ist noch weit und im Ernstfall ist ein Pferd mit nur einem Reiter schneller.«

Belle nickte und löste sich ohne ein Wort der Gegenwehr sanft aus Chaces Griff und dem warmen Umhang. Bevor der Prinz auch nur einen Einwand erheben konnte, stand Belle schon neben dem Pferd.

Der kalte Morgen begrüßte sie eisig und Belle schlang ihren eigenen Umhang fester um sich. Es würde einige Zeit dauern, bis sie sich an die kühlen Temperaturen gewöhnt hatte, aber die Kälte war im Moment ihr geringstes Problem. Sie mussten weiter.

Fröstelnd lief sie zu Charlotte, die einige Meter weiter stehen geblieben war und genüsslich am zarten Grün knabberte, und strich ihr kurz zur Begrüßung über die Nüstern, ehe sie ihr das Zaumzeug, das Ed ihr gereicht hatte, überstreifte.

Das Ganze dauerte kaum mehr als fünf Minuten, aber Belle kam es vor, als wäre eine Ewigkeit vergangen, bis sie auf Charlottes Rücken saß. Die Wärme, die von ihrer Stute ausging und die sie ohne Sattel deutlich spürte, hatte etwas Tröstendes. Belle drapierte noch das Kleid oder zumindest den Fetzen, der davon übrig geblieben war, als Ed ihnen bereits das Zeichen zum Aufbruch gab.

»Nun gut. Ich schlage vor, dass wir weiter Richtung Nordwesten reiten. Wir sollten es schaffen, die Hauptstraße noch vor den Schergen zu erreichen, dann sehen wir weiter«, bemerkte er.

Wir sollten? Sehr optimistisch. Doch Belle verbot sich einen entsprechenden Kommentar und behielt ihren Gedanken für sich.

Kapitel 4

Tesslon

Sephin

Der Himmel über Tesslon hatte sich dunkel gefärbt und die Nacht brach über das Königreich herein. Ein weiterer Tag, an dem nichts über den Verbleib des Königssohnes herausgefunden worden war, neigte sich dem Ende entgegen.

Unaufhörlich schritt der König von Tesslon durch sein Audienzzimmer. Jedes Mal, wenn die Tür geöffnet wurde, hielt er inne und stellte stets dieselbe Frage: »Habt Ihr etwas von meinem Sohn gehört?«

Niemand bejahte ihm an diesem Tag diese Frage.

Während sich die negativen Nachrichten über den jungen Prinzen von Fallenday und dessen Treiben häuften, konnte man über den Verbleib des Prinzen von Tesslon keine Auskunft geben und das bereitete Sephin Sorgen.

Einen Tag zuvor war ein Teil seiner besten Männer, darunter Omir, seine rechte Hand, ausgezogen, um ihm seinen Sohn wiederzubringen, aber war eine Suche noch sinnvoll? Lebte Chace überhaupt noch oder hatte er zu lange gewartet?

Egal ob lebend oder tot, dass sein Getreuer Chace finden würde, darin bestand für Sephin kein Zweifel. Kein einziges Mal hatte der Mann, dem er sein Leben anvertraute, ihn enttäuscht.

Und dennoch – Sephin sah durch das Fenster nach draußen auf die dunkler werdende Landschaft.

»Es gibt immer noch Hoffnung, Sephin. Glaubt daran, er wird zu uns zurückkommen!«

Er zuckte zusammen. Er hatte gar nicht bemerkt, dass seine Frau sich ihm genähert hatte.

Von der Seite sah er sie an. Ihre Nähe tröstete ihn. Niemals hatte er in seinem Schmerz allein sein müssen. Alles durchlebten und teilten sie gemeinsam, und genau aus diesem Grund schätzte er seine Frau so sehr. Der wichtigste Rückhalt in seinem Leben war immer Celina gewesen, und genau so jemanden hatte er an Chaces Seite gewollt. Nicht mehr und nicht weniger. Hatte er zu selbstsüchtig gehandelt, als er Chace auf eine Reise geschickt hatte, die sein Sohn selbst nie wollte? *Ich bin an allem schuld*, machte er sich bewusst.

»Hört auf, Euch selbst die Schuld zu geben! So etwas hätte niemand jemals auch nur erahnen können.« Celinas Stimme klang fest und verwundert sah er sie an.

Woher nahm sie nur all diese Kraft?

»Chace wird gesund zu uns zurückkehren. Ich spüre es!«, fügte seine Frau bestimmt hinzu.

Sephin wusste nicht wie, doch seine Königin hatte schon immer die Eigenschaft besessen, seine Gedanken und Gefühle lesen zu können wie ein offenes Buch. Vor ihr hatte er noch nie etwas verbergen können, aber hatte er das in all den Jahren überhaupt gewollt?

»Ihr habt recht, Liebste! Ich mache mir einfach zu viele Sorgen, aber unsere Lage ist ernst. Sehr ernst sogar. Die Machtgefüge in Symantriet verschieben sich erneut und ich habe Angst, dass alles wieder so wird wie damals … Warum hat keiner von uns eingegriffen, solange wir noch eine Chance hatten? Wir haben alle gesehen, was vor sich geht … Nach was Gregor sich gesehnt hat …«

»Sephin, ich glaube, niemand von Euch hat nur annähernd damit gerechnet, was nun eingetreten ist. Gebt Euch nicht die Schuld daran. Wir müssen jetzt stark sein und uns bereit machen …«

Aufmerksam sah Sephin zu seiner Frau und nickte ihr zu. Ihre Stärke war bewundernswert. »Späher behalten auf meinen Befehl hin die Geschehnisse in Endline im Auge und ich habe schon Boten an alle Herzöge unseres Landes ausgesandt. Sie alle sollen sich für den Ernstfall bereit machen und ihre kampftüchtigsten Männer zusammenrufen. Solange Gregor jedoch unsere Grenze nicht überschreitet und wir keinen Anhaltspunkt haben, dass er mit Chaces Verschwinden etwas zu tun hat, können wir nichts anderes tun als abwarten. Ließen wir jetzt unsere Armee aufmarschieren, käme es einer Kriegserklärung gleich.«

»Dann lasst uns warten.« Aufmunternd sah Celina ihn an und er ließ seinen Blick erneut durch das kleine Fenster hindurch in die Ferne gleiten. *Wir werden warten.*

Endline

Ed

Sandim lag inzwischen hinter ihnen und sie hatten das dichte Waldgebiet des Skirp erreicht. Ein dichter Nadelwald, der sich am Lauf des Sumils entlangschlängelte.

Unablässig suchte Ed sich den Weg durch das Dickicht des Waldes und folgte dabei den ausgetretenen Pfaden der Tiere statt der festen Wege. Inzwischen waren sie vom Galopp in einen schnellen Schritt gewechselt, da sie anders durch die dichten Tannen nicht vorankommen würden.

Die Zeit verstrich immer weiter. Aus dem Morgen wurde der Tag und der neigte sich schließlich wieder seinem Ende entgegen, als Ed erneut versuchte, sich über das gesamte Ausmaß ihrer Lage bewusst zu werden.

Immer deutlicher wurde ihm klar, dass er sich irgendetwas einfallen lassen musste. *Sie werden längst unsere Spur aufgenommen haben und hinter uns sein.*

Er ließ einen flüchtigen Blick über seine Schulter gleiten, doch außer Chace und Belle war niemand zu sehen. *Lange wird das nicht so bleiben,* dachte er und trieb sein Pferd weiter.

Wieder nach vorn gewandt musste Ed sich eingestehen, dass er es allein niemals schaffen würde, Chace zu schützen, wenn es zu einer erneuten offenen Konfrontation kam.

Einen Halbdämon hätte er vielleicht etwas in Schach halten können, aber nicht beide – Twin fehlte …

Bei Edid, Gregor muss wirklich sehr viel an der Prinzessin liegen – aber warum? Er hat doch schon ihr Reich … Hat er so viel Angst, dass sich das

Volk ihm nicht unterwirft, wenn das Mädchen lebt und will es deshalb lieber tot sehen? Den letzten Gedanken verwarf Ed sofort wieder. Wenn es Gregor genügen würde, dass die Prinzessin starb, wäre sie schon längst tot. Nein, er wollte sie lebend haben, aber warum?

Der Hengst unter ihm wurde langsamer und riss Ed damit aus seinen Überlegungen. Was war los? Er schaute nach unten und sah, wie Schaum aus dem Maul des Pferdes tropfte. Der ganze Körper war schweißbedeckt und zitterte. Das Tier war am Ende seiner Kräfte. *Denk nach! Denk nach!,* schrien ihn seine Gedanken an, doch ihm wollte einfach nichts Besseres einfallen als das Offensichtlichste: Sie brauchten eine Pause und zwar schnell.

Wenn diese Monster in diesem Zustand auf uns stoßen, sind wir noch verletzbarer, bemerkte er und ließ seinen Hengst anhalten. Bebend blieb das Tier unter ihm stehen und hustete, Ed klopfte ihm dankbar den Hals.

»Was ist los, Ed? Warum stoppen wir?« Chace wirkte irritiert.

»Wir sollten den Pferden eine Pause gönnen, meint Ihr nicht auch? Außerdem brauchen auch wir eine Rast oder wenigstens etwas zu essen, um uns zu stärken.«

Endlich gelang es Ed, wieder einigermaßen klare Gedanken zu fassen und einen Plan für sie zurechtzulegen, und dieser besah zuallererst einmal, dass sie bei Kräften bleiben mussten.

»Essen? Wie könnt Ihr jetzt nur an Essen denken? Wir müssen weiter, ich denke, diese Männer sind uns auf den Fersen?« Belle wirkte panisch, aber Ed hob beruhigend seine Hände.

»Beruhigt Euch, Prinzessin, bitte … Ich weiß selbst, dass wir eigentlich weitersollten, aber die Pferde werden nicht mehr lange durchhalten und glaubt mir, wenn die Anspannung sich etwas gelöst hat, werdet auch Ihr spüren, dass Ihr eine Pause braucht. Ich sage, wir bleiben hier, wenigstens eine Weile. Wenn wir weiterreiten und sie uns finden, wenn wir am Ende unsere Kräfte sind, welche Chancen rechnet Ihr Euch dann aus?«

»Keine …«, hauchte das Mädchen und knickte ein.

Ed nickte zur Bestätigung und wandte sich dann dem Wald zu. Die Umgebung kam ihm merkwürdig bekannt vor und im nächsten Moment wusste er auch warum. »Wir waren schon einmal hier, Chace.

Könnt Ihr Euch erinnern? Bei unserem letzten Jagdausflug. Wenn ich mich nicht irre, liegt dort hinter den Tannen ein großer Weiher.« Er deutete nach links und wusste jetzt, was sie tun würden.

Kurze Zeit später kam der Weiher zwischen den Bäumen in Sichtweite und sie stiegen von den Pferden.

Der feste Boden unter den Füßen und die Erleichterung, endlich ein paar Schritte gehen zu können, bewirkten, dass seine Gedanken wieder ein einheitliches Bild ergaben und plötzlich kam ihm eine Idee. *Es gibt eine Möglichkeit zu entkommen,* stellte er zufrieden für sich fest.

Neuen Mutes wandte er sich seinem Pferd zu und führte das durstige Tier zum Teich. Dankbar wieherte der Hengst ihn an, ehe er sich am Wasser bediente. Ed ließ sich daneben nieder und wusch sich die Hände, bevor auch er einige Schlucke der kalten, klaren Flüssigkeit zu sich nahm.

»Er mag Euch.« Erschrocken fuhr Ed zusammen und richtete sich blitzartig auf. Er hatte gar nicht bemerkt, dass Isabelle sich ihm genähert hatte und dabei hatte er sonst immer Ohren wie ein Luchs.

»Was?«, stotterte er nur, nicht fähig, etwas anderes zu erwidern.

Das Mädchen nickte in Richtung des trinkenden Pferdes. »Euer Hengst. Er mag und vertraut Euch. Ihr kennt ihn zweifelsohne schon viele Monde.«

Irritiert sah er von Isabelle zu seinem Hengst. Wie kam sie nur darauf? »Ja, in der Tat, ich habe Achmis, seit er ein junges Fohlen war. Seine Mutter hatte ihn verstoßen und ich habe ihn mit der Hand großgezogen. Seit damals war er mir immer treu, aber ich denke, das ist jetzt nicht von Belang. Wisst Ihr, wo Chace ist? Wir sollten sehen, dass wir etwas zu essen finden«, versuchte er schnell das Thema zu wechseln. Er würde jetzt nicht anfangen, aus dem Nähkästchen zu plaudern …

Das Mädchen schien seinen Wink verstanden zu haben und nickte nur. Sein Blick glitt an ihr vorbei in den Himmel. »Es wird bereits dunkel, vielleicht ist es besser, wenn wir unser Lager aufschlagen und über Nacht hierbleiben. Wenn wir in der Dunkelheit durch den Wald irren, sind wir nur noch leichtere Beute. Die Schergen sind sicher nicht die Einzigen, die nach uns suchen.«

Die Angst, die sich für wenige Sekunden in das Gesicht des Mädchens geschlichen hatte, entging ihm nicht, und gleichwohl sie ihn inzwischen fast emotionslos anstarrte, wusste er, dass die Angst noch immer da war.

»Isabelle, macht Euch keine Gedanken. Alles wird wieder gut werden. Die dunkelste Stunde ist nicht die, in der alles verloren scheint. Es ist jene, in der die Hoffnung schwindet. Und ich habe die Hoffnung noch lange nicht aufgegeben. Und etwas sagt mir, dass auch Ihr das nicht getan habt, und jetzt kommt!« Er hatte einen Plan und war überzeugt davon, dass sie es schaffen konnten.

Belle

Die Worte von Ed hatten sie wenigstens etwas beruhigt, gleichwohl die Angst in ihrem Inneren noch immer allgegenwärtig war.

Nachdenklich lief sie Ed, der Achmis wieder zu den anderen Pferden brachte, hinterher. Was würde wohl die Zukunft bringen? War dies womöglich ihre letzte Nacht in Freiheit? Belle verbot sich jeglichen Gedanken daran. Sie musste daran glauben, dass alles gut werden würde. *Wir dürfen nicht aufgeben,* rief sie sich in Erinnerung.

Sie fanden Chace im seichten Uferwasser. Der gut gebaute Mann hatte sich aus einem geraden Ast und einem Dolch eine Art Speer gebaut. Bis zu den Knöcheln stand er regungslos im Wasser und nur sein Blick durchstreifte suchend die Umgebung nach Fischen. Zumindest hoffte sie das …

Bei seinem Anblick musste Belle sich das Lachen verkneifen und hätte sich kurz darauf selbst schelten können. Wie konnte sie in dieser Situation auch nur an Lachen denken?

Sie hatten kein Essen, keinen Schlafplatz und wurden gejagt. Dazu kam, dass es mit jeder Minute, in der die Sonne weiter sank, beständig kälter wurde. Nichts an ihrer Situation hatte etwas Belustigendes an sich.

Wie hat sich in so kurzer Zeit nur so viel verändern können? So viele grausame Dinge sind geschehen … Abrupt wandte Belle sich von ihren Begleitern ab, damit weder Chace noch Ed ihre Tränen, die sich unkontrolliert ihren Weg an ihren Wangen hinab suchten, sehen konnten. *Verdammt, Isabelle! Du warst dein ganzes Leben lang stark, hast immer deiner Stiefmutter getrotzt und nun stehst du hier und heulst wie ein kleines Mädchen!*

So war sie nicht, *das* war sie nicht. Entschlossen richtete Belle sich auf, wischte die Tränen beiseite und sah sich um. Das Licht des Tages wurde immer schwächer und die Bäume warfen schon riesige Schatten auf den Waldboden, der sich in den nächsten Minuten unweigerlich weiter verdunkeln würde.

Mit einem Ohr hörte Belle noch, wie Ed mit Chace, der den Versuch des Fischfangens aufgegeben hatte, redete, doch sie achtete nicht auf die gesprochenen Worte. Ihr Hauptaugenmerk richtete sich auf ihre Umgebung.

Ein leichter Windhauch ließ das Laub rascheln und die Äste der Bäume knarzen, ansonsten war es still. Kein Vogelgezwitscher oder Laut eines anderen Tieres.

Unheimlich, kam es Belle in den Sinn. *Aber wenigstens höre ich auch keine Stimmen oder Schritte von anderen Menschen.*

Der Wald war vollkommen still und wirkte friedlich. Belle wusste nicht was, aber etwas zog sie in seine Tiefe.

Entschlossen, sich zwischen den Bäumen umzusehen, gab sie ihren Begleitern ein Zeichen und war, noch bevor jemand protestieren konnte, außerhalb der Hörweite.

Im Gegensatz zum Uferbereich des Teiches, der nur aus vereinzelten Tannen und Felsbrocken bestanden hatte, veränderte der Wald mit jedem ihrer Schritte seine Vegetation. Zu den Tannen gesellten sich Buchen und Birken, an deren Ästen bereits einige hauchzarte Knospen zu erkennen waren. Fasziniert von der Schönheit der Natur lief Belle weiter und plötzlich brach das Band der Mischpopulation ab und sie fand sich einem dichten Gürtel aus Tannenbäumen gegenüber.

Gebannt starrte sie auf die Bäume. Von der Größe waren sie nicht vergleichbar mit denen in den Sumachen, aber wohl von ihrer Dichte. Die Tannen standen eng gedrängt und ihre Äste waren über und über mit Nadeln übersät, die das spärlicher werdende Licht des Tages kaum noch bis zum Boden des Waldes ließen.

Neugierig schob Belle sich durch das Unterholz und wusste dabei selbst nicht so recht, was sie eigentlich suchte.

Als sie sich duckte, um unter einem der tief hängenden Äste hindurchzukrabbeln, verhedderte sich dabei ein anderer Ast in ihrem Kleid. Bei dem Versuch, sich zu befreien, stolperte Belle und geriet gefährlich ins Wanken. Ihr Rock riss und im letzten Moment schaffte sie es gerade noch so, ihren Sturz mit den Händen abzufangen. Ein am Boden liegender Stein bohrte sich in ihre rechte Handfläche.

»Verdammt«, fluchte sie leise und biss sich auf die Lippe, um nicht vor Schmerz aufzuschreien.

Mühsam rappelte sie sich auf und betrachtete sitzend ihre Hand. Sie blutete etwas und brannte, es war aber bei Weitem nicht so schlimm, wie sie gedacht hatte.

Na wunderbar, Belle, das hast du wieder toll hinbekommen!, dachte sie und verfluchte sich selbst, während sie den Riss, der sich Gott sei Dank nur am unteren Teil des Rockes befand, betrachtete. *Hoffentlich hat das nur keiner gesehen …* Missmutig blickte sie sich um und konnte Niemanden in ihrer unmittelbaren Nähe ausmachen.

Stöhnend stand Belle wieder auf. Was sollte sie nun tun? Wieder zu den anderen zurückgehen? Eine innere Stimme hielt sie davon ab. Stattdessen schob sie sich weiter durch das Dickicht und wurde Augenblicke später belohnt.

Eine kleine Lichtung öffnete sich vor ihr. Spärliches Grün für die Pferde wuchs in ihrem Innern und die dichten Tannen begrenzten die Lichtung wie eine schützende Mauer. Es war der perfekte Ort für die Nacht.

Belle wollte sich umdrehen, um den anderen von der Lichtung zu erzählen, da übermannte sie ein merkwürdiges Gefühl.

Es war, als würde jemand nach ihr greifen und an ihr ziehen. Das Gefühl ließ so plötzlich nach, wie es gekommen war und unsicher sah Belle sich um. War sie wirklich allein? Weder auf der Lichtung noch in ihrer unmittelbaren Umgebung konnte sie jemanden ausmachen. Sie wollte es schon ihrer Einbildung zuschreiben, als das Gefühl erneut auftauchte, und zwar in ihrem Kopf. Ein merkwürdiger Schmerz breitete sich aus und eine betörende Stimme rief ihren Namen und versprach, den Schmerz zu beenden, wenn sie ihr antworten würde. *Bei Edid, was ist das?*

Belle schloss die Augen und versuchte, ihren Kopf frei zu bekommen. »*Verschwinde! Raus aus meinem Kopf!*«, schrie sie die Stimme innerlich an.

Ein heftiger Schmerz durchfuhr sie kurzzeitig und dann war sie von einem Moment zum nächsten wieder allein. Verwirrt sah sie sich auf der Lichtung um. Sie drehte sich im Kreis und blickt in jede Richtung des Waldes. Belles Sinne waren mehr als angespannt.

Das Rascheln eines Zweiges im Wind ließ sie erschrocken zusammenzucken und sich umdrehen. Doch es war nur das alte Laub. *Beruhig dich, Belle,* versuchte sie sich selbst zu beschwichtigen.

»Belle?«

Wild um sich schlagend schrie sie auf und drehte sich panisch in die Richtung, aus der die Stimme gekommen war.

Irritiert starrte Chace ihr entgegen. »Belle, ist alles in Ordnung? Ihr wart auf einmal weg …« Seine Stimme klang besorgt und ohne eine Antwort von ihr abzuwarten, war er bei ihr und legte seine Arme um sie. Das Gefühl war tröstend, aber auch nicht mehr.

Belle war zu verwirrt von dieser Situation, dass sie nicht antwortete.

»Ich weiß, wie schwer alles für Euch sein muss. Glaubt mir, es ist für uns alle nicht leicht, aber gemeinsam werden wir es schaffen.«

Belle wusste nicht, was sie sagen sollte. Sollte sie von dem Ding in ihrem Kopf erzählen?

Bestenfalls denkt er noch, ich hätte bei meinem Sturz in den Sumachen Schaden genommen …

»Das ist nicht der Grund, der Euch beunruhigt, oder?« Ed war wie aus dem Nichts aufgetaucht. Belle sah ihn an und spürte, wie Chaces verständnisloser Blick zwischen ihr und Ed hin und her wanderte.

»Was meint Ihr damit? Was verschweigt Ihr?«

»Sie spürt es auch, habe ich nicht recht, Belle?«

»Ja«, hauchte sie und sah Chaces Beschützer erstaunt an.

Ed sah in die Ferne. »Die Schergen … Sie rufen nach uns, in der Hoffnung, eine Antwort zu erhalten. Schlüpfen in unsere Gedanken und versuchen, durch unsere Augen zu erblicken, was wir sehen. Diese beiden Halbdämonen haben mehr Fähigkeiten, als wir uns vorstellen können. Bei mir haben sie es heute Mittag schon versucht, aber ich habe ihnen keinen Anhaltspunkt gegeben. Haben Sie Euch überwältigt? Dann sollten wir schleunigst verschwinden …«

Doch Belle schüttelte den Kopf. »Nein. Ich wusste zwar nicht, wer oder was es ist, aber unseren Aufenthaltsort habe ich nicht verraten. Wir sollten hierbleiben. Diese Lichtung hier ist genau der richtige Ort für die Nacht.«

Sie deutete nach vorn. Ed folgte ihrer Geste und sah sich um. »Ihr habt recht, hier sollten wir einigermaßen sicher sein. Dann sind wir uns einig? Wir bleiben hier?«

»Ja, wir bleiben hier«, meldete sich auch Chace zu Wort.

Ihr Blick glitt nach oben. Stumm sah sie ihn an. Er hielt sie noch immer in seinen Armen, ob ihm diese Tatsache bewusst war?

Als spürte er ihren Blick, sah er erstaunt zu ihr. »Was?«

Belle bemerkte wie Röte in ihre Wangen stieg. »Könntet Ihr mich bitte loslassen?«, fragte sie betont schüchtern.

Fast schon erschrocken zog er seine Hände zurück und Belle fühlte sich plötzlich äußerst unwohl. Andererseits, was hätte sie sonst sagen sollen?

Etwas unsicher machte sie einige Schritte in Richtung Wasser zurück. Die Gedanken wirbelten in ihrem Kopf. *Vielleicht sollte ich mich endlich von dem Dreck und dem getrockneten Blut befreien? Dann bekomme ich sicher auch wieder einen klaren Kopf …*

Chace

Peinlich berührt stand er da und sah Belle nach, die in Richtung des Weihers zurückging.

Er hatte gar nicht bemerkt, dass er sie noch immer fest an sich gedrückt hatte, als die Bedeutung ihrer Worte zu ihm durchgedrungen war. Sofort hatte er seinen Griff gelockert und Belle ihm dankbar zugenickt.

Was ist nur in mich gefahren?, schalt er sich selbst und beschloss, Ed zu helfen, der sich darangemacht hatte, Feuerholz zu sammeln.

»In Eurem eigenen Interesse solltet Ihr auf Abstand gehen, Chace.« Die Worte kamen überraschend aus dem Mund seines Freundes.

»Wie bitte?«

»Die Prinzessin … Ich sehe, dass Ihr etwas für sie empfindet, und das bereits die ganze Zeit. Doch Gefühle sind nicht gut, sie machen verletzbar. Um Ihret- und Euretwillen solltet Ihr nicht so öffentlich mit dem Mädchen anbandeln.«

Unschlüssig sah er Ed an. Er verstand seinen Freund nicht. »Ich bandel gar nicht mit Ihr an. Ich begehre sie nicht einmal«, versuchte er sich herauszureden.

»Ihr begehrt Isabelle nicht?« Ed wirkte wenig überzeugt. »Wirklich? Und was war mit vorhin? Eurem Kuss?«

Ertappt. »*Das* habt Ihr mitbekommen? Ich dachte, Ihr wäret abgelenkt gewesen …«

Der tadelnde Blick Eds traf ihn. »Gerade Ihr solltet wissen, dass ich immer ein Auge auf *alles* habe.«

Chace gab sich geschlagen. »Ja, gut, wir haben uns geküsst, aber sonst war da nichts.« Zerknirscht sah er auf den Boden. Dass Ed die ganze Situation mitbekommen hatte, behagte ihm gar nicht.

»Für sonst nichts musstet Ihr Euch aber ganz schön zusammenreißen …« Fragend zog Ed eine Augenbraue nach oben.

»Was wollt Ihr von mir hören, Ed?«, fauchte Chace und fühlte sich in die Enge getrieben.

Ed antwortete nicht sofort, sondern warf erst prüfend einen Blick über seine Schulter. *Hat er etwa Angst, dass sie uns hört? Warum?*

»Ich will hören, dass Ihr Euch von ihr fernhaltet.« Die Worte klangen entschlossen und der Tonfall seines Freundes ließ keinen Zweifel daran, dass dieser es ernst meinte.

»Und wenn nicht?«

»Chace!«, fuhr Ed ihn scharf an. »Das ist mein Ernst! Gregor will die Prinzessin zurück. Sie ist seine Verlobte, gleichwohl die Umstände der Verlobung mehr als fragwürdig sind. Belasst es dabei!«

Verwirrt sah Chace seinen alten Freund an. Was war auf einmal los mit ihm? Was war so schlimm daran, dass er gern bei Belle war? Schließlich wollte sie nichts von Gregor. »Ich verstehe nicht, was das soll …«, gestand er ehrlich.

Ed stöhnte. »Was gibt es daran nicht zu verstehen? Sie ist verlobt und damit nicht frei! Verdammt, sie ist kein Bauernmädchen, mit dem man einfach rumschäkern kann! Sie ist die Thronerbin von Endline!«

»Habt Ihr mich nicht auf dem Stadtfest quasi auf sie gestoßen?«

»Da wussten wir auch nicht, wer sie ist … und sie war nicht verlobt«, gab Ed zu.

»Und jetzt? Dass sie verlobt ist, ändert alles?«

Der Blick, mit dem Ed ihn bedachte, hatte etwas Trauriges an sich. »Ja, tut es«, hauchte er. »So hart es klingt, sie gehört zu König Gregor.«

Mit gerunzelter Stirn sah Chace zu Ed. »Und das soll ich einfach hinnehmen? Sie mag ihn nicht einmal!«

»Ihr versteht es wirklich nicht, oder? Chace! Ihr seid der Prinz von Tesslon. Wenn jemand herausfindet, wer Ihr seid und dass wir es sind, die die Prinzessin vor ihrem zukünftigen Gemahl verstecken, ist das schon schlimm genug und kann unter Umständen unseren Tod bedeuten. Aber wenn Gregor herausfindet, dass Ihr sie liebt oder gar in Besitz genommen habt und sie ihm daher enthaltet, dann Gnade uns Edid … Stellt Euch vor, mit Euch hätte Gregor ein Druckmittel gegen Tesslon oder gar endlich einen Grund, in das Land Eures Vaters einzuziehen. Wollt Ihr ihm wirklich diesen Grund liefern?«

Erschrocken starrte Chace zu Boden. Daran hatte er gar nicht gedacht. Es war närrisch von ihm gewesen, nicht an die Konsequenzen seines Handelns zu denken.

»Bitte, Chace, tut mir den Gefallen und haltet Abstand. Für Tesslon.« Eds Ton klang nicht mehr wie ein Befehl, sondern nur noch nach einer Bitte.

»Können wir Belle nicht sagen, dass …?«

»Was wollt Ihr dem Mädchen sagen? Dass sie die Verlobte von König Gregor ist? Ich denke, dieser Umstand ist ihr bekannt und ihre Pflichten damit ebenso. Sie wirkte auf mich auch nicht gerade einsichtig oder zurückhaltend bei Eurem Kuss … Wenn Ihr etwas verlauten lasst, wird sie alles nur dementieren und kleinreden, ändern tut es dennoch nichts. Ihr könntet jedoch so dumm sein und trotzdem die Fehler begehen …«

Chace öffnete den Mund, um Ed zu widersprechen, doch abrupt wurde ihm bewusst, dass sein Freund recht hatte.

Nur ein Wort von Belle und es wäre dahin mit all seinen Vorsätzen.

»Und jetzt?«, gab der junge Prinz nach.

»Jetzt sagt Ihr Belle am besten, dass Ihr Euch unsicher wegen allem seid und etwas Abstand und Zeit braucht …«

Erstaunt sah Chace zu Ed. »Und das soll sie mir glauben?«

»Fällt Euch etwas Besseres ein?«

Kopfschüttelnd sah er Ed an, dann glitt sein Blick zu Belle, die er durch die Bäume gerade so erkennen konnte und die am Wasser saß und versuchte, ihr Kleid und ihre Arme von den blutigen Flecken zu befreien. *Soll ich das wirklich tun? Obwohl es mir das Herz bricht?*

Er spürte, wie sein Inneres zu zerreißen drohte, als er »Gut, ich mache es« murmelte.

Kapitel 5

Endline

Bled & Grip

»Sie müssen hier irgendwo ganz in der Nähe sein, das spüre ich!«

»Was Ihr spürt, ist die Gicht, die seit Jahren schon in Eurer jetzigen Gestalt herrscht. Ist Euch keine bessere Figur eingefallen, in die Ihr Euch hättet verwandeln können?«

Grip sah Bled genervt an. Letzterer hatte sich in einen alten Mann verwandelt, dem man kaum mehr zutraute ein Schwert zu halten, und dennoch kraftmäßig jedem normalen Menschen überlegen war, aber nur dank des Dämonenblutes …

Seit inzwischen gut einer Stunde faselte der Alte nun, dass die Prinzessin in der Nähe sein musste, aber nichts hatten sie bisher gefunden.

»Der Mann war ein Fährtensucher und seine Fähigkeiten sind gerade recht nützlich. Nützlicher zumindest als Eure … Meint Ihr nicht auch?«

Das hatte gesessen. Während Bled wenigstens Fährten fand, die sie verfolgen konnten, gelang es ihm nicht, eine Verbindung herzustellen. Weder zu dem einen Reiter, den er gesehen hatte, noch zu dem Mädchen. Beide blockierten seine Sicht, das Mädchen hatte ihn sogar gänzlich aus seinem Kopf geschmissen, was mehr als ungewöhnlich war …

Nervös wandte er sich dem Horizont zu. Der Tag war fast vorbei und sie hatten das Weibsstück erneut entkommen lassen. Gregor musste mehr als ungehalten sein. *Wir müssen sie finden. Bald.* Entschlossen wandte Grip sich wieder an Bled. »Los, hört auf zu reden und sucht weiter. Wir haben keine Zeit mehr!«

Sie würden weitersuchen. Bis sie die Prinzessin fanden.

Tag und Nacht.

Belle

Das Wasser war klar und erfrischend. Vielleicht aber auch einen Hauch zu erfrischend … Als ihr nackter Zeh die Oberfläche durchbrach, schüttelte es Belle vor Kälte und sie zog rasch den Fuß zurück. Vielleicht sollte sie sich darauf beschränken, das getrocknete Blut abzuwaschen und sich etwas frisch zu machen?

Ihr ganzer Körper rief nach ihrer warmen Wanne mit den verschiedenen ätherischen Ölen, die sie einfingen und entspannten. Weit und breit würde es für sie jedoch weder Wanne noch warmes Wasser geben.

Was habe ich eigentlich erwartet? Dachte ich wirklich, ich könnte baden gehen?

Gut, sie hätte ins Wasser gehen können, sich dabei aber nur mit großer Sicherheit den Tod geholt. *Dann verzichte ich eben auf ein Bad,* entschied sie und kniete sich stattdessen an den Rand des Wassers.

Ihre Fingerspitzen zuckten, als sie in das kühle Nass eintauchten. Nur widerwillig begann Belle sich mit dem Wasser zu waschen.

Sorgsam reinigte sie die kleine Wunde an ihrer Hand, die leicht schmerzte, und begann dann damit, ihr Gesicht zu waschen …

»Aua, verdammt!« Urplötzlich brannte ihr Arm wie Feuer. Erschrocken starrte sie auf die pochende Stelle. Wassertropfen hatten sich beim Waschen an ihren Handgelenken einen Weg nach unten gesucht und waren in Kontakt mit der langen Schnittwunde an ihrem Unterarm gekommen.

Der Schnitt selbst war nicht tief, dafür aber lang und war inzwischen mit getrocknetem Blut verkrustet.

Die Schwertwunde, die hatte sie ganz verdrängt gehabt …

Mit schmerzverzerrtem Gesicht machte sie sich daran, die Wunde von Dreck und Blut zu befreien. *Wenn sie sowieso schon brennt …*

Sie schnaufte und biss sich auf die Lippen.

Einigermaßen zufrieden mit ihrem Werk richtete sich Belle auf und zog ihre Schuhe wieder an.

Aufmerksam sah sie sich um. Auf den ersten Blick konnte sie Ed und Chace nicht sehen, doch dann erkannte sie die Farben ihrer Mäntel etwas weiter hinten im Wald. Die beiden standen nebeneinander und unterhielten sich. Belle fragte sich, ob sie zu ihnen gehen sollte. Unschlüssig stand sie am Wasser, dann wandte sie sich ab. Wenn die beiden gewollt hätten, dass sie ihre Worte hören sollte, hätten sie sie dazugerufen.

Gregor

Die Turmuhr hatte vor einiger Zeit Mitternacht geschlagen und noch immer hatte er keine Antwort von seinen Schergen erhalten. »Verdammt noch mal! Sind denn alle unfähig?«

Inzwischen hatte er sogar Boten nach ihnen ausgesandt, aber niemand hatte die beiden gesehen.

»Haben die sich etwa in Luft aufgelöst? Denken sie, mein Auftrag war ein Freikarte für ein gemütliches Plauderstündchen?« Gregor war in Rage und das nicht gerade wenig. Wütend warf er den Nachttisch, der neben seinem Bett stand, gegen die Wand. Das Holz hielt der Wucht des Aufpralles nicht stand und zerbarst. Zurück blieb nur ein Haufen mit kaputten Holzteilen.

Frustriert fuhr er sich durch die Haare und starrte er aus dem Fenster, als sich in seinem Kopf die Stimme meldete …

»Ich brauche das Mädchen! Lebend!« Die Stimme war ihm nicht neu, aber sie wurde immer lauter und aufbrausender und *das* machte ihm Sorgen.

Sein Gefühl sagte Gregor, dass er die Prinzessin lieber schnellstmöglich herschaffen sollte …

Einer spontanen Eingebung folgend machte er sich auf den Weg nach unten in den Kerker. Vielleicht wusste diese Person ja irgendetwas, das ihm helfen würde, Isabelle zu finden.

Knarrend schwang die Tür zum Kerker auf und gab den Blick auf die nach unten führende Treppe frei. Fackeln erhellten den Abstieg und langsam schritt Gregor die Stufen nach unten.

Die Person, die er suchte, bewohnte eine der ersten Zellen neben dem Fuß der Treppe. Mit einer angedeuteten Verbeugung öffnete ihm einer seiner Männer die Tür der gewünschten Zelle.

»Guten Abend, Alte«, zischte Gregor, als er eintrat.

Mit einem einzigen Blick hatte er den kargen Raum überflogen. Die Frau saß in einer Ecke der Zelle und starrte gegen die Wand. Sie regte sich nicht und Gregor war sich nicht sicher, ob sie ihn überhaupt gehört hatte.

»Ich sagte guten Abend!« Dieses Mal war seine Stimme um einiges schärfer, aber auch beim zweiten Mal sah die Frau ihn nicht an. Er trat näher an sie heran. Gläsern waren ihre Augen an die Wand neben ihm geheftet. Fast so, als gäbe es ein Fenster nach draußen mit einem wunderschönen Ausblick.

»Ich rede mit Euch!«, fuhr er sie wütend an und war mit einem weiteren Schritt unmittelbar neben ihr. Noch bevor sein Kopf zu denken begann, hatte er sie bereits gepackt und schüttelte sie kräftig.

»Sagt mir, Alte, wo ist das Mädchen? Wo will es hin? Hat es einen Ort, an dem es sich sicher fühlt? Sprecht!«

Doch sosehr er sie auch schüttelte, der ausdruckslose Blick wich nicht aus ihrem Gesicht. Im Gegenteil. Er verhärtete sich nur, und als die alte Frau schließlich anfing zu lachen, begann er zu begreifen. *Sie muss verrückt geworden sein!*

Angewidert ließ er sie los und auf der Stelle sank die Frau in sich zusammen.

Wütend wandte er sich in Richtung der Tür und marschierte aus der Zelle. Selina, die Amme, blieb zurück. »Was habt Ihr mit der Frau dort drinnen angestellt? Sie war die engste Vertraute der Prinzessin und jetzt kann sie nicht einmal mehr ein Wort herausbringen!«, fuhr Gregor einen der Männer vor der Zellentür an.

Ohne auch nur den Hauch einer Einschüchterung begann der Mann zu sprechen: »Ihr sagtet, wir können tun und lassen, was wir wollen, nur die Prinzessin wäre tabu. Wie sollten wir wissen, dass eine alte Frau aus dem Kerker wichtig für Euch ist? Wir haben nur ein paar Foltermethoden ausprobiert – nichts weiter …«

Gregor schnaubte vor Zorn und kochte innerlich, doch er zwang sich zur Ruhe. Sein Gegenüber hatte recht. Er erinnerte sich an die Worte, die er vor einiger Zeit selbst gesprochen hatte. Wenn er jetzt etwas Falsches tat, konnte es schwerwiegende Konsequenzen nach sich ziehen.

»Ihr habt recht.« Betont ruhig presste er die Worte hervor. »Die Amme hätte sicherlich sowieso keine brauchbaren Hinweise für mich besessen. Solltet Ihr jedoch wieder so etwas planen, wüsste ich vorher wenigstens gerne Bescheid.«

Noch bevor der Mann etwas erwidern konnte, erklomm Gregor bereits die ersten Stufen wieder nach oben. *Ich muss mir dringend etwas einfallen lassen, wie ich diese Männer kontrollieren und dennoch bei Laune halten kann. Im Moment bewege ich mich auf eindeutig zu dünnem Eis …*, ging es ihm durch den Kopf.

Belle

Die Nacht kam schnell und legte ihren dunklen Schatten über sie. Nur das Feuer spendete Licht und das Knistern der Flamme war das einzige Geräusch, das Belle hören konnte. *Es ist so still, dass es fast unheimlich ist …*

Belle wickelte sich stärker in ihren Umhang. Es war bitterkalt und die Dunkelheit und Stille der Nacht machten ihr Angst. *Irgendwo da draußen sind sie,* wurde ihr bewusst und ein erneutes Frösteln schüttelte ihren Körper.

Zu gerne hätte sie sich an Chace gekuschelt, damit es wenigstens etwas wärmer war, aber die Hoffnung, dass er ihr wieder Wärme und Geborgenheit schenken würde, hatte sich alsbald verflüchtigt.

Seit Ed und Chace aus dem Wald zurückgekehrt waren, hatte Letzterer sie kaum angesehen und ihre Nähe gemieden, wo es nur möglich war. Die einzigen Worte, die er ihr gegenüber verloren hatte, waren nur, dass er Abstand brauchte. Mehr hatte er ihr nicht verraten.

Nun saß Chace wenige Meter neben ihr am Feuer und verharrte beinahe regungslos, während er Wache hielt und Ed daneben schlief.

Unter der Vorgabe, sie würde ebenfalls schlafen, sah Belle den Prinzen unter halb gesenkten Augenlidern unentwegt an.

Sie konnte eine Spannung zwischen dem Mann dort am Feuer und sich spüren, wusste aber nicht so recht warum. *Was habe ich getan? Ist es wegen vorhin? Wegen des Kusses?*

Im Kopf ließ sie die letzten Stunden noch einmal Revue passieren, fand jedoch keinen rechten Anlass für das Verhalten des Prinzen. Schließlich hatte sie ihn nicht zu dem Kuss gezwungen … *Oder ist es einfach nichts und ich interpretiere zu viel hinein?*

Ein Knacken dicht an ihrem Kopf holte Belle aus ihren Gedanken. Chace war aufgestanden und legte einige Äste auf das Feuer, das angefangen hatte, nur noch zu glimmen. Kurz darauf loderten die Flammen wieder hell auf und fraßen sich durch die neue Nahrung.

Die plötzliche Helligkeit ließ Belle die Augen gänzlich schließen und dass keinen Moment zu früh. Sie spürte Chaces Blick auf sich und zwang sich, ruhig und tief zu atmen.

Ein- und wieder ausatmen … oder soll ich ihm zeigen, dass ich wach bin?

Der Drang, ihn zu berühren und sich in seine Arme zu kuscheln, flammte auf und fast krampfhaft überlegte Belle, was sie nun tun sollte. Letztendlich entschied sie sich dagegen. Besser, sie tat weiter, als würde sie schlafen; wenn Chace hätte zu ihr kommen wollen, hätte er es längst getan.

Was ist nur los mit mir?, befragte sie irritiert ihren Kopf. *Wir sind auf der Flucht und Gregor hat mir alles genommen. Meine Familie, meine Freunde, mein Reich … Und was tue ich? Ich denke an einen Mann, den ich kaum kenne. Wie kann ich nur so pietätlos sein?*

Belle erstarrte. *Vielleicht denkt er das auch?*

Zu ihrer unendlichen Erleichterung bemerkte sie, wie Chace sich von ihr abwandte und sich wieder an seinen Platz am Feuer setzte.

Ihre Anspannung ließ nach und ein leiser Seufzer entfuhr ihrer Kehle. Jäh bemerkte Belle die Müdigkeit, die sie bisher verdrängt hatte, und spürte, wie sie langsam ins Reich der Träume hinabglitt und in einen unruhigen Schlaf verfiel …

Kapitel 6

Endline

Ed

Die ganze Nacht über hatten Chace und er abwechselnd Wache gehalten. Trotz ihrer anfänglichen Befürchtungen war bisher alles ruhig geblieben.

Die letzte Wache vor dem Morgengrauen oblag ihm, und als die ersten Sonnenstrahlen sich über dem Horizont erstreckten, hatte Ed seine beiden Begleiter geweckt.

Das spärliche Mahl aus ein paar Beeren und den Resten ihrer Provianttaschen hatten sie wortlos hinter sich gebracht. Niemandem war zum Reden zumute.

»Isabelle, ich habe etwas für Euch.« Aus einer Dringlichkeit heraus durchbrach Ed die Stille und wandte sich an die etwas abseits sitzende Prinzessin.

»Ihr habt etwas für mich? Weshalb?« Ihre Stimme war leise und klang dennoch überrascht.

»Hier«, sagte er und übergab ihr den Gegenstand.

Erschrocken keuchte Belle auf. »Ein Dolch?« Ihre Augen spiegelten Entsetzen und Überraschung wider.

»Ja, mein Jagddolch.« Aufmunternd nickte Ed ihr zu.

»Aber was soll ich mit einem Dolch?«

»Eine dumme Frage, Isabelle. Ihn einsetzen natürlich! Verwahrt ihn gut und sicher. Sollte irgendetwas geschehen, könnt Ihr Euch mit ihm wehren …«

»Nein!« Nachdrücklich hielt sie ihm den Dolch wieder vor die Nase.

»Nein?«

»Ich weiß doch gar nicht, wie ich ihn einsetzen soll und gegen wen. Euch leistet er sicher bessere Dienste.«

Ed seufzte. »Ihr habt mich anscheinend nicht verstanden, Prinzessin. Ihr behaltet den Dolch und werdet ihn auch nutzen, wenn es darauf ankommt. Glaubt mir, wenn es so weit ist, werdet Ihr froh sein, ihn in Eurem Besitz zu wissen!«

Energisch wandte er sich von ihr ab. Eine solch unnötige Diskussion war das Letzte, was sie jetzt gebrauchen konnten.

Isabelle gab auf und zufrieden bemerkte er aus den Augenwinkeln, wie die Prinzessin unsicher den Dolch von einer in die andere Hand nahm und schließlich die Reste ihres Kleides nach oben schob, um diesen an ihrem Strumpfband zu befestigen.

Keine schlechte Idee, kam ihm in den Sinn und er zwang sich, das Mädchen nicht weiter zu beobachten. Einer Intuition folgend sah Ed zu seinem Begleiter, der sich den Anblick ebenfalls nicht entgehen ließ, aber im Gegensatz zu ihm nicht wusste, wann es genug war.

Leicht räuspernd sprach Ed weiter und stellte zufrieden fest, dass Chace sich ertappt zu ihm umdrehte. »Ich denke, wir haben inzwischen genug Zeit vertrödelt. Wir sollten satteln und uns auf den Weg machen.«

»Und wohin wollt Ihr?« Belle sah ihn fragend an.

»Dahin, wo wir schon längst hätten zurückkehren sollen. Nach Habicht, Tesslons Machtzentrum. Dort sollten wir sicher sein, aber vorerst müssen wir es überhaupt erst einmal in unser Königreich schaffen. Sobald wir dort sind, haben wir eine reelle Chance, Habicht zu erreichen …«

»Aber solange wir die Grenze nicht erreicht haben, stehen unsere Chancen schlecht, habe ich das richtig verstanden?« Nun war es an Chace, ihn ungläubig zu mustern.

»Was soll ich sagen? Soll ich es schönreden? Wir sind mitten im Nirgendwo und ein leichtes Ziel für jeden, der unseren Weg kreuzt. Von den Halbdämonen möchte ich gar nicht erst reden … Aber ich habe einen Plan, wie wir es dennoch schaffen könnten.«

»Und?«

»Was und?« Verständnislos sah er den Königssohn an.

Fast schon entnervt klang das Stöhnen, das Chaces Kehle entwich, ehe dieser zu sprechen begann. »Wie lautet Euer Plan, der uns bis zur Grenze bringen kann, ohne dass wir draufgehen?«

Ed wandte sich ab und sah in die Ferne. War es gut, die beiden in seinen Plan einzuweihen oder sollte er es lieber für sich behalten? Ed nutzte einen Mittelweg … »Bis zur Grenze sollten wir uns bedeckt halten und unsere Route ein klein wenig vom offensichtlichen Weg ändern.« Zufrieden mit seiner Antwort, hob Ed seinen Sattel vom Boden auf und ging zu Achmis, der neben Goatee stand und genüsslich am Gras knabberte. Für ihn war das Gespräch beendet, aber Chace war anderer Meinung. »Könntet Ihr aufhören, ständig in Rätseln zu sprechen? Ich möchte Antworten und zwar jetzt! Wer glaubt Ihr, wer Ihr seid, dass Ihr denkt, mich einfach so abfertigen zu können?!«

Die Schimpftirade kam wie aus heiterem Himmel und Ed zuckte des ungewohnten Tonfalls wegen zusammen. Aber der Schreck hielt nicht lange an und wandelte sich in Wut. »Chace, Ihr solltet bedenken, mit wem Ihr sprecht«, wies er seinen Schützling zurecht.

»Ach ja? Sollte ich? Ihr solltet wohl besser überlegen, wer Euch gegenübersteht!« Herausfordernd sah der junge Prinz ihn an.

Was sollte das? Wollte Chace tatsächlich mitten in diesem gottverlassenen Wald eine Szene machen? »Ich glaube, dass muss ich nicht. Ich weiß, mit wem ich spreche, mein *Prinz*!« Das letzte Wort triefte nur so vor Verachtung und er sah, dass es nun Chace war, der zusammenzuckte. Ehe der junge Mann noch etwas erwidern konnte, besann sich Ed und wurde versöhnlich. Was brachte ihnen auch ein Streit? Sie waren gemeinsam auf der Flucht und vertaten nur unnötig Zeit. »Ich denke, wir sollten unsere Gemüter beruhigen. Ein Streit bringt uns alle nicht weiter. Wenn Ihr der Meinung seid, alles unbedingt wissen zu müssen, dann werde ich Euch meinen vorläufigen Plan eben verraten.«

Ed erwischte sich dabei, wie er hoffte, dass Chace einlenken würde. Dass der Prinz sagte, er müsse es doch nicht unbedingt wissen, aber seine Hoffnung wurde bitter enttäuscht. Der junge Mann blieb stumm und sah ihn fragend an. Ed seufzte. »Wir halten an unserem Ziel fest, aber wir werden nicht den kürzesten und damit offensichtlichsten aller Wege nutzen. Stattdessen schlagen wir uns weiter durch die Einöde, halten uns von jeglichen Menschen fern und ändern die Richtung. Statt flussaufwärts, reiten wir flussabwärts bis zur nächsten Furt.«

»Die nächste Furt? Warum nehmen wir keine der Brücken? Furten sind unsicher und trügerisch …«, entgegnete Chace und tat damit genau das, was Ed befürchtet hatte. Er diskutierte.

»Mag sein, aber das gehört zu meinem Plan und den wolltet Ihr wissen. Also, lasst uns losreiten, oder wollt Ihr hierbleiben und auf unsere Verfolger warten?«

Ein wütendes Schnauben war die Antwort, aber Chace hatte den Wink verstanden. Anstatt weiter zu diskutieren, zog er nur murmelnd Goatees Sattelgurt fest.

Erleichtert, ihm nicht alles verraten und sich sauber aus der Affäre gezogen zu haben, schwang Ed sich in den Sattel und ließ sein Pferd antraben. Die anderen folgten ihm kurz darauf.

Gregor

In dem königlichen Schlafgemach herrschte eine dämmrige Stimmung. Alle Vorhänge waren zugezogen, um das Licht des neuen Tages sorgfältig aus den Räumen zu verbannen.

Nichts war Gregor mehr zuwider, als von der Sonne geweckt zu werden. Außer vielleicht, wenn einer der Diener ihn aus dem Schlaf riss …

»Eure Majestät, das Morgenmahl ist angerichtet.« Der Diener verbeugte sich tief und war schon an der Tür, um sich zu entfernen, als die Worte endlich bis zu Gregor durchdrangen. *Die Sonne ist wieder aufgegangen. Ein neuer Morgen.* »Warum weckt Ihr mich? Gibt es Neuigkeiten?« bellte er.

»Nein Herr, ich …« Weiter kam der Diener nicht, da Gregor ihm wütend das Wort abschnitt. »*Darum* weckt Ihr mich? Wegen solch einer Nichtigkeit wagt Ihr es, Euren König aus dem Schlaf zu reißen?«

Gregor richtete sich im Bett auf und krallte seine linke Hand in die Matratze. »Meint Ihr nicht, dass ich mir den ganzen Tag Frühstück machen lassen kann, wenn ich das will?«

»Ich wollte nur …«

»Ihr wolltet? Wisst Ihr, was ich will? Neuigkeiten oder meine Frau und wenn Ihr beides nicht habt, dann verschwindet! Andernfalls vergesse ich mich noch!«

So schnell seine Beine es zuließen, verließ der Diener das Zimmer und mit einem Knall schlug die Tür hinter ihm zu.

»Verdammt!«, fluchte Gregor und griff sich an den Kopf, der dank des lauten Knalls wieder zu schmerzen begann.

Umständlich schälte sich der neue König aus den Laken und brauchte einen Moment, um sich zu orientieren. Er befand sich in den königlichen Gemächern Trebins, die vor wenigen Tagen noch Elias zugestanden hatten. Langsam, aber beständig kamen die Erinnerungen der letzten Tage wieder. Insbesondere des gestrigen Abends, an dem er zu seinem Leidwesen dem Wein etwas zu stark zugesprochen hatte. Gregor erinnerte sich an die Magd und an die Wut, die er gehabt hatte, weil niemand es geschafft hatte, ihm die Prinzessin zu bringen. Nun war ein neuer Tag angebrochen und immer noch gab es keine Spur von Bled und Grip.

Frustriert fuhr Gregor sich durch die Haare und stieg aus dem Bett. *Warum dauert es so lange? Warum können sie mir das Mädchen nicht einfach bringen?* Unruhe ergriff Gregor, als er sich anzog.

Seine Schergen mussten das Mädchen schnellstmöglich finden. Zum einen wollte er endlich die Stimme in seinem Kopf besänftigen, und zum anderen war Isabelle in den falschen Händen zu gefährlich.

Dafür habe ich zu hart gearbeitet. Dieses Miststück wird mir nicht alles zerstören!, dachte er.

Grimmig wandte er sich zum Bett um und versenkte seine Faust im Kopfkissen, um sich abzureagieren. Als kurz darauf Hunderte von Federn um ihn herum tanzten und ihn zwangen zu niesen, keuchte er. *Ich muss hier raus und mich auf andere Gedanken bringen.*

Chace

Es war Mittag, als sie den Wald verließen und die weiten Auenwiesen des Sumils sich vor ihnen erstreckten. Der Himmel über ihnen war klar und bis auf eine sanfte Brise ging kein Lüftchen. Es versprach ein wundervoller Tag zu werden, der im Gegensatz zur Nacht einen Umhang wieder mal unnötig werden ließ.

Im schnellen Trab ritten sie über die saftig grünen Wiesen. Dieses Mal jedoch hielten sie sich nicht wie am Vortag flussaufwärts, sondern flussabwärts.

Chace wusste nicht, ob diese Idee von Ed die beste gewesen war. Ein gutes Stück würden sie den Weg von gestern zurückreiten oder zumindest in Sichtkontakt zu diesem. Was wäre, wenn die Halbdämonen ihnen entgegenkamen?

Wachsam glitt sein Blick in die Richtung, aus der sie gekommen waren, doch niemand war zu sehen. Waren die Schergen wirklich schon im Wald gewesen, wie Ed es gehofft hatte? Der Gedanke daran ließ ihn zusammenzucken.

Chace wandte sich wieder Goatee zu, der frisch und ausgeruht eindeutig zu viel Energie hatte. Nur schwer konnte er den Hengst zurückhalten, damit dieser nicht in den Galopp verfiel. »Langsam, mein Junge, du brauchst deine Kräfte noch!«, wisperte er ihm beschwichtigend zu. Das Tier schnaubte, als würde es ihm antworten, und beruhigt sah Chace nach vorne. Sein Blick streifte dabei unabsichtlich Belle, die ihn angesehen hatte und sich ertappt schnell abwandte.

Chace holte tief Luft. *Es ist deine eigene Schuld*, schimpfte er sich.

Sein Herz hatte geblutet, als er ihr die Ausrede mit dem Abstand erzählt hatte. In ihren Augen hatte er gelesen, dass sie ihm keines seiner Worte glaubte, und die Unwissenheit, in der sie von diesem Moment an gefangen war, tat ihm leid. Ed jedoch hatte recht. In Belles Nähe konnte er einfach nicht mehr klar denken. Über kurz oder lang würde er etwas tun, das er später bitterlich bereuen würde.

Soll sie mich lieber für einen Mistkerl halten, als dass ich mir die Schuld eines Krieges auflade.

Aber andererseits, wenn sie Belle mitnahmen und vor Gregor versteckten, war das nicht auch ein Grund für eine Kriegserklärung?

Kopfschüttelnd verdrängte Chace den letzten Gedanken wieder. In Bezug auf Belle gab es einfach kein ›richtig‹.

Belle

Was ist nur los mit ihm? Warum ist er so anders? Innerlich ganz zerrissen sah sie zu dem Reiter neben sich. Chace hatte seit den gefaselten Worten über Abstand am Vorabend nicht mehr mit ihr geredet. Wenn sie sich nicht irrte, hatte er sie seit gestern überhaupt noch nicht angesehen. Als hätte er ihre Gedanken gelesen, sah er kurz darauf in ihre Richtung.

Abrupt schaute sie weg. *Was machst du denn? Du wolltest doch, dass er dich ansieht …* Ihre innerliche Zerrissenheit wuchs beständig und nervös rutschte sie auf Charlottes Rücken hin und her, was die kleine Stute mit einem nervösen Schnauben quittierte.

»Ich hör ja schon auf«, murmelte Belle und streichelte den Hals des Tieres. »Ach Charlotte, was soll ich nur machen? Was ist auf einmal mit ihm los?«, flüsterte sie so leise, dass sie ihre Worte selbst kaum verstand.

Ed

Die Auenwiesen vor ihnen waren weit und boten kaum Deckung. Dass sie einen beträchtlichen Weg von gestern zurückritten, trug zusätzlich nicht gerade dazu bei, dass er ruhiger wurde.

Im Gegenteil, nervös und mit angespannten Sinnen sah er sich immer wieder um.

Bewusst hatte Ed einen leichten Trab angeschlagen, um die Kräfte der Pferde für den Ernstfall zu schonen. Seine Nerven waren zum Zerreißen angespannt, und während seine Ohren und Augen automatisch selbst die kleinsten Geräusche und Bewegungen registrierten, arbeitete es in seinem Kopf unaufhörlich.

Immer mehr nahm sein Plan detaillierte Formen an und ihm wurde bewusst, wie wichtig es war, dass sie es bis zur Furt schafften. *Statt der Furt nutzen wir das seichte Wasser des Sumils am Ufer und reiten in Richtung der Selmana zurück nach Endline … damit werden sie nicht rechnen …*

Auf diese Weise erhoffte sich Ed, dass sie ihre Verfolger auf eine falsche Fährte locken würden. Im besten Fall würden die Schergen die

Furt nehmen und sie in Tesslon weiter verfolgen, während sie endlich eine reale Chance haben würden, heil aus diesem Dilemma herauszukommen. Ihr Weg würde am Ende zwar um einiges weiter sein, aber was waren schon Meilen, wenn sie dadurch überleben würden?

Ed warf einen Blick über seine Schulter zu Chace und Belle, beide waren gleichauf, sprachen jedoch kein Wort.

Konnte er das Risiko eingehen, ihnen den restlichen Plan zu verraten? Er entschied sich dagegen. Wissen war Macht und niemand konnte sagen, wie weit die Fähigkeiten der Halbdämonen tatsächlich reichten …

Kapitel 7

Endline

Grip & Bled

»Jetzt macht schon, Bled! Wir haben schon viel zu viel Zeit vertrödelt! Gestern hatten wir sie fast und jetzt könnten sie schon weiß Gott wo sein! Spürt Ihr es nicht auch? Gregor ist ganz außer sich! Verständlich, wenn man bedenkt, dass wir noch nie Probleme hatten, einen Auftrag zügig auszuführen!« Grip war mehr als erzürnt über Bled. Gut, sein Freund war nie der hellste Stern am Nachthimmel gewesen, aber so dumm und nutzlos hatte er sich bisher noch nie aufgeführt. Immer wieder zwang er sie, Pause zu machen, um seinen belanglosen Trieben nachzugehen.

»Warum regt Ihr Euch so auf? Wir haben doch alle Zeit der Welt!« Bled legte den Kopf schief und sah zu ihm.

»Alle Zeit der Welt? Sep hat das Mädchen entkommen lassen und wurde ins Gebirge geschickt, und nun schaffen wir es nicht, Isabelle wiederzubekommen. Was denkt Ihr, wird Gregor mit uns machen?«

»Wir beschaffen sie doch, nur eben etwas später.« Bled zuckte nur mit den Achseln und verschwand wieder im Haus.

Kann dieser Idiot eigentlich gar nichts ernst nehmen? Genervt starrte Grip auf die Szene vor sich. Inzwischen war es früher Vormittag und der Himmel wurde immer heller, während die Sonne mit ihren Strahlen wärmte. Es versprach im Gegensatz zu der eisigen Nacht ein warmer Frühlingstag zu werden und Grip stellte erfreut fest, dass auch ihm langsam wieder wärmer wurde.

»Prinz, oh pardon, König Gregor will das Mädchen wiederhaben, und je länger wir brauchen, desto ungehaltener wird er. Ich spüre immer stärker seine Wut. Jetzt beeilt Euch doch, wir müssen los!« Auffordernd sah er in die Richtung, in der Bled verschwunden war.

Sie waren bei ihrer Suche auf einen kleinen Hof gestoßen, und während er weiterreiten und suchen wollte, hatte Bled beschlossen, dass er Hunger hatte und eine Pause brauchte.

Allen Einwänden zum Trotz hatte sich sein Halbbruder am Ende durchgesetzt und nun waren sie hier und die Zeit rann ihnen durch die Finger.

Ein kläglicher Schrei drang aus dem Haus zu ihm herüber. Flehen und Bitten folgten und ein Lächeln erschien auf Grips Gesicht. Die Menschen dachten wirklich immer, dass ihr Gejammer etwas brachte, aber außer ihm Kopfschmerzen tat es das nicht …

Unvermittelt brachen die Rufe ab und Grip kaute weiter an dem Brot, das Bled ihm gegeben hatte und das die Hausbewohner nun kaum mehr brauchen konnten.

Wartend stand er da und sah zur Tür des Hauses. Er wartete darauf, dass Bled endlich fertig wurde … *Lange kann es nicht mehr dauern.*

Als jedoch die Minuten verrannen, trat er unruhig von einem Bein auf das andere.

Im Gegensatz zu Bled hatte er eine Verbindung zu Gregor und spürte, wie dessen Wut und Ungeduld immer unberechenbarer wurde. Wenn sie das Mädchen nicht bald zu ihm brachten, würde es große Konsequenzen für sie haben.

»Bled, jetzt werdet fertig. Wir müssen weiter! Das Mädchen bringt sich nicht von allein zurück und mit jeder Minute wächst ihr Vorsprung.«

»Jaja …« Bled trat aus dem niedrigen Gebäude und knetete seine Hände. »Ich bin doch schon da, aber Ihr wisst doch genauso gut wie ich, dass die keine Chance haben. Wir haben ihre Fährte und wissen, wo sie hinwollen. Das kann man kaum noch als Jagd, geschweige denn als Vergnügen bezeichnen. Es ist kaum mehr als ein Einsammeln. Wir brauchen doch nur vor ihnen an der Brücke zu sein und dort auf sie warten …«

Grip schüttelte den Kopf. »Falsch, wenn wir zur Brücke reiten, entkommen sie uns. Ihre Fährte führt nicht westlich genug, sie werden auf die Furt zusteuern, und nun kommt! Wir sollten los und endlich unseren Auftrag erledigen!«

Grips Blick richtete sich in die Ferne. Er war nicht so zuversichtlich wie Bled. Die Suche nach der Prinzessin bereitete mehr Schwierigkeiten als erwartet. Nicht nur, dass sie kaum brauchbare Spuren hatten, auch die Zufälle wie Bleds unkontrollierte Attacken häuften sich. *Seltsam,* dachte Grip. *Irgendetwas ist an dem Mädchen äußerst seltsam …*

Chace

Es fühlte sich an, als wären sie seit Tagen unterwegs, doch es war wohl nur eine Stunde, als Ed sein Pferd zügelte und sie im Schritt weiterliefen. Sie bewegten sich im Schatten einiger kahler Bäume, die in der Nähe des Flussufers standen, und Ed wollte die Deckung nutzen, um den Pferden eine Ruhephase zu gönnen.

Chace schloss zu ihm auf und sah ihn auffordernd an.

Stumm war er seinem Freund gefolgt, hatte ihm vertraut und getan, was der gewollt hatte, ohne es zu hinterfragen. Doch nun brauchte er eine Antwort auf diese eine Frage, die ihm seit der letzten Stunde einfach nicht mehr aus dem Kopf wollte: »Wart Ihr eigentlich jemals meine Freunde – Twin und Ihr? Wart Ihr freiwillig bei mir oder nur, weil mein Vater es befohlen hat?«

Aufmerksam musterte Chace das Gesicht seines *Freundes,* der krampfhaft nach vorne starrte und keinen Ton von sich gab.

»Seid Ihr wenigstens der, der Ihr vorgebt zu sein, oder ist Eure ganze Familiengeschichte nur erfunden?« Er hatte befürchtet, nein gehofft, dass Ed ihm diese Fragen nicht beantworten, dass er einfach weiter stumm bleiben und so tun würde, als wäre nichts gewesen, doch er sollte sich irren.

Ed war mitsamt Pferd schlagartig stehen geblieben und plötzlich herrschte eine schier erdrückende Stille.

»Ed?«

»Ihr habt recht, mein Prinz, ich war nie der, der ich vorgab zu sein. Ich habe gar keine Familiengeschichte, genauso wie Twin. Im Gegenteil, ich weiß gar nichts über meine Familie, nur die Lügen, die sie Euch aufgetischt haben, und diese habe ich zu meinen eigenen gemacht. Wir sind mit Euch aufgewachsen, nicht aus Sympathie, sondern weil wir es mussten. Wir hatten kaum eine andere Wahl. *Aber*, und ich spreche auch im Namen von Twin, unsere Freundschaft war echt. Wir haben Euch gemocht, gleichwohl wir von Anfang an nur für einen Zweck und Ziel auf die Welt kamen, Euren Schutz.« Ed hielt kurz inne und schaute in die Ferne. »Diese Aufgabe werde ich bis zu meinem letzten Atemzug erfüllen, so wie Twin es getan hat.«

»Ich wusste es.« Tief in seinem Inneren hatte Chace es immer gewusst, aber die Bestätigung schmeckte trotzdem bitter.

»Wir sollten weiterziehen. Ich habe das Gefühl, dass wir beobachtet werden.«

Chace sah zu Ed auf und nickte. Was sollte er auch sonst machen? Sich weigern? Ohne ein weiteres Wort trieb Ed sein Pferd an und ritt an ihm vorbei. Belle, die diskret im Hintergrund geblieben war, schickte sich an, diesem zu folgen und warf ihm dabei einen aufmunternden Blick zu. Chace wandte sich ab, er wollte jetzt nicht aufgemuntert werden.

Einen Moment, einen Augenblick für sich ganz allein war alles, was er wollte.

Goatee unter ihm scharrte nervös und wollte nicht allein zurückbleiben, doch Chace hielt ihn zurück. Gleich würden sie den anderen folgen.

Gleich.

Belle

Ohne es zu wollen, hatte sie das Gespräch zwischen Ed und Chace mitbekommen und wusste nicht so recht, was sie sagen sollte.

Soll ich überhaupt etwas sagen?, fragte sich Belle und warf einen Blick zu Chace, der wirkte, als hätte man ihm ein Brett vor den Kopf gestoßen. *Der Arme …* Als Ed geendet hatte und weiterritt, warf sie Chace noch ein aufmunterndes Nicken zu. Sie spürte, dass er einen Moment für sich allein gut brauchen konnte. Der Mann, dem sie zunickte, wandte sich jedoch abrupt von ihr ab. *Habe ich etwas Falsches getan?* Irritiert sah sie ihn an und spürte ein seltsames Ziehen in ihrer Magengegend. Was war nur los mit ihm? Warum verhielt er sich so eigenartig?

Traurigkeit durchtränkt mit Verständnislosigkeit machte sich in ihr breit, aber Belle zwang sich, nichts davon nach außen dringen zu lassen. *Ich werde ihm nicht zeigen, wie sehr er mich verletzt. Niemals!*

Ganz Prinzessin richtete sie sich auf, drapierte den Rest ihres Kleides neu und ritt hocherhobenen Hauptes an dem Königssohn vorbei, obwohl ihr innerlich zum Heulen zumute war.

Viele Meilen weit waren sie getrabt, ehe sie vor einer weiteren großen Ebene in einen schnellen Galopp gefallen waren.

Die Pferde schwitzten und Belle spürte, wie Charlotte langsamer und der Abstand zu den anderen immer größer wurde. *Sie kann das Tempo nicht mehr lange durchhalten,* wurde ihr bewusst und ihr Blick glitt zwischen den Pferdeohren hindurch nach vorne.

Wenn er die Furt meint, die ich kenne, sind es noch mindestens zehn Meilen. Das schafft sie niemals!

Angstvoll ließ Belle den Blick zu dem Tier unter sich gleiten.

Es atmete schwer, die Flanken vibrierten und die Brust hob und senkte sich ungewöhnlich schnell. Der herbe Schweißgeruch drang ihr in die Nase und Belle betete, dass die anderen Reiter langsamer werden würden.

Die Reiter vor ihr zügelten im nächsten Moment tatsächlich ihre Pferde und wechselten in den Schritt. War es Zufall oder hatte man bemerkt, dass sie zurückfiel? Vollkommen außer Atem schloss sie zu ihnen auf und ihre Augen suchten die Umgebung ab. Unmittelbar vor ihnen schlängelte sich der Sumil durch sein Bett. Sein steiniges Ufer war wenig einladend und das Wasser dahinter wirkte tief.

Irritiert sah Belle zu Ed. *Hier gibt es keine Furt und gab es nie … Was will er hier?*

Ohne ein Wort der Begründung trieb Ed vor ihnen sein Pferd ins Wasser. Das Tier scheute und stieg, als die klare Flüssigkeit seine Hufe umspülte. Wasser spritzte und schlug Wellen, während das Tier kämpfte, doch sein Reiter blieb hart.

Nach einem kurzen verbissenen Kampf gewann Ed schließlich die Oberhand und Achmis gehorchte.

Belle beobachtete ihn verwundert und sah, wie er sein Pferd durch das seichte Uferwasser steuerte.

Er will hier nicht den Fluss überqueren, er will unsere Spuren verwischen, wurde ihr bewusst.

Ed

Achmis stieg und buckelte unter ihm. Wasser spritzte auf seine Schuhe, seine Hose und sein Gesicht, aber es war ihm egal. Sie mussten durch das Wasser. Es gab nur diesen einen Weg und er konnte keine Rücksicht auf Achmis' Angst nehmen.

Jäh hörte der Kampf unter ihm auf. Überrascht starrte er nach unten. Das Tier zitterte, blieb jedoch ruhig. »Alles gut, mein Junge!«, sprach er dem Hengst gut zu und tätschelte ihm den Hals. Ed hatte es sich weitaus schlimmer vorgestellt und innerlich schon mit einer Verweigerung gerechnet. Erleichtert über den Verlauf atmete er kurz durch, dann ließ er Achmis mit einem leichten Schenkeldruck Schritt gehen.

Seit nunmehr einer Stunde folgten sie still dem Fluss in Richtung des Meeres. Ed hatte sorgsam Ausschau gehalten und weder Mensch noch Tier in ihrer Nähe ausmachen können. *Vielleicht fallen sie wirklich darauf herein …*

»Ed, warum sind wir nicht bis zur Furt galoppiert? Warum vertrödeln wir hier unsere Zeit?« Chace hatte zu ihm aufgeschlossen und sah ihn fragend an.

Seine Reaktion war verständlich, er kannte ja nur den halben Plan. »Wir vertrödeln keine Zeit, mein Prinz – wir verwischen unsere Spuren oder tun wenigstens so als ob.«

»Als ob? Was habt Ihr uns verschwiegen?« Ed hörte, wie Chace die Luft einsog.

»Ich habe Euch nichts verschwiegen. Solange ich mir nicht sicher bin, dass es mir gelingt, wollte ich keine falschen Hoffnungen wecken …«, antwortete Ed ausweichend.

Was sollte er auch sonst sagen; dass er Angst hatte, sie würden es ungewollt den Schergen verraten? Dies käme der Aussage gleich, dass er ihnen nicht vertraute …

»Falsche Hoffnungen wecken? Was habt Ihr vor, Ed?« Chace sah nicht aus, als wenn er sich mit einer lapidaren Ausrede abfinden würde. Ed stieß einen Seufzer aus. »Na gut. Ich hoffe, die Schergen denken, dass wir unseren Weg über die Furt verschleiern wollen.«

»Und das wollen wir nicht?«

»Nein! Wir werden dem Fluss bis zu den Sumachen folgen und von dort aus nehmen wir eine andere Route nach Tesslon.«

»Wir reiten zurück?« Die Stimme der Prinzessin kam aus dem Hintergrund und war kaum zu verstehen.

»Ja, Prinzessin – ich hoffe, die Schergen fallen auf unsere List herein und nehmen die Furt. Das würde uns einiges an Zeit verschaffen und diese brauchen wir dringend.«

Oh ja, Zeit wäre etwas Wunderbares …

»Zeit? Wofür brauchen wir Zeit? Wenn sie so stark und zuverlässig sind, wir Ihr sagtet, werden sie uns überall finden. Wir können uns doch gar nicht verstecken und schützen kann uns auch niemand …« Belles Stimme klang verzweifelt und Ed musterte sie sorgsam. Die Prinzessin wirkte geschafft und aufgewühlt. Lag es an den Umständen ihrer Flucht, dem Tod ihrer Familie oder doch eher an der abweisenden Art, die Chace ihr gegenüber an den Tag legte? Selbst jetzt, wo sie fast neben ihm ritt, bedachte der Königssohn sie nicht einmal mit einem Blick.

Fast schon traurig bemerkte Ed die Spannung zwischen ihnen und verfluchte den Umstand. *Es ist besser so!*, versuchte er sich selbst einzureden.

»Seht Ihr Gregors Schergen denn irgendwo oder spürt Ihr sie? Ich nicht … Sie liegen aus irgendwelchen Gründen weit hinter uns zurück und das sollten wir nutzen. Es ist unsere Chance – unsere einzige … Oder wollt Ihr einfach so aufgeben? Wollt Ihr etwa zurück zu diesem neuen König?«

Ed sah, wie Belle bei dem letzten Wort zusammenzuckte und sich dann in Schweigen hüllte.

Belle

Wir kehren zurück …

Sie hatte nie gedacht, dass sie die Sumachen und ihre Heimat so bald wiedersehen würde, aber statt Freude empfand sie nur Angst.

Jeder Schritt, der sie näher an ihr altes Zuhause brachte, war wie bittere Galle. *Vielleicht erhoffen sich die Halbdämonen ja diesen Zug von uns und warten nur darauf, dass wir ihnen in die Arme laufen?* Belle schüttelte den Kopf und versuchte, den Gedanken zu vertreiben. Seit diese Monster versucht hatten, in ihren Kopf zu gelangen, hatte sie deren Gegenwart in ihrer Nähe gespürt, aber egal, wie sehr sie sich auch bemühte, seit geraumer Zeit waren sie nicht mehr da. *Sie müssen weit hinter uns sein …*

Eigentlich hätte sie dieser Umstand erfreuen müssen, aber die Aussicht, in ihre alte Heimat zurückzukehren, überschattete alles. Gab es Trebin überhaupt noch? Die Stadt – das Schloss? Oder hatte Gregor alles bis auf die Grundmauern zerstören lassen?

Wie erging es der Bevölkerung? Saß Camelia womöglich auf ihrem Thron, wie sie es immer schon gewollt hatte? Mit Gregor an ihrer Seite? Nur: Wozu brauchte man sie eigentlich noch, wenn Gregor bereits alles, was ihr gehört hatte, besaß?

Wortlos passierten die drei Reiter die Stelle, an der sich die Furt befand. Belle warf einen Blick zurück auf die besagte Stelle im Fluss. Die Furt war mehrere Meilen weit und breit, die einzige Möglichkeit zur Überquerung des Flusses. Fast jeder, der zwischen Tesslon und Endline Handel trieb oder auf Reisen ging, musste sie zwangsläufig nutzen. Als Belle wieder nach vorne schaute, sah sie, wie Ed nervös seinen Blick streifen ließ.

Er hat Angst, dass uns jemand sieht, ging es Belle durch den Kopf. Glücklicherweise war niemand in der Nähe. Belle blickte zum Ufer und verfolgte mit ihren Augen die Fuß- und Hufabdrücke im sandigen Uferbereich, die in Richtung der Furt führten. Ein paar mehr oder weniger würden bei der Masse kaum auffallen.

Hoffentlich behält Ed recht …

Zwei Meilen nach der Furt erreichten sie einen kleinen Wald, der sich links und rechts des Flusses erstreckte und Belle völlig unbekannt war. Die Bäume reichten bis unmittelbar an das Wasser und ihre dichten Tannenzweige hingen über dem Ufer wie ein Vorhang, der undurchdringbar wirkte. Ed gab ihnen ein Zeichen, stehen zu bleiben. »Ich fürchte, wir müssen aus dem Wasser und uns einen Weg an Land suchen. Hier kommen wir kaum …« Er brach mitten im Satz ab.

»Was …?«, begann Belle, hörte aber überrascht auf, als Ed ihr bedeutete, still zu sein.

Was hat er denn?, fragte sie sich und sah sich nervös um. Kurz darauf hörte Belle es und erstarrte. *Hufgetrappel und Stimmen.*

Wachsam sahen Ed und Chace sich um. Ihre Hände griffen intuitiv nach den Waffen. Belle sah die Anspannung ihrer Körper, als die Geräusche immer lauter wurden.

Oh mein Gott, sie kommen auf uns zu. Sie wissen, wo wir sind!

Schon darauf gefasst, entdeckt zu werden, bemerkte Belle nicht sofort, wie Ed ruhig vom Pferd stieg und ihnen verdeutlichte, es ihm gleichzutun und zu folgen. Neugierig sah sie ihm zu, wie er sich dicht am Ufer entlangschob und kurz darauf samt Pferd unter dem Vorhang aus tief hängenden Ästen verschwand.

Als sie ihren Blick von Ed löste, stand Chace bereits neben ihr im Wasser und schickte sich an, ihm zu folgen, ohne auch nur nach ihr zu sehen.

Bin ich etwa unsichtbar? Irritiert starrte Belle dem Mann nach, der sie vor ein paar Tagen unbedingt hatte wiedersehen wollen und der in ihr das Verlangen auslöste, in seinen Armen zu liegen und seine Lippen spüren zu wollen.

Was ist nur sein Problem?, fragte sich Belle, fand aber beim besten Willen keine Antwort darauf. *Ach verdammt, ich brauche ihn nicht!* Mit einer Mischung aus Frustration und Entschlossenheit schwang Belle sich aus dem Sattel und fühlte sich plötzlich angenehm beflügelt. Sie brauchte keinen Mann – brauchte sie nie.

Doch der Enthusiasmus hielt nur für den Bruchteil einer Sekunde.

»Oh …« *Verfluchter Mist!* Das Wasser, das ihre Knöchel umspielte, war eiskalt und sie konnte sich nur mit Mühe im letzten Moment beherrschen, nicht laut zu fluchen. Belle verharrte in ihrer Bewegung und wartete einen Augenblick in der Hoffnung, sich an die Temperatur zu gewöhnen. Doch es war vergebens. Die Geräusche und Stimmen um sie herum wurden indes lauter und Belle zwang sich, den Männern, die sie inzwischen allein gelassen hatten, zu folgen.

Der Vorhang aus Tannennadeln war dicht und verbarg ihr die Sicht auf Ed oder Chace. *Zumindest wird uns hier keiner finden,* stellte sie fest und watete weiter. Den Kopf einziehend, kroch sie unter den Ästen hindurch. Charlotte hinter ihr schnaubte, als ihr Rücken von einem der Zweige gestreift wurde, und blieb ruckartig stehen. Belle erstarrte vor Schreck und hielt den Atem an.

Hatte womöglich jemand das Schnauben gehört? Sie verharrte kurz, die Stimmen waren zwar immer noch da, aber sie klangen weiter entfernt und nicht sonderlich aufgeregt.

Sie sind weitergezogen, stellte Belle beruhigt fest und ein kurzer Zug am Zügel genügte, damit sie ihren Weg fortsetzen konnten.

Belle stapfte durch das Wasser, das an manchen Stellen tiefer war, und ihre Beine wurden langsam, aber sicher taub vor Kälte. Die Kälte war jedoch noch ihr geringstes Problem. Nein, die größten Schwierigkeiten hatte sie mit ihrem Kleid, das sich immer stärker mit der klaren Flüssigkeit vollsog und dadurch immer schwerer wurde. Mit jedem Schritt fiel sie weiter hinter den Männern zurück, die sie lange schon nicht mehr sehen und hören konnte. Waren sie überhaupt noch vor ihr?

Blöde Frage, wo sollen sie denn sonst hin sein? Belle verdrehte genervt die Augen und spürte, wie die Kälte immer stärker von ihr Besitz ergriff. Ohne es zu wollen, begann sie zu zittern und blieb kurz stehen, um zu verschnaufen.

Am liebsten hätte sie Ed und Chace hinterhergerufen, aber was brachte das Gejammer schon? *Es bringt uns nur in Gefahr, und selbst wenn Chace mich hören sollte, wird es ihn kaum kümmern ...* Ein tiefer Seufzer entfuhr ihrer Kehle und Belle machte sich daran, weiterzulaufen oder es zumindest zu versuchen. *Wenigstens sind die Fremden vorbeigezogen und haben uns nicht entdeckt.* Etwas Positives musste der Ausflug in die Nässe und Kälte ja haben.

Belle kam es vor, als wären Stunden vergangen, als das Wasser endlich wieder flacher wurde. In Wirklichkeit waren es wohl eher nur ein paar Minuten gewesen, dennoch ... *Haben wir es geschafft?*

Hoffnung keimte in ihr auf, doch schneller fortbewegen konnte sie sich trotzdem nicht. Selbst als sie Ed und Chace, die einige Meter weiter auf sie warteten, zwischen den sich lichtenden Bäumen sah, kam sie nur langsam voran, und das eher wankend als laufend. Belle spürte, wie ihre Kraft nachließ und wollte erschöpft kurz durchatmen, als sie eine Bewegung wahrnahm und plötzlich erstarrte. »Lasst die Pferde los und haltet Eure Hände dort, wo ich sie sehen kann!«, ertönte kurz darauf eine unbekannte Stimme.

Kapitel 8

Endline

Gregor

Wütend schritt er in seinem Audienzsaal auf und ab. Endlich hatte ihn eine Nachricht von Bled und Grip erreicht. Doch deren Inhalt stimmte ihn nicht gerade fröhlich. Laut ihrer Aussage hatten sie das Mädchen immer noch nicht, aber sie versprachen eine baldige, erfolgreiche Rückkehr.

Gregor versuchte ruhig zu atmen, sich zu beruhigen, aber es gelang ihm nur schwer. Etwas in ihm wollte das Mädchen, und zwar sofort. Eine seiner Hände glitt zum Kragen seines Wamses und begann, die Knöpfe zu lösen. Ihm war warm, nein … ihm war furchtbar heiß und er bekam keine Luft mehr. Schwer atmend ließ er sich auf einem Stuhl in der Nähe nieder.

»Ich brauche sie! Ich brauche sie! ICH BRAUCHE SIE!«, schrie die Stimme tief in seinem Inneren, doch es war nicht die seine …

Gregor hörte diese Stimme schon seit seiner frühesten Kindheit, doch noch niemals hatte sie so von ihm Besitz ergriffen wie jetzt … Wie konnte das nur sein?

Zehn Jahre zuvor

Der Junge war mit seinen dreizehn Jahren klein und schmächtig. Als einziger Sohn des Königs sollte er einmal die Krone Fallendays erben, doch seinem Vater missfiel der Gedanke daran.

»Du bist ein Schwächling und wirst es wohl immer bleiben! Du wärst in der Kinderstube bei deinen Schwestern sitzend und mit Puppen spielend besser aufgehoben als auf dem Thron. Doch mich hat ja niemand gefragt, sondern nur mit *einem* schwächlichen Sohn bedacht. Was habe ich den Göttern nur getan, dass man mir dich gegeben hat?«

Der Mann betonte die Worte, als wären sie reinstes Gift, und das waren sie für den Jungen am Ende auch ... Die Meinung seines Vaters war ihm nicht unbekannt, aber vor der gesamten Dienerschaft derart beschimpft zu werden, ging stark auf das Gemüt des Jungen, der nur schwerlich über die Jahre gelernt hatte, seine Gefühle hinter einer emotionslosen Maske zu verstecken. Und gleichwohl die Gesichtszüge des Jungen während dieser neuen Schimpftirade keine Regung zuließen, stürzte das Kind, das sich dahinter verbarg, in ein tiefes Loch.

Hasste sein Vater ihn wirklich so sehr? War er es nicht wert, ein Thronerbe zu sein? War er überhaupt etwas wert?

Es waren diese Fragen, die er sich fortwährend stellte, denn nie war jemand da, um seinem Vater zu widersprechen. Niemand *wollte* dem König widersprechen.

Keine Mutter, kein Vertrauter, kein Soldat, kein Diener ... Niemand. Gregor fühlte sich unendlich allein.

»Aber Ihr seid nicht allein. Ihr habt mich!« Der junge Gregor erschrak und sah sich um. Nur sein Vater befand sich in unmittelbarer Nähe zu ihm und starrte ihn abschätzig an.

»Ihr braucht Euch nicht umzusehen. Man sieht mich nicht – ich bin in Euch.«

Bei den Worten zuckte Gregor erneut zusammen. Auch seinem Vater entging dieses Zucken nicht. »Geh mir aus Augen, bevor du noch anfängst zu flennen wie ein kleines Mädchen!«, schrie König Edwin ihn an und wandte sich ruckartig von ihm ab.

Der Bruchteil der Sekunde, die sein Vater ihn zuvor angesehen hatte, hatte jedoch gereicht. Gregor hatte den Spott und die Geringschätzigkeit gesehen, die in dessen Augen lag. Ohne zu protestieren oder noch ein einziges Wort anzubringen, wandte der junge Prinz sich um und verließ mit hängenden Schultern den Raum.

»Ich weiß einen Weg, wie Euch nie wieder jemand so ansehen wird. Einen Weg, der Euch die Trauer und Einsamkeit nimmt und niemand Euch mehr etwas anhaben kann ...«, säuselte die Stimme in seinem Kopf.

Heute

Die Stimme war nach all den Jahren immer noch da, heute stärker als jemals zuvor. Mit einem Mal gekommen, hatte sie ihm einen Ausweg aus seiner Verletzlichkeit gezeigt. Und was für einen!

»Schwäche lässt sich nur mit Härte bekämpfen«, hatte die Stimme ihm damals eingebläut – und sie hatte recht. Immer wenn sein Vater ihn mit Geringschätzigkeit oder Gehässigkeit bedacht hatte, fraß er es nicht mehr in sich hinein, sondern verwandelte seine Traurigkeit in Wut. Wut gegen alles und jeden.

Was zunächst mit Tieren und Schlägen begann, wurde an dem Tag, an dem Grip, Sep und Bled plötzlich in sein Leben traten, ganz anders.

Er war jemand ganz anderes.

Doch als die Stimme ihm den richtigen Weg gewiesen hatte, war sie urplötzlich verstummt und das jahrelang. Fast so, als hätte sie ihre Arbeit erledigt, und Gregor hatte sie fast vergessen, bis sie vor gut zwei Jahren wiederkehrte und ihm die Pläne ins Ohr flüsterte, die ihn bis hierher gebracht hatten. Seitdem war die Stimme immer bei ihm. Half ihm, beriet ihn, aber sie hielt sich stets im Hintergrund.

Zumindest bis zu jenem Tag, an dem er die Prinzessin fast getötet hätte. Als er über ihr hockte und ihre Bewegungen langsamer wurden, hatte die Stimme in seinem Kopf damit begonnen, ihn anzuschreien:

»Hört sofort auf damit. Ich – Wir brauchen sie! Ich befehle Euch, sie loszulassen!«

Irritiert hatte er seinen Druck auf das Kissen gelockert. Seine Arme hatten gebebt, und als Camelia und die Wachen in das Zimmer drangen, war er wie von Sinnen gewesen.

»Ihr seid ein Nichtsnutz und hättet beinahe alles zerstört!«, hatte die Stimme in seinem Kopf ihn angebrüllt und damit üble Kopfschmerzen ausgelöst. Der Gedanke an diese schmerzte ihn jetzt noch.

Seit jenem Tag also war die Stimme mehr als deutlich und sie hatte sich verändert. Sie gab ihm Befehle – keine Ratschläge mehr. Und ihr jetziger Befehl war: *»Holt die Prinzessin her!«*

Nur konnte diese ihm bislang niemand bringen …

Kapitel 9

Endline

Ed

Er hatte sie weder gehört noch kommen sehen, doch nun standen sie da und sie saßen in der Falle. Waren es gewöhnliche Diebe oder Gregors Söldner?

Wachsam blickte er die Böschung hinauf. Es waren zu viele. Vielleicht an die zwanzig Mann, sie hatten neben den gezückten Schwertern auch gespannte Bögen und warteten nur darauf, dass sie eine falsche Bewegung machten.

Ed nickte den anderen zu, bevor er wie in Zeitlupe die Zügel seines Hengstes losließ und die Hände hob. Die anderen taten es ihm gleich.

»Gut, und nun kommt heraus, aber etwas plötzlich!«, fauchte ihn ein Mann an, der eben an das Ufer getreten war. Ed schätzte ihn auf Mitte zwanzig. Seine Kleidung war gepflegt und die eines Edelmannes. Er trug hohe Stiefel, einen sauberen Reiseumhang sowie Handschuhe und war – welch ein Wunder – bewaffnet. Unauffällig sah Ed sich um. *Der ist gewiss nicht zu Fuß unterwegs! Vielleicht trägt eines der Pferde ein Wappen am Zaum?* Doch er konnte keine anderen Pferde außer den ihren ausmachen. Fast zwanghaft suchte er nach Hinweisen, die die Herkunft der Männer um sie herum verrieten, fand jedoch keine. *Zu wem gehören sie nur?!*

Unter den wachsamen Blicken vieler Augenpaare wateten die drei in Richtung Ufer. Ed nahm schwere und erschöpfte Schritte hinter sich wahr. Etwas schien mit Isabelle nicht zu stimmen, doch er erlaubte es sich nicht, sich umzudrehen.

Chace und er standen bereits mit festem Boden unter den Füßen da, als der Mann, der ihn zuvor aufgefordert hatte, aus dem Wasser zu kommen, wenige Meter neben ihm nach vorne in ebendieses schnellte und Belle grob packte. »Wird es bald?«, fuhr der junge Mann die Prinzessin genervt an. »Wir haben nicht den ganzen Tag Zeit!«, meckerte er und zog das Mädchen grob zu sich heran, um es dann mit gierigen Blicken zu mustern. Ein anerkennendes Raunen ging durch die Reihen der Männer.

Aus den Augenwinkeln sah Ed, wie Chace zusammenzuckte und den Mund öffnete, um etwas zu sagen. Im letzten Moment konnte er ihm jedoch noch ein unauffälliges Zeichen geben.

Unter gar keinen Umständen dürfen diese Männer erfahren, wer wir sind!, versuchte er ihm mit seinem Blick zu verdeutlichen. Chace verstand sofort und wandte sich resigniert ab.

Und schon gar nicht dürfen sie erahnen, was ihr fühlt …, fügte Ed in Gedanken noch hinzu und schickte ein kurzes Stoßgebet zum Himmel.

Der Mann, der sie ihn Empfang genommen hatte, wandte den Blick kurz von Belle ab, gab ein Zeichen und jemand trat hervor, um die Pferde wegzuführen. Mit prüfendem Blick wandte der Mann sich ihnen wieder zu. »Ihr seid mir ja eine interessante Truppe. Seht mir nicht aus wie Diebe oder Gaukler – wer seid Ihr? Und wollt Ihr nicht Eure Waffen ablegen? Unsere Unterhaltung wäre doch viel netter, wenn wir nicht aufeinander losgehen würden.«

Er deutete auf die einsatzbereiten Männer um sie herum.

Wir haben keine Chance. Bevor wir auch nur einen Schritt gegen sie unternehmen, sind wir tot. Resigniert machte Ed sein Schwert vom Gürtel ab und ließ es zu Boden fallen. Ein weiteres Klirren verriet ihm, dass Chace es ihm gleichgetan haben musste. Die Fremden kamen näher und schlossen sie ein.

Sie saßen unwiderruflich in der Falle.

Belle

Grobe Finger schlossen sich um ihr rechtes Handgelenk und zogen sie mit einem Ruck an Land. Interessierte, fast gierige Blicke prasselten gleich darauf auf sie nieder und ihr wurde bewusst, dass sie in einem klitschnassen und damit sehr eng anliegenden Kleid vor diesen fremden Männern stand, die immer näher kamen.

Röte stieg in ihre Wangen und vertrieb die Kälte einen Moment aus ihrem Körper. Der Mann unmittelbar neben ihr hatte immer noch seine Hand um ihr Handgelenk geschlossen, und zu ihrem Leidwesen musste sie feststellen, dass er Handschuhe trug und damit keine Probleme hatte, sie zu berühren.

»So weit, so gut, und nun … Wer seid Ihr?«

»Das geht Euch gar nichts an!« Eds Stimme kam ihr zuvor und klang beherrscht.

»Ach nein? Ihr seid meine Gefangenen. Ich denke, Ihr seid nicht in der Lage, zu entscheiden, was mich etwas angeht und was nicht!« Scharf sah der Mann ihnen nacheinander in die Augen und zog dann eine Augenbraue nach oben. »Nun?«

Doch statt einer Antwort, herrschte nur Stille.

Namen sind gefährlich – sie wollen also nicht, dass jemand weiß, wer wir sind, kam Belle der Gedanke.

»Gut also, wenn Ihr mir nicht antworten wollt, dann machen wir es eben auf die harte Tour. Männer, fesselt sie!« Er deutete auf Ed und Chace, die kurz darauf schon Seile um die Hände gewickelt bekamen und abgeführt zu werden drohten.

»Und um Euch, mein Täubchen, kümmere ich mich höchstpersönlich. Vielleicht verratet Ihr mir ja Eure Namen und was das Ziel Eurer Reise ist«, säuselte er an sie gewandt und zog sie dichter zu sich heran.

Belle zog die Luft tief ein. Was sollte sie tun? *Bleib ruhig und denk nach!* Sie dachte an die Ausbildung in Sachen Selbstverteidigung, auf die ihr Vater bestanden hatte. Zwar hatte sie damals nicht gelernt, wie sie mit einem Dolch umgehen konnte, aber … *Wie war das noch mal?*

»Mir erscheint Euer Kleid doch ziemlich nass. Wir sollten in unser Lager gehen, wo ich mit Freuden helfen werde, Euch des Stoffes zu entledigen.« Sein Lächeln war dreckig und wollte nicht ganz zu seinem restlichen Gesichtsausdruck passen. Seine braunen Augen wirkten interessiert, aber nicht gefährlich. Trotzdem versteifte sich jede Faser ihres Körpers.

»Nein danke!«, fauchte sie ihn an, was ihr ein Gejohle bei den übrigen Männern einbrachte.

»Lasst sie in Ruhe!«, presste eine Stimme zu ihrer Rechten hervor.

Chace! Ihr Blick glitt zu ihm, aber er sah sie nicht an. *Warum in aller Welt kann er mich nicht mal mehr ansehen?*

»Ach Bürschchen, habe ich hier etwa dein Liebchen?« Fasziniert sah der junge Mann zwischen ihnen hin und her. Konnte er die Anspannung spüren, die zwischen ihnen herrschte?

Doch statt Chace, ergriff Ed das Wort: »Nein, wir kennen sie kaum, aber das hält uns nicht davon ab, sie zu schützen! Lasst sie in Frieden.« Seine Stimme klang ruhig und beherrscht, besaß aber auch einen Tonfall, der keinen Raum für Einwände ließ.

Belle sah, wie der Fremde und Ed sich musterten, und spürte, wie der Griff des Mannes sich leicht lockerte.

Blitzschnell analysierte Belle ihre Situation. Bisher hatte er nur ihr rechtes Handgelenk in seiner Gewalt. Mehr schien er nicht für nötig zu halten. *Denkt er wirklich, ich bin so leichte Beute?* Dass die Leute, insbesondere Männer, sie ständig unterschätzten, nervte sie. Da kam ihr eine Idee … Die Waffen ihrer Begleiter lagen immer noch am Boden, Ed und Chace waren zwar gefesselt, aber …

Ein grollendes Lachen entfuhr der Kehle des Mannes, der sie festhielt, und ließ sie zusammenzucken. *Was ist los?* Verwirrt blickte sie zu Ed und Chace, die ihr gefesselt immer noch gegenüberstanden und ebenso ratlos wirkten, obwohl sie sorgsam jeglichen Blickkontakt vermieden.

»Ach, eine Unbekannte, die mit Euch reist, und das soll ich Euch glauben?«, brüllte der Mann vor Lachen. Dann atmete er tief durch und räusperte sich. »Aber nun gut, wir haben genug Zeit vertrödelt. Wir werden schon noch herausfinden, wer Ihr seid, keine Sorge. Bis dahin werdet Ihr uns einfach ein bisschen Gesellschaft leisten, und wenn die Kleine Euch hier so unbekannt ist, macht es Euch sicher nichts aus, wenn ich sie mir leihe.« Besitzergreifend schlang der Fremde seine noch freie Hand um ihre Taille und zog Belle ganz nah an sich heran.

»Lasst Eure dreckigen Hände von ihr«, hörte sie die Stimme von Chace, die fast nur noch ein Knurren war.

»Ich denke nicht.« Verschmitzt lächelnd kam das Gesicht des jungen Mannes ihr immer näher. Sie sah seine braunen Augen, die sie neugierig taxierten und nach einer Gefühlsregung suchten.

Die kannst du vergeblich suchen!, dachte sie. Völlig ausdruckslos starrte sie zurück und entlockte ihm ein Lächeln, das seine perfekten weißen Zähne entblößte. Genauer betrachtet war er vielleicht Mitte zwanzig und weder dreckig noch hässlich ... *Sonderlich charmant aber auch nicht.*

Wenige Meter neben ihr versuchte Chace, seine Fesseln zu lösen und sich loszureißen. Nur mit Mühe und Not gelang es den beiden Männern, die ihn abführen sollten, ihn zu halten.

Ach, jetzt sieht er mich also!, kam es Belle in den Sinn, sie unterband aber jeden weiteren Gedanken daran. Sie war schließlich kein trotziges Kleinkind, sondern eine Prinzessin! Und jetzt hatte sie andere Probleme ... Dieser Mann, dessen Attraktivität ihr erst jetzt bewusst wurde, kam ihr zu nah, viel zu nah, und auch wenn Ed und Chace etwas tun wollten, so konnten sie nicht. *Ich muss mir selbst helfen und wenn auch nur, um meine Ehre zu retten!*

Die durch Chace verursachte Unruhe ließ ihr Gegenüber einen Moment innehalten und sich umschauen. Belle spürte, dass die Hand um ihr Handgelenk nur locker dort saß. Auch sein Griff um ihre Taille war nicht sonderlich fest. Ihre Ellenbogen lagen frei ...

»Menoftra«, zischte sie und hoffte, dass das Wort die Fesseln ihrer Begleiter lösen würde.

»Was?« Erstaunt starrte der Mann zu ihr hinunter. Nur ein Blinzeln später trat sie ihm schon zwischen die Beine, woraufhin er ihre Taille losließ und versuchte, sein schmerzverzerrtes Gesicht zu kaschieren. Die fremden Männer um sie herum lachten laut auf und beobachteten sie interessiert. Belle musste unweigerlich ebenfalls lächeln, doch noch hielt der Mann ihr Handgelenk.

Schnell rammte sie ihm den entsprechenden Ellenbogen in die Seite und drehte sich einmal um ihn herum. Hinter ihm stehend hatte er zwar immer noch ihr Handgelenk in seiner Hand, sein Griff war jedoch nicht fest genug. Blitzschnell fasste sie nach, und bevor er auch nur realisierte, was sie vorhatte, hatte sie bereits sein Handgelenk in *ihrer* Gewalt.

Grob zog sie es nach hinten und nur Sekunden darauf lag das Messer an seiner Kehle. *Habe ich das gerade wirklich getan?* Adrenalin durchflutete ihren Körper, aber sie durfte nicht unachtsam werden! Eine freie Hand besaß der Mann schließlich noch!

Warum kamen Ed und Chace ihr nicht zu Hilfe? War ihre Magie gescheitert und die Fesseln nicht gelöst?

Belle erlaubte sich einen Seitenblick auf ihre Begleiter. Die Seile hingen lose an deren Handgelenken hinab, aber die beiden Männer bemerkten es nicht. Sie waren zu beschäftigt damit sie ungläubig anzustarren. *Mist! Zumindest haben sie Chace losgelassen. Wenigstens etwas …*

Der Mann vor ihr bewegte sich leicht und ungewollt schnitt sie ihn. Rote Tropfen suchten sich ihren Weg an seinem Hals entlang. *Oh nein! Das wollte ich nicht! Oder doch?* Aber was wollte sie jetzt eigentlich? Ihn überwältigen oder gar umbringen? Auf jeden Fall musste er schleunigst mit dem Gezappel aufhören. »Keine Bewegung mehr, sonst rutscht mir womöglich noch das Messer aus!«, hauchte sie ihm ins Ohr und stellte plötzlich fest, dass die Umgebung sich veränderte. Die Männer um sie herum traten mit erhobenen Schwertern auf sie zu. Fanden sie es vorher noch witzig, dass eine Frau ihren Anführer im Klammergriff hielt, waren sie von dem Messer und dem Umstand, dass sie ihn töten konnte, »not amused«, wie ihre Großmutter vor ihrem Tod stets zu sagen pflegte.

Endlich erwachten auch Ed und Chace aus ihrer Trance und begriffen, dass ihre Fesseln gelöst waren. Auch wenn sie nicht verstanden warum, griffen sie wenigstens nach ihren Waffen, die immer noch am Boden lagen, und stellten sich den Männern entgegen.

Hier stehen wir also. Drei gegen wie viele? Zwanzig? Keine guten Aussichten. Ed schien derselbe Gedanke zu quälen, aber einfach aufgeben konnten sie auch nicht.

»Was zum Teufel ist denn hier los?« Ein Mann Anfang vierzig trat auf die Lichtung und war sichtlich irritiert von dem, was er vor sich sah. Ungläubig ließ er seinen Blick über die Szene gleiten.

»Waffen runter! *Alle*!«, raunte er.

Ein Murren ging durch die Reihen der fremden Männer.

»Wird es bald!«, brüllte der Hinzugetretene und kurz darauf ließen ihre Gegner die Waffen sinken.

»Ed, ich wäre erfreut, wenn Ihr es meinen Männern gleichtun würdet und besonders, wenn Eure Begleitung meinen Sohn am Leben ließe.«

Ed? Der Mann kennt seinen Namen? Kennen sie sich? Neugierig blickte sie zu Ed, sah das Aufleuchten in dessen Augen, das ihr bewusst machte, dass sie sich wirklich kennen mussten.

Belle bemerkte nicht, dass sie unabsichtlich den Griff gelockert hatte, dafür aber ihr Gegner, der ihr den Dolch urplötzlich aus der Hand schlug und sich anschickte, Belle wieder in seine Gewalt zu bringen.

Ist es vielleicht doch eine Falle? Sie stand immer noch hinter ihm und hatte seine eine Hand in ihrer Gewalt, während die andere nach ihr suchte. Ohne weiter nachzudenken, zog sie sein Handgelenk noch weiter nach hinten. Ein Schmerzlaut entfuhr dem Mann, sein Stand wurde unsicher, und in diesem Moment trat Belle ihm die Beine weg. Der Fremde taumelte einen Augenblick, dann fiel er und zog sie mit sich. Krachend fiel sie auf ihn.

Ed

Warum die Fesseln plötzlich gelöst waren, wusste er nicht. Einen Moment starrte er auf seine Hände hinunter. Der Mann vorhin hatte sie gut verschnürt, sogar so straff gezogen, dass seine Hände langsam taub geworden waren, und nun hingen die Seile nur noch schlaff und drohten herunterzufallen. *Wie ist das nur möglich?*

Doch die Szene vor ihm holte ihn aus seiner Gedankenwelt heraus. Er warf einen Blick über die Schulter, und als er erkannte, dass Chace von den Männern losgelassen worden war und auch dessen Fesseln gelöst waren, nickte er ihm zu und fast synchron stürzten sie sich auf die Waffen. Nur Sekunden später standen sie den immer näher rückenden Männern gegenüber. *Wir haben keine Chance*, bemerkte er.

»Waffen runter. *Alle!*« Die Stimme kam ihm bekannt vor und interessiert blickte er sich, den Verursacher suchend, um.

»Wird es bald!« Die fremden Männer folgten widerwillig den Worten, aber er blieb kampfbereit, zumindest bis … »Ed, ich wäre erfreut, wenn Ihr es meinen Männern gleichtun würdet und besonders, wenn Eure Begleitung meinen Sohn am Leben ließe.«

Sein Blick fand den Sprecher und sein Herz machte einen Sprung vor Freude. Augenblicklich ließ er das Schwert sinken.

»Omir! Alter Freund, es fühlt sich an wie Jahre, dass ich Euch gesehen habe, und dabei waren es nur wenige Wochen.«

»Ja, und bei den Göttern, ich habe Euch und den Prinzen endlich gefunden. Wo ist Twin? In der Nähe? Wie geht es Euch? König Sephin schickte uns, Euch zu suchen …« Omir wollte weitersprechen, da lenkte ihn etwas ab. Ed folgte seinem Blick und er traute seinen Augen kaum. Nach der Einlage mit dem Dolch, die er dem Mädchen nie zugetraut hätte, dachte er, alles gesehen zu haben, aber nun war sie dabei, den Mann, der ihm nun als Omirs Sohn bekannt war, auf die Matte oder besser gesagt den Boden zu schicken. Glücklicherweise hatten sie den Dolch irgendwie aus dem Spiel gebracht.

Woher kann sie das nur? Er hatte kaum den Gedanken zu Ende gebracht, da lag der junge Mann auch schon im Sand des Ufers und Belle auf ihm.

Ed musterte angespannt Omir, der jedoch in helles Gelächter ausbrach. »Mensch, das habe ich auch nicht alle Tage. Eine Frau, die meinen Sohn außer Gefecht setzen kann.« Omir schritt auf die Szene zu und bot Belle seine Hand an. »Darf ich Euch beim Aufstehen helfen, Mylady, oder muss ich Angst haben, dass Ihr mich ebenfalls zu Boden schickt?«

Belle nickte stumm und Ed sah, dass sie rot wurde, als sie sich aufhelfen ließ. Etwas grimmig murmelnd erhob sich auch der junge Mann daneben, klopfte sich den Staub vom Umhang und versuchte sich dann vom inzwischen teilweise geronnen Blut am Hals zu befreien.

Omir lachte und wandte sich wieder ihnen zu.

»Farin«, murmelte Chace und seine Stimme klang ganz und gar nicht erfreut. Ed sah seinen Schützling scharf an, der junge Prinz sollte lieber auf seinen Tonfall achten.

»Nun, wir wurden unterbrochen. Also? Wie geht es Euch, was ist geschehen?«, setzte Omir noch nach, als er Belles Verletzung und ihr zerfetztes Kleid näher in Augenschein nahm. »Was führt Euch hierher? Wir haben Euch zwar gesucht, aber offen gestanden waren wir hier nur durch Zufall. Ich habe nicht erwartet, Euch in diesem Teil des Landes zu finden …«

Chace setzte an, etwas zu sagen, doch Ed schaffte es, ihm im letzten Moment noch zuvorzukommen. »Wir sind auf dem Heimweg nach Tesslon. Wie Ihr sicherlich wisst, waren wir in Trebin eingeladen und wir waren auch in der Stadt, doch als die Nachricht über den Tod des Königs und die Verlobung der Prinzessin uns erreichte, sahen wir keinen Sinn mehr darin, das Schloss aufzusuchen. Wir haben uns zur Rückkehr nach Habicht entschlossen, als wir durch Zufall ein Gespräch aufgeschnappt haben. Demnach will der neue König Gregor Chace aus dem Weg haben … Aus Angst haben wir auf Briefe und jeglichen Kontakt zu anderen Menschen verzichtet und sind sofort los.«

Omir lauschte ihm zunächst stumm und nickte. »Und was ist mit Twin geschehen?« Seine Stimme war fast ein Flüstern.

»Tot. Wir wurden überfallen und er starb bei dem Versuch, Chace zu beschützen.«

Der Mann seufzte. »Das wird irgendwann unser aller unausweichliches Schicksal zu sein. Meint Ihr nicht auch, Ed? Wir sterben für die uns Anvertrauten … Bei Edid, er war ein guter Kerl und ich hoffe, dass er in Frieden ruhen kann!«

»Das hoffe ich auch«, murmelte Ed.

»Nun gut, wir können das Geschehene nicht ungeschehen machen. Lassen wir ihn ruhen. Sagt mir nun, wer diese Augenweide ist, die Euch begleitet?« Interessiert sah Omir zur Prinzessin.

Sollte er ihn einweihen? Andererseits, warum sollte er die Pferde scheu machen? Wenn Omir wusste, wer sie war, würde es womöglich alles nur noch verkomplizieren.

Ed zuckte mit den Achseln. »Auf dem Rückweg passierten wir ein zerstörtes Dorf. Alle waren tot bis auf sie. Wir konnten sie nicht allein zurücklassen und nahmen sie mit.«

Einen prüfenden Blick auf Belle werfend, hatte Omir seinen Worten gelauscht. Für einen Moment erstarrte Ed. Würde sein alter Freund und Lehrer ihm Glauben schenken?

»Das arme Kind … Ihr wart schon immer weich, Ed, eine Eurer guten Eigenschaften«, sagte sein Gegenüber schließlich und die Anspannung fiel von Ed ab.

Omir wandte sich energisch ab, seiner Auffassung nach hatten sie genug Zeit vertrödelt. »Nun gut, wir können das Geschehene nicht ändern, aber für die Zukunft sind wir selbst verantwortlich. Fürs Erste schlage ich vor, dass wir nach Kretin zurückkehren. Dort haben wir uns vorläufig einquartiert und die dicken Mauern sollten Eure Verfolger erst einmal abschrecken. Außerdem ist da jemand, der schon sehnsüchtig auf Chace wartet.«

Sein Blick wanderte zu Belle. »Und Ihr, meine Liebe, solltet besser schnell aus Eurer nassen Kleidung heraus.«

Kapitel 10

Endline

Omir

Wachsam wanderten Omirs Blicke über den Wald, vereinzeltes Vogelgezwitscher drang an sein Ohr, ansonsten herrschte Stille.

Die Stille des Frühlings oder die Ruhe vor dem Sturm? Omir wusste es nicht.

Alles um sie herum war so ruhig, wirkte so friedlich.

Der Weg, den er gewählt hatte, war abgeschieden und kaum mehr als ein Trampelpfad. Er erwartete nicht, auf jemanden zu treffen, dennoch war Omir angespannt, und zwar so sehr, dass ein Reh, das plötzlich im Dickicht auftauchte, ihn für einen Moment vollkommen aus dem Konzept brachte.

»Alles in Ordnung, Vater?« Farin hatte zu ihm aufgeschlossen und sah ihn fragend an.

»Ja, alles ist gut. Ich denke nur, wir sollten schnellstmöglich nach Kretin. Diese Gegend ist mir unheimlich …«

Farin nickte und ließ sich wieder etwas zurückfallen. Omir atmete tief durch. *Ruhig, du wirst dich doch nicht von einem Reh aus der Ruhe bringen lassen!,* schimpfte er sich selbst.

Der Herzog von Kretin residierte in einer der gut befestigten Burganlagen entlang der Grenze von Endline und Tesslon. Dort hatten sie ihr Lager aufgeschlagen und Omir hoffte, dass sie die Burg Kretin noch vor Einbruch der Nacht erreichen würden.

Zumindest stand für ihn fest, dass er kein Lager in dieser gottverdammten Einöde aufschlagen würde. Lieber befahl er, die ganze Nacht hindurch zu reiten.

Omir warf einen Blick über seine linke Schulter zu seinem Sohn, der dazu übergegangen war, ihren Neuankömmlingen misstrauische Blicke zuzuwerfen, und daher nicht bemerkte, wie Omir ihn musterte. Fast drei Jahre lange hatte er ihn nicht gesehen. Drei Jahre, in denen Farin seine Ausbildung bei den besten Lehrmeistern des Landes absolviert hatte und die Gastfreundschaft des Herzogs von Kretin genoss.

Er ist gewachsen, stellte Omir fest. Aber nicht nur in die Höhe, auch seine Statur war um einiges stattlicher als noch vor drei Jahren. *Sie müssen ihn hart rangenommen haben. Hoffentlich hat es ihm etwas gebracht.*

Eines Tages, so viel stand fest, würde Farin seinen Platz als rechte Hand des Königs einnehmen. Das war seine Bestimmung und darauf arbeitete er hin. »Na, mein lieber Sohn? Gefällt dir, was du siehst?«, rief er ihm ironisch zu. Abrupt wandte Farin sich zu ihm und sah ihn ertappt an.

»Ich habe nur …«, murmelte er und schloss auf, damit sie leiser reden konnten.

»Was hast du nur?« Fragend sah Omir ihn an, obwohl er sich denken konnte, was Farins Problem war.

»Nichts«, murmelte der junge Mann.

»Farin? Du weißt, dass du dieses Verhalten ablegen musst, und zwar besser früher als später … Eines Tages ist er der König und du wirst seine rechte Hand sein. Was auch immer geschehen ist, muss endlich begraben werden.« Mit festem Blick sah Omir seinen Sohn an. Er meinte es ernst. Tief in seinem Inneren hatte er gehofft, dass die Ausbildung fernab des Hofes die Anspannung nehmen würde, aber seine Hoffnung schien sich nicht erfüllt zu haben. »Hat deine Ausbildung außerhalb der Hauptstadt überhaupt etwas gebracht? An deiner Haltung hat sich nichts geändert, und wenn dich selbst eine Frau zu Boden schicken kann, dann waren die drei Jahre, die du uns allein gelassen hast, vielleicht doch nicht so sinnvoll?«

Farin quittierte seine Frage nur mit einem wütenden Schnauben und Omir wurde bewusst, dass er bei ihrem ersten wirklichen Gespräch nach Jahren vielleicht doch etwas zu weit gegangen war. »Es tut mir leid, Farin. Ich weiß, es geht nur den Prinzen und dich etwas an, aber denk bitte in Zukunft an meine Worte. Wenn du dich an sie hältst, würde es einiges erleichtern. Nun …« Er klatschte in die Hände und sah ihn belustigt an, um die Härte aus dem Gespräch zu nehmen. »… sag mir, wie eine Frau es schaffen konnte, dich zu Boden zu werfen.«

»Sie hat mich einfach auf dem falschen Fuß erwischt, ich war nicht darauf gefasst.«

Verwundert sah Omir zu seinem Sohn. »Habe ich dich nicht gelehrt, nie auf das Äußere eines Gegners zu achten? Habe ich dir dies nicht jahrelang eingebläut? Du darfst die Menschen nicht unterschätzen. In einem richtigen Kampf hätte dich dieser Fehler das Leben kosten können. Legen deine Lehrmeister in Kretin darauf denn gar keinen Wert?« Diesen Umstand konnte Omir sich nur schwerlich vorstellen.

»Schon, aber …« Farin wurde mit einem Mal kleinlaut, was Omir ganz und gar nicht gefiel. *Er verhält sich, als wäre er immer noch ein Kind …* »Was heißt hier *aber*? Legt man Wert darauf oder nicht?«, fragte er schärfer nach.

»Ja legt man, Vater. Es war ein Fehler, sie zu unterschätzen. Es geschieht nie wieder.« Farins Stimme klang genervt und Omir warf ihm einen drohenden Blick zu. »Ich will nicht, dass du mir sagst, was ich hören will. Du sollst es ernst meinen und es dir auch annehmen! Wenn du meinen Platz einnimmst, darf so etwas nie wieder geschehen!«

Betreten sah Farin ihm in die Augen. Mit einer so deutlichen Ansage hatte er allem Anschein nach nicht gerechnet.

»Nun gut, ich will mich mit dir nicht streiten. Am besten, wir vergessen den heutigen Tag einfach«, sagte er bestimmt und spähte nach vorn. Das Gespräch war beendet.

Ed und Chace, die sich leise unterhielten, ritten gut hundert Meter weiter vor ihnen in der Formation.

Sephin wird glücklich sein, dass wir ihn endlich gefunden haben. Lebend. Omir dankte Edid im Stillen dafür und sah wieder nach vorne, doch dieses Mal taxierte sein Blick das Mädchen. Vom Aussehen her schätzte er sie auf fünfzehn oder sechzehn Jahre. Sie folgte den beiden Männern mit einem ehrfürchtigen Abstand und starrte stumm in die Ferne. Ihre Augen wirkten gläsern und traurig. *Sie muss Furchtbares erlebt haben,* ging es ihm durch den Kopf. Dennoch glaubte er Eds Geschichte nicht so ganz. Die Haare der jungen Frau und das Kleid, das zwar kaum mehr als ein Fetzen war, passten nicht zu einer Bauerntochter. Selbst für eine Frau aus gutbürgerlichem Haus war der Stoff des Kleides zu erlesen und die Verzierung zu edel, das sah sogar er. *Was verschweigt mir Ed über sie? Hm.* Er musste schleunigst mehr über sie herausbekommen.

In seiner gesamten Laufbahn als rechte Hand des Königs war ihm noch keine solche Frau unter die Augen getreten. Sie war schön, besaß Mut und eine besondere Stärke, die er bisher nur einmal gespürt hatte. *Sie kommt mir so schrecklich bekannt vor … Nein, das kann nicht sein. Sie ist viel zu jung …* Omir schüttelte sich, um den aufgekeimten Gedanken wieder zu vertreiben.

Farin

Sie ist doch nur ein Mädchen, ging es ihm nach dem Gespräch mit seinem Vater durch den Kopf und seine Augen richteten sich auf die junge Frau vor ihnen. Aus den Augenwinkeln sah er, dass auch sein Vater sie im Visier hatte. Ging ihm etwa dasselbe durch den Kopf? Farin glaubte nicht an die Geschichte mit dem Dorf und der einzigen Überlebenden, die Ed ihnen erzählt hatte. *Da steckt viel mehr dahinter.*

Die Präzision, mit der sie sich gewehrt hatte, war nicht zufällig. *Sie wusste genau, was sie tun musste,* kam ihm in den Sinn, auch wenn er sich immer noch fragte, wie ihr zierlicher Körper überhaupt in der Lage gewesen war, ihn überwältigen zu können.

»Na, Farin, genießt du die Aussicht?« Die Stimme seines Vaters kam wie aus dem Nichts und erschrocken fuhr er zusammen. *Mist, ertappt.*

»Welche Aussicht?«, versuchte er sich dumm zu stellen, doch die Miene seines Vaters verdeutlichte ihm, dass er ihn längst durschaut hatte.

»Du überlegst immer noch, wie sie es geschafft hat. Habe ich nicht recht?«

»Hm …«, gab er widerwillig zu.

»Na, dann kannst du sie das gleich fragen, wenn du zu ihr gehst und ihr eine Decke bringst.«

Erstaunt sah Farin zu Omir. »Was bitte soll ich tun?«, erkundigte er sich und dachte noch, dass er sich verhört hätte …

»Du hast mich ganz gut verstanden, denke ich. Hol eine Decke von einem der Packpferde und bring sie ihr. In ihrem nassen Kleid holt sie sich bei den immer stärker abnehmenden Temperaturen sonst den Tod. Außerdem könntest du das gleich als Vorwand nutzen, dich ihr zu nähern und zu entschuldigen.«

Überrascht sah Farin in das Gesicht seines Vaters. *Woher weiß er davon? Er war doch gar nicht dabei …*

»Und bevor du fragst, *ja*, man hat es mir berichtet. Gerade du solltest doch eigentlich wissen, dass ich meine Augen und Ohren überall habe, und nun geh.«

Ohne ein Wort des Widerspruches machte sich Farin auf den Weg. Was hätte er auch sagen sollen? Es zu leugnen war zwecklos.

Mit der Decke in der Hand begab er sich im schnellen Trab zur Spitze des Zuges und verlangsamte erst das Tempo seines Pferdes, als er neben der einzigen Stute der Formation angekommen war.

»Hier.« Ohne ein weiteres Wort reichte er der jungen Frau die Decke.

»Was soll ich damit?« Ihre Worte klangen wenig freundlich und er fragte sich, ob es der Tatsache geschuldet war, dass er sie vorhin wenig galant behandelt hatte.

»Euch vielleicht über die Schultern werfen, um wenigstens etwas warm zu bleiben? Euer Kleid ist doch immer noch durchtränkt mit Wasser … Es dauert noch etwas, bis wir Kretin erreichen und Ihr Euch umziehen könnt. Glaubt mir«, sein Blick wanderte zum Horizont und der Sonne, die langsam, aber beständig sank, »wärmer wird es heute nicht mehr werden.«

Belle

Der Tonfall des jungen Mannes neben ihr hatte sich mit jedem Wort verändert und klang am Ende sogar fast besorgt. Für ihre eigenen giftig ausgespienen Worte zuvor würde sich Belle am liebsten selbst ohrfeigen. *Wenigstens hat er bemerkt, dass mir kalt ist …* Versöhnlich nahm sie die Decke aus seinen ausgestreckten Händen und murmelte ein »Danke«.

»Nicht der Rede wert.« Der junge Mann winkte ab und nickte ihr aufmunternd zu. Belles Blick fiel auf den Schnitt an seinem Hals und sie spürte, wie ihre Wangen zu glühen begannen.

»Es tut mir leid«, brachte sie geknickt hervor und vermied es, Farin anzusehen.

»Ach was, macht Euch darüber keine Gedanken.« Die Stimme ihres Gegenübers klang nicht nachtragend, sondern versöhnlich. »Es ist doch nichts weiter geschehen und ich muss zugeben, dass ich nicht ganz unschuldig an allem war. An Eurer Stelle hätte ich ebenso gehandelt. Mir tut es leid, dass ich mich wie ein ungehobelter Mistkerl verhalten habe.«

Überrascht sah sie nach oben und ihm direkt in die Augen. Aufrichtigkeit lag darin und etwas anderes, das in ihr das Verlangen auslöste, sich in dem sanften Braun zu verlieren.

Bist du jetzt total übergeschnappt? Hast du vergessen, was er vorhin getan hat? Wie er sich verhalten hat? Und was ist mit Chace?, rief eine Stimme tief in ihr. Ja, was war mit Chace? Traurig wandte sie sich ab und sah voraus zu den beiden Reitern. Chace hatte nicht einmal nach den letzten Geschehnissen ein Wort mit ihr gewechselt und mehr als deutlich vermieden, sie anzusehen. *Was habe ich nur getan?*

Eine Frage, auf die sie keine Antwort hatte. Würde sie je eine bekommen?

»Ich bin übrigens Farin«, riss der Mann neben ihr sie aus ihren trüben Gedanken. Dankbar für die Ablenkung sah sie ihn an.

»Belle«, stellte sie sich vor.

»Belle? Ein interessanter Name. Steht er für irgendwas? Ist es eine Kurzform?«

»Nein«, sie schüttelte den Kopf, »einfach nur Belle.« *Das macht zumindest einiges leichter …* Ihren wirklichen Namen schien sie nicht verraten zu dürfen. Laut Eds Aussage war sie ja eine Waise aus einem zerstörten Dorf …

Wenigstens stimmt ein Teil davon, dachte Belle und sah traurig in die Ferne.

Natürlich hatte er bemerkt, wie der Kerl zu Belle aufgeschlossen hatte und nun schon seit einer ganze Weile vertrauensvoll mit ihr sprach. Wie konnte er das auch nicht bemerken? Das Schlimmste dabei war, dass Farin ihm mit seiner Art schon immer verhasst gewesen war.

Die letzten drei Jahre hatte er eine Ausbildung fernab des Hofes genossen und sie hatten sich glücklicherweise nicht mehr länger jeden Tag sehen müssen. Zu seinem Leidwesen musste Chace nun feststellen, dass sich Farin stark verändert hatte, und das nicht gerade zum Nachteil …

Warum habe ich ihn nicht gleich erkannt? Die Antwort darauf war einfach. Farin war wie er älter geworden und hatte sich entsprechend verändert, aber das änderte nichts an der Tatsache, dass er den Kerl einfach nicht ausstehen konnte.

Unter diesen Umständen wäre ihm jeder andere, der mit Belle sprach, recht, aber eben nicht Farin. *Was will er nur von ihr? Er sollte ihr lieber fernbleiben!* Zu gerne hätte er sich umgewandt und Farin von ihr vertrieben, doch Ed würde dieses Verhalten niemals gutheißen, und so beließ er es dabei, seine Faust mit voller Wucht auf den Sattel zu schlagen. Das entstandene laute Geräusch erschreckte Goatee, der sich wiederherum aufbäumte. Erschrocken griff Ed ihm in die Zügel.

»Was sollte das eben?«, fuhr sein Freund ihn an. Bevor er antworten konnte, hatte Ed sich schon umgeblickt und die Ursache seines Unmutes gefunden. »Ihr wisst, dass Ihr es hinnehmen müsst, Chace.« Die Worte klangen beharrlich. »Ich weiß, es ist hart, aber Ihr dürft nicht sagen, was Ihr fühlt. Versteht Ihr mich? Niemand darf es wissen. Niemand!«

»Ich weiß …«, hauchte Chace.

»Zumal Omir, wenn er davon erfährt, darauf bestünde, sie zurück zu König Gregor bringen zu lassen …«

»Nein, das kann er nicht! Sie will doch gar nicht zurück und Gregor ist nicht der richtige König!« Erschrocken sah Chace seinen Freund an.

»Ach nein? Er ist mit der Thronerbin verlobt, das Land hat er mit seinen Männern unterjocht und den Thron sowie die Krone befinden sich in Trebin, dem Schloss, das er besitzt. Als die Glocken geläutet haben, hat er sich krönen lassen. *Er* ist der König und sie ist seine Verlobte. Betet, dass niemand erfährt, wer sie ist und wir dieses Spiel möglichst lange spielen können. Ich tue das nur um Euretwillen, vergesst das nicht!«

Traurig sah Chace ein letztes Mal nach hinten. »Werde ich jemals …?« Er schaffte es nicht, die Worte auszusprechen, aber Ed hatte genug gehört.

»Ich weiß es nicht, aber vielleicht kann man ihn stoppen, bevor sich alles so verstrickt, dass das Geflecht nicht mehr aufgelöst werden kann. Wir können nur hoffen …«

Wie erstarrt sah Chace in die Ferne. Gregor hatte so ziemlich alles zerstört.

Kapitel 11

Endline

Bled & Grip

Zehn Meilen vor der Grenze blieb Grip stehen und sah sich um. Bis auf einige Händler, die schnell weitergezogen waren, war ihnen niemand entgegengekommen. Alles wirkte ruhig und obwohl sie solch ein mörderisches Tempo vorgelegt hatten, dass die Pferde klitschnass und am Ende ihrer Kräfte waren, war vor ihnen niemand aufgetaucht. *Wir müssten sie längst eingeholt haben oder sie zumindest sehen!*

Unruhig sah er zurück über seine Schulter. Das konnte fast nur eines bedeuten … »Verdammt, wie es aussieht, haben sie uns auf eine falsche Spur geführt und sind entkommen.« Zähneknirschend sah nun auch Bled sich um. Der Fährtensucher in ihm konnte schon seit geraumer Zeit keine frischen Spuren mehr am Erdboden ausmachen, dennoch waren sie wachsam immer gen Norden unterwegs gewesen.

»Ihr habt recht, sie haben uns an der Nase herumgeführt. Was denkt Ihr, wo haben wir sie verloren?«

»Ihr fragt mich, wo wir sie verloren haben?« Wütend starrte Grip seinen Halbbruder an. »Wie konnte das überhaupt passieren? Ich denke, *Ihr* habt ihre Fährte?« Ungehalten brüllte Grip weiter und sah sich angespannt um. In welcher Richtung sollten sie suchen? *Das darf doch alles nicht wahr sein … Gregor wird uns einen Kopf kürzer machen.*

»Ich dachte, ich hätte eine Spur gehabt, aber ich habe mich geirrt.«

»Wie zum Teufel kann so etwas geschehen?«, zischte Grip und bedachte den am Boden hockenden alten Mann, in den Bled sich verwandelt hatte, mit einem scharfen Blick.

»Na ja …« Bled wusste, wie das geschehen war … Er hatte sich in den einzigen Fährtensucher, den er jemals getroffen hatte, verwandelt und konnte damit auch dessen Fähigkeiten beherrschen, aber der Mann war alt … und genau das war der Wehmutstropfen. Aus Augen, die schwach waren und kaum mehr als Konturen und ein paar Farbnuancen sehen konnten, starrte er auf die Spuren am Boden.

»Ihr seid ein Nichtsnutz und eine Schande für unseren Vater!«, schrie Grip ihn wütend an.

Bled erwiderte nichts, hatte sein Halbbruder doch in gewisser Weise recht.

»Kommt jetzt! Steht endlich vom Boden auf und verwandelt Euch! Ich kann dieses Gesicht nicht länger ertragen. Wir müssen zum Schloss zurück und Suchtrupps zusammenstellen. Und …«, die Worte wollten nur widerwillig über seine Lippen, »… dann müssen wir uns Gregor stellen.« Ein Seufzer entglitt seiner Kehle. Grip wusste, wann er verloren hatte. Allein hier draußen ohne Spur, würden sie das Mädchen so schnell nicht wiederfinden können. Sie brauchten mehr Augen und Ohren, die offen gehalten wurden.

Konnte ihnen auch nichts erspart bleiben? Und alles nur wegen eines Mädchens …

Gregor

Draußen war es bereits dunkel und in den Kaminen brannten wärmende Feuer, als Grip und Bled zu Gregor vorgelassen wurden. Zerknirscht standen sie mitten im Raum und Gregor lief unentwegt um sie herum. »Wie ich sehe, sehe ich nichts … Ihr habt sie also immer noch nicht und wagt es, mir wieder unter die Augen zu treten?« Frustriert warf er einen Stuhl zur Seite, der dabei gegen einen kleinen Tisch knallte. Beide Gegenstände bebten unter der Wucht und kurz darauf ertönte ein ohrenbetäubendes Scheppern. Die Vase, die auf dem Tisch gestanden hatte, war zu Boden gefallen und zerbrochen. Ihr Inhalt ergoss sich nunmehr über die Fliesen und Gregor trat einige Schritte beiseite, damit seine Schuhe nicht nass wurden.

»Warum habt Ihr nur so unfähige Untergebene? Man merkt an ihrer schlampigen Art, dass sie nur einen kleinen Teil Dämonenblut besitzen können, wenn überhaupt! Sie sind nichts im Vergleich zu ihrem Vater! Ihr solltet sie zur Hölle schicken! Ich will das Mädchen!«

Gregor griff sich an die Stirn. Sein Kopf schmerzte dank der Stimme, die tief in seinem Innern schrie und tobte. Was sollte er tun? Würde die Stimme verstummen, wenn er nachgab? Andererseits, er wäre wahnsinnig, wenn er Bled und Grip einfach so wegschicken würde. Auch wenn er wütend auf sie war, waren sie doch bisher immer seine treuesten und zuverlässigsten Gefolgsmänner gewesen.

In diesem Augenblick traf Gregor eine Entscheidung, die der Stimme nicht sonderlich gut gefiel. Sie tobte weiter und sein Kopf fühlte sich an, als würde er bersten. Dennoch, er würde den Teufel tun und seine Getreuen wegschicken. »Warum könnt Ihr sie nicht finden? Warum habt Ihr sie überhaupt verloren? Ich dachte, Ihr hattet sie schon?«, blaffte er stattdessen. Keiner von beiden zuckte auch nur mit der Wimper, als er sie anfuhr.

»Sie haben uns mit einer List getäuscht. Bis zum Fluss sind wir ihnen gefolgt und haben am Wasser ihre Spuren verloren. Wir dachten, sie wollten über die Furt, aber anscheinend sind sie weiter dem Fluss gefolgt.«

Ohne sichtbare Regung hielt Grip dem Blick stand, mit dem er ihn bedachte. »Sie müssen noch immer in Endline sein, Herr. Wir haben bereits Männer ausgesandt, die nach ihnen suchen. Wir werden sie finden.«

»*Ihr* habt Männer ausgesandt für die Aufgabe, mit der ich Euch betraut habe?« Hatte er eben richtig gehört?

»Ja?« Bleds Antwort klang mehr nach einer Frage als nach einer Antwort und Gregor musterte ihn scharf. »Warum sucht Ihr nicht nach ihr?«

»Wir, wir …«, stammelte Bled.

»Wir waren nicht mehr in der Lage, ihre Spur zu finden. Allein im Wald drohten wir sie vollends zu verlieren und ihnen damit die Flucht zu ermöglichen.«

»Seht Ihr? Sie sind völlig nutzlos! Schickt sie weg oder räumt sie gleich aus dem Weg!«, forderte die Stimme in seinem Kopf, aber Gregor ignorierte sie erneut.

»Gut.« Er winkte ab und zwang sich dazu, nicht laut zu werden. Was brachte es auch? Das Mädchen war weg und damit das Kind bereits in den Brunnen gefallen. »Und wer, sagtet Ihr, war bei Ihr?«

»Ursprünglich waren es drei Männer. Einer davon stellte sich uns in den Weg und verschaffte ihnen damit Zeit. Wir haben ihn aus dem Weg geräumt, aber leider wollte er uns nicht verraten, wer er war und wo sie hinwollten. Sie hatten gute Pferde, aber ihre Kleidung war einfach und dreckig. Vielleicht Bauern? Kleinbürger? Wir wissen es nicht. Noch nicht. Werden es aber bald herausfinden!«

Verärgert strich sich Gregor durchs Haar. Wie konnte das Mädchen einfach so verschwinden? Und wer besaß überhaupt die Dreistigkeit, seiner Verlobten Unterschlupf zu gewähren?

*»Ja, wer wagt es, unsere Verlobte von uns fernhalten?« D*ie Stimme in seinem Inneren ließ ihn zusammenzucken und plötzlich kam ihm eine Idee. Mit schnellen Schritten lief er auf einen Stuhl zu, der in einer Ecke des Saals stand. In den oberen Gemächern hatte man das Hochzeitstuch der Prinzessin gefunden …

Gregor hielt Grip das Tuch vor die Nase und wandte sich dann von seinem Schergen ab. »Nehmt es und schließt Euch der Suche nach der Prinzessin an. Ich erwarte Erfolge und zwar bald!«

Zufrieden mit sich und seiner Idee schritt Gregor auf eines der Fenster zu und entließ seine beiden Getreuen.

Es würde nicht lange dauern. Jemand würde sie finden.

Kapitel 12

Tesslon

Belle

Endlich hatten sie das Grenzgebiet zwischen Tesslon und Endline erreicht. Bis auf einen alten Bauern, der mit seinem Karren zu irgendeinem Markt unterwegs und schnell weitergezogen war, hatte niemand ihren Weg gekreuzt. Belle, die das Gedränge und Gewusel des Schlosses und der Stadt gewöhnt war, fragte sich, ob dieser Umstand normal war. Sorgsam sah sie sich um, aber keiner der Männer um sie herum wirkte sonderlich nervös. Belle entspannte sich.

Die abfallende Anspannung und das Gefühl der Geborgenheit, das ihr der gleichmäßige Schritt von Charlotte und die vielen bewaffneten Männer vermittelte, führten dazu, dass Belle müde wurde. Nur mit Mühe gelang es ihr, die Augen offen zu halten. Unruhig an ihrem Ärmel nestelnd und auf Charlottes Rücken hin und her rutschend, suchte sie krampfhaft nach einer Beschäftigung. »Ich darf nicht einschlafen!«, murmelte Belle leise vor sich hin. Vielleicht sollte sie mit jemandem reden? Aber mit wem? Die Einzigen, mit denen sie gerne geredet hätte, würden ihr kaum den Gefallen tun ... Oder sollte sie einfach zu ihnen aufschließen?

Ein Blick nach vorn sagte ihr jedoch, dass sie sich nur eine Abfuhr einhandeln würde. Weder Ed noch Chace wirkten sonderlich interessiert an einen Gespräch ... »Hm, und was jetzt?«, flüsterte Belle so leise, dass sie es selbst kaum hörte. Suchend blickte sie sich um und sah schließlich über ihre Schulter. Der junge Mann, der ihr nun als Farin bekannt war, hielt sich immer noch in ihrer Nähe auf. Sollte sie ihm ein Zeichen geben?

Nach ihrem kurzen Gespräch hatte er sich wieder zurückgezogen und im ersten Moment war es Belle ganz recht gewesen, aber jetzt …? *Besser als nichts … oder doch nicht?*

Endline

Grip

Wie konnte sie uns nur entkommen? Wütend lief er durch die Gänge des Schlosses und versuchte, seinen Kopf frei zu kriegen.

Irgendetwas war nicht wie sonst. Noch nie hatten sie derartige Schwierigkeiten gehabt, ein Frauenzimmer zu finden.

Grip war klar, dass es nicht daran liegen konnte, wer sie schützte. Es waren normale Männer gewesen. Gute Kämpfer vielleicht und gut, der eine war in der Lage gewesen, mental gegen seinen Angriff vorzugehen, aber das kam ab und an vor und war nichts Besonderes …

Das Mädchen hatte ihn jedoch gänzlich blockiert und seinen Geist regelrecht angegriffen. »So etwas ist mir noch nie passiert …«, murmelte er. Irgendetwas an der Prinzessin war anders und allmählich wurde ihm bewusst, dass Gregor etwas vor ihnen zurückgehalten haben musste. Aber was und aus welchem Grund? *Das hat er früher nie getan. Was ist nur los mit ihm?* Entschieden verbannte Grip die Frage in den hintersten Winkel seines Kopfes. Es galt schon fast als Hochverrat sie zu stellen. Außerdem, selbst wenn er eine Antwort darauf erhalten würde, bei der Suche nach dem Mädchen half sie ihm ohnehin nicht.

Ein letztes Mal versuchte Grip, seinen Geist nach dem der Prinzessin auszustrecken, aber wieder traf er nur auf die Mauer. Frustriert brach er den Versuch ab.

Dann werde ich es wohl am Ende auf die klassische Weise probieren müssen, stellte er für sich fest und sah auf das Tuch in seinen Händen. Auf diese Art und Weise müsste er sie ausfindig machen können.

Hoffentlich.

Tesslon

Belle

Die Landschaft hatte sich nach der Überquerung des Sumils in den letzten Stunden rapide verändert und mitunter dazu beigetragen, dass sie wach geblieben war, nachdem sie sich dagegen entschieden hatte, Farin anzusprechen.

Belle blickte sich um und versuchte sich zu orientieren. Der Wechsel von Auenwiesen, Wäldern und Sümpfen rief bei ihr keine Erinnerung hervor. In diesem Teil von Symantriet war sie noch nie zuvor gewesen. *Zumindest folgen wir noch immer dem Lauf des Flusses in Richtung Norden,* stellte sie fest. Von Karten wusste Belle, dass der Sumil im Fallengebirge entsprang und sich dann seinen Weg durch Malvine und Tesslon bahnte, bis er schließlich Endline erreichte. Folglich konnten sie inzwischen in jedem der drei Länder sein.

Die Stunden vergingen und als schließlich die Nacht hereinbrach und es dunkel wurde, fragte sich Belle, wie lange sie noch unterwegs sein würden. Sie wollte sich schon umwenden und jemanden ansprechen, als sie in der Ferne Lichter erkannte.

Lodernde Fackeln malten die Umrisse einer Burg vor dem dunklen Nachthimmel. Majestätisch hob sich das Gemäuer von seiner Umgebung ab und Belle betrachtete fasziniert die Türme und Zinnen, die im Licht des Mondes geheimnisvoll schimmerten. *Wo sind wir nur?*

»Belle, hört mir zu, es ist wichtig!«, raunte eine Stimme neben ihr. Erschrocken fuhr sie zusammen und wandte sich in die Richtung, aus der die Stimme gekommen war. Ed hatte sich unbemerkt zurückfallen lassen.

»Wie bitte? Was habt Ihr?«

Der Mann neben ihr warf einen Blick über seine Schulter, als würde er sich versichern wollen, dass niemand in der Nähe war.

Er will keine Zuhörer. Was kann so geheim sein?

»Also Pr… – ehm Belle, bitte, es ist äußerst wichtig. Niemand …«, seine Stimme machte eine theatralische Pause und seine Augen suchten die ihren. »Niemand darf erfahren, wer Ihr seid. Wir müssen bei unserer Geschichte bleiben. Andernfalls könnte es passieren, dass Ihr wieder zu *ihm* zurückmüsst. Seid für die Dauer unseres Aufenthaltes einfach nur Belle ...«

Erschrocken sah sie ihn an. Konnte es wirklich geschehen, dass man sie zu Gregor zurückbrachte?

»Keine Angst. Ich hoffe, dass dieser Umstand niemals eintreten wird«, flüsterte Ed ihr zu. *Er hofft?*

»Ich auch«, murmelte Belle und sah zu Boden. Sie hatte gehofft, dass Ed ihr erklären würde, warum Chace und er Abstand hielten, doch statt Antworten hatte sie nur mehr Angst bekommen.

Soll ich ihn vielleicht fragen? Belle sah auf und bemerkte, wie Ed sie ansah, als wollte er noch etwas sagen. Hoffnung keimte in ihr auf, doch sie hatte sich getäuscht. Augenblicklich wandte der Beschützer des Prinzen sich ab, trieb seinen Hengst an und schloss wieder zu Chace auf.

Noch verwirrter als vorher blickte sie ihm hinterher. Eds Augen hatten ausgesehen, als würde er einen inneren Kampf mit sich führen. Aber warum?

Farin

Die ganze Zeit über hielt er sich in Belles Nähe auf. Die junge Frau faszinierte ihn, hatte sie doch etwas Besonderes an sich.

Aufmerksam taxierte er sie und so blieb ihm nicht verbogen, dass Ed, Chaces ach so toller Beschützer, sich ihr genähert und ihr etwas ins Ohr geflüstert hatte.

Trotz aller Anstrengung hatte er keines der Worte verstanden, aber die Blässe, die dem Mädchen mit einem Mal im Gesicht stand, war ihm nicht entgangen.

Was hast du ihr gesagt, Ed? Neugierig musterte Farin das Gesicht des Mädchens, dessen angeblicher Herkunft er keinen Glauben schenkte.

Gregor

Das Mondlicht wurde durch die zugezogenen Vorhänge aus dem Zimmer verbannt. Auf ein Feuer im Kamin und Kerzen hatte er ebenfalls verzichtet. Getrieben von den endlosen Kopfschmerzen stand er in seinen Gemächern und starrte in die Dunkelheit.

»Das Tuch. Gebt ihnen das Tuch!«, hatte die Stimme in seinem Inneren vorhin gesäuselt und ausnahmsweise hatte Gregor sie erhört. Inzwischen war er froh, dass er es getan hatte. Seit er den Worten der Stimme gefolgt war, hatten seine Schmerzen nachgelassen.

»Selbst Eure unfähigen Dämonengestalten sollten sie nun finden können!«, hatte die Stimme ihm zugeraunt und Gregor musste dieser recht geben.

Warum war ihm diese Idee nicht schon viel früher gekommen?

»Weil Ihr schwach und ohne mich völlig orientierungslos seid«, stellte die Stimme eiskalt fest und eine erneute Welle des Kopfschmerzes ließ Gregor erzittern.

Kapitel 13

Tesslon

Farin

Die massiven Mauern der Burg Kretin erhoben sich vor ihnen und wurden vom einfallenden Licht des Vollmondes erhellt.

Ein Blick nach oben zu den Türmen sagte ihm, dass man Wachen zur Patrouille abgestellt hatte und er vermutete, dass man sie längst gesehen hatte. Der Klang der Glocke, die kurz darauf ertönte, bestätigte seine These.

Seltsam, sie scheinen in Alarmbereitschaft zu sein … Irgendetwas muss vorgefallen sein.

»Hey da, wer wandert zu so später Stunde durch unser Land?«, blaffte jäh ein Mann aus der Dunkelheit und Farin wandte sich ruckartig um, während seine Hand zum Schwert wanderte. Fieberhaft starrte er in die Richtung, aus der die Stimme gekommen war. Er spürte, dass Waffen auf sie gerichtet waren, doch durch die langen Schatten der Bäume, die das einfallende Mondlicht warf, konnte er niemanden ausmachen.

»Samuel, alter Junge, lasst die Waffen ruhen, wir sind es nur!«

Farin sah, wie sein Vater an ihm vorbeiritt und kurz darauf ein Mann aus dem Schatten einer alten Buche trat, die noch das Laub des Vorjahres trug. Neugierig musterte Farin den Fremden. Zwar hatte er die letzten Jahre in Kretin verbracht, aber in letzter Zeit waren so viele Soldaten eingetroffen, dass er kaum noch jemanden von ihnen kannte.

»Omir, Ihr seid es. Entschuldigt bitte unsere raue Begrüßung. Wir haben noch nicht mit Eurem Kommen gerechnet. Das kann doch nur bedeuten …« Der Mann schaute aufmerksam durch die Reihen und fand kurz darauf, was er gesucht hatte. »Werter Prinz! Verzeiht, ich habe Euch nicht gleich erkannt …«

»Kein Problem«, antwortete dieser nur und nickte dem Mann zu.

»Gut, dann folgt mir! Wir sollten nicht hier draußen verweilen.«

Als wenn wir das vorgehabt hätten, dachte Farin genervt und trieb seinen Hengst an, um dem Zug zu folgen, der sich wieder in Bewegung gesetzt hatte.

Das Falltor wurde von mehreren Soldaten gesichert. Erst unmittelbar vor ihnen wurde es knarrend nach oben gezogen und sobald der Letzte es passiert hatte, schnellte es wieder nach unten.

Verwundert sah Farin sich um, auf den Mauern und im Hof wimmelte es von Soldaten. Etwas stimmte ganz und gar nicht.

Der junge Mann drehte sich im Sattel um und hielt Ausschau nach seinem Vater, der am Tor innegehalten hatte und sich angeregt mit dem Mann aus dem Wald unterhielt.

Wenn jemand etwas weiß, dann er, überlegte Farin und steuerte sein Pferd in Richtung der beiden Männer.

»Ah, Farin!«, begrüßte ihn sein Vater. »Wärst du so nett und kümmerst dich um unseren weiblichen Gast? Sie kennt sich hier nicht aus und wie es aussieht, haben die anderen alle Hände voll zu tun.« Mit einer ausladenden Geste zeigte sein Vater auf die Knechte und Mägde, die im Hof herumwuselten und eifrig die Pferde versorgten und den Soldaten halfen.

Irritiert sah er zu seinem Vater. *Soll das etwa ein Scherz sein? Wenn ja, dann ist es ein wirklich schlechter …* Meinte sein Vater ernsthaft, dass er die Amme für ein Mädchen spielen sollte? Fragend sah er den alten Leibwächter an.

»Hast du mich nicht verstanden?«

»Doch, aber …«

Omir schüttelte den Kopf. »Ich habe dir eine Aufgabe übertragen und jetzt geh.«

Missmutig sah Farin über seine Schulter zu der jungen Frau, die immer noch im Sattel saß. »Wenn es sein muss«, murmelte er und wollte sich schon umwenden, als ihm einfiel, warum er eigentlich die Nähe seines Vaters aufgesucht hatte. »Was ist geschehen, dass sich alle in Alarmbereitschaft befinden?«, wandte er sich an Samuel.

»Weiter nördlich wurde eines der Grenzdörfer überfallen. Fast alle Menschen wurden getötet. Männer, Frauen und Kinder … Die wenigen, die überlebt haben, kamen hierher und berichteten Furchtbares. Wahrhaftige Bestien müssen das gewesen sein. – Das war gestern Abend. Seitdem haben wir die Wachen verstärkt und behalten vorsorglich unsere Umgebung im Auge.«

Die Stimme des Mannes klang belegt und Farin schätzte, dass er einer derjenigen war, die sich nach dem Überfall selbst ein Bild von der Lage in dem Dorf gemacht hatten. Der Höflichkeit halber fragte er jedoch nicht weiter nach und nickte nur, ehe er sich umwandte und sich seiner neu gewonnenen Aufgabe widmete.

Unaufhörlich wuselten die Bediensteten um ihn herum, als er sich aus dem Sattel schwang. Endlich spürte er nach Stunden des Reitens wieder festen Boden unter den Füßen.

»Darf ich Euer Pferd nehmen, mein Herr?« Ein Knecht war dicht neben ihm aufgetaucht und sah ihn fragend an. Tief durchatmend zwang sich Farin zur Ruhe. Er mochte es nicht, wenn Menschen ihm aus heiterem Himmel zu nah kamen. Fast schon widerwillig gab er dem Mann die Zügel und murmelte ein kaum verständliches »Danke schön«, als der Knecht sich entfernte.

Froh, dass dieser weg war, drehte Farin sich zu Belle um. Noch immer saß sie auf der kleinen Stute und verfolgte aufmerksam die Geschehnisse im Hof.

Mehr als zweite Schritte brauchte es nicht, damit er bei ihr war. Um ihr das Absteigen zu erleichtern, hielt er die Stute fest. Doch das Mädchen war so von der Szene um es herum abgelenkt, dass es weder seine Tat noch seine hingehaltene Hand mitbekam.

Farin räusperte sich. »Darf ich Euch helfen, Mylady?«

Die Hand immer noch helfend ausgestreckt, sah er, wie Belle ihn musterte. Farin spürte ihren Blick, der prüfend von seinem Gesicht bis hin zu seiner hingehaltenen Hand glitt.

Die braunen Augen, die ihn sorgsam betrachteten, erinnerten ihn unwillkürlich an ein verletztes Reh in der Jagdsaison. *Muss sie überlegen, ob sie absteigt oder ob sie mir trauen kann?*

Letzteres kam durchaus infrage und er konnte es ihr nicht einmal verdenken, schließlich hatte er sich im Wald nicht gerade mit Ruhm bekleckert … Zerknirscht wollte er schon seine Hand wieder zurückziehen, da griff Belle danach.

Einem Augenaufschlag später stand sie neben ihm. »Danke«, flüsterte sie. Farin wollte sich ihr zuwenden und etwas sagen, doch schon hatte sie sich wieder den Geschehnissen im Hof zugewandt.

Sie ist ja nicht gerade gesprächig. Das kann noch spaßig werden … Farin seufzte und gab einem der Knechte ein Zeichen, dass dieser das Pferd wegbringen konnte, als ein hysterisches Geschrei einsetzte. Ruckartig wandte er sich um und versuchte angespannt den Verursacher auszumachen. Waren sie in Gefahr?

»Chaaaaaaace!«, kreischte die Stimme eine Spur deutlicher, sodass Farin sie verstand und sich entspannte. Jetzt erkannte er die Person.

Ophelia.

Belle

Traurig sah sie in Chaces Richtung. Er stand nur ein paar Schritte neben ihr und war doch so fern. Nicht einmal angesehen hatte er sie, geschweige denn mit ihr gesprochen. *Wieso verhält er sich mir gegenüber so abweisend?*

Erst Farins Räuspern holte sie in die Gegenwart zurück. Sie sah seine ausgestreckte Hand und wusste, dass er ihr beim Absteigen helfen wollte.

Im ersten Moment war sie versucht gewesen abzulehnen. Sie hatte schließlich gute Gründe. Dennoch, er war der Einzige im Hof, der überhaupt Notiz von ihr nahm, und dafür war sie dankbar.

Nach Stunden im Sattel waren ihre Beine zittrig und brauchten einen Augenblick, um ihr Gewicht tragen zu können. Belle schwankte und war so mit ihrem Gleichgewicht beschäftigt, dass sie mehr als ein gehauchtes »Danke schön« nicht über die Lippen bekam. Doch Farin nahm es ihr nicht übel.

Um sie herum wuselten Diener, welche die Pferde versorgten und das Gepäck verstauten. Alles wirkte so anders als in Trebin …

»Chaaaaaaace!« Abrupt drehte Belle sich um. *Hat da jemand gerade Chace gerufen oder habe ich mich verhört?*

Mit ihren Augen suchte sie die Menge ab und wenig später fand sie, wonach sie gesucht hatte. Den Verursacher des Rufes oder besser gesagt die Verursacherin. Eine Frau Anfang zwanzig bahnte sich ihren Weg durch die Menschenmassen und lief genau auf sie zu. Wie gebannt sah Belle auf die Frau, die sie fast erreicht hatte.

Eine Bewegung, die sie aus den Augenwinkeln registrierte, sagte ihr, dass Chace sich ebenfalls der Frau zuwandte. *Wer sie wohl ist? Eine Freundin? Eine …?* Die Antwort folgte, bevor Belle sich weitere Gedanken machen konnte. Ohne zu zögern schmiss sich die fremde Frau förmlich in die Arme des jungen Prinzen und vergrub ihren Kopf an seiner Brust.

Belle erstarrte und fühlte einen seltsamen Stich in ihrer Magengegend. Plötzliche Übelkeit überkam sie. *Wer ist diese Frau?* Sollte sie fragen? Doch wen?

Farin stand immer noch neben ihr. Sie musterte ihn und seine Mimik, doch die Szene ließ ihn völlig kalt. Genauso wie niemand anderes im Hof sich darum scherte.

Ist das etwa normal? Ist sie der Grund, warum er sich von mir distanziert hat?

Belle wollte sich von dem Geschehen zwischen Chace und der Unbekannten abwenden. Sie wollte die beiden nicht weiter beobachten, aber sie konnte nicht anders. Ihre Blicke taxierten das weibliche Wesen in Chaces Armen, das ihm inzwischen in die Augen sah und etwas erzählte.

Die Frau war wunderschön … Ihre im Licht der Fackeln golden glänzenden Haare reichten ihr bis zur Taille. Das Gesicht der Unbekannten war fein und wirkte unschuldig, wie es so von ihren Haaren umspielt wurde.

Fast wie ein Engel, kam ihr der Gedanke und als Belle sah, wie Chaces Hände zu ihrer Taille wanderten, er sie zu sich zog und ihr einen Kuss auf den Scheitel gab, wandte sie sich von der Szene ab.

Verdammt noch mal, Belle, das willst du doch gar nicht sehen!

Für Belle brach in diesem Augenblick eine ganze Welt zusammen. *Sie ist der Grund für alles. Nicht du …*

Aber wer war sie? Seine Geliebte oder gar seine Frau? Hatte der Prinz von Tesslon jemals vorgehabt, sie zu heiraten oder hatte er alles nur gespielt? *Hat er mir überhaupt helfen wollen oder war ich nur ein notwendiges Übel auf der Reise?*

Belle spürte, wie etwas in ihrem Inneren zerbrach. War es ihr Herz? Ihre Hoffnung? Oder gar ihr Lebenswille?

Ich fühle etwas für ihn, wurde ihr bewusst.

Aber er nicht für mich …

»Belle?« Behutsam drang die Stimme in ihr Unterbewusstsein.

»Ja?«, keuchte sie den Tränen nahe.

»Ist alles in Ordnung mit Euch? Ihr seht blass aus.« Farin stand ganz nah bei ihr und hielt sie am Arm fest, so als würde er sie stützen. Plötzlich bemerkte sie, dass er sie wirklich stützte. Um Haltung ringend versuchte sie sich gerade hinzustellen. Sie gab Farin ein Zeichen, dass sie selbst stehen konnte, und spürte, dass er sie nur widerwillig losließ.

Tief einatmend setzte sie zum Sprechen an und hoffte, dass ihre Stimme nicht allzu zittrig klang. »Alles ist gut, ich glaube nur, der ganze Tag war etwas viel für mich. Denkt Ihr, ich kann mich irgendwo einen Moment hinlegen? Ich fühle mich so müde, dass ich jedem Siebenschläfer Konkurrenz machen könnte …«

Stirnrunzelnd sah Farin sie an. *Er glaubt mir nicht …* Hatte er etwas bemerkt? Belle spannte den Körper und sah ihn fest an. Auf keinen Fall durfte sie auch nur einen weiteren Blick zu Chace werfen und sich damit endgültig verraten. Die Szene musste sie vollständig unberührt lassen.

Atme tief ein und wieder aus. Da ist nur Farin, niemand anderes ist in deiner Nähe … Sich selbst zur Ruhe zwingend, sah sie ihr Gegenüber fordernd an.

Farin musterte sie aufmerksam, ehe er zu sprechen begann: »Da Ihr mit dem Prinzen reist, wird man Euch ein Zimmer im Gästeflügel der Burg geben. Folgt mir, ich bringe Euch hin.«

Froh, sich endlich von Chace und dieser Frau entfernen zu können, folgte sie ihm ohne zu zögern. Der Knoten in ihrer Brust, der ihr das Atmen erschwert hatte, löste sich mit jedem Meter etwas mehr. Das Stechen in ihrer Magengrube jedoch wollte einfach nicht vergehen.

Um sich abzulenken, versuchte Belle sich den Weg vom Hof zu dem Zimmer einzuprägen.

Sie durchschritten mehrere kleine Türen und enge Gänge, sodass Belle sich sicher war, dass sie die Dienstbotenwege statt die offiziellen nutzten. Doch es störte sie nicht. Im Gegenteil, dass sie niemanden trafen, der sich das Recht herausnahm, sie zu mustern oder anzusprechen, empfand sie als Erleichterung.

»Obwohl dem Herzog die Burg gehört, ist seine Frau Ophelia die Person, die hier die Fäden zieht. Die gesamte Einrichtung stammt von ihr. Sie war es übrigens auch, die sorgsam darauf geachtet hat, dass alles für die Suche des Prinzen vorbereitet war«, riss Farins Stimme sie aus den Gedanken.

Ophelia – war das der Name der Person, die sie unten im Hof gesehen hatte? Chaces Geliebte? Wie dreist von ihr, ihren Liebhaber von den Männern ihres Mannes suchen zu lassen und dann auch noch so zu begrüßen …

Belle fühlte, dass das Stechen in ihrem Magen wieder stärker wurde und mit einem Mal wurde ihr richtig übel. Sie durchquerten eben einen kleinen Innenhof, als sie sich abwandte und sich in einem kleinen Busch am Rande des Weges erbrach.

Das Zittern in ihren Beinen bemerkte sie erst Sekunden bevor alles um sie herum schwarz wurde.

Sephin

Die Nachricht, dass Omir seinen Sohn gesund und munter gefunden hatte, erreichte ihn, als er sich zur Ruhe begeben wollte.

Aus Kretin hatte man einen Falken geschickt, dessen kleiner Pergamentzettel am Fuß verkündet hatte, dass Chace wohlbehalten in der Burg angekommen war. Morgen im Laufe des Tages würde er in Begleitung von Soldaten die Rückreise nach Habicht antreten.

Erleichtert lehnte Sephin sich in seinem Stuhl zurück. *Chace geht es gut. Meinem Sohn – meinem Erben.*

Celina, die eben das Zimmer betrat, sah ihn fragend an. Sie musste den Boten gesehen haben, der ihn so spät noch aufgesucht hatte.

»Und?« Ihre Stimme war leise und ihr Gesicht ernst. In den letzten Tagen war seine Frau unglaublich gealtert, dennoch war ihre Schönheit nicht minder geworden. »Wir haben ihn gefunden. Er lebt und wird in den nächsten Tagen bei uns eintreffen.«

»Ist das wirklich die Wahrheit? Er ist es ganz sicher?«, hauchte sie.

»Ja – unser Sohn ist wohlauf und befindet sich im Moment in Kretin.« *In Sicherheit,* fügte er in Gedanken noch an, stand von seinem Stuhl auf und ging in Richtung des Erkers. Sein Blick ging durch die reich verzierten Fenster nach draußen.

Fackeln erhellten die massiven Außenmauern der Burg, er nahm Schatten wahr, die auf ihnen ihre Runden drehten, und atmete hörbar aus. »Celina, wie hat das alles nur geschehen können? Was ist aus unserem schönen Symantriet geworden?«

»Gregor«, murmelte eine Stimme unmittelbar hinter ihm. Sephin schreckte zusammen und drehte sich um. Ohne einen Laut war seine Gemahlin zu ihm getreten. Er wollte etwas zu ihr sagen, sah jedoch ihren verlorenen Blick und unterließ die Frage, auf die er sowieso keine Antwort bekommen würde.

Sehnsuchtsvoll sah er stattdessen wieder nach draußen. Wie sehr hatte es ihn erzürnt, dass er sich nicht selbst auf die Suche nach seinem Sohn machen konnte. Wie groß war seine Angst gewesen, dass seinem einzigen Sohn etwas geschah.

Szenen von damals drangen vor sein inneres Auge und Sephin schüttelte sich. Nein, so etwas wie damals unter Chaver durfte nie wieder geschehen, das hatten sie sich geschworen … *Ich muss dringend den Rat zusammenrufen. Wir müssen uns beraten und genau überlegen, wie wir verfahren. Die Situation darf nicht erneut unterschätzt werden!*

Er würde morgen Boten aussenden, um Lewin und Tewin aufzusuchen. *Und Edwin? Was ist mit ihm? Wie tief ist er mit seinem Sohn verbandelt? Spielt er gegen oder mit uns?*

Sephin wusste es nicht, aber sie brauchten dringend eine Lösung, bevor es zu spät war.

Belle

Angenehme Wärme empfing sie, als sie wieder zu sich kam. Müde rieb sie sich die Augen, die nur langsam die Umrisse ihrer Umgebung preisgaben. Belle versuchte sich daran zu erinnern, was als Letztes geschehen war – doch sie konnte nicht. War überhaupt etwas geschehen?

Sie spürte das weiche Bett unter sich und die Decke, die sich schützend um ihren Körper gelegt hatte. War alles nur ein Traum gewesen? Lag sie in ihrem eigenen Bett?

Belle versuchte sich aufzurichten und stellte zufrieden fest, dass der Schleier sich vor ihren Augen auflöste.

Sie wollte gerade die Decke von sich werfen und zu ihrem Vater laufen, als der Raum um sie herum Gestalt annahm.

Es war nicht ihr Zimmer, das sie willkommen hieß. Der Raum, in dem sie sich befand, war groß und besaß eine freundliche rötliche Farbe. Ein munteres Feuer brannte im Kamin. Die Vorhänge waren dunkelrot und die Fenster, die sie umrahmten, waren kunstvoll gearbeitet. Ein Blick nach draußen sagte ihr, dass es später Abend oder gar Nacht sein musste. Wie lange hatte sie geschlafen? Stunden? Tage? Gar Wochen?

Aufmerksam ließ die Prinzessin ihren Blick weiter durch das Gemach gleiten. Man hatte anscheinend nicht mit Gästen gerechnet. Bis auf das Bett und eine Kommode war das Zimmer leer. Nicht einmal Gemälde hingen an den Wänden. *Wo bin ich hier?* Belle fasste sich an den Kopf und nur stückweise kehrten die Erinnerungen zurück. Ihre Flucht vor den Schergen des neuen Königs, das Versteckspiel und ihre kurzfristige Gefangennahme, die in der Gewinnung von Verbündeten endete und sie kurzerhand hierherführte. *Hierher …*

Ihr Blick wanderte zur Tür und Belle schob die Bettdecke beiseite. Sie musste wissen, wo sie sich befand.

Sie wollte schon aus dem Bett steigen, als sie innehielt und einer Eingebung folgend an sich heruntersah. Statt des Fetzens, der einmal das schwarze Trauerkleid dargestellt hatte, trug sie ein viel zu großes weißes Hemd, das eindeutig einem Mann gehören musste. Sonst nichts.

Wo zum Teufel sind meine Sachen? Unruhig sah Belle sich um, konnte jedoch ihr Kleid nirgends ausmachen.

Wenn ich etwas anderes trage, dann bedeutet das, dass mich jemand aus- und wieder angezogen haben muss. Oh Gott, bitte lass es eine der Mägde gewesen sein … Belle spürte, dass sie rot anlief. Den ersten Schock überwindend setzte sie sich an den Rand des Bettes und ließ ihre Beine nach unten hängen. Ganz langsam, so als hätte sie Angst, dass es eine Falle war, ließ sie ihre Zehen den Boden berühren.

Er war kalt und hart. Kein Teppich lag bereit, ihre Schritte zu dämpfen oder für Komfort zu sorgen. *Man muss mich hier wirklich spontan einquartiert haben,* wurde ihr bewusst. Aber warum? *Mein Zusammenbruch …* Belle versuchte sich zu erinnern, was in den letzten Minuten vor ihrem Zusammenbruch geschehen war.

Die schöne Unbekannte und Chace … Schauer durchfuhren ihren Körper. Warum um alles in der Welt kümmerte es sie noch, was dieser Kerl tat und mit wem? Er hatte sich schließlich von ihr abgewendet und nun wusste sie auch den Grund.

Dieser Mistkerl! Hat er keinen Anstand? In Zukunft würde sie ihn einfach nicht mehr beachten und ihm großräumig aus dem Weg gehen. Dennoch … Traurig sah Belle sich im Zimmer um. *Was machen wir jetzt, Belle?*

Sie stand mitten in einem fremden Zimmer in einer fremden Burg und trug ein fremdes Hemd. Genauer betrachtet war eigentlich alles um sie herum fremd. Selbst die Menschen … Belle fühlte sich, als würde etwas sie erdrücken und ihr die Luft abschnüren.

Ich muss hier raus.

Chace

Sorgenvoll lief Chace durch die dunklen Gänge der Burg. Die Nachricht über Belles Zusammenbruch hatte ihn erschüttert. Am liebsten hätte er sie aufgesucht, aber der strenge Blick, den Ed ihm wenige Minuten zuvor zugeworfen hatte, hatte die Idee im Keim erstickt.

Wenigstens hatte eine der Mägde ihnen beim Abendessen mitgeteilt, dass es Belle so weit gut ging und sie nur Schlaf benötigte. Die Nachricht hatte ihn etwas beruhigt. Dennoch … *Warum ist mir nicht aufgefallen, dass sie so erschöpft war?*

Die Antwort kannte er selbst nur zu gut. Wütend auf sich, wütend auf Ed und wütend auf Gregor brauchte Chace etwas, um sich abzulenken. Frustriert betrachtet er daher beim Laufen seine Umgebung. Die Korridore, die er durchschritt, waren allesamt mit kostenbaren Teppichen ausgelegt, mit reichlichen Vertäfelungen verziert und mit wertvollen Gemälden behangen. Der Herzog hatte einen ausgezeichneten Geschmack, oder besser gesagt dessen Frau. Ophelia hatte immer schon einen Sinn für teure und schöne Dinge besessen und seit er sie kannte, also immer, ihren Willen durchgesetzt. Diese Frau lebte nach der Devise: Will ich es, so bekomme ich es am Ende auch.

So war es auch vor so vielen Jahren gewesen … Wehmütig dachte er an damals zurück. Wie schön und einfach alles gewesen war. Natürlich hatten sie gewusst, dass sich ihr Leben eines Tages ändern würde, und doch hatten sie gehofft, dass alles genau so bliebe …

Von einem Tag auf den nächsten war dann der Herzog in ihr Leben getreten. Er kam und als er ging, ging Ophelia mit ihm …

Jahrelang hatten sie einander nicht gesehen und auch wenn der Grund ihres Treffens kein guter war, so hatte dieser doch bewirkt, dass er sie nach Jahren der Trennung endlich wieder in die Arme hatte schließen können.

Ophelia. Die Frau, durch deren Verlust ihm das erste Mal das Herz brach.

Kapitel 14

Endline

Selina

Es war dunkel und sie war allein. Verlassen und einsam in ihrer kleinen und kargen Zelle. Ihre nackten Füße spürten den kalten Stein des Kerkerbodens. Sie fror, aber sie war froh darüber, überhaupt etwas zu fühlen. Ihr Blick ging durch die Stäbe der Zellentür nach draußen. Dort befanden sich die Männer, die sie den ganzen Tag und den Tag zuvor gefoltert hatten.

Die Schmerzen, die sie verspürt hatte, waren schier unerträglich gewesen und hatten ihr den Verstand so gut wie geraubt.

Einige Zeit hatte sie diesen sogar verloren und hatte wie von Sinnen die Wand angestarrt. Zu ihrem Leidwesen jedoch waren ihre Sinne und ihr Geist wiedergekehrt. Selina seufzte.

Das Schlimmste an allem war, dass man sie nicht folterte, um an Informationen zu kommen, man folterte sie aus Spaß.

Das hohle Lachen der Männer auf dem Gang drang an ihr Ohr und ließ die feinen Härchen an ihren Armen sich aufstellen. *Diese Männer sind keine Soldaten, sie sind Monster!*

Beflügelt und erregt von ihren Schreien, hatten diese Bestien immer weitergemacht. Auf der Streckbank, beim Auspeitschen und bei anderen Dingen, an die Selina nicht mehr denken wollte. Die alte Amme betete, einfach sterben zu können. *Ich kann nicht mehr …*

Die Aussicht darauf, jeden Tag damit zu verbringen, auf diese Schmerzen zu warten, war einfach unerträglich.

Tesslon

Belle

Noch etwas wackelig auf den Beinen stand sie da und musterte den Raum ein letztes Mal. In der Kommode hatte sie keine Kleidung finden können und sich daher das dünne Laken des Bettes um den Körper gewickelt.

Besser als halb nackt, fand sie mit einem Blick in den Spiegel, der ihr bei der ersten Musterung des Zimmers nicht aufgefallen war.

Mit wenigen Schritten war Belle an der Tür und versuchte diese zu öffnen. Sie drückte die Klinke nach unten und etwas in ihrem Inneren machte sich bereits darauf gefasst, dass die Tür verschlossen wäre, doch erfreulicherweise war sie offen.

Ganz leicht und leise schwang sie nach außen auf. Den Atem anhaltend verharrte Belle einen Moment an der Tür und warf einen wachsamen Blick nach draußen. Ihr Herz klopfte wie wild und Adrenalin pumpte das Blut durch ihre Adern. Würde jemand auf sie warten?

Der Korridor lag der eingebrochenen Dunkelheit wegen fast komplett schwarz vor ihr. Nur ein paar Fackeln, die in unregelmäßigen Abständen an den Wänden angebracht waren, spendeten Licht und zeichneten die Umrisse der Umgebung ab. Keiner davon wirkte menschlich. Der gesamte Gang lag still und verlassen da. Niemand war zu sehen. *Bin ich etwa allein in diesem verdammten Gemäuer?* Unsicher sah Belle zurück in das Zimmer. Ihr Herzschlag beruhigte sich dank der Erkenntnis, dass sie nicht festgehalten wurde, und sie spürte, wie das Adrenalin nachließ. Mit einem Mal setzte Müdigkeit ein. Belle strauchelte und fühlte sich schwach. Was sollte sie tun? Hierbleiben oder weitergehen?

Gehen, sagte ihr Bauch, aber *Bleiben* ihr Verstand. *Ich weiß doch gar nicht, in welche Richtung ich gehen muss …* Anderseits war die Aussicht darauf, allein in diesem fremden Zimmer zu bleiben, auch nicht gerade verlockend.

Angestrengt versuchte Belle, sich über ihre Lage im Klaren zu werden.

Sie befand sich in einer fremden Burg, in einem fremden Land und war auf sich allein gestellt. Irgendjemand hatte sie in ein Bett gelegt und sie wurde nicht bewacht. Wenn dieser Jemand ihr Böses gewollt hätte, wäre sie schon tot. Von daher, was schadete es, hierzubleiben und sich noch etwas auszuruhen?

Unschlüssig stand sie noch eine Weile im Türrahmen und zitterte vor Müdigkeit und Erschöpfung, der plötzliche Drang nach Freiheit war weg.

Der Gedanke an das warme Bett dafür umso verlockender …

Jetzt sei nicht dumm und bleib hier, schimpfte Belle sich selbst und stieß einen tiefen Seufzer aus. Die Entscheidung war gefallen. Ihre Müdigkeit hatte gesiegt.

Erschöpft zog Belle die Tür zu und ging in Richtung des Bettes. Mit einem Plumps ließ sie sich auf die weiche Matratze fallen und schloss die Augen. Entkräftet und den Schlaf herbeisehnend, spürte sie doch eine innere Unruhe. In ihrem Kopf gab es nur noch das eine Thema: die Frau an Chaces Seite.

Wer ist sie nur? Wirklich die Herzogin? Anhand ihrer Kleidung und ihres Auftretens wusste Belle zumindest, dass sie einem guten Haus angehören musste. Kein einfacher Händler hätte sich solche Stoffe leisten können, aber sollte dieser Umstand sie erfreuen? Wohl kaum … *Ob sie gerade miteinander beschäftigt sind?* Eigentlich wollte sie es gar nicht wissen, aber Chace ging ihr einfach nicht mehr aus dem Kopf.

Was ist nur los mit mir, bin ich etwa eifersüchtig? Worauf denn?

Belle kniff die Augenlider zusammen und schüttelte den Kopf, um die Gedanken zu vertreiben. Irgendwie gelang es ihr tatsächlich und zurück blieb nur die Trauer darüber, dass sie etwas verloren hatte. Seufzend kuschelte die junge Frau sich in die Decke.

Wie habe ich mich nur so täuschen können?

Die Tränen kamen und mit ihnen ein unruhiger Schlaf.

Chace

Es war spät in der Nacht. Die Geräusche auf den Fluren und auf dem Hof waren inzwischen verstummt.

Unruhig wälzte er sich von der einen auf die andere Seite. Gründe für seine Schlaflosigkeit hatte er einige … Das Wiedersehen mit Ophelia, Belles Ohnmacht und dann noch die Frage, wie alles weitergehen würde. Alles schwirrte in seinem Kopf und raubte ihm den dringend benötigten Schlaf.

Frustriert starrte Chace an die Zimmerdecke. Es war mitten in der Nacht und er lag wach. Was sollte er tun? Darauf warten, dass der neue Tag anbrach? Das konnte noch Stunden dauern … Hellwach richtete er sich im Bett auf und sah sich um. Im Kamin brannte ein kleines Feuer. Die Flamme hatte schon beträchtlich abgenommen und würde bald nur noch spärlich glimmen, doch noch spendete sie genügend Wärme und dämmriges Licht. Aufmerksam musterte er die Einrichtung: Schränke, Kommoden, Gemälde, aber nichts, mit dem er sich hätte ablenken können. Niemals in seinem Leben hatte er sich mehr ein Buch gewünscht, als in diesem Moment.

Plump ließ er sich wieder in die Kissen zurückfallen. Chace stöhnte genervt auf. *Hat Ed nicht etwas von einem Burggarten erwähnt? Vielleicht kann ich dort eine Runde laufen? Frische Luft wird mir sicher guttun.* Mit einem Ruck richtete Chace sich auf und sah zum Fenster. Draußen war es sternenklar und dementsprechend eisig kalt. Im Normalfall hätte er das warme Bett der Kälte vorgezogen, aber heute war nichts normal.

In Rekordzeit zog er sich lockere Kleider über und stand kurz darauf schon im Gang vor seinem Zimmer. Ganz leise zog er die Tür hinter sich zu und schlich den Flur entlang. Ed schlief nur wenige Meter weiter und ihn wollte er im Moment am wenigsten sehen.

Belle

Als sie wieder erwachte, war es noch immer dunkel und Stille lag über der Burg. Es musste mitten in der Nacht sein, oder war es schon die nächste Nacht? Belle konnte es nicht sagen. Zumindest war das Feuer im Kamin, das beim letzten Mal noch gebrannt hatte, erloschen. Ein Hinweis darauf, dass seitdem niemand ihr Zimmer betreten hatte.

Wenigstens gönnt man mir meine Privatsphäre. Belle schnaubte verächtlich, schlug die Decke zurück und stand auf. Ausgeruhter als vorhin war sie endlich wieder in der Lage, klare Gedanken zu fassen. *Ich muss unbedingt herausfinden, wo ich bin und wie ich hier herauskomme!*

Durch das Fenster fiel Mondlicht ins Zimmer und leuchtete ihr den Weg zur Tür. Entschlossen schritt sie darauf zu und war schon fast aus ebendieser, als sie bemerkte, dass sie noch immer das kurze Hemd trug. Ein Auftritt damit allein wäre gänzlich unangebracht. Egal vor wem.

Der Ärger wich Unsicherheit und sie hielt einen Moment inne, um das Zimmer noch einmal genauer zu betrachten. In der Ecke stand wie vorhin die kleine Kommode. Vielleicht war doch jemand da gewesen und hatte ihr Kleidung hineingelegt?

Ein Blick schadet sicher nicht. Hoffnungsvoll lief Belle darauf zu und zog vorsichtig die Schubladen auf. Sie waren leer.

Enttäuscht entfuhr ihr ein Stöhnen. *Habe ich wirklich erwartet, dass ich Kleidung finde?*

Als die junge Frau wenig später durch die Tür auf den Flur trat, hatte sie sich wieder das Laken um den Körper geschlungen.

Besser als nur mit dem Hemd bekleidet, argumentierte sie für sich selbst und lief den Flur entlang.

Entgegen ihrer Erwartungen kreuzte niemand ihren Weg. Weder Wachen noch Diener, und ihres Aufzugs wegen hätte sie darüber eigentlich froh sein müssen, doch das bedeutete auch, dass sie niemanden nach dem Weg fragen konnte.

Belle wusste nicht, wo genau sie sich in der Burg befand, wenn sie überhaupt in der Burg ihrer Erinnerung war. Unsicher wandelte sie durch die Gänge und sah sich ständig um. Alles sah so gleich aus … Die Gänge, die Türen und selbst die edle Einrichtung schienen immer wiederzukehren. *Laufe ich im Kreis?*

Ihr Blick streifte eine weitere kunstvoll gearbeitete Tür. *Ob Ed oder Chace sich hinter einer von ihnen verbergen?* Aber selbst wenn sich ihre Gemächer hinter einer der Türen befinden würden, konnte sie schlecht jede einzelne öffnen und nachsehen. Außerdem, wollte sie das überhaupt?

Niedergeschlagen bog Belle auf einen kleinen Gang rechts von ihr ab und stieß auf eine Treppe, die in das untere Stockwerk führte.

Vorsichtig beugte sich Belle über das Geländer und spähte nach unten. Eine große Halle, ähnlich der Eingangshalle in Trebin, öffnete sich unter ihr. Sorgsam musterte sie den Raum, der von Fackeln erhellt wurde. Kein Mensch war zu sehen. *Gibt es hier denn gar keine Wachen?* Verwundert beschloss Belle, nach unten zu gehen. Leise und langsam schlich sie die Treppenstufen hinab und blieb auf der letzten Stufe stehen, um sich umzusehen.

An jeder Seite der Halle befanden sich Kamine, die um diese Uhrzeit nur noch leicht glimmend dalagen. Dennoch herrschte eine angenehme Wärme und die vielen kunstvoll verzierten Tische und Bänke, die zusammengeschoben dastanden, verbreiteten den Eindruck, dass eine gesellige Runde sich erst kürzlich aufgelöst haben musste.

Auch in der Halle waren die Wände mit wertvollen Teppichen behangen und wirkten fast einschüchternd. Der getrocknete Lavendel auf dem Boden duftete herrlich und ein heimeliges Gefühl keimte in Belle auf. Wären die Umstände anders gewesen, hätte sie sich hier durchaus wohlfühlen können. Aber die Umstände waren eben, wie sie waren.

Aufmerksam betrachtet Belle die Wände erneut, diesmal standen jedoch nicht die Wandbehänge im Fokus. Neben mehreren kleineren Türen, die von der Halle abführten, fand sie auch ein riesiges und hervorragend gearbeitetes Portal, das ihr bekannt vorkam. *Wenn ich mich nicht irre, habe ich das bei der Ankunft gesehen!* Enthusiastisch lief sie darauf zu, legte ihre Finger auf die Klinke und wollte das Metall gerade nach unten drücken, als sie Stimmen hörte. Erschrocken hielt sie inne, wagte kaum zu atmen und lauschte.

Die Stimmen kamen von der anderen Seite des Portals und klangen hart und rau. *Wachen,* schoss es ihr durch den Kopf. *Und jetzt? Soll ich es dennoch versuchen?*

Belle überlegte. »*Sei nicht albern! Und was ist, wenn du doch eine Gefangene bist? Wenn sie nur nicht damit gerechnet haben, dass du so zeitig wieder aufwachst?*« Die Stimme in ihrem Inneren hatte recht. Sie durfte nicht so dumm sein und jemandem in die Arme laufen, ohne ihre Lage zu kennen.

Schon fast enttäuscht ließ sie die Klinke wieder los und lehnte sich mit dem Rücken an die Wand daneben.

»Warum geschieht das alles?«, flüsterte Belle und starrte in die Dunkelheit. »Was soll ich nur tun?«

Endline

Selina

Raues Gelächter drang an ihr Ohr und festigte ihren Entschluss. Sie würde keine Sekunde länger an diesem Ort bleiben und jeden Tag auf die Qualen warten. Sie, die Ziehmutter der Prinzessin, würde nicht mehr beten, dass die Qualen endeten.

Ohne Hoffnung sah sie durch das kleine, vergitterte Fenster an der oberen Kerkermauer nach draußen. Am Nachthimmel funkelten ihr Sterne entgegen, als würden sie sie willkommen heißen. Selina würde nicht warten, bis sie nicht mehr fähig war zu handeln. Sie würde ihr Schicksal selbst in die Hand nehmen. Mit einem Ruck wandte sie sich ab und schüttete das Stroh aus dem Sack, der ihr als Lager diente und den sie nun nicht mehr brauchen würde. Fast routiniert legte sie den Sack zusammen, damit er letztendlich so aussah wie ein Schal …

Selina seufzte. Wie hatte alles nur so weit kommen können?

Hoffentlich geht es meiner kleinen Belle gut und sie ist in Sicherheit, war ihr letzter Gedanke, als sie das Ende des zweckentfremdeten Sacks am Gitter des Fensters befestigte, dann eine Schlaufe, die sie sorgsam knotete, formte und schlussendlich ihren Kopf hineinlegte.

Kapitel 15

Tesslon

Chace

Die kalte Nachtluft, die ihn empfing, als er in den Garten trat, war eine reine Wohltat. Obwohl sich die Haare an seinen unbedeckten Armen aufstellten und ein Kältestoß durch seinen Körper fuhr, fühlte er sich frei und hatte endlich das Gefühl, wieder klar denken zu können. Zu viel war in den letzten Tagen geschehen. Vieles davon hätte er sich nie zu träumen gewagt. Allem voran Belle, aber Ed hatte recht, sie war verlobt und alles zu spät. Unter allen Umständen würde er seine Gefühle unterdrücken, um Tesslon nicht zu schaden.

»Es ist richtig so. Für Tesslon«, flüstere er immer wieder leise vor sich hin, als er zu laufen begann. Irgendwann würde er diese Lüge schon selbst glauben …

Belle

Sie hatte gar nicht mitbekommen, dass sie an der Wand heruntergerutscht war. Erst als sie wieder einen klaren Gedanken fassen konnte, bemerkte sie, dass sie auf dem Boden saß und fast schon erschrocken stand sie auf. *Wie habe ich mich nur so gehen lassen können?* Fassungslos blickte sie an sich herunter. Was war nur mit ihr geschehen? Wo war die starke Prinzessin hin, die sie sonst verkörperte? Die kaum einem Streit mit ihrer Stiefmutter aus dem Weg gegangen war und sich niemals hatte unterkriegen lassen?

Aber das Schlimmste war nicht der Umstand, dass Belle sich auf einmal schwach fühlte. Nein, das Schlimmste war, dass Chaces Verhalten sie mehr beschäftigte als der Tod ihres Vaters. Das Verhalten eines Mannes, den sie kaum kannte.

Wie konnte ich nur so egoistisch sein? Ein verächtliches Lachen entrang ihrer Kehle. Erschrocken über sich selbst, hielt Belle sich den Mund zu und den Atem an. Hatte sie jemand gehört?

Doch als alles ruhig blieb, atmete sie erleichtert aus und sah sich um. Was sollte sie nun tun? Sie musste auf jeden Fall hier raus, zu eng war ihr auf einmal die große Halle. Aber wohin?

»Mesonia Fortum?« Die Worte kamen einfach über ihre Lippen und glichen mehr einer Frage als einer Antwort.

Was …? Ein leichtes Glühen am anderen Ende des Raumes zog ihre Aufmerksamkeit auf sich. Es war, als würde etwas nach ihr rufen und Belle setzte sich in Bewegung.

Beim Näherkommen erkannte sie, dass das Glühen auf eine der Türen deutete. Ohne weiter darüber nachzudenken, griff sie nach der Klinke und drückte sie nach unten. Glücklicherweise war die Tür nicht verschlossen und schwang mit einem leisen Knarren nach außen auf.

Ed

Ein Geräusch riss ihn aus seinem unruhigen Schlaf. Wachsam sah Ed sich um. Mit einem Blick hatte er alles in seinem Zimmer erfasst und festgestellt, dass er allein war. *Bilde ich mir schon Dinge ein?*

Müde fuhr sich Ed über die Augen. Seine Nerven waren eindeutig zu überspannt. Plötzlich drang das Geräusch erneut an sein Ohr, aber diesmal erkannte er es … *Es klopft! Um diese Uhrzeit? Wer kann das nur sein?* Hellwach warf er schwungvoll die Decke zur Seite und lief eilig zur Tür. Ed öffnete und sah sich einem Diener gegenüber. »Entschuldigt, Mylord, aber Omir schickt mich. Er bittet um ein Treffen in seinen Gemächern. Das hier soll ich Euch geben.«

Der Mann drückte ihm ein Stück Pergament in die Hand, verbeugte sich und verschwand. Stirnrunzelnd schloss Ed die Tür hinter dem Diener und faltete das Schriftstück auseinander.

Eine kalte Brise drang ihr entgegen und ließ sie fröstelnd das Laken enger um sich ziehen. Neugierig betrachtete sie die Umgebung, die durch das Mondlicht erhellt wurde. Sie befand sich in einer Art Garten. Die Steinmauern zu ihrer Linken sahen aus, als würden sie das gesamte Areal umschließen, und auch wenn sie durch die vielen Bäume auf der anderen Seite des Gartens nicht zu sehen war, so wusste Belle doch, dass sie da war.

Ein Gefängnis. Der erdrückende Gedanke kam ihr sofort, aber wenigstens war sie nicht mehr im Inneren der Burg gefangen.

Tief luftholend lief sie einige Schritte. Ihre nackten Füße nahmen die Feuchte des Grases unter ihren Sohlen wahr und trotz der Kälte, die ihren Körper immer mehr umfing, fühlte sie sich freier als in der Halle. Fast zielsicher steuerte sie auf eine karge Baumgruppe zu und wollte sich am Fuße einer der alten Linden setzen, als sie eine Bewegung zwischen den Bäumen bemerkte.

Erschrocken fuhr sie wieder hoch. *Beobachtet mich jemand?* Ein kurzer Blick zurück zur Tür sagte ihr, dass sich dort niemand befand. Sofort richtete sie ihre Aufmerksamkeit wieder auf die Bäume. Mit einem Blick suchte sie das Gelände ab, fand jedoch keinen Verursacher. *Soll ich hierbleiben oder lieber wieder hineingehen?*

Belle überlegte kurz und entschied, dass es besser wäre, den Rückweg anzutreten. Wer wusste schon, wer oder was sich in den dunklen Schatten verbarg? *Am Ende halten sie hier Wölfe oder etwas anderes …*

Langsam, die Augen auf die Bäume vor ihr gerichtet, tastete sie sich mit einer Hand am Baum und der anderen am Laken rückwärts am Stamm entlang. Plötzlich stieß sie gegen einen weichen Widerstand und drehte sich erschrocken um. Ein kurzer Aufschrei entfuhr ihrer Kehle.

»Könntet Ihr aufhören, so hysterisch zu kreischen? Was macht Ihr überhaupt hier?« Die Stirn zu einem Runzeln verzogen, stand Farin direkt vor ihr und musterte sie argwöhnisch. Er trug im Gegensatz zu ihrer letzten Begegnung eine Uniform und sah aus, als wäre er mit einem nächtlichen Kontrollgang beschäftigt. Belle wollte eben etwas erwidern, da knackte es hinter ihr und sie fuhr erneut herum.

Farin brauchte nur den Bruchteil einer Sekunde, um sich vor ihr zu postieren. Überrascht blickte sie ihn an. Was sollte das? Sie wollte ihn fragen, doch starr blickte der Mann vor ihr in die Richtung des Geräusches. Als die Sekunden verstrichen und nichts geschah, entspannte er sich und wandte sich wieder an sie. »Nun?« Fragend zog er eine Augenbraue nach oben. »Gibt es einen besonderen Grund für diesen Aufzug und noch dazu hier draußen?«

Siedend heiß wurde Belle bewusst, dass sie außer dem kurzen Hemd, das ihr nicht gehörte, und dem Bettlaken nichts am Leib trug. Seine Frage war also durchaus berechtigt …

Moment mal! So aufrecht und würdevoll, wie es ihr nur möglich war, baute sie sich vor ihm auf. Ein Blick in seine Augen sagte ihr jedoch, dass sich sein Argwohn nur vergrößerte. Dennoch, *sie* musste sich nicht rechtfertigen vor irgendeinem Soldaten.

»Ich wüsste nicht, dass es Euch etwas angeht, was ich tue oder lasse«, fauchte sie ihn an.

»Ich würde an Eurer Stelle einen anderen Ton anschlagen«, stellte der Mann nur kalt fest.

»Ach ja? Weshalb? Nur weil Ihr der Sohn eines *ich weiß nicht was* seid, muss ich mit Euch reden? Ich glaube nicht.« Mit Schwung wandte sie sich ab und wollte wieder zur Tür laufen, da griff eine Hand nach ihr und drehte sie unsanft um. Nur Sekunden später wurde sie mit dem Rücken an einen Baum gepresst und sah sich den wütend blickenden Augen Farins gegenüber. Die plötzliche Nähe zu ihrem Gegenüber ließ ihren Atem stocken und ihr Herz begann zu rasen.

»Ihr solltet nicht über Dinge sprechen, als würdet Ihr über ihnen stehen. Was denkt Ihr, wer Ihr seid?«

Die Prinzessin von Endline, wollte Belle ihn am liebsten anschreien, doch ihre Vernunft siegte und kein Wort drang über ihre Lippen. Als würde Farin um Fassung ringen, ließ er sie abrupt los und musterte sie. Ihr Herz und ihr Puls begannen sich wieder zu normalisieren.

»Lasst sie in Ruhe«, knurrte es plötzlich von rechts und erstaunt blickte Farin sich um.

Es wäre der ideale Moment gewesen, um sich ihm zu entziehen, aber die Stimme, die aus der Dunkelheit gekommen war, ließ Belle erstarren und sich ebenfalls in diese Richtung wenden. *Chace!* Ihr Herz machte einen Sprung und für einen kurzen Moment herrschte Erleichterung. *Ich bin ihm also nicht egal!*, stellte Belle erfreut fest, doch dann wich die Freude der Wut.

Hast du schon vergessen, was er getan hat? Wie er dich behandelt hat? Im Dunkel der Nacht bist du ihm vielleicht gut genug, aber im Hellen ist sie die seine … Willst du das etwa?

»Warum sollte ich?« Angriffslustig sah Farin in Chaces Richtung. Der Prinz kam schnell näher und sah für Belle nicht so aus, als würde er etwas gegen eine Konfrontation haben. »Weil ich es sage!«

Farin wandte sich nun vollends Chace zu. Belle sah eine Ader, die an dessen Stirn zu pulsieren begann.

»Ach, und nur, weil Ihr es sagt, soll ich Euch Folge leisten?« In der Stimme schwang so viel Verachtung mit, dass Belle eiskalt wurde.

»Ihr solltet Euch ganz genau überlegen, was Ihr tut und wie Ihr mit mir redet, Farin!« Auch aus Chaces Stimme war jegliche andere Emotion dem Hass gewichen.

»Ich unterstehe Eurem Vater, nicht Euch!«

Chaces Kopf verfärbte sich hochrot. »Nur weil Ihr der Sohn der rechten Hand meines Vaters seid, könnt ihr Euch bei Weitem nicht alles erlauben!«

Die beiden Männer waren so mit ihrem Gekeife beschäftigt, dass Belles Person gänzlich in den Hintergrund getreten war. Träumte sie oder geschah das vor ihren Augen wirklich?

Streiten sie sich nun eigentlich wegen mir oder brauchten sie nur einen Grund, um sich gegenseitig an die Gurgel zu gehen? Unsicher schaute sie von einem zum anderen und fühlte sich immer unwohler und dass nicht nur, weil sie ein Bettlaken trug …

Energisch wandte sie sich ab und wollte in Richtung der Tür gehen, als sie erneut aufgehalten wurde. Eine Hand hielt ihr Handgelenk fest.

»Ihr bleibt schön hier«, fauchte Farin nun sie anstatt des Prinzen an.

»Warum sollte ich?«

»Weil ich Euch eine Frage gestellt habe!«

»Ihr antwortet doch auch nicht auf Fragen. Warum sollte ich also? Jetzt nehmt Eure Hand weg!« Mit einem Ruck riss sie sich los und sah, dass Farin noch etwas sagen wollte.

»Lasst sie gehen!«, unterbrach Chace ihn jedoch unwirsch.

Wütend sah sie in Chaces Richtung. »Hört auf, Euch in meine Angelegenheiten einzumischen. Ich werde auch allein damit fertig!« Sie sprach die Worte ruhig aus, jedoch mit einer Kälte, die sie sonst von sich nicht kannte.

»Belle …«, begann der junge Prinz.

»Nein danke!«, zischte sie und sah, wie Chace sich versteifte.

»Nun gut.« Auf dem Absatz kehrtmachend, verschwand er wenig später aus ihrem Blickfeld.

»Stress im Paradies?« Mit amüsiertem Ausdruck im Gesicht sah Farin sie an.

»Ich wüsste nicht, dass es Euch etwas angeht!« Ihre Stimme war nur noch ein einziges Fauchen, doch Farin beeindruckte es kaum. Kopfschüttelnd sah er sie an. »Könnt Ihr Euch eigentlich auch normal unterhalten oder seid Ihr immer so giftig?«

Hörte sie da etwa Arroganz in seiner Stimme oder war sie schon paranoid? Ohne ihm eine Antwort zu geben, wandte sie sich ab und startete einen neuen Anlauf in Richtung der Tür. Aus den Augenwinkeln nahm sie seine Hand wahr, die sich nach ihr ausstreckte.

Das würde ihm so passen! Zum ersten Mal legte sie bewusst fest, dass sie nicht wollte, dass jemand sie berührte. Mit Genugtuung stellte sie fest, dass es funktionierte. Nur für einen kleinen Moment schlang er seine Hand um ihr Handgelenk, doch wie von einer Tarantel gestochen ließ er sie kurz darauf wieder los.

»Was in der Götter Namen war das?« Fassungslos starrte Farin erst seine Hand und dann sie an.

Ich kann es wirklich steuern, stellte Belle höchst erfreut fest. »Was?«, fragte sie, stark darauf bedacht, ihrer Stimme eine kindliche Unschuld zu geben.

Etwas verwirrt ließ Farin seinen Arm sinken und schaute sie kritisch an, entschied jedoch, das Thema auf sich beruhen zu lassen. Anscheinend nahm er an, dass er sich alles nur eingebildet hatte und vielleicht war es auch besser so. Mitunter hatte sie etwas zu impulsiv gehandelt …

»Wir sollten hineingehen«, riss Farin, der inzwischen aufgegeben hatte, eine Antwort auf seine ursprüngliche Frage zu bekommen, sie aus den Gedanken. »Euch muss kalt sein …« Seine Stimme klang fast schon versöhnlich, doch eine gewisse Distanz meinte sie noch zu vernehmen.

»*Das* versuche ich ja die ganze Zeit!« Die Worte kamen schärfer als beabsichtigt aus ihrem Mund, woraufhin sie sich am liebsten selbst geschlagen hätte.

Farin, der sie keine Sekunde aus den Augen ließ, hatte ihren inneren Zwiespalt mitbekommen. »Ihr seid komisch und jetzt kommt!«, kommentierte er nur und bedeutete ihr, neben ihm zu gehen. Dieses Mal gehorchte sie und ließ sich durch den Garten zur Tür führen.

Nachdem sie die Halle betreten hatten, wollte Belle Farin auf Wiedersehen sagen, aber er stoppte sie mit einem rauen Lachen.

»*Ihr* wollt allein den Weg zurückfinden? Da bin ich aber gespannt.« Anstatt sich von ihr zu verabschieden, postierte er sich mit verschränkten Armen neben der Tür und wartete.

Einen genervten Seufzer ausstoßend machte Belle sich auf den Weg. Sie hatte keine Lust auf Diskussionen und schon gar nicht mit Farin. Beim Laufen suchte sie die Treppe, die sie vorhin hinabgestiegen war. War es die auf der linken oder der rechten Seite der Halle gewesen?

»Was soll das?«, fragte Belle leicht genervt, als sie merkte, dass Farins Blicke ihr folgten.

»Nichts, ich warte nur.«

»Worauf denn?«

»Dass Ihr Euch verlauft«, stellte er sachlich fest.

»Haha, wie witzig … Ich glaub, meinen Humor habe ich in Endline gelassen, als es überrannt wurde, aber es freut mich, dass Tesslon noch welchen besitzt.« War es der Sarkasmus oder die Worte, die Farin eine entsprechende Erwiderung herunterschlucken ließen? Sie wusste es nicht und ihr war es auch egal. Dieser Mann brachte sie einfach nur zur Weißglut. »Könnt Ihr nicht einfach gehen?«

»Nein«, war seine kurze Antwort.

»Und warum nicht?« Anstatt weiter die Treppen anzustarren und zu überlegen, welche sie nehmen sollte, wandte sie sich zu ihm um und warf ihm einen angriffslustigen Blick zu.

»Weil ich die Anweisung habe, mich um Euch zu kümmern und das bezieht irgendwie leider auch mit ein, dass ich Euch nicht im Schloss allein lasse.«

»Aha … Denkt Ihr, ich räume Euch die Burg leer oder tue mir etwas an?« Die Ironie in ihren Worten war ihrem Gegenüber nicht entgangen.

»Nein, das denke ich nicht. Es geht wohl eher darum, dass Euch nichts geschieht.«

»Und dann wird gerade der zu meinem Schutz abgestellt, der mich am liebsten heute im Wald vergewaltigt hätte und den ich anschließend zu Boden geschickt habe? Wirkliche eine *fantastische* Idee.« Jetzt hatte ihr Sarkasmus eine neue Höchstform erreicht und sie sah, dass Farin eine passende Antwort nur gerade so herunterschlucken konnte und stattdessen etwas betreten zu Boden sah. *Na sehr schön …*

Mehr als nur etwas genervt stand sie da und wollte plötzlich einfach nur noch in das warme Bett zurück. Da Farin nicht die geringsten Anstalten machte, sie in Ruhe zu lassen, gab sie schließlich nach.

»Gut, da ich bezweifle, dass Ihr mich einfach allein lasst, zeigt mir mein Zimmer. Ich denke, ich brauche Ruhe.«

»Ach, Madame ist wohl etwas gereizt?«, kam die spitze Bemerkung. Belle wollte etwas erwidern, aber ohne ihre Antwort abzuwarten, schob er sich schon an ihr vorbei und nahm die Treppe linker Hand nach oben.

Belle blieb nichts anderes übrig als zu folgen.

Kapitel 16

Tesslon

Chace

Für die Szene im Garten hätte er sich ohrfeigen können. Er hatte geschworen, Belle aus dem Weg zu gehen, doch als er sie zufällig gesehen hatte, war es mit seinem Schwur auch schon wieder vorbei gewesen. Wäre da nicht Farin aufgetaucht … »Farin!«, zischte er zwischen den Zähnen hindurch, als er in den Flur zu seinen Gemächern eingebogen war. Wie durch einen Zufall traf er auf Ed.

»Was ist mit Farin?«, fragte dieser und sah in stirnrunzelnd an.

»Nichts. Was macht Ihr überhaupt hier? Es ist mitten in der Nacht.«

»Ich wüsste nicht, dass ich mich Euch gegenüber rechtfertigen muss. Die Frage ist doch eher, was Ihr hier treibt.«

»Egal«, war Chaces genuschelte Antwort und flink schob er sich an seinem Freund vorbei. Ihm war jetzt nicht nach Reden zumute.

»Chace!« Die Stimme seines Freundes klang ernst. Überrascht drehte er sich um.

»Ja?«

»In einer halben Stunde bei Omir.« Ohne noch ein weiteres Wort ging Ed davon. Ungläubig starrte Chace ihm hinterher.

Was kann Omir mitten in der Nacht von uns wollen?

Endline
Gregor

»Sie wurde gefunden, mein König.« Die Stimme klang unterwürfig und einschmeichelnd. Gregor blickte von den Plänen auf seinem Schreibtisch auf und sah in das stark gebräunte Gesicht eines fremden Mannes.

»Wie bitte?« *Wer zum Teufel ist der Mann und was tut er hier?* Irritiert musterte er den Fremden, dessen Gesicht und Statur sich plötzlich veränderten. *Grip!*

»Grip, Ihr habt mich erschreckt!«, fuhr er ihn an.

»Verzeiht, mein König, das wollte ich nicht!«

»Mein König klingt schon gut, aber Herrscher über ganz Symantriet noch um einiges besser«, säuselte die Stimme in seinem Kopf.

»Schon gut, Grip. Nun sprecht! Ihr sagtet, Ihr hättet sie gefunden?«

Sein Scherge verneigte sich. »Ja«, hauchte er.

»Er hat sie!«, echote die Stimme in seinem Kopf.

»Und wo?« Gregor sah sich unruhig um. Er konnte das Mädchen nirgends entdecken.

»Noch nicht bei uns. Aber sie wurde gesichtet. Einer der Späher hat sie in Begleitung mehrerer Männer gesehen und sie bis zur Burg Kretin verfolgt. Dort hält sie sich jetzt auf.«

»Holt sie endlich her! Worauf warten sie noch?«, schrie die Stimme so laut, dass Gregor sich den Kopf halten musste.

»Ist alles in Ordnung?« Fast besorgt sah Grip ihn an.

Gregor winkte ab. »Ja, alles gut. Dann überfallt die Burg und bringt sie her.«

»Aber mein König … Die Burg liegt in Tesslon. Wir sind noch damit beschäftigt, das gesamte Volk in Endline zu unterwerfen. Wie Ihr wisst, haben sich einige Rebellen in die Berge nahe der Grenze zu Maux zurückgezogen und eine heftige Gegenwehr entwickelt … Wenn wir jetzt in Tesslon einfallen und König Sephin uns den Krieg erklärt, kann uns das das Rückgrat brechen.« Diese sachliche Feststellung ihrer Lage stammte von Sep. Der junge König hatte gar nicht bemerkt, dass auch sein Hauptmann den Raum betreten hatte.

»Ich dachte, Ihr habt ihn in das Gebirge geschickt?« Die Stimme in seinem Kopf klang missbilligend.

»Sep? Was macht Ihr hier? Ich kann mich nicht erinnern, dass ich Euch herbeordert habe …« Sein Hauptmann verneigte sich. »Mein König, ich habe Neuigkeiten, die ich Euch selbst überbringen wollte! Wir haben ein großes Nest der Widerständler ausgeräuchert. Mindestens zweihundert sind gefallen. Es ist nur noch eine Frage der Zeit, bis wir sie alle vernichtet haben, aber dazu brauche ich die Armee. Wir müssen im Moment unbedingt einen Krieg mit Tesslon verhindern!«

Gregor sah Sep fest an und nickte. Fast schon zerknirscht musste er zugeben, dass dessen Worte einen wahren Kern besaßen und er nicht ganz so überstürzt handeln sollte.

»Nun gut, und was schlagt Ihr stattdessen vor?« Erwartungsvoll blickte er von einem zum anderen.

»Der Prinz von Tesslon ist bei Ihnen. Sie werden nach Habicht aufbrechen wollen – dann sollten wir zuschlagen. Wir lassen es wie einen Überfall aussehen und niemand kann Euch dafür in die Verantwortung nehmen. Durch das Tuch habe ich die Spur. Sie kann nicht entkommen.« Als Grip geendet hatte, lehnte sich Gregor in seinem Stuhl zurück.

Die Stimme in seinem Kopf verursachte ihm Kopfschmerzen, sodass er kaum noch klar denken konnte und beinahe froh war, dass seine Schergen zu so besonnenen Handlungen und Überlegungen fähig waren. Wenn es nach der Stimme ginge, hätten sie jeden und alles überfallen, um an das Mädchen zu kommen … »Das klingt nach einem vernünftigen Plan. Legt alles daran, damit es dieses Mal reibungslos abläuft. Ich will Euch schnellstmöglich wieder hierhaben. Mit dem Mädchen!«

Seine Schergen nickten und entfernten sich.

»Ich brauche das Mädchen!« schimpfte die Stimme in seinem Inneren immer weiter.

»Ihr bekommt sie ja«, flüsterte Gregor, nur wusste er beim besten Willen nicht, was die Stimme mit ihr wollte.

Was bringt mir ihre Fähigkeit, dass man sie nicht berühren kann?

Nichts …

Tesslon

Farin

In was bin ich hier nur hineingeraten? Er warf einen Blick über die Schulter, um sich zu versichern, dass Belle immer noch hinter ihm war. Als sein Vater ihn wegen seines Verhaltens dazu abkommandiert hatte, sich um das Mädchen zu kümmern, hatte er an etwas anderes gedacht, als sich ständig Wortgefechte mit einer richtigen Zicke zu liefern. Nun gut, eine Zicke war sie vielleicht nicht gerade, aber sonderlich freundlich auch nicht.

»Das hast du dir alles selbst zuzuschreiben«, drang eine innere Stimme an ihn heran. Zerknirscht musste er ihr recht geben. Als er bemerkte, das Belle etwas weiter hinter ihm zurückblieb, drehte er sich um und wartete.

»Was ist?«, blaffte sie ihn an, als sie aufgeholt hatte. Angriff war allem Anschein nach ihre beste Verteidigung. Farin musterte sie kurz. Ihre Worte klangen angriffslustig, aber ihre Augen wirkten müde. Und war es wirklich Verzweiflung, die sich darin spiegelte?

»Ich wollte nur auf Euch warten«, zwang er sich ruhig auszusprechen.

»Braucht Ihr nicht!«, giftete sie weiter.

»Dann nicht.« Achselzuckend wandte er sich ab und lief weiter, ohne sich noch mal umzudrehen. Er wollte nur freundlich sein, aber bitte, dass konnte er sich bei ihr auch problemlos verkneifen.

Als sie sich im richtigen Gang befanden, blieb er vor seiner Tür stehen und öffnete sie. »Bitte nach Euch«, versuchte er einen lockeren Ton anzuschlagen und ließ sie vorbei in das Zimmer.

Als er die Tür hinter sich zuzog und ihr folgen wollte, lief er in sie hinein.

»Hey, was ist denn?«, schimpfte er.

»Das ist nicht mein Zimmer«, informierte sie ihn mit eiskalter Stimme.

»Richtig erkannt«, bemerkte er in dem Versuch witzig zu klingen, aber das Mädchen war nicht zu Scherzen aufgelegt und wandte sich mit wütendem Blick zu ihm um.

»Was soll ich hier? Bringt mich sofort zu meinem Zimmer!«, keifte sie statt eines Lachens.

»Beruhigt Euch erst mal und schreit nicht herum wie eine wilde Furie!« Jetzt war es an ihm, lauter zu werden. Er musste sich nicht alles gefallen lassen! Wütend baute er sich auf und starrte auf das Mädchen, das gut einen Kopf kleiner war als er, hinab. Sie standen sich immer noch ziemlich nah. Ihr Laken war etwas verrutscht und gab mehr von dem Hemd preis, das sie trug. Seinem Hemd …

Ohne es zu wollen, wanderten seine Blicke prüfend über ihren Körper. Sie hatte ein hübsches Gesicht, das von ihrer üppigen braunen Mähne umrahmt wurde. Ihre Augen funkelten ihn kampflustig an und ihr Mund war leicht zusammengekniffen. Mit Schreck musste Farin feststellen, wie er sich unweigerlich zu ihr hingezogen fühlte. *Hör sofort auf!*, befahl er sich selbst und schritt an ihr vorbei weiter in das Zimmer.

»Euer Gemach ist gleich gegenüber.« Er nickte zur Tür, bevor er in die andere Richtung zu seiner Kommode ging.

»Ich dachte nur, Ihr wollt vielleicht noch ein sauberes Laken und ein neues Hemd mitnehmen.«

»Wie bitte?«

Erstaunt blickte er zu ihr und zuckte dann mit den Schultern. »Wenn Ihr nicht wollt, braucht Ihr auch nicht.«

Endline

Grip

Das Gespräch mit Gregor war gelinde gesagt ernüchternd gewesen.

Was hatte ich mir auch anderes erhofft?

Grip war froh gewesen, als ein Mann ihm die Mitteilung brachte. Die Mitteilung darüber, dass einer der Späher im Norden die Prinzessin gesichtet hatte und sie sich gegenwärtig in Kretin befand. *Jetzt muss ich nicht wie ein Hund ihre Fährte verfolgen,* war ihm der Gedanke gekommen, als er gemeinsam mit Sep, den er im Hof getroffen hatte, voller Zuversicht zu Gregor gegangen war und ihm die freudige Nachricht überbringen wollte.

Der Mann und neue König, den er eben getroffen hatte, wirkte jedoch ganz und gar nicht mehr wie vor wenigen Tagen. Gregor war ein anderer geworden.

Hat die Macht ihn so sehr verändert?

Tesslon

Belle

»Wie bitte?«, wisperte Belle und starrte Farin an. *Ich trage sein Hemd und sein Laken? Oh bitte, Edid, lass es nicht ihn gewesen sein, der es mir angezogen hat.*

»Wenn Ihr nicht wollt, braucht Ihr auch nicht.« Seine Worte rissen sie aus ihren Gedanken. Schockiert musterte sie ihn, der immer noch an einer Kommode, seiner Kommode, stand und sie nicht aus den Augen ließ. Ihr Blick wanderte an sich selbst herunter. Das einst weiße Laken war im unteren Bereich mit Grasflecken übersät und nass vom Tau des Grases. Auch das weiße Hemd hatte etwas abbekommen, als er sie an den Stamm des Baumes gedrückt hatte.

»Gut«, erwiderte sie leise.

»Was ist gut?«

»Es wäre nett, wenn Ihr mir noch etwas leihen könntet.« Belle achtete sorgsam darauf, freundlich zu klingen. Farin hatte schließlich recht gehabt. Sie hatte sich in der letzten Stunde eher wie eine wild gewordene Furie angehört als wie eine Prinzessin und das hatte zumindest er nicht verdient.

Als sie ihm ins Gesicht blickte, nahm sie wahr, wie er sie misstrauisch ansah. *Er traut mir nicht,* kam ihr die Erkenntnis.

»Plötzlich so freundlich?« Überraschung und Argwohn schwangen in seiner Stimme mit.

»Hab ich denn eine andere Wahl?« Sie seufzte und sah ihn auffordernd an.

»Die hat man immer«, murmelte er.

Aber Belle ging nicht auf seine Worte ein. »Also, was ist?«

Statt einer Antwort kramte Farin in der Kommode und zog ein dunkles Hemd hervor, das er in ihre Richtung warf. Belle nahm die Arme nach vorn, um es zu fangen und bemerkte mit Schreck, wie sich das Laken um ihre Taille selbstständig machte. In dem Moment in dem sie das Hemd fing, verlor sie das Laken vollständig und stand halb nackt vor Farin.

Ein schelmisches Lächeln spiegelte sich in seinem Gesicht, während Belle spürte, dass Röte in ihre Wangen stieg. *Na klasse, ein neuer Tiefpunkt ist erreicht …*

»Vielleicht hätte ich Euch doch kein längeres Hemd geben sollen«, stellte er grinsend fest und Belle meinte, etwas wie Bedauern aus seiner Stimme herauszuhören. *Will er mich verarschen?* Ruckartig hob sie das Laken auf, presste es vor ihren Körper und versteifte sich.

Fast schon amüsiert beobachtete ihr Gegenüber sie dabei.

»Hat es Euch etwa die Sprache verschlagen? Schade, irgendwie habe ich auf eine schnippische Antwort gehofft. Aber na ja … man kann eben nicht alles haben.« Mit einem weiteren gezielten Griff holte er ein neues Laken aus einer anderen Schublade und hielt es ihr hin.

Etwas unsicher nahm Belle es entgegen und ließ ihn nicht aus den Augen. Etwas an seinem Auftreten und seinem Verhalten verunsicherte sie zutiefst und machte ihn zusätzlich äußert attraktiv. Zu ihrem Pech wusste der Mistkerl das ganz genau.

Jetzt sei nicht albern!, schalt sie sich selbst und als er sich umwandte, um die Kommode wieder zu schließen, wechselte sie schnell die beiden Laken aus.

»Schon fertig?« Er hatte sich ihr wieder zugewandt und sah sie erneut mit diesem schelmischen Grinsen an. *Was hat er nun schon wieder?* Ohne weiter darauf einzugehen, drehte Belle sich um und lief zur Tür. Bevor sie jedoch hindurchtrat und ihn allein ließ, wandte sie sich noch einmal um und hauchte ein »Danke«.

Draußen auf dem Gang zog sie leise die Tür hinter sich zu und lehnte sich leicht dagegen. Ihr Herz raste und sie begann krampfhaft nach Luft zu schnappen. Dabei hatte sie nicht einmal bemerkt, wie sie die Luft angehalten hatte …

Nervös sah sie den Flur hoch und runter. Hatte jemand etwas mitbekommen? Glücklicherweise lag alles verlassen da und so schnell sie konnte richtete sie sich wieder auf. Peinlich berührt von ihrem eigenen Verhalten verschwand sie in ihrem Zimmer.

Endline

Camelia

»Die Alte ist tot«, stellte die Wache auf dem Gang vor ihrer Zelle lautstark fest, damit es auch der letzte Insasse hören konnte.

Neugierig blickte Camelia durch ihre eigenen Gitterstäbe. Der dreckige Mann stand vor der ersten Zelle neben der Treppe.

Die Zelle der Amme, bemerkte sie.

Sie hatte Selina nie leiden können und ihr Tod ging ihr auch nicht sonderlich nah, wenigstens würden jetzt ihre nervigen Schreie nicht mehr den ganzen Tag durch das Kerkergewölbe hallen. *Wie traurig, da ist wohl das geliebte Spielzeug der Wachen dahin.*

Blieb nur zu hoffen, dass die Männer sie nicht als neues Spielzeug auserkoren. Sie musste sich unbedingt etwas überlegen und zwar dringend. Wie konnte sie sich nur für Gregor von unschätzbarem Wert machen? Sollte sie beteuern, ihm zu dienen und zu helfen? Inzwischen war sie zu allem bereit, wenn sie nur aus diesem Loch herauskam und diese dreckigen Visagen nicht mehr sehen musste.

Camelia musste sich etwas einfallen lassen – und das besser heute als morgen.

Tesslon

Belle

In ihrem Zimmer angekommen, schloss sie sorgsam die Tür hinter sich und musste mit Bedauern feststellen, dass es wie in Trebin keinen Schlüssel gab, um sie gänzlich zu verschließen.

»Ist ja nicht so, als würde im Zimmer gegenüber ein Verrückter wohnen …«, brummte sie und schmiss sich auf das Bett.

Alles sah aus wie vor ihrem Ausflug, nur dass der Mond mittlerweile weitergewandert war und das Zimmer nunmehr fast gänzlich erhellte.

Aufmerksam musterte sie den Raum. Die Deckenmalerei war ihr vorhin gar nicht aufgefallen. Die mit viel Liebe zum Detail gearbeiteten Linien suchten sich ihren Weg und stellten Szenen einer Geschichte dar. Bei näherer Betrachtung erkannte sie die Geschichte … »Die Entstehung der Kontinente – Edids und Selfins Legende«, flüsterte sie ehrfürchtig. Aber war es wirklich nur eine Legende? Wenn das in den Sumachen wirklich ihre Mutter gewesen war, wenn sie die Wahrheit gesprochen hatte, dann würde es bedeuten, dass sie dort oben ihre Urahnin sah. Aber konnte das wirklich sein?

Du kennst die Antwort doch bereits. Du wusstest sie schon vor der Frage … Ja, in der Tat, tief in ihrem Inneren hatte sie es immer gewusst.

Ihr war immer bewusst gewesen, dass sie etwas Besonderes war, nur was konnte sie mit dieser Besonderheit anfangen?

Sie hatte selbst erlebt, wie Frauen, die anders waren und besondere Fähigkeiten besaßen, als Hexen bezichtigt wurden und anschließend auf dem Scheiterhaufen brannten. Ihr Vater hatte sie stets vor diesen Verbrennungen fernhalten wollen und nun wusste sie auch warum …

Er hatte es immer gewusst, es immer gesehen!

Müde von der Erkenntnis wollte sie die Augen schließen, doch da fiel ihr ein, dass ihr Hemd noch immer dreckig und nass war. Entschlossen richtete sie sich auf, nahm das dunkle Hemd von Farin, das sie neben sich auf das Bett geworfen hatte, und betrachtete es.

Es roch noch deutlicher nach Farin als das, was sie jetzt trug. Wollte sie es wirklich anziehen?

Ein Blick an sich herunter reichte jedoch aus, um sie zu überzeugen.

Mit wenigen Handgriffen hatte sie die beiden Kleiderteile ausgetauscht und stellte mit Zufriedenheit fest, dass das neue Hemd etwas länger war und mehr von ihren Beinen bedeckte, als es das alte getan hatte. Als sie an Farins Worte bezüglich dieses Themas dachte, wurde sie rot. Ohne es zu wollen, sah sie sein Gesicht vor sich.

Was fand sie nur an ihm? Warum hatte ihr Herz vorhin so schnell geschlagen, als wolle es aus ihrer Brust springen? Hatte es Chace so schnell vergessen?

Nein, das hatte es nicht, aber Angriff war doch immer noch ihre beste Verteidigung gewesen. Es fiel ihr wesentlich leichter, sauer auf ihn zu sein und sich mit anderem abzulenken, als sich allein im Selbstmitleid zu suhlen.

Wenn er sie nicht mehr wollte: fein, damit konnte sie leben. Es gab schließlich nicht nur ihn! Belle ließ sich in die Kissen zurückfallen, drehte sich konsequent auf die Seite und schloss die Augen.

Sie würde von jetzt an keinen Gedanken mehr an Chace verschwenden.

Farin

Ihr gehauchtes *Danke* hatte ihn schon ein gutes Stück verwirrt, da er nicht darauf eingestellt gewesen war, dass sie auch freundlich reagieren konnte. Jetzt, allein in seinem Zimmer, war er zwar froh, dass ihre anstrengende Präsenz weg war, aber nun fühlte der Raum sich plötzlich groß und leer an.

»Etwas ist komisch an ihr«, stellte er fest und musste unwillkürlich an den Stich in seiner Hand denken. Nur zu deutlich hatte er ihn gespürt, als er Belle festhalten wollte. Doch woher sollte der Schmerz gekommen sein?

Farin besah sich seine Hand. Sie sah genauso aus wie immer und fühlte sich auch so an. *Meine Nerven sind einfach nur so angespannt, dass ich es mir eingebildet habe,* dachte er.

Als er sein Zimmer verließ, ging er nur widerwillig an ihrer Tür vorbei. Etwas in ihm wollte in ihrer Nähe bleiben, aber sein Vater hatte ihm vorhin eine Nachricht überbringen lassen.

Eine kurzfristige Versammlung sollte stattfinden und er war jetzt schon zu spät dran. Zielstrebig machte er sich auf den Weg zu den Gemächern seines Vaters.

Kapitel 17

Tesslon

Omir

Angespannt schritt er nun schon zum mindestens zehnten Mal durch den Raum. Ed und der Prinz hatten sich bereits eingefunden und auch seine engsten Vertrauten sowie der Herzog saßen an dem langen Tisch, der nur für sie aufgestellt worden war. *Nur einer fehlt!* Grimmig sah er zur Tür.

Als Farin nach schier endlosen Minuten des Wartens endlich den Raum betrat, war Omir mehr als angespannt.

»Na endlich!«, entfuhr es ihm. »Was hat denn so lange gedauert?«, grummelte er seinen Sohn an. Dieser zuckte jedoch nur mit den Achseln.

»Ich wurde noch aufgehalten«, war Farins ausweichende Antwort. Unter normalen Umständen hätte er seinen Sohn jetzt getadelt, aber es blieb keine Zeit.

»Gut, da wir jetzt endlich vollständig sind, können wir beginnen.« Aufmerksam blickte der Leibwächter in die Runde und nickte jedem Teilnehmer zu, dann fuhr er fort: »Ich weiß, es ist spät, aber es gibt Dinge, die nicht länger warten können. Die Geschehnisse in dem Dorf nicht weit von hier haben uns gezeigt, wie gefährlich das Grenzgebiet ist. Samuel hat bereits die nötigen Vorkehrungen getroffen, aber ich werde unsere Außenmauern noch stärker besetzen lassen und zusätzliche Späher aussenden, die das Gebiet noch mehr im Auge haben sollen. Wir sitzen im Moment auf einem bald ausbrechenden Vulkan. Lasst uns beten, dass uns noch genügend Zeit bleibt!« Er pausierte und sah in die angespannten Gesichter der Männer um ihn herum. Alle waren sich der Gefahr bewusst, in der sie momentan schwebten.

Keiner konnte sagen, was Gregor und seine Männer vorhatten. »In der Zwischenzeit müssen wir mehr oder weniger ausharren und die Grenzen stärker sichern.« Er nickte Samuel zu. »Werter Freund, das wird in der nächsten Zeit Eure Aufgabe bleiben. Ich weiß, dass ich mich dabei vollends auf Euch verlassen kann.«

»Vielen Dank für Euer Vertrauen, Omir!«

»Und nun das Wichtigste. Ich habe nach unserem Eintreffen einen Falken zu König Sephin gesendet und ihn über alles informiert. Eine Rückantwort erhielt ich vor wenigen Augenblicken. Er und seine Frau sind glücklich, dass Ihr wohlauf seid, mein Prinz.« Er bedachte Chace mit einem Blick, dann sprach er weiter. »König Sephin ist derselben Ansicht wie ich, nämlich dass wir schnellstmöglich nach Habicht aufbrechen sollten. Die Grenzgebiete sind gefährdet. Er schlägt sogar vor, dass auch der Herzog uns begleitet.«

»Das ist doch Wahnsinn!« Der Herzog hatte das Wort ergriffen und Omir sah ihn fest an.

»Was ist Wahnsinn?«

»Ich soll meine Burg mir nichts, dir nichts einem Kind überlassen und fliehen? Das könnte Euch so passen. Ich verstecke mich nicht, vor niemandem! Zumal der sogenannte König erst mal sein eigenes Land unter Kontrolle bringen sollte. Ich habe gehört, dass in den Bergen ein erbitterter Widerstand tobt. Wenn er nicht einmal sein Land unterwerfen kann, warum sollte ich dann gehen?« Der Mann, der Ende dreißig war und bereits die ersten grauen Haare bekam, sah ihn fragend an und wirkte nicht erfreut.

»Mit dem Widerstand mögt Ihr recht haben, aber Ihr solltet auch nicht vergessen, dass der neue König kaum eine Ahnung von Kriegsführung hat. Mich würde es nicht wundern, wenn er unbesonnen handelt, gerade weil er eben noch ein *Kind* ist.«

Omir hatte seine Worte sorgfältig gewählt. Ihm lag im Augenblick nichts ferner, als einen Herzog seines Königs zu verärgern. Zumal Sephin in absehbarer Zeit jeden seiner Herzöge auf seiner Seite brauchte.

»Aber dann können wir ihn doch einfach besiegen? Wir mobilisieren die Armee und greifen an, und bevor er sich versieht, ist er schon des Todes.«

Eine Augenbraue hebend sah Omir den Herzog an. Die Naivität dieses Mannes glich der eines Kindes.

»Hat Euch nicht auch ein Bote von König Sephin erreicht und übermittelt, dass Ihr Eure Männer zusammenziehen sollt?« Jetzt war es Omir, der den Herzog fragend ansah.

»Ja, und?«

»Ging aus der Nachricht hervor, dass Ihr angreifen sollt?« Omirs Blick taxierte den Herzog. Giftig starrte der Mann zurück. *Hoffentlich bin ich jetzt nicht zu weit gegangen,* ging es ihm durch den Kopf.

Spannung baute sich auf, während die beiden Männer einander schweigend musterten.

»Nein«, gab schließlich der Herzog zerknirscht zu.

»Dann, denke ich, sollten wir uns zurückhalten. Ein zerstörerischer Krieg ist schnell begonnen, aber ihn zu stoppen, kann Jahre dauern.«

»Gut, dann belassen wir es bei den kampfbereiten Truppen«, murmelte der Herzog und lehnte sich in seinem Stuhl zurück.

»Möchte sich noch jemand äußern? Will noch jemand etwas gegen die Befehle unseres Königs einwenden?« Omir fragte gar nicht erst erneut, ob der Herzog mit ihnen nach Habicht zurückkehren würde. Er würde später mit Ophelia reden. Sie war die Einzige, die ihren Mann würde überzeugen können. »Niemand? Also gut. Wir werden morgen nach Habicht aufbrechen. Wer uns begleiten will, der kommt mit.« Mit festem Blick sah Omir in die Runde.

»Ich denke, Omir hat recht.« Erstaunt sah er zu Ed, der plötzlich das Wort ergriffen hatte. »Wir sollten uns zurückziehen. Der neue König ist noch jung, aber hat er Männer, die ihn unterstützen und etwas von ihrem Handwerk verstehen. Außerdem …«, erstaunt sah er, wie Ed ein Zittern unterdrückte. »… hat er *sie.*«

»*Sie*?«, fragte Chace. Omir sah den erstaunten Blick des Prinzen, ignorierte ihn jedoch.

»Wen meint Ihr damit?«

»Ihr habt uns Geschichten über *sie* erzählt, wisst Ihr noch?«

Omir wusste nicht, ob Ed ihn nur an der Nase herumführen wollte oder es tatsächlich ernst meinte. Verständnislos sah er seinen ehemaligen Schüler an.

»Omir, die Gerüchte, sie entsprechen der Wahrheit.«

»Könnten jetzt bitte alle mit dieser Geheimniskrämerei aufhören und mir erklären, wer *sie* sind?«, warf der Prinz dazwischen.

Omir stieß einen Seufzer aus, er resignierte. »Unter Chavers Herrschaft gab es ursprünglich eine ganze Meute Dämonen, die ihm folgte und half, das Land zu knechten. Einer von ihnen, Dragon, war besonders ehrgeizig und stark. Er schaffte die anderen aus dem Weg, um allein seinem Herrn zu dienen. Dragon war in seiner menschlichen Hülle tödlicher als eine ganze Armee. In seiner Dämonengestalt sogar so stark, dass er sich nicht mehr kontrollieren konnte. Ein wahres Monster, das Tausende Menschenleben forderte, und als Chaver starb, verschwand glücklicherweise auch Dragon spurlos. Der Legende nach soll er immer noch dort draußen sein und auf Chavers Rückkehr warten. Aber es ist nur eine Legende. Genauso wie die Gerüchte, dass er Nachkommen besaß. Also, Ed, wie kommt Ihr auf dieses Hirngespinst?«

»Ich habe sie gesehen.« Die Stimme war leise und brüchig.

»Ihr habt was?« Irritiert sah Omir ihn an.

»Im Wald. Sie haben uns verfolgt und Twin hat sich geopfert, um uns zu retten. Ich konnte die Präsenz spüren, auch wenn sie schwach war. Dass sie uns nicht wiedergefunden und eingeholt haben, muss ein Zeichen sein, dass sie nur einen Bruchteil der Macht besitzen.«

»Dann ist es nicht Dragon«, stellte Omir einen Hauch erleichtert fest. »Nein, aber sie sind gefährlich und handeln im Auftrag des neuen Königs.«

»Ist das Euer Ernst? Woher nehmt Ihr diese absurden Behauptungen?« Stirnrunzelnd sah Omir ihn an. Der ernste Ausdruck in Eds Gesicht und die eingetretene Stille machten ihm bewusst, dass es sein Freund keineswegs scherzhaft gemeint hatte. »Nun gut, jetzt nehmen wir mal an, dass es die Nachfahren von Dragon sind.« Er machte eine kurze Pause und sah Ed fest an. »Und dass diese Nachfahren die Schergen des neuen Königs sind. Aus welchem Grund sollte man gerade Euch diese Kreaturen auf den Hals hetzen, wo der neue König sie doch an anderen Stellen in seinem Land besser brauchen kann? Wie kommt Ihr überhaupt darauf, dass Gregor ihr Herr ist? Wenn er so mächtige Verbündete hätte, würde er sie in die Berge schicken, anstatt vier Reitern hinterherzujagen. Besonders wenn er nicht wusste, dass Prinz Chace unter Euch ist.«

»Weil wir etwas haben, das Gregor will …« Die Stimme des Prinzen ließ ihn herumfahren und aufmerksam taxierte er den jungen Mann.

»Chace!« Eds Stimme klang drohend. Omir ignorierte ihn.

»Weil Ihr etwas habt, das er will?« Argwöhnisch hob er die Brauen und dann fiel es ihm wie Schuppen von den Augen. Plötzlich wusste er, warum das Mädchen ihm so bekannt vorgekommen war.

»Die Prinzessin! Endlines und Elias' Tochter!«, entfuhr es ihm und dann wurde ihm das ganze Ausmaß der Katastrophe bewusst. »Ed, wie konntet Ihr nur? Wisst Ihr überhaupt, was für Konsequenzen das hat? Sie wird im ganzen Land gesucht, verdammt noch mal!«, schrie er und die Versammelten im Raum zuckten zusammen. »Sie ist die Verlobte des neuen Königs. Wenn jemand herausfindet, dass sie hier ist, dann wird man uns überrennen! Wie konntet Ihr nur so verantwortungslos sein?«

Ed

Ohne auch nur eine Miene zu verziehen, nahm er die Schimpftirade auf sich. Ihm war klar gewesen, dass Omir es über kurz oder lang sowieso herausfinden und ihn dafür verantwortlich machen würde.

Still sah er sein puterrot angelaufenes Gegenüber an. Erst als Omir das letzte Wort ausgespien hatte und ihn wütend anstarrte, begann er zu sprechen. »Was hätten wir denn sonst machen sollen?« Er zwang sich, ruhig und sachlich zu bleiben, auch als Omir ihn verächtlich anschnaubte. »Als wir sie kennenlernten, wussten wir nicht, dass sie eine Prinzessin ist und verlobt war sie auch nicht. Natürlich waren wir nach Bekanntwerden der Lage noch einmal im Schloss und haben uns versichert, wie es ihr geht, aber als wir den Rückweg nach Tesslon angetreten hatten, war sie nicht bei uns. Wir haben sie weder entführt noch aus dem Schloss geschmuggelt, sondern sie ist irgendwie in die Sumachen gekommen und lag bewusstlos auf einer Lichtung. Durch Zufall haben wir sie gefunden. Was hätten wir also tun sollen? Sie liegen lassen?«

»Ihr hättet sie zurückbringen können.«

Ed zog eine Augenbraue nach oben und sah sein Gegenüber an. »Zurückbringen? Wirklich? Für uns war es nicht sicher, noch einmal nach Trebin zurückzukehren, und das Mädchen wollte nicht zu Gregor zurück. Wir blieben bei unserem Plan und nahmen es mit. Man war uns sowieso schon auf den Fersen. Was machte es da?«

»Es macht den kleinen, aber feinen Unterschied«, knurrte Omir, »dass Ihr uns alle in Gefahr gebracht habt! Ihr habt dem Feind Tür und Tor geöffnet!«

»Wir sind doch sowieso in Gefahr!«

»Aber durch Euch noch mehr!« Die beiden Männer sahen sich feindselig an. Ed war nicht bereit, noch weiter zu diskutieren.

Sein Gegenüber schien einen Moment mit sich zu kämpfen, begann aber erstaunlich ruhig zu sprechen: »Nun gut, jetzt ist sie hier und das Kind in den Brunnen gefallen, und was nun? Wie verfahren wir weiter?«

»Was meint Ihr damit? Sie kommt natürlich mit nach Habicht.« Nun war es Chace, der das Wort ergriff, bevor Ed etwas sagen konnte.

Sorgsam musterte Ed seinen Schützling, doch nichts an dessen Körpersprache spiegelte seine Gefühle für das Mädchen wider. Seine Worte hatten fast sachlich geklungen.

»Aha«, brachte Omir hervor, dann wandte er sich zu den anderen im Raum um. »Ich denke, wir haben hier alles gesagt, was wichtig ist. Könntet Ihr uns nun bitte allein lassen? Wir sehen uns morgen früh. Nach dem Frühstück brechen wir auf.«

Ein kurzes Protestgemurmel ging durch den Raum, doch die anwesenden Herren waren am Ende von der Aussicht auf ihr warmes Bett angetaner als auf eine neuerliche Diskussion und so leerte sich kurz darauf dann doch der Raum.

»Farin?«, rief er seinem Sohn noch nach. »Wartest du bitte draußen auf mich?«

Farin

Der Gang vor Omirs Arbeitszimmer lag zu großen Teilen im Dunkeln. Nur alle paar Meter brannte eine Fackel und spendete spärliches Licht. Es war mitten in der Nacht. Stille herrschte auf den Fluren.

Während der Herzog und die anderen sich zurückgezogen hatten, harrten der Prinz und er vor den Räumlichkeiten aus. Farin ging nicht davon aus, dass sie sich etwas zu sagen hatten und ließ sich im Schneidersitz an der Wand gegenüber der Tür nieder.

Das sind doch mal Neuigkeiten. Eine Prinzessin also, ich wusste doch, dass mit ihr irgendetwas nicht stimmt. Da wäre dann nur noch die Frage, was es mit Chaces Verhalten ihr gegenüber auf sich hat. Farin war so in Gedanken, dass er nicht mitbekam, wie sich Chace ihm näherte.

»Und, habt Ihr Euren Spaß mit ihr gehabt?«, knurrte der.

»Wie bitte?« Verwirrt sah Farin nach oben in das Gesicht des Prinzen.

»Ihr habt mich schon verstanden!«

Plötzlich begriff Farin. »Ach, sie ist wohl doch Euer Liebchen?«, zog er den jungen Prinzen auf.

»Nein«, fauchte der.

»Was geht es Euch dann an, was ich mit ihr getan habe?« Die Stirn in Falten legend sah er Chace an.

»Gut, Ihr habt recht, geht es nicht«, gab der Kontrahent nach, wandte sich ab und lief ein paar Schritte den Gang hinunter.

Verwirrt starrte Farin ihm hinterher. Empfand der Prinz etwas für das Mädchen oder nicht? Aus dem Verhalten des Mannes, der ihm gegenübergestanden hatte, wurde er einfach nicht schlau. Um sich abzulenken und nicht mehr mit Chace reden zu müssen, tat er so, als würde er die Wandbehänge genauer betrachten.

»Würdet Ihr jetzt bitte gehen?« Erstaunt nahm Farin seinen Blick von dem Teppich und sah Chace an, der wieder näher gekommen war.

»Warum sollte ich?«

»Weil ich es Euch als Euer Prinz sage.« Die Stimme klang befehlend und ließ gar keinen Raum für andere Interpretationen, dennoch …

»Nein. Ich warte hier auf meinen Vater.«

Die Miene des Prinzen war wie vom Donner gerührt. Es sah aus, als könnte er nicht glauben, dass ihm soeben der Gehorsam verweigert wurde.

»Ob es Euch passt oder nicht. Nur Eurem Vater und dem meinen bin ich Gehorsam schuldig«, setzte Farin mit beherrschter Stimme nach, stand auf und machte sich groß. Auch wenn Letzteres kaum einen Effekt hatte, da sie ungefähr gleich groß waren. *Ich werde hier nicht den Kürzeren ziehen.* Musste er auch nicht, denn mit einem Mal drehte Chace sich um und verschwand im Dunkel der Gänge.

Farin blieb allein zurück und wusste nicht so recht, was er von der Aktion halten sollte. Sie hatten sich in der Vergangenheit nie wirklich leiden können, aber sich so gehasst und gegeneinander gearbeitet wie heute hatten sie noch nie.

Ed

Als sich der Raum geleert hatte und nur noch die leeren Stühle von den Menschen zeugten, die anwesend gewesen waren, sah Ed, wie Omir ihm einen bitterbösen Blick zuwarf.

»Ihr wollt sie wirklich mit nach Habicht nehmen? Ist das Euer Ernst? Weiß der König davon? Ich bezweifele es, sonst hätte er diesbezüglich etwas erwähnt!«, fuhr Omir ihn an. »Weiß er überhaupt, dass sie bei Euch ist?«

Ed schüttelte den Kopf. »Zumindest nicht von mir.«

Omir griff sich mit der Hand an die Schläfe. »Na wunderbar«, murmelte dieser.

»Was sollen wir sonst machen? Sie hierlassen und dem neuen König ausliefern?« Er bemühte sich, ruhig zu bleiben. Omirs Ärger war verständlich und berechtigt, würde aber im Nachhinein nichts an seiner Tat ändern.

»Wie habt Ihr Euch das gedacht, Ed? Gregor wird unweigerlich erfahren, dass wir sie haben, oder wollt Ihr sie für immer vor aller Welt verstecken?«

»Ich weiß es noch nicht. Aber sagt mir doch, was hättet Ihr getan? Sollten wir sie ausliefern?«

Statt einer Antwort erhielt er ein Schnauben.

»Seht Ihr? Etwas anderes habe ich auch kaum erwartet, außerdem … Sie ist Elias' und Endlines Tochter und sie wollte nicht bei diesem Monster bleiben. Sollen wir sie zwingen, zu dem Mann zurückzukehren, der ihren Vater auf dem Gewissen hat?«

»Das wissen wir nicht mit Bestimmtheit.«

Entschlossen sah Ed seinen ehemaligen Mentor an. »Ihr glaubt doch nicht etwa an Zufälle? Ein Prinz kommt ins Land, kurz darauf ist der König tot, das Land überrannt und das Mädchen mit dem besagten

Prinzen verlobt. Das sind keine Zufälle! Es muss von langer Hand geplant worden sein. Denkt Ihr nicht auch?«

Zu seiner Verwunderung nickte sein Gegenüber. Ed kniff die Augen zusammen; gab Omir ihm nur recht, damit er endlich Ruhe gab, oder meinte er es ernst?

»Warum, denkt Ihr, will Gregor sie unbedingt zurück und schickt sogar seine Schergen aus? Pocht er so sehr auf die Verlobung und eine Heirat mit ihr? Er hat doch schon die Krone und fast das ganze Land. Was will er noch? Was verspricht er sich von ihr? Hat er Angst, dass sie ihm alles wieder nehmen kann?«

Diese Frage war Ed ebenfalls immer wieder durch den Kopf gegangen. *Ja, warum macht er solch einen Aufwand um die Prinzessin?* »Ich weiß es nicht«, antwortete er betroffen.

»Hm, aber ich glaube, dass ich es weiß. Ich kannte ihre Mutter, sie war etwas ganz Besonderes und damit meine ich nicht ihre Art, sondern was sie konnte.« Omir stockte und suchte seinen Blick.

»Ed, was ich Euch nun sage, muss unter uns bleiben, zumindest bis wir wissen, ob es der Wahrheit entspricht.«

Ed nickte, aber wollte er wirklich wissen, was Omir ihm zu sagen hatte?

»Endline, Isabelles Mutter, konnte Dinge verändern … Blumen aufblühen lassen, die Gedanken der Menschen ihrer Umgebung erfühlen. Es war nichts Großartiges, aber dennoch mehr, als jeder andere Mensch vermochte. Sie benutzte dazu die Worte der alten Sprache. Ich wusste, dass sie es konnte, aber mehr als einfache Zauber vollbrachte sie nie. Als sie starb, dachte ich kaum mehr daran. Ich dachte, es wäre nicht von Belang und mit ihr gestorben, aber jetzt … Was ist, wenn Isabelle ihre Fähigkeiten geerbt hat? Wenn diese Fähigkeiten es sind, auf die Gregor es abgesehen hat?«

Stumm hatte Ed den Worten seines Freundes gelauscht und langsam, aber sicher ergab alles einen Sinn. Die seltsame Ausstrahlung des Mädchens. Fesseln, die sich einfach so gelöst hatten … »Ich denke, sie hat es geerbt.«

Aus großen Augen sah Omir ihn an. »Wie kommt Ihr darauf?«

»Im Wald, als Eure Männer uns festgenommen und gefesselt hatten, waren die Fesseln auf einmal gelöst. Sie muss es gewesen sein.«

Omir runzelte die Stirn. Er war nicht überzeugt.

»Oder wollt Ihr mir sagen, dass Eure Männer nicht in der Lage sind, ihre Gefangenen ordentlich zu verschnüren?«

»Nein, das will ich nicht, aber vielleicht war es ein Zufall? Wir müssen zweifelsfrei wissen, ob Isabelle die Gabe besitzt, und herausfinden, ob sie deshalb so wichtig für den neuen König ist.« Omir warf ihm einen vielsagenden Blick zu.

»Aber wie wollen wir es herausfinden? Sie fragen?« Ed bezweifelte, dass dies eine sonderlich gute Idee war, aber glücklicherweise schüttelte auch Omir den Kopf.

»Nein, wir wissen vorerst, dass Gregor sie will. Wir sollten Isabelle nicht unnötig verunsichern und sie ausfragen. Außerdem denke ich kaum, dass sie die Antworten kennt, aber ich denke, ich kenne einen Mann, der sie uns liefern kann. Er lebt in Habicht und war einst ein enger Vertrauter Endlines. Spätestens dort sollten sich uns die Gründe, warum sie für Gregor so wichtig ist, erschließen.« Die Worte klangen plausibel, Ed nickte. Er wollte sich schon verabschieden, da fiel ihm noch etwas ein. »Omir, sagt, habt Ihr noch Späher in Trebin? Wisst Ihr, was dort genau vor sich gegangen ist und ob die Königswitwe noch lebt? Ich würde gerne in Erfahrung bringen, was genau dort vorgegangen ist.«

Sein Gegenüber schüttelte den Kopf. »Meine Späher sind alle tot, zumindest habe ich seitdem keinen Mucks mehr gehört.«

Omir

Sein Sohn erwartete ihn vor der Tür.

»Ich sollte auf Euch warten, Vater?«

Ihm entging der distanzierte Tonfall nicht, mit dem sein Sohn ihn bedachte. »Ja ganz recht«, erwiderte Omir und ging nicht weiter auf das Verhalten seines Sohnes ein. »Sorg dafür, dass die Pferde im Morgengrauen bereit sind und alles gepackt ist. Wir brechen mit dem ersten Tageslicht auf. Und Farin? Hab ein Auge auf die Prinzessin! Du wirst weiterhin für ihre Sicherheit sorgen, bis ich etwas anderes befehle!« Ohne ein weiteres Wort lief er an Farin vorbei und ließ ihn im dunklen Gang zurück.

Kapitel 18

Tesslon

Belle

Unruhig warf sie sich von einer Seite auf die andere und fand trotzdem keinen Schlaf. Die Müdigkeit, die sie vorhin verspürt hatte, war wie weggeblasen. Resigniert gab sie auf, den Schlaf zu suchen und starrte stattdessen zur Decke, deren Bemalung immer noch die Entstehung der Kontinente zeigte. *Was auch sonst?*, herrschte sie sich in Gedanken an.

Aufgebend, dass sie wieder einschlafen würde, richtete sie sich auf, schlug sie die Decke zur Seite und stand auf. Durch das geöffnete Fenster drang die kühle Nachtluft zu ihr hinein und die Härchen auf ihren Armen stellten sich auf, dennoch fror sie nicht und wusste unvermittelt, was sie als Nächstes tun würde.

Auf das Laken würden sie diesmal verzichten, es behinderte nur und das Hemd, welches sie jetzt trug, war um einiges länger und bedeckte genug. Ganz leise, als könne der Mann im Zimmer gegenüber sie hören, schlich sie zur Tür und öffnete sie. Glücklicherweise hatte sie sich vorhin den Weg eingeprägt und stand wenig später in der Halle.

Zielstrebig lief sie zum Portal und hielt dort inne. Die Stimmen draußen waren zwar leise, aber immer noch da. Sie wünschte, die Männer könnten sie nicht sehen und kurz darauf bildete sich ein Wort vor ihrem inneren Auge.

»Menosia«, flüsterte sie und sah an sich herunter. Auf den ersten Blick hatte sich nichts verändert, dennoch gab sie nicht auf. Belle atmete tief ein und öffnete vorsichtig die Tür. Die Soldaten saßen zur Linken des Portals über ihren Karten und beachteten sie nicht.

Langsam bewegte sie sich an ihnen vorbei und hielt dabei den Atem an. *Vielleicht sind sie zu vertieft in ihr Spiel?*

Ein Geräusch auf der anderen Seite ließ die Männer jedoch herumfahren und zeigte ihr, dass dies nicht der Fall war. Erschrocken verharrte sie einen Moment, bis die Männer meinten, dass das Geräusch nicht gefährlich war und sich wieder ihren Karten widmeten. Niemand konnte sie sehen. Erleichtert atmete Belle ein und lief weiter.

Auf dem Hof orientierte sie sich kurz. Sie erkannte das Tor, durch das sie die Burg betreten hatten. An der Burgmauer erkannte sie einige längliche Gebäude. In der Hoffnung, dass sie dort den Stall finden würde, lief sie darauf zu und wurde kurz darauf belohnt, als sie die Tür öffnete und ein vertrauter Geruch ihr entgegenschlug.

Belle war kaum zwei Schritte gegangen, da wurde sie schon mit einem Wiehern begrüßt und Charlotte streckte ihr den Kopf aus einer der Boxen entgegen.

»Na, mein Schatz«, flüsterte Belle zärtlich. Ohne auf ihre Umgebung zu achten, lief sie auf die Stute zu und strich liebevoll über deren Blesse.

»Ihr seid ja wahrhaft zu Gefühlen außerhalb des Hasses fähig«, tönte eine Stimme neben ihr. Zu spät bemerkte sie den dunklen Schatten, der sich rechts neben ihr von der Wand löste. Belle wollte schreien, doch in der nächsten Sekunde wurde sie schon mit dem Rücken an die Boxentür gepresst und eine Hand, die den Schrei unterdrückte, legte sich über ihren Mund.

»Jetzt beruhigt Euch doch!« Ein Gesicht kam ihr ganz nahe und unvermittelt erkannte sie, wer vor ihr stand.

Farin!

Doch Belle dachte gar nicht daran, ihre Gegenwehr versiegen zu lassen. Im Gegenteil! Zwar konnte sie ihm keines der Wörter an den Kopf werfen, die ihr vorschwebten und die dafür gesorgt hätten, dass er sie sofort losließ, aber treten und kratzen konnte sie noch und das tat sie.

Je stärker sie sich jedoch wehrte, desto genervter wurde ihr Gegenüber und umso schmerzhafter sein Griff.

Warum zum Teufel kann er mich eigentlich berühren, obwohl er mir wehtut?, fragte sich Belle. Die Schmerzen trieben ihr die Tränen in die Augen.

»Verdammt noch mal! Hört sofort auf!«, herrschte Farin sie an.

Belle spürte, wie sich das harte Holz in ihren Rücken bohrte, und realisierte, dass sie sich weder aus dem Griff wenden noch ihrem Angreifer ernsthaft schaden konnte. Ein Blick in Farins Augen sagte ihr, dass jeglicher weiterer Widerstand zwecklos war. Abrupt hörte sie auf, sich zu wehren und ein erstaunter Ausdruck trat in Farins Gesicht. »Habt Ihr Euch endlich beruhigt?« Seine Stimme klang gefasst, als er seine Hand von ihrem Mund nahm und seinen Griff leicht lockerte, jedoch nicht löste.

Denkt er wirklich, dass ich ihm wegrennen würde? Gut, ist vielleicht nicht so abwegig, aber ein bisschen abrücken könnte er wenigstens ... Sein Gesicht war dem ihren gefährlich nah und das gefiel ihr gar nicht.

»Wenn ich Euch loslasse, versprecht Ihr dann, nicht gleich wegzulaufen?« Während er sprach, streichelte sein Atem ihre Wange. Ein Schauer glitt durch ihren Körper und auf einmal wurde ihr klar, dass sie nur ein Hemd trug. Genauer gesagt seines, das ihr nicht mal bis zum Knie reichte und zu allem Ärger auch noch etwas hochgerutscht war.

Fast schon ergeben nickte sie.

Im gleichen Moment, als er sie losließ, zwang sie sich, sich gerade hinzustellen und das Hemd notdürftig zu richten.

Aus den Augenwinkeln sah sie, dass auch Farin sich aufrichtete und ein paar Schritte von ihr zurücktrat. Erleichtert, wieder etwas durchatmen zu können, ging es ihr gleich besser.

»Nun, was tut Ihr hier, Prinzessin?« Das letzte Wort ließ sie erzittern. Er wusste es, aber woher? War sie in Gefahr?

Er hat dich gerade festgehalten, weil du schreien wolltest, was denkst du denn?

Ihr Zittern war ihm nicht entgangen.

»Jetzt schaut mich nicht an, als wäre ich der böse Wolf. Ich tue Euch schon nichts«, knurrte er sie an.

»Ach nein? Ihr hört Euch aber wie einer an.«

»Ganz dünnes Eis ... und jetzt raus mit der Sprache! Solltet Ihr nicht in Eurem Zimmer sein oder habt Ihr nicht einmal die gegenüberliegende Tür gefunden?« Die Herablassung in seiner Stimme durchaus bemerkend, hob sie den Kopf. »Ich glaube nicht, dass ich mich von Euch beleidigen lassen muss.«

»Und ich denke, dass Ihr mich nicht unterschätzen solltet, meine Liebe. Mag ja sein, dass Ihr eine Prinzessin seid, aber die nächsten Tage soll ich ein Auge auf Euch haben, es wäre also gut, wenn wir wenigstens etwas miteinander klarkommen. Also?«

Sollte ihr dieser Vortrag etwa Angst machen? Belle beschloss, aufs Ganze zu gehen. »Also was?«

»Ihr wollt mich wirklich provozieren, oder?« Mit einem Mal war er wieder bei ihr. Ihr Rücken lag an der Wand und ließ kein Ausweichen zu. Mit einer Hand stützte er sich über ihrem Kopf ab, während die andere ihren Arm erneut fest umklammerte. Wieder kam ihr sein Gesicht ganz nah. Sie spürte seinen heißen Atem und musste ihm gezwungenermaßen in die funkelnden Augen sehen. Im schwachen Licht des Stalles wirkten sie beinahe schwarz.

»Ich warne Euch«, zischte er und ihr Herz begann zu hämmern.

Überrascht von der Situation und ihren Gefühlen, wusste Belle nicht, was sie antworten sollte. Spannung machte sich zwischen ihnen breit. Ihr Gegenüber hatte es ebenfalls bemerkt.

»Ach verdammt!«, stieß es zwischen den Zähnen hervor und ließ von ihr ab. Der Moment war vorbei und ihr Herzschlag verlangsamte sich wieder. Irritiert sah sie ihn an. *Was war das eben?*

Farin

Eigentlich wollte er im Stall nur nach den Pferden sehen und alles für den nächsten Morgen kontrollieren, als die Prinzessin hereingekommen war. Im Schatten hatte er ausgeharrt und beschlossen zu warten, bis sie den Stall wieder verlassen hatte, aber mal wieder hatte er sein Mundwerk nicht zurückhalten können.

Um ihren panischen Aufschrei zu verhindern und damit die ganze Burg zu wecken, war ihm doch tatsächlich nichts Besseres eingefallen, als sie fest- und ihr den Mund zuzuhalten. Dazu kam, dass sie sich keineswegs einfach geschlagen geben wollte und wacker gekämpft hatte. Erst als er sie stärker an das Holz presste und seinen Griff verstärkt hatte, hatte sie endlich nachgegeben.

Wirklich fantastisch, Farin, schimpfte er sich selbst. *Hoffentlich hat sie morgen nicht überall blaue Flecken.* Wenn ja, wie sollte er das seinem Vater erklären?

Doch das Mädchen hatte es einfach nicht lassen können, ihn weiter zu provozieren. Erneut fand er sich mit ihr an der Wand wieder, doch diesmal war etwas anders. Während sie ihn auf der einen Seite in den Wahnsinn trieb, fühlte er sich in ihrer Gegenwart merkwürdig erregt und dass nicht nur, weil sie eines seiner Hemden trug und sonst nichts.

Verwirrt von seinen Gefühlen hatte er von ihr abgelassen, bevor noch mehr geschehen konnte. Nichts war es wert, seinen Posten zu gefährden.

Nichts …

Argwöhnisch musterte er die Prinzessin, die immer noch vor ihm stand. Sie war hübsch, durchaus, aber auch mindestens so kratzbürstig und hatte ihm immer noch nicht verraten, was sie hier tat. *War sie vielleicht dabei zu fliehen?,* kam es ihm in den Sinn. *Das würde zumindest erklären, warum sie die Frage nicht beantworten will …*

Entschlossen ballte er die Fäuste; wenn es so wäre, würde er es unter allen Umständen verhindern.

»Gehe ich recht in der Annahme, dass Ihr mir nicht verraten werdet, was Ihr hier treibt?«, seufzte er schließlich.

»Sehr gut erkannt.« Der Sarkasmus in ihrer Stimme gefiel ihm ganz und gar nicht, doch er fand sich damit ab. Das machte es ihm nur leichter, sie nicht zu mögen.

»Gut, aber dann verrate ich Euch jetzt etwas. Wir werden jetzt schön wieder hineingehen und Ihr Euch in Euer Bett begeben. Die Sonne geht bald auf und Ihr solltet wenigstens ein paar Stunden Schlaf bekommen, bevor wir losreiten.«

»Wir reiten morgen früh weg? Aber wohin?«

»Nach Habicht, und jetzt kommt!« Noch während er sprach, schob er sie zur Tür. Widerworte ließ er gar nicht erst aufkommen und zu seinem Glück ließ die Prinzessin sich einfach in Richtung Stalltür manövrieren.

Bevor sie jedoch den Stall verließen, zog er seine Jacke aus und hielt sie ihr hin.

»Was soll ich damit?«

»Wenn Ihr nicht wollt, dass alle Euch so sehen«, er deutete auf sein dunkles Hemd an ihrem Körper, »dann solltet Ihr sie vielleicht überziehen.«

Ohne ein weiteres Gegenwort griff sie nach der Jacke und er hätte schwören können, dass ihre Wangen erröteten.

Kurz darauf verließen sie den Stall.

Die Posten an der Tür grüßten ihn freundlich und sahen die Prinzessin neugierig an. »Na, Farin, wieder eine Eroberung gemacht?«, grinste der eine von ihnen und er erkannte ihn als Murs, einen Soldaten, der ihn früher immer im Schwertkampf unterrichtet hatte. Farin nickte ihm nur kurz zu und zog Belle weiter.

»Wie seid Ihr eigentlich herausgekommen? Die Soldaten hätten sich sicherlich an Euch erinnert, zumindest in diesem Aufzug«, stellte er stirnrunzelnd fest, als die Tür der Halle sich hinter ihnen schloss.

»Kann Euch doch egal sein!«, zischte es neben ihm.

Resigniert gab er auf. Man konnte sich einfach nicht normal mit dieser Frau unterhalten. Warum zum Teufel wollte jemand sie freiwillig zurück? Und doch erinnerte er sich mit Schrecken an die Situation im Stall, die ihm fast aus den Händen geglitten war.

Solch eine Entgleisung durfte ihm nicht noch einmal passieren!

Belle

Die Burg erwachte langsam zum Leben, als Farin sie zu ihrem Zimmer brachte. Belle war durchaus dankbar für die Jacke, die er ihr gereicht hatte, doch zeigen wollte sie es ihm auf gar keinen Fall. Nein, so viel Genugtuung würde sie ihm nicht bereiten!

Einige Mägde kamen ihnen entgegen und tuschelten aufgeregt miteinander, als sie ihren Begleiter erkannten. »Guten Morgen, die Damen«, flötete Farin und aus dem Augenwinkel sah Belle, wie er den Frauen zulächelte. Fast schüchtern erwiderten diese das Lächeln, wurden rot und liefen eilig weiter.

Kopfschüttelnd blieb Belle stehen und sah zu Farin. *Ehrlich? Ein richtiger Charmeur … Na wunderbar …*

»Was ist?«, schnauzte der er sie an und das Lächeln war verschwunden.

»Oh bitte, nehmt Euch ein Zimmer!«, murmelte Belle verächtlich.

»Wie war das?«, knurrte ihr Gegenüber.

»Ihr habt mich schon verstanden«, sprach Belle betont ruhig.

»Könntet Ihr aufhören, Euch in meine Dinge einzumischen?«

»Könntet Ihr aufhören, Euch direkt vor meinen Augen so aufzuführen, als könntet Ihr jede haben?«

Überrascht sah Farin sie an. »Warum sollte ich?«

»Weil es nicht stimmt.«

»Ach nein? Nennt mir eine, die ich nicht um den Finger winkeln kann.«

Belle schüttelte erneut den Kopf. »Egal, ich will jetzt nicht weiter darüber diskutieren.« Sie wandte sich ab und wollte weitergehen, als Farin sie zurückhielt.

»Ihr bleibt hier und beantwortet mir meine Frage!«

Mit einem Ruck machte sie sich von Farin los. »Nein, das werde ich nicht! So könnt Ihr vielleicht mit den Frauen umgehen, die Euch anhimmeln, aber nicht mit mir!«

Stirnrunzelnd sah er sie an. Was dachte der Kerl sich? Dass sie sich alles gefallen lassen würde?

»Was ist eigentlich Euer Problem?«

»Mein Problem habe ich Euch schon genannt und nun will ich auf mein Zimmer.« Entschieden wandte Belle sich ab und lief weiter, hatte die Rechnung jedoch ohne Farin gemacht, der ihr folgte.

»Nennt sie mir, ich beweise Euch, dass Ihr Euch irrt.«

Genervt sah Belle zu dem jungen Mann. *Kann er mich nicht einfach in Ruhe lassen? Warum habe ich überhaupt damit angefangen?*

»Wen soll ich Euch nennen?«

»Die Frau, die ich nicht um den Finger winkeln kann.« Belle seufzte und wusste, dass Farin sie ohne Antwort nicht ziehen lassen würde. »Na gut. Nehmen wir mich. *Ich* würde nie auf Eure Masche hereinfallen.«

»Seid Ihr Euch sicher?«

»Totsicher!«

»Wir werden sehen. Die Herausforderung nehme ich an. Lasst uns das Spiel beginnen.« Ein geheimnisvolles Lächeln blitzte auf Farins Gesicht und ein ungutes Gefühl stieg in Belle auf. Was hatte sie jetzt in Gang gesetzt? *Kannst du nicht einfach mal deinen Mund halten?*

Ohne noch ein weiteres Wort mit ihm zu wechseln, erreichten sie den Gang, auf dem ihre Zimmer lagen.

Vor ihrer Zimmertür blieb Farin stehen. »Legt Euch hin. Ich schwöre, dass ich Euch rechtzeitig wecke, damit Ihr Euch in Ruhe fertig machen könnt.« Kaum hatte er die Worte ausgesprochen, hatte der junge Mann sich schon abgewandt und die Tür zu seinem eigenen Zimmer hinter sich geschlossen. *Sehr charmant.*

Mit einem Seufzen schob Belle ihre eigene Tür auf und ließ sich kurz darauf aufs Bett fallen. Erst jetzt bemerkte sie, dass sie immer noch Farins Jacke um die Schultern trug, aber es war ihr egal.

So vieles war ihr in den letzten Stunden egal geworden, da kam es auf eine Jacke auch kaum mehr noch an.

Sie würde sie ihm nachher einfach wiedergeben.

Nur Sekunden später war sie eingeschlafen.

Kapitel 19

Endline

Gregor

Grässliche Kopfschmerzen schreckten ihn aus dem Schlaf. Das Hemd klebte an seiner schweißgebadeten Brust und seine Hände zitterten, als er die Bettdecke zur Seite schob.

Ein Blick aus dem Fenster sagte ihm, dass die Sonne erst im Begriff war aufzugehen. Müde sank er in die Kissen zurück und versuchte, ruhig zu atmen.

Gerne wäre er wieder eingeschlafen, aber die Schreie in seinem Kopf hielten ihn davon ab.

Wann hatte die Stimme, die ihm einst geholfen und zugeflüstert hatte, was er tun und wie er sich verhalten sollte, angefangen, gegen ihn zu arbeiten?

Eine neue Schmerzenswelle erfasste Gregor, der in dem Versuch, dieser zu entkommen, die Augen schloss. Vergeblich. *Sie treibt mich in den Wahnsinn,* wurde ihm bewusst.

Was würde er nicht alles dafür geben, damit die Stimme in seinem Innern endlich stumm wäre? Aber sie würde nicht aufhören zu schreien, bis die Prinzessin sich bei ihm befand und genau das war das Problem. Ihre Beschaffung lief nur schleppend voran …

Müde und kaputt richtete Gregor sich auf und schwang seine Beine aus dem Bett. Langsam, ganz langsam setzte er einen Fuß nach dem anderen auf den Boden, der sich angenehm kalt anfühlte, und atmete durch. So schwach wie in diesem Moment hatte er sich jahrelang nicht mehr gefühlt. Irgendetwas stimmte ganz und gar nicht mit ihm.

Mehr wankend als wirklich laufend begab er sich zum Fenster und blickte hinab in den Hof, der ruhig und friedlich dalag.

Grip und Bled hatten den Auftrag, sich nach dem Frühstück nach Kretin aufzumachen und das Mädchen zu beschaffen.

Gregor hoffte inständig, dass es ihnen dieses Mal gelingen würde. *Mir bleibt nicht mehr viel Zeit, bis ich vollständig durchdrehe,* wurde ihm angesichts seiner Lage klar.

Wenn die Stimme nicht bald verstummte und die Kopfschmerzen endeten, konnte er für nichts mehr garantieren …

Tesslon

Farin

Das prächtige Audienzzimmer seines Vaters lag verlassen da. Fast andächtig schritt der große und gut gebaute Mann vor dem Kamin auf und ab, ohne ihn zu beachten. Erst als Farin die Tür geräuschvoll hinter sich geschlossen hatte, sah er auf.

»Ihr habt mich rufen lassen, Vater?«

»Ja, mein Sohn. Wie geht es der Prinzessin, hast du ein wachsames Auge auf sie?«

Genervt verdrehte Farin die Augen. »Aber gewiss, Vater. Denkt Ihr nicht, dass ich mit so einer leichten Aufgabe zurechtkomme?«

»Daran habe ich keinen Zweifel, Farin, aber du weißt auch noch nicht, um was es wirklich geht.« Einen Seufzer ausstoßend zeigte sein Vater auf einen Stuhl nahe dem Feuer, bevor er sich auf einen Sessel daneben fallen ließ.

Farin tat wie geheißen und sein Vater begann mit leiser Stimme zu sprechen. »Du magst es vielleicht als Strafe sehen, aber ich habe andere Beweggründe, dich mit dem Schutz des Mädchens zu betrauen.« Erstaunt über die Worte blickte Farin seinen Vater an. »Du weißt inzwischen, wer sie ist. Dass sie von ihrem Verlobten, dem neuen König von Tesslon, gesucht wird, ist dir auch nicht neu, aber wir werden sie ihm nicht zurückgeben, solange Isabelle das nicht möchte. Im Gegenteil, wir haben sogar unsere Gründe, sie mit nach Habicht zu nehmen …«

Sie haben Gründe? Farin wollte etwas sagen, da hob sein Vater abwehrend die Hände. »Ich weiß, es klingt komisch, aber ich kann dir im Augenblick keine Einzelheiten nennen. Vertrau mir einfach, Farin, und nun zu der Rolle, die du spielen wirst. Du hast deine Ausbildung fast abgeschlossen und wirst uns nach Habicht begleiten. Während Ed und ich uns um den Prinzen und den Herzog kümmern, brauche ich für den Schutz der Prinzessin jemanden, auf den ich mich vollends verlassen kann.« Omir pausierte und mustere ihn scharf. »Du wirst dich in nächster Zeit nur um die Prinzessin kümmern und bist von all deinen anderen Pflichten entbunden. Deine Aufgabe ist allein ihr Schutz und der mit allen Mitteln. Weich ihr nicht mehr von der Seite und schütze sie mit deinem Leben. Verstehst du mich? Ich verlasse mich auf dich!« Der prüfende Blick seines Vaters streifte ihn.

Es ist ein Test. Mein Test, ging Farin der Gedanke durch den Kopf.

»Natürlich, Vater.«

Sein Gegenüber nickte. »Sehr gut.«

Für seinen Vater war alles gesagt, doch plötzlich kam Farin noch ein Gedanke, dessen Antwort ihn brennend interessierte. »Aber sagt, Vater? Warum will der neue König sie unbedingt wieder? Einen sonderlich freundlichen Eindruck macht sie nicht unbedingt.«

»Farin!« Der tadelnde Ausdruck in Stimme und Gesicht seines Vaters ließ ihn zusammenfahren. »Sie ist eine Prinzessin und noch dazu die Thronerbin von Endline. So darfst du nicht über sie reden! Als Leibwache dürfen wir nicht urteilen. Hast du mich verstanden?«

»Ja.« Farin nickte und sah zu Boden. Demut war noch nie eine seiner Stärken gewesen, aber sein Vater hatte in gewisser Weise recht. Eines Tages wollte er erfolgreich in seine Fußstapfen treten und einiges gab es wohl doch noch zu lernen.

»Gut«, sein Vater wirkte zufrieden, »dann geh wieder zu ihr und bleibt in ihrer Nähe, bis ich etwas anderes sage. Ach, und eines noch, verzichte ausnahmsweise während der nächsten Zeit auf deine Uniform. Wir wollen vermeiden, dass jemand erfährt, wer Isabelle ist, und wenn du sie in diesem Aufzug schützt, gibt es zu viele Fragen …«

Schritte in ihrem Zimmer weckten sie, doch sie behielt sich vor, die Augen geschlossen zu halten. Sie wollte noch nicht aufstehen. Es war noch viel zu früh und die Nacht viel zu kurz, doch ein Räuspern zwang sie dazu, die Augen zu öffnen.

»Würde Mylady mir die Ehre erweisen, endlich aufzustehen?«

Vollkommen überrascht starrte Belle den Mann an, der da unmittelbar neben ihrem Bett stand und zu ihr heruntersah.

Farin! »Was macht Ihr hier?«, knurrte sie ihn an und versuchte, die Decke möglichst vorteilhaft um sich zu legen.

Amüsiert sah er ihr dabei zu. »Ich glaube nicht, dass Ihr damit etwas verdecken könnt, das ich gestern noch nicht bestaunen konnte.«

»Haha …« *Soll das jetzt ein Kompliment gewesen sein oder macht er sich nur über mich lustig?*

»So, genug geplaudert, ich denke, Ihr solltet nun aufstehen.«

Sein vertrauter Ton gefiel ihr überhaupt nicht. »Nein«, sagte sie daher.

Diese Rechnung hatte sie jedoch ohne Farin gemacht, der mit einem Schritt am unteren Ende ihres Bettes angelangt war und ihr die Decke wegzog.

»Was fällt Euch ein?«, fuhr sie ihn an und merkte, wie ihr Gesicht zu kochen begann.

»Ich sagte, dass Ihr aufstehen sollt.« Seine Stimme war eiskalt und etwas verriet ihr, dass sie besser aufstehen sollte, wenn sie nicht vom Bett gezerrt werden wollte.

Lieber heruntergezerrt als darauf, kam ihr der Gedanke und sie hätte sich am liebsten geohrfeigt, dass sie selbst in solch einer Situation nicht ernst bleiben konnte.

»In Ordnung«, gab sie schließlich nach und stand auf. Mit verschränkten Armen stand sie neben dem Bett und starrte ihr Gegenüber böse an. »Und jetzt?«

Er warf ihr zwei Kleidungsstücke entgegen.

»Ich warte draußen«, rief er ihr noch zu, dann schloss sich die Tür hinter ihm.

Belle starrte auf die Sachen, die er aufs Bett geworfen hatte.

Das eine war ein knielanges hellblaues Kleid aus feiner Seide, das andere ein grauer Mantel, dessen Material weich und kuschelig war.

So etwas habe ich noch nie gesehen, stellte Belle fest und neugierig betrachtete sie den Schnitt des Kleides, als es an der Tür klopfte.

»Seid Ihr so weit?«, raunte es von draußen.

»Nein, einen Moment noch!«, rief Belle zurück und entledigte sich schnell Farins Hemd, um sich das Kleid über den Kopf zu ziehen. Wer konnte denn auch wissen, ob der Kerl nicht gleich im Zimmer stehen würde …

Ein Blick in den Spiegel über der Kommode sagte Belle, dass ihr das Kleid nicht nur perfekt passte, sondern auch ihrem Teint wunderbar schmeichelte.

Fast zufrieden mit ihrem Aussehen erlaubte Belle sich noch einen weiteren Moment, sich im Spiegel zu betrachten. Seidig und leicht floss der Stoff an ihrem Körper herunter, umspielte ihn. Sie hatte solch ein Kleid noch nie zuvor gesehen hatte, aber es gefiel ihr.

Ein ungeduldiges Klopfen an der Tür holte sie aus ihrer Gedankenwelt zurück.

»Seid Ihr endlich fertig?«, raunte es, aber diesmal klang es genervt.

»Gleich«, hauchte Belle und zog sich den Mantel über. Er war so weich, dass sie fürchtete, sich in ihm zu verlieren. Sie wollte sich schon zur Tür wenden, als ihr Blick eine Bürste auf der Kommode streifte. Zielsicher griff sie danach, kämmte sich damit schnell die langen Haare und legte sie gerade wieder aus der Hand, als die Tür sich öffnete. »Prinzessin!«

Farin erstarrte, als sie sich umwandte. Der Mantel war noch offen und gab den Blick auf das darunter befindliche Kleid preis.

Sie hörte, wie er die Luft einsog.

»Ich muss sagen, dass mein Augenmaß wirklich gut ist«, meinte ihr Gegenüber schließlich anerkennend.

»Wie bitte?« Verwirrt über die Worte sah sie ihn an.

Er nickte in ihre Richtung. »Das Kleid, ich habe die Größe nur geschätzt und lag richtig.« Ein Grinsen erschien auf seinem Gesicht und Belle erkannte feine Grübchen. *Er sieht hübsch aus, wenn er lächelt.*

Abrupt wandte sie sich ab und schloss hastig den Mantel. Hatte sie das wirklich gerade gedacht?

»Es hat Euch wohl die Sprache verschlagen?«

»Nein, ich … Wolltet Ihr nicht los?« Wenig geschickt versuchte sie, das Thema zu wechseln. Glücklicherweise ging Farin darauf ein. »Nein, *wir* wollten los, aber nicht so.« Er schüttelte den Kopf, als er auf ihre nackten Füße zeigte.

»Und wie dann? In diesem Zimmer gibt es nichts.«

»Wie wäre es damit?« Er zeigte auf ein Paar flache, edel ausgearbeitete Schuhe in der gleichen Farbe des Kleides, die neben der Tür gestanden hatten.

Warum habe ich die nicht gesehen? Überrascht sah sie ihn an.

»Ich denke, die gehen auch«, murmelte Belle peinlich berührt und schlüpfte in die Schuhe.

Zufrieden sah Farin ihr zu und bedeutete ihr, ihm zu folgen.

Während sie das tat, musterte sie ihn. Er trug zwar nicht wie beim letzten Mal seine Uniform, sondern ein einfaches Hemd und eine legere Hose, dennoch konnte sie erkennen, dass er bewaffnet war. *Weshalb?*

»Darf ich Euch etwas fragen?«

Erstaunt blieb er stehen und sah sie an. Sein Körper versteifte sich leicht, als erwarte er jede Sekunde einen Angriff.

Denkt er etwa, dass ich mich nicht normal mit ihm unterhalten kann?

»Wieso?« Misstrauen lag in seinem Blick.

»Ich wollte nur wissen, warum Ihr das tut. Eine Zofe könnte doch …«

»Nein kann sie nicht«, fauchte der junge Mann. Irritiert seines Verhaltens wegen, sah Belle zu ihm auf. *Was ist plötzlich mit ihm los?*

»*Ich* bin ab jetzt für Eure Sicherheit verantwortlich. Mein Vater meint, ich solle Euch beschützen, daher werdet Ihr mich in nächster Zeit wohl oder übel immer in Eurer Nähe haben.«

Ach, daher wehte der Wind. Er *musste* bei ihr bleiben.

Na bravo … Dennoch verstand Belle nicht, warum Farin von einem Moment auf den anderen so feindselig war.

Tief in ihren Gedanken versunken folgte sie ihm und bemerkte daher nicht, wie sie in einen kleinen Garten traten. Erst als Farin unsanft nach ihrem Handgelenk griff und sie zur Seite zog, achtete sie wieder auf ihre Umgebung.

»Verdammt noch mal! Passt doch auf, wo Ihr hintretet«, schimpfte Farin. Seine Hand hielt sie noch immer fest.

»Was?« Erschrocken sah Belle sich um. Sie standen mitten in einem Garten. Unmittelbar vor ihr befand sich ein Weiher, dessen Wasser dampfte und in kleinen Dunstwölkchen nach oben stieg.

Hätte er mich nicht zur Seite gezogen, wäre ich genau hineingelaufen, stellte Belle zerknirscht fest und murmelte ein »Danke«.

Als Farin nichts weiter sagte, sah Belle sich um. Der kleine Garten war überschaubar und von einer massiven Mauer umgeben. Es gab drei große Weiher, die einen ungefähren Durchmesser von zehn Meter besaßen und deren Ränder von Felsen und Bäumen gesäumt wurden.

»Das sind die Finas«, informierte Farin sie und durchbrach damit die entstandene Stille. »Die Finas sind ganzjährige warme Quellen und der Grund, warum wir hier keine Bottiche zum Waschen benötigen.«

Erstaunt sah sie ihn an. Sollte das etwas bedeuten, dass …?

»Ihr badet hier?«

»Ja.« Er nickte. »Daher auch das Kleid, das Ihr tragt. Es ist aus einem besonderen Stoff. Ein Stoff, der kaum Wasser saugt und nicht schwer wird. Die Finas werden von Frauen und Männern zusammen genutzt, darum …«

»Wie bitte?«, unterbrach sie ihn und sah sich erschrocken um. Man konnte ihr beim Baden zusehen?

Wunderbar … Ihr Gesicht musste Bände sprechen und Farin konnte ein Lachen nicht zurückhalten. Als sie ihm einen bösen Blick zuwarf, wurde er sofort wieder ernst.

»Keine Angst«, versuchte er sie zu beruhigen. »Um diese Zeit ist kaum jemand hier. Die Sonne geht erst in gut einer Stunde auf und ich bezweifle, dass sonst jemand den Weg hierher findet. Seid also unbesorgt.« Er zwinkerte und bedeutete ihr, ihm zu folgen.

Widerwillig schritt sie ihm nach. Die Aussicht auf ein warmes Bad war zu verlockend, auch wenn sie sich bei dem Gedanken, vor Fremden zu baden, mehr als unwohl fühlte.

An der hintersten Quelle blieb Farin stehen. Sie war mit Abstand die unübersichtlichste von allen. Der Rand war von riesigen Felsen übersät.

Hat er etwa meine Gedanken gelesen?

»Ihr könnt Euren Mantel gern bei mir lassen.«

Erstaunt sah sie zu ihm auf. Kam er denn nicht mit?

Warum will ich, dass er mitkommt? Erschrocken über den Gedanken nickte sie nur und tat wie geheißen.

Die kalte Nachtluft umfing sie und ließ ihren Körper zittern – oder war der Grund doch der Blick, den Farin ihr zuwarf?

Sie wusste es nicht, wollte es aber auch nicht unbedingt herausfinden. Schnell wandte sie sich von Farin ab und der Quelle zu. Misstrauisch berührte sie die Oberfläche des dampfenden Wassers mit ihrer Zehe.

Belle spürte den belustigten Blick von Farin, der mit verschränkten Armen neben ihr stand und sie nicht aus den Augen ließ.

Mann, nahm der Kerl seine Aufgabe ernst …

Das Wasser, das ihre Zehe umgab, war angenehm warm und gab ihr keinen Grund mehr, noch länger fröstelnd am Rand zu stehen. Mit jedem Schritt, den sie tat, wurde das Wasser tiefer und schon nach ein paar Schritten war sie bis zur Hüfte in der warmen, sauberen Flüssigkeit. Erstaunt stellte sie fest, dass Farin mit der Beschaffenheit des Kleides recht gehabt hatte. Während ihre normalen Kleider längst schwer geworden und sie nach unten gezogen hätten, war das Kleid aus Seide leicht und schmiegte sich sanft an ihren Körper.

Das Wasser um sie herum fühlte sich herrlich an. Belle schloss die Augen und verspürte den Drang unterzutauchen. Kurz darauf ließ sie sich fallen. Als das Wasser über ihrem Kopf zusammenschlug, öffnete sie die Augen wieder.

Das Gewässer war so klar, dass sie die Lichtpunkte der Fackeln ausmachen konnte und zum ersten Mal seit einer gefühlten Ewigkeit fühlte sie sich richtig frei und allein.

Sie wünschte, dass sie für immer hier unten bleiben könnte, doch dann wurde ihr die Luft knapp und in dem Moment, in dem sie auftauchen wollte, kam das Wort. »Wesenus.«

Luftblasen stiegen nach oben und trugen das Wort zur Oberfläche. Im gleichen Moment fühlte Belle, wie ihre Lungen wieder mit Sauerstoff gefüllt waren.

Es war ein komisches Gefühl. Sie atmete, doch irgendwie auch nicht.

Bin ich vielleicht ertrunken, ohne es zu merken?

Angst durchfuhr sie und ließ sie eine hektische Bewegung machen. Dabei stieß sie an einen Stein, der am Grund lag, und Schmerz durchfuhr sie. *Tote spüren keine Schmerzen mehr. Ich lebe also noch!*

Erleichtert wollte sie sich wieder ihrer Umgebung zuwenden, als die Wasseroberfläche sich über ihr kräuselte und von einer Sekunde auf die andere starke Arme nach ihr griffen.

»Verdammt noch mal, wollt Ihr Euch umbringen?«, brummte eine Stimme, als sie die Wasseroberfläche durchbrachen und die kalte Morgenluft sie willkommen hieß.

Kapitel 20

Endline

Gregor

Keuchend presste er sich eine Hand an die Brust. Seine Lungenflügel waren wie zugeschnürt und nur schwerlich kam er an die dringend benötigte Luft. Sein Innerstes verkrampfte sich und die Stimme in ihm schrie und schrie immer wieder dieselben Worte.

»Sie wird stärker!«

Gregor hatte keine Ahnung, was das bedeuten sollte, doch ihm wurde bewusst, dass er nicht mehr Herr über die Stimme war – im Gegenteil, sie versuchte immer wieder, die Kontrolle über ihn zu ergreifen.

Zugegeben, damals war es schön gewesen, sie zu hören. Sie hatte ihm stets Kraft gegeben und ihn, wenn man es so nahm, bis hierher gebracht, aber nun lief alles aus dem Ruder.

Nur mit Mühe und Not konnte er sich auf den Beinen halten. Eine Hand lag krampfhaft auf der Fensterbank, während die andere sich an der Kommode daneben festhielt.

Trotz aller Bemühung wurde Gregor unvermittelt schwarz vor Augen und er brach zusammen.

Tesslon

Farin

Eigentlich hatte er vorgehabt, sich gekonnt von ihr abzuwenden, wenn sie den Mantel fallen ließ, aber seine ganze galante Masche hatte er in genau diesem Moment über Bord geworfen.

Fast schon belustigt sah er ihr zu, wie sie misstrauisch das Wasser in Augenschein nahm.

Farin setzte sich auf einen der großen Steine am Rand und ließ seinen Blick sorgsam über die Umgebung gleiten. Niemand war zu sehen. Langsam entspannte er sich und fixierte wieder Belle, die immer noch nicht weitergekommen war.

Als er sie schon drängen wollte, sich zu beeilen, war die Prinzessin bereits im Wasser und kurz darauf verschwunden.

Wobei verschwunden nicht der richtige Ausdruck war. Sie war einfach nur getaucht. In seinen Augen nichts Ungewöhnliches, besonders wenn man sich waschen wollte. Als sie aber nach einer gefühlten Ewigkeit noch immer nicht zu sehen war, erhob er sich und nahm die Wasseroberfläche genauer ins Visier. Konnte sie etwa nicht schwimmen? Das Wasser war hier doch gar nicht tief?

Er kniff die Augen zusammen und sah Luftblasen, die an die Oberfläche stiegen.

Panik überkam ihn. Ohne nachzudenken zog er Hemd und Schuhe aus und sprang hinterher. Nur wenig später hatte er die Stelle erreicht, tauchte unter, fand das Mädchen und zog es nach oben.

Wut überkam ihn, als er bemerkte, dass es ihr gut ging. »Verdammt noch mal, wolltet Ihr Euch umbringen?«, herrschte er sie nach Luft schnappend an.

Farin sah die Verwunderung in ihren Augen und bemerkte, wie er unbewusst seine Arme um sie gelegt hatte. Schnell ließ er von ihr ab und musterte sie scharf.

Die Prinzessin stand etwa brusttief im Wasser und er überragte sie ein Stück, doch ertrinken konnte man an dieser Stelle nicht.

Normalerweise. Prüfend betrachtete Farin sie. »Nun? Würdet Ihr mir bitte verraten, was das sollte?«

»Nichts, ich bin nur gestolpert.« Ihre Stimme klang ausweichend und er glaubte ihr kein Wort.

»Gestolpert? Denkt Ihr, ich bin blöd?«

»Wie …«

Unsanft unterbrach er Belle. »Ihr seid schwieriger zu bewachen als ein Sack Flöhe«, fauchte er sie an. »Schafft Ihr es nicht einmal zu baden, ohne Euch etwas anzutun? Oder seid Ihr so verwöhnt, dass Ihr allein nicht lebensfähig seid?« Seine Worte klangen vielleicht etwas schärfer als beabsichtigt, aber sie machte es ihm auch nicht gerade leicht. Im Gegenteil, sie machte es ihm absichtlich schwer.

»Was wisst Ihr schon?«, knurrte sein Gegenüber. »Ihr kennt mich nicht und wagt, über mich zu urteilen? Euer Leben muss ja schön langweilig sein. Was habt Ihr eigentlich ausgefressen, damit ich Euch als Kinderfrau verdient habe?« Jedes Wort war wie ein Schwerthieb und Farin zwang sich, tief durchzuatmen. Er musste sich beherrschen! *Bleib ruhig!*

»Jetzt hat es Euch wohl die Sprache verschlagen oder reicht Euer Wortschatz für eine Antwort nicht aus?«

Das war zu viel für ihn.

Endline

Camelia

Ein Hahnenschrei schreckte die Königswitwe aus ihrem unruhigen Schlaf. Müde warf sie den Kopf zurück und versuchte, einen Blick aus dem weit über ihr thronenden Kerkerfenster zu erhaschen.

Von draußen blickte ihr nur Dunkelheit entgegen, der neue Tag kündigte sich also erst an.

Ein Seufzer entfuhr ihrer Kehle. *Wieder ein neuer Tag in diesem Gefängnis und dabei hatte ich einst alles. Bis auf eine Krone …*

Und das war mitunter das größte ihrer damaligen Probleme gewesen. *Wie lächerlich.* Sie starrte die dunklen Wände an, die nur in unregelmäßigen Abständen durch Fackeln erleuchtet waren. Hier und da bröckelte der Putz, ein Preis der Feuchte, die sich hier unten munter breitmachte. Man hatte sie, die ehemalige Königsgattin, in einer der üblichen Zellen untergebracht, die sonst Dieben und Mördern vorbehalten war.

Seit dem Tag ihrer Einkerkerung hatte niemand mehr nach ihr gesehen, außer der alte Mann, der das Essen brachte.

Natürlich hörte sie die Wachen und was sie mitunter ihren Mitgefangenen antaten, aber nie hielt einer von ihnen an ihrer Zelle oder würdigte sie eines Blickes.

War dieser Umstand gut oder schlecht für sie? War es besser, wenn man sie vergaß, wie der Mann, der sie hier unten eingesperrt, gesagt hatte, oder wäre es doch besser, wenn man ihrem Leben schnell ein Ende setzte?

Sie wusste es nicht. Sie wusste nur, dass sie ihren Plan, Gregor von sich und ihrer Treue zu überzeugen, in den Sand setzen konnte.

Niemand erhörte ihre Bitten, zu ihm vorgelassen zu werden, alle ignorierten sie.

Ich hätte ihm niemals vertrauen dürfen! Wie hatte sie sich nur so täuschen können? Die Aussicht auf Macht und Rache hatte sie blind gemacht.

Einfältig und dumm. Genau das war sie gewesen, und nun hatte sie die Quittung erhalten. Alles war dahin für nichts. Nicht einmal Elias' Tod hatte sie befriedigen können. Ihre Rache hatte rein gar nichts gebracht. Im Gegenteil, mit Elias war das Leben wenigstens lebenswert gewesen, und was hatte sie nun? Ratten und Mäuse als Gesellschaft in einem nach Verwesung und Verfall stinkenden Gemäuer.

Dazu die Ungewissheit, was als Nächstes geschehen würde.

Tesslon

Chace

Wach auf seinem Bett liegend hatte er die letzte halbe Stunde damit verbracht, wieder einzuschlafen, doch es war ihm nicht gelungen.

Vorhin hatte Ed ihm die Nachricht überbracht, dass sie im Morgengrauen die Rückreise nach Habicht antreten würden. Leider hatte dieser nicht erwähnt, ob mit oder ohne Belle, aber er hatte sich auch nicht dazu durchringen können, nachzufragen.

Es war noch dunkel und der Königssohn schätzte, dass er noch eine oder zwei Stunden Zeit hatte bis zum Aufbruch.

Statt jedoch weiter im Bett zu bleiben und wach zu liegen, entschied er sich aufzustehen und die heißen Quellen im Wassergarten, die Ed ihm so angepriesen hatte, aufzusuchen.

Vielleicht würde das warme Wasser dafür sorgen, dass er den Kopf frei bekam und wenn nicht, war er wenigstens sauber.

Zu spät bemerkte sie, dass sie den Bogen deutlich überspannt hatte.

Die Augen von Farin funkelten sie eiskalt an. Sein Gesicht war dem ihren mit einer einzigen Bewegung ganz nah und seine Hände bohrten sich in ihre Arme.

Belle spürte, wie er mit seiner Beherrschung kämpfte und sie zu verlieren drohte.

»Ihr tut mir weh«, flüsterte sie leise und hätte dabei ebenso gut gegen eine Wand reden können. Er ließ nicht von ihr ab.

Das Gegenteil war der Fall. Im Bruchteil einer Sekunde hatte er sie um hundertachtzig Grad gedreht. Mit dem Rücken zu ihm stand sie hilflos da, als er ihr die Arme hinter ebendiesem verdrehte. Ein heftiger Schmerz ging durch ihre Glieder.

»Aua, hört sofort auf!«, herrschte sie ihn an, aber als Antwort zog er sie nur näher zu sich. Sie spürte seinen Atem an ihrem Hals und seinen Brustkorb in ihrem Rücken, der sich unregelmäßig hob und senkte.

Sie war wie erstarrt, war unfähig, sich auch nur einen Millimeter zu bewegen. Vor Schmerzen konnte sie auch an keines der Worte denken, die ihr geholfen hätten.

Belle, jetzt konzentrier dich! Doch sie konnte nicht denken.

»Ihr solltet genau aufpassen, was Ihr sagt! Nun seid Ihr nicht mehr so vorlaut, was?«, hauchte Farin in ihr Ohr und sein Atem streichelte ihre Wange.

Ein Schauer durchströmte ihren Körper. War es Angst oder Erregung? Belle wusste es nicht und versuchte, sich statt einer Antwort aus seinem Griff zu wenden.

Ein grollendes Lachen erklang. »Ihr denkt doch nicht ernsthaft, dass Ihr Euch befreien könnt?«

Ohne ihm zu antworten, versuchte sie es weiter. Der Druck auf ihre Arme vergrößerte sich und Belle konnte einen kurzen Aufschrei nicht unterdrücken. *Wenn ich wenigstens klar denken könnte!*

»Ihr seid komisch.« Die Stimme klang distanziert und fast schon sachlich.

Überrascht hielt Belle in ihrer Gegenwehr inne. »Was …?«

»Lasst das Mädchen sofort los«, unterbrach sie unvermittelt eine Stimme, die unwillkürlich ein Déjà-vu in ihr auslöste.

Chace! Er stand am Rande der Quelle, nur ein oder zwei Meter weit entfernt und blickte auf sie hinab.

Augenblicklich versteifte sich Farin hinter ihr, hielt sie aber weiter fest im Griff. »Warum sollte ich?«

Hörte sie ernsthaft eine Spur Verachtung in seiner Stimme?

»Weil ich es befehle!«

Fast schon nervös versuchte Belle, einen Blick über ihre Schulter zu erhaschen. Farins Augen, die durch Fackeln in der Nähe erhellt waren, glitzerten gefährlich. Er würde doch nichts Dummes tun?

Im nächsten Moment änderte sich die Situation. Belle hörte ein Platschen und kurz darauf war Chace bei ihnen.

Farin ließ sie nur widerwillig los und wandte sich dem Neuankömmling zu. Völlig überrascht blieb Belle neben ihrem Angreifer stehen.

»Ihr wisst wohl nicht, wo Euer Platz ist?«, knurrte Chace.

»Was wollt Ihr mir damit sagen?«

»Das Ihr Euch eindeutig zu viel herausnehmt! Lasst sie in Ruhe! Sie ist eine Prinzessin und damit nicht Euer Terrain!«

Farins Stimme war eiskalt, als er antwortete: »Ach, aber Eures? Ich denke, Euch interessiert sie nicht? Warum macht Ihr solch einen Aufstand?«

»Sie ist mir auch egal! Ich mag es nur nicht, wenn jemand wie Ihr die eigenen Kompetenzen überschreitet!« Chaces Stimme quoll über vor Verachtung und Belle fühlte einen neuen Stich in der Magengrube.

Kompetenzen – ernsthaft? Etwas Besseres fällt ihm nicht ein? Ich bin ihm also völlig egal?

Belle wollte plötzlich nur noch weg. Raus aus dem Wasser und weg von diesem Mann, der sie nur noch mehr zu verletzen konnte.

Schwankend brachte Belle rückwärts ein paar Schritte zwischen sich und die Männer und wandte sich dann dem Ufer zu.

Gut, und jetzt vorwärts! So schnell ihre Beine es schafften, bewegte sie sich auf das Ufer zu.

Als sie es endlich erreicht hatte, drehte sich um und bemerkte im letzten Moment, wie Farin ihr schelmisch hinterhergrinste.

Ungewollt fiel ihr Blick auf Chace, der erst ihr und dann Farin einen hasserfüllten Blick zuwarf.

»Also ist sie doch Euer Liebchen«, stellte Farin fest, dem der Blick von Chace ebenfalls nicht entgangen war.

»Ist sie nicht!«, fauchte der Prinz. »Um sie geht es doch gar nicht, es geht um Euch! Sie ist ein Niemand!«

Belle erstarrte der Wortwahl wegen. *Niemand – ach, das bin ich also?*

Mit einem Mal wünschte sie sich, dass Farin ihn einfach schlagen würde … *Bist du noch ganz bei Trost? Kannst du überhaupt noch klar denken?*

»Dann solltet Ihr aufhören, solch ein Theater zu veranstalten!« Belle sah, wie Farin den Kopf schüttelte und in gewisser Weise musste sie ihm recht geben. Zwar war sie froh, dass sie wieder frei war, aber sie bezweifelte, dass er ihr ernsthaft etwas getan hätte. Sie stand schließlich unter seinem Schutz und was würde man sagen, wenn er seinen Schützling umbringen würde?

Ich habe es nur zu weit getrieben und ihn zu sehr provoziert, wurde ihr klar.

Aufmerksam musterte Belle Chace. Hinter der ganzen Sache musste mehr stecken, wenn sie ihn nicht mehr interessierte. Aber was? Was konnte so schlimm sein, dass man einen derartigen Hass aufeinander hatte?

Der junge Prinz wirkte angespannt und sein Gesicht verriet eine Wut und einen Hass, den sie ihm nie zugetraut hätte. Irgendetwas musste zwischen den beiden Männern in der Vergangenheit vorgefallen sein. Nur was, war die Frage, auf die sie gerne eine Antwort gewusst hätte.

Kampfgeräusche und Wasserplatschen drangen an ihr Ohr und beendeten jegliche Überlegungen. Chace und Farin hatten die Nettigkeiten gänzlich beiseitegeschoben und gingen aufeinander los.

Das können sie doch nicht ernst meinen? Wir haben weiß Gott viel größere Probleme … Müssen sie sich jetzt wie zwei Streithähne aufführen und sich prügeln?

»Hört auf!«, rief sie ihnen zu, aber keiner der beiden achtete auf sie. Hörten sie ihre Worte nicht oder wollten sie sich einfach nicht angesprochen fühlen?

Fieberhaft überlegte Belle und wünschte sich, dass die beiden jungen Männer aufhörten, bevor sie sich ernsthaft verletzten. Da kam ihr ein Gedanke oder genauer gesagt zwei Worte.

»Inermidat esim!«, rief sie mit voller Stimme und als die Worte verklangen, hielten Chace und Farin in ihrer Bewegung inne.

Unsicherheit machte sich in Belle breit. *Und nun, Belle? Toll gemacht. Am besten, du hängst dir noch ein Schild mit der Aufschrift Hexe um.*

»Ihr könnt es also!« Die Stimme kam wie aus dem Nichts und ließ sie zusammenzucken. Blitzschnell wandte sie sich um und sah sich Omir gegenüber, der sie aufmerksam musterte. *Oh nein, er hat mich beobachtet!*

Ihr Gesicht musste Bände sprechen, da der Mann die rechte Hand beschwichtigend erhob. »Keine Angst, ich will Euch nichts Böses. Würdet Ihr mir vielleicht die Ehre erweisen, ein Stück mit mir zu gehen? Ich würde mich gerne mit Euch unterhalten.« Fast väterlich hielt er ihr den Mantel hin, der noch am Rande der Quelle gelegen hatte. Erst jetzt bemerkte Belle die Kälte und nahm diesen dankend an.

Höflich wartete der Mann neben ihr, bis sie sich angezogen hatte, und bot ihr anschließend lächelnd den Arm an. Wortlos nahm sie an. Hatte sie überhaupt eine Wahl? Neugierig sah sie ihn an und erwartete schon, dass er loslaufen würde, da wandte er sich der Quelle zu. Ihr Blick folgte dem seinen.

Chace und Farin verharrten immer noch in derselben Lage. Versteinert und doch am Leben, erstarrt in ihrer Haltung.

»Würdet Ihr die Freundlichkeit besitzen, die beiden zu befreien? Nicht dass sie es nicht verdient hätten, aber im Moment kann ich es mir nicht leisten, auch nur einen von ihnen zu verlieren.« Die Stimme klang fest und bestimmend.

Nickend wandte Belle sich den beiden Männern im Wasser zu.

»Menoftra«, flüstere sie kaum hörbar, doch sie war sich sicher, dass Omir, der sie ganz genau beobachtete, das Wort verstanden hatte.

Kaum ausgesprochen, lösten sich die beiden Männer aus ihrer Starre. Verwirrt sahen sie aus dem Wasser zu ihr hinauf und hatten ihren Kampf völlig vergessen. *Wenigstens etwas …*

Chace sah aus, als würde er etwas sagen wollen, doch Omir kam ihm zuvor. »Prinz Chace? Farin? Ich erwarte Euch beide in zehn Minuten in meinem Arbeitszimmer.«

Der Ausdruck in seinen Augen verdeutlichte, dass er keine Fragen gestattete. »Und zwar in trockener Kleidung und am Leben«, setzte er noch hinzu, als die Männer sich widerwillig in Richtung des Ufers in Bewegung setzten.

Ohne es zu wollen, beobachtete Belle die Szene. Chace sah aus wie ein begossener Pudel. Das Wasser rann überall an ihm herab. Das Hemd lag klitschnass auf seiner Brust und die Hose hatte sich vollends vollgesogen und wirkte damit doppelt so groß wie sonst. Im Gegensatz dazu Farin, dessen gut gebauter Oberkörper frei lag und ihm einen fast anerkennenden Blick einbrachte. Seine Stoffhose war zwar auch voll Wasser, sah jedoch um einiges vorteilhafter aus.

Belle verstand, warum Omir auf trockener Kleidung beharrte.

Wenn sie so bei ihm im Arbeitszimmer auftauchen, kann er demnächst bei sich schwimmen gehen …

»Ich denke, wir sollten nun ein Stück gehen«, sagte Omir bestimmt, holte sie damit aus ihrer Gedankenwelt zurück und deutete in Richtung der Mauer am anderen Ende des Wassergartens.

Fast schon widerwillig nahm sie ihren Blick von Farin und nickte dessen Vater zu.

Kapitel 21

Tesslon

Farin & Chace

»Verdammt noch mal, habt Ihr davon gewusst? Was zum Teufel war das?«, fluchte Farin, als er sich das trockene Hemd überzog und seinen Vater sowie das Mädchen nicht aus den Augen ließ.

Was war da eben geschehen? Von einer Sekunde auf die andere hatte er sich nicht mehr rühren und nicht mehr sprechen können.

Ein Seitenblick auf den Prinzen sagte ihm, dass dieser genauso verwirrt war wie er.

»Ich … keine Ahnung, so etwas ist noch nie geschehen, außer …« Chace stockte und eine böse Vorahnung überkam ihn.

»Außer?«, fragend sah Farin ihn an. Ihre Differenzen waren vergessen.

Betreten sah Chace zu Boden. Wie hatte er das nur vergessen können? »Na ja, in Trebin. Ich wollte wissen, wie es ihr geht, wollte, dass sie uns auf unserer Flucht begleitet. Ich hatte gerade mit ihr gesprochen, als es laut wurde und der neue König ihre Gemächer aufsuchte. In letzter Minute hatte sie mich in einen Besenschrank geschubst und dort musste ich verharren. Auch damals konnte ich mich nicht rühren, egal, wie sehr ich ihr helfen wollte und es auch versucht habe.« Er stockte und sah Farin an, der ihn scharf musterte.

»Es war wie eben …«, hauchte Chace. *Warum verdammt ist mir das nicht früher eingefallen? Wie konnte ich so etwas nur verdrängen?* Doch die Antworten kannte Chace selbst. Die Sorgen um Belle und die Wut auf Gregor hatten damals keinen Raum mehr für andere Gedanken gelassen.

»Also hat sie Euch schon einmal erstarren lassen? Und Ihr hieltet es nicht für wichtig, diesen Umstand zu erwähnen?« Farins Blick spiegelte Erstaunen und Unglauben wider und er konnte es ihm nicht einmal übel nehmen.

»Ich habe es vergessen.«

»Vergessen?« Farin schnaubte. »Vergessen kann man vielleicht mal seinen Mantel, aber doch nicht, dass das Mädchen, mit dem man reist, einen erstarren lassen kann. Was ist sie? Eine Hexe?«

Farin war außer sich und Chace bemerkte, wie dessen Blick den seinen suchte, aber er wich ihm aus. Er wollte jetzt nicht weiter darüber reden. Stattdessen suchte Chace die gegenüberliegende Wand des Wassergartens ab.

Neugierig beobachtete Farin das sonderbare Verhalten seines Prinzen. So hatte er ihn bisher noch nie erlebt. *Gut, ich weiß ja auch nicht, was in den Gemächern der Prinzessin vorgefallen ist. Vielleicht hat der Prinz wirklich seine Gründe, warum er es verdrängt hat …* Erschreckt über das Verständnis, wandte Farin sich von seinem Gegenüber ab und folgte dessen Blick zur gegenüberliegenden Mauer.

Seine geübten Augen fanden zielsicher seinen Vater, der geschützt vor neugierigen Augen zwischen einigen großen Tannen stand und in ein Gespräch mit Belle vertieft war.

Was bist du nur, Belle? Oder sollte er sie demnächst lieber als *Prinzessin Isabelle* ansprechen, bevor sie ihn noch in einen Esel verwandelte?

Ohne es zu wollen, erhellte ein Grinsen seine Züge; als er sich jedoch Chace zuwandte und einen Witz zu ihrer absurden Situation machen wollte, erstarb das Lächeln sofort.

Der Prinz sah traurig aus und starrte immer noch zu den beiden Gestalten hinüber. *Ernsthaft? Ich hoffe bloß, dass er jetzt nicht über seine Gefühle reden will …*

Die Stille, die zwischen ihnen herrschte, war mit einem Mal bedrückend und Farin fühlte sich genötigt, sie zu durchbrechen. »Ich denke, wir sollten hineingehen und uns umziehen. Omir wird sicher bald so weit sein und uns sprechen wollen …«, begann er daher.

Insgeheim rechnete er damit, dass Chace ihn einfach ignorieren würde, aber zu seinem Erstaunen reagierte der Prinz sofort.

»Ihr habt recht, wir sollten keine Zeit vertrödeln«, sagte dieser und richtete sich wieder auf. Die Traurigkeit von eben war wie weggeblasen und ehe Farin sichs versah, war der Prinz schon auf dem Weg nach drinnen und er musste sich sputen, ihm zu folgen.

Ewigkeit

Gregor

Alles um ihn herum war schwarz. Nicht einfach nur dunkel, sondern kohlrabenschwarz. Tastend versuchte er sich vorwärtszubewegen. Suchte eine Wand, eine Tür, einfach irgendetwas, doch er fand nichts.

Völlig desorientiert drehte er sich im Kreis. Zumindest dachte er, dass er sich im Kreis drehte. Wissen konnte er es nicht.

Wo bin ich? Krampfhaft versuchte er sich zu erinnern, aber das Letzte, was ihm einfiel, war sein Blick aus dem Fenster und die fürchterlichen Kopfschmerzen, die er gehabt hatte. Danach gab es keine Erinnerung mehr. *Was hat das zu bedeuten? Bin ich etwa an den Kopfschmerzen gestorben? Ist das hier der Tod?*

Fast schon ängstlich sah er sich um, doch nur die Schwärze umfing ihn. Nicht einmal die eigene Hand konnte er ausmachen. Er wusste nur, dass sie noch da war, genauso wie der Rest von ihm, aber wo war er?

Tesslon

Omir

Am Rande des Wassergartens befand sich eine geschützte Ecke, die er bewusst angesteuert hatte. Von hier hatte er einen guten Überblick über den Garten, aber sie wurden durch die großen Bäume nicht sofort gesehen. An seinem Ziel angekommen, wandte er sich der Prinzessin zu, die stumm neben ihm gelaufen war. »Ich kannte Euren Vater und Eure Mutter sehr gut. Letztere war eine gute Freundin meiner Schwester und daher in ihrer Kindheit oft bei uns zu Hause Gast. Ich mochte sie gern und wusste, was sie war …«

Mit festem Blick sah er Isabelle an und versuchte, in ihren Augen zu lesen, was sie dachte. Glaubte sie ihm?

»Was sie war?«, wiederholte die junge Frau und ihre Stimme bebte dabei.

»Ja, was sie war und was Ihr seid …« Mit einem Seitenblick versicherte er sich, dass auch wirklich niemand sich in der Nähe befand. Omir hatte Glück. Sie waren allein, auch Farin und der Prinz hatten inzwischen den Wassergarten verlassen. »Wie Ihr zweifelsohne bereits festgestellt habt, seid Ihr anders. Besonders, um genau zu sein. Dazu bestimmt, das Erbe Eurer Mutter, das Erbe Symantriets anzutreten. Doch ich will nicht vorgreifen, denn ich bin nicht der Richtige, um Euch alles zu erklären. Es gibt jemanden, der es besser kann als ich. Der Euch alle Fragen, die Euch durch den Kopf schwirren müssen, beantworten kann und in der Lage ist, Euch zu lehren, mit Eurer Gabe umzugehen.«

Omir hielt inne und suchte ihren Blick.

»Aber wie?«, wisperte das Mädchen.

Statt einer Antwort schüttelte er nur den Kopf. Er war wahrlich nicht der Richtige, kannte er doch selbst nur Bruchteile des Märchens, das doch keines war. Enttäuscht sah die junge Frau zu ihm auf. Haselnussbraune ausdrucksstarke Augen schauten ihm entgegen.

Endlines Augen, ging es ihm durch den Kopf.

»Isabelle«, begann er. »Ich mochte Eure Mutter sehr. Sie war zu allen hilfsbereit und freundlich. Trotz der grausamen Zeiten, die sie miterleben musste, sah sie stets nur das Gute in den Menschen. Je mehr ich Euch sehe, Euer Verhalten, Eure Art, desto mehr Züge von ihr sehe ich in Euch. Auch wenn ich sagen muss, dass Ihr recht impulsiv seid.« Fast schon aufmunternd zwinkerte er ihr zu. »Und ich sehe Eure Macht, die die Eurer Mutter um einiges zu übersteigen scheint. Endline hätte nie jemanden derart außer Gefecht setzen können. Sie konnte kleine Dinge, aber so offenkundig hat sie es nie getan …« Er stockte. Wusste er eigentlich, ob Endline es wirklich nicht gekonnt hatte? Vielleicht hatte sie es nur nie gezeigt? Sein Blick glitt in die Ferne.

»Endline«, flüsterte er kaum hörbar, dann wandte er sich wieder ihrer Tochter zu. »Ich werde alles in meiner Macht Stehende tun, damit

Euch nichts geschieht und Ihr gesund in Habicht ankommt.« Omir sah, dass Isabelle nachfragen wollte, doch er winkte ab und kam ihr zuvor. »Dort wohnt der Mann, der die Antworten hütet. Natürlich kann ich Euch nicht zwingen, uns zu begleiten, aber ich nehme an, dass Ihr nicht zwangsläufig zu König Gregor zurückwollt?«

»Nein, zum Mörder meines Vaters möchte ich auf keinen Fall zurück!« Energisch schüttelte die Prinzessin ihren Kopf und verteilte durch ihr nasses Haar kleine Wassertropfen in der Umgebung. Einige davon trafen sein Kinn und aus einem Reflex heraus strich er sich über den Bart.

»Harte Worte, die Ihr da gegen einen König verliert, Prinzessin, aber seid Ihr Euch auch bewusst, was sie bedeuten? Seid Ihr sicher, dass er Euren Vater ermordet hat?« Durchdringend sah er sie an und war erstaunt über den festen Blick, den sie ihm zurückwarf.

Sie ist vollkommen überzeugt …

»Natürlich bin ich sicher. Er ist eiskalt und zu allem fähig. Die Männer, die das Schloss angriffen, waren ihm unterstellt und wurden in meinem Beisein von ihm freudig begrüßt. Wagt es nicht, diesen Mann König zu nennen! Er lebt in meinem Schloss, unterjocht mein Land und tötet mein Volk. Er ist die Seuche, die es zu bekämpfen gilt. Kein König!« Mit jedem ihrer Worte schien die Prinzessin zu wachsen und Omir war erstaunt, welche Autorität sie in ihren jungen Jahren ausstrahlte. Anerkennend nickte er ihr zu. »Vielleicht habt Ihr recht, aber im Augenblick liegen die Dinge anders. Wir müssen vorsichtig sein und zunächst gilt es, Euch nicht in den Händen Gregors zu wissen. Zumindest bis wir die genauen Gründe kennen, warum er Euch will. Ich denke, es hat mit Eurer Gabe zu tun, aber ich kann nicht sagen, was er sich von ihr erhofft. Es ist ihm allerdings sehr wichtig. So wichtig, dass er seine Schergen nach Euch suchen lässt und sogar eine Drohung laut werden ließ, dass jeder, der Euch schützt, des Todes ist. Ihr versteht also, dass wir vorsichtig sein müssen? Am besten wäre natürlich, wenn niemand weiß, wer Ihr seid. Farin wird sich in nächster Zeit um Eure Sicherheit kümmern. Bitte verzeiht, dass ich andere Aufgaben habe und als rechte Hand des Königs als Schutz zu auffällig bin. Aber lasst Euch gesagt sein, ich habe volles Vertrauen zu meinem Sohn. Mag sein, dass er ab und an noch etwas hitzköpfig ist, aber er erfüllt seine Aufgabe stets zuverlässig.«

»Das habe ich gemerkt«, murmelte die junge Prinzessin und Omir sah sie fragend an. »Ist er Euch zu nahe getreten?« Ungewollt hatte seine Stimme eine drohende Nuance bekommen.

»Nein«, flüsterte Isabelle, doch so recht wollte er ihr nicht glauben. Prüfend sah er sie an, wurde aber aus ihrer Mimik nicht schlau.

»Ich bringe Euch alle in Gefahr …«, stellte sie stattdessen mit trauriger Gewissheit in der Stimme fest. Erstaunt sah Omir sie an und nickte. »Ja, das tut Ihr, aber da es für Gregor einen Grund zu geben scheint, gehe ich dieses Risiko gerne ein. Zumindest bis wir den Grund kennen, dann sehen wir weiter.«

Unsicherheit lag in Belles Blick, als sie ihn ansah und schnell wechselte Omir das Thema. »Ich denke, wir sollten jetzt hineingehen. Farin und der Prinz sollten sich inzwischen in meinem Arbeitszimmer eingefunden haben.« Aufmunternd bot er ihr wieder den Arm an und sah, wie sie ihn dankend annahm. Fast väterliche Gefühle wallten in ihm auf.

Mit ihren fünfzehn Jahren ist sie schon vollkommen auf sich allein gestellt, fiel ihm auf und er musterte sie von der Seite, während sie durch den Garten zurück zum Tor schlenderten. *Aber sie trägt es mit Fassung. Durch und durch die Tochter von Elias und Endline.* Die Erkenntnis traf ihn hart. Er hatte die beiden gemocht. Sehr sogar, aber nach Endlines Tod hatte er auch Elias nur selten zu Gesicht bekommen und nun würde er seinen alten Freund niemals wiedersehen.

Sie hatten das Tor erreicht, als Omir innehielt und Isabelle ihn fragend ansah.

»Was ist los?«, hauchte sie. *Erwartet sie etwa ein Hinterhalt?*

»Alles in Ordnung, Isabelle.«

Beim Klang ihres Namens zuckte sie merklich zusammen. Omir sah sie prüfend an.

»Könntet Ihr mich bitte Belle nennen? Isabelle haben mich seit Jahren nur wenige genannt.« Ihre Worte waren leise und geheimnisvoll, aber Omir verstand. Sie schien in letzter Zeit keine positiven Dinge mit ihrem richtigen Namen zu verknüpfen. Omir fiel es schwer ein Mitglied der königlichen Familie mit Spitznamen anzureden, würde aber wegen eines simplen Namens keinen Aufstand provozieren. *Bei der nächstbesten Gelegenheit kehre ich wieder zu Isabelle zurück,* dachte er und fügte sich vorläufig seinem Schicksal. »Natürlich«, sagte er daher sofort. »Jetzt der Grund, warum ich innegehalten habe … Es wäre gut, wenn das, was wir im Garten besprochen haben, unter uns bleibt. Es reicht, wenn Farin und der Prinz auf dem Wissensstand bleiben, den sie aktuell schon besitzen. Sie müssen nicht alles wissen …«

»Und was wissen sie?«

»Nur das, was sie eben selbst bemerkt haben. Ich denke nicht, dass Ihr vorher schon mit einem von beiden darüber gesprochen habt?«

Das Mädchen schüttelte den Kopf.

»Gut, das macht die Sache einfacher. Ein paar Details werde ich noch preisgeben, aber überlasst das bitte mir! Versteht mich nicht falsch, ich traue den beiden, aber es ist nicht der richtige Zeitpunkt oder Ort für solche Dinge. Wir müssen nach Habicht, dort haben wir Zeit für alles.«

»Omir?«

Erstaunt blickte er zur Prinzessin hinab. »Ja?«

»Warum hassen Farin und Chace sich so sehr?« Die Frage erstaunte ihn keineswegs. Es war ein offenes Geheimnis, dass die beiden sich nicht riechen konnten, aber sosehr er es auch versucht hatte zu verstehen, es gelang ihm nicht. Natürlich konnte er sich den Auslöser denken, aber nach all den Jahren war es einfach nur noch absurd …

»Ich weiß es nicht genau …« Seine ehrliche Antwort schien ihr zu genügen und stumm trat sie vor ihm durch die Tür, die er geöffnet hatte.

Farin

Müde ließ er sich auf einem Stuhl im Arbeitszimmer seines Vaters nieder. Die lange Nacht und der nicht vorhandene Schlaf hatten dafür gesorgt, dass seine Nerven zum Zerreißen gespannt waren.

Die kratzbürstige Prinzessin mit ihrem Selbstmordversuch hatte ihr Übriges dazu getan, dass er sich vergessen hatte. Als dann noch Chace ins Spiel kam, war jeder Versuch seines Verstandes, ihn zurückzuhalten, sinnlos gewesen.

Das hätte nicht geschehen dürfen! Frustriert fuhr er sich durch seine nassen Haare. Eines Tages wollte er den Platz seines Vaters einnehmen und die rechte Hand des Königs werden. Dummerweise würde ebenjener, den er vorhin angegriffen hatte, einmal der König sein …

Habe ich mir damit selbst meine Zukunft verbaut? Farin dachte an die Situation im Garten zurück und an den verständnislosen Blick, den ihm sein Vater zugeworfen hatte. Alles hatte er gefährdet – und warum? Das wusste er selbst nicht so genau.

Stöhnend ließ sich Chace neben ihm auf einem freien Stuhl nieder und sorgte damit dafür, dass Farin sich wieder auf seine unmittelbare Umgebung konzentrierte.

Auch sein Nachbar hatte allem Anschein nach nicht sonderlich gut geschlafen. Er wirkte zerzaust und unruhig. Kein Wunder. Zweimal waren sie sich heute Nacht zufällig begegnet.

Zweimal mehr als in den letzten Jahren … Aus den Augenwinkeln heraus beobachtete Farin den Prinzen, der fahrig versuchte, den letzten Knopf seines trockenen Hemdes zu schließen. Entspannt und ausgeruht war definitiv anders.

Als sie sich zehn Minuten später noch immer allein im Raum befanden und die Stille zu erdrückend wurde, fasste Farin sich ein Herz. »Was ist eigentlich zwischen der Prinzessin und Euch? Das Gefasel über Kompetenzen glaubt Ihr Euch doch selber nicht.«

»Ich glaube nicht, dass es Euch etwas angeht.«

»Ernsthaft?« Der Prinz machte solch ein Aufsehen und wollte immer noch nicht mit der Sprache herausrücken? Wachsam beobachtete Farin das Gesicht seines Prinzen und sah ihn herausfordernd an.

»Ihr lasst nicht locker, oder?«

»Nein.«

Farin spürte, wie Chace zögerte. »Zwischen uns war nie etwas und wird nie etwas sein. In den letzten Tagen habe ich nur immer das Gefühl gehabt, sie beschützen zu müssen. Da Ihr nun diese Rolle übernommen habt, muss ich mich erst daran gewöhnen, loszulassen. Aber mal ganz unter uns: bei unserem Aufeinandertreffen habt Ihr nicht gerade wie Ihr Beschützer gewirkt.«

»Hm.« Betroffen sah Farin zu Boden. Was sollte er sagen? Chace hatte recht.

Chace holte tief Luft, ehe er weitersprach: »Meine Nerven sind die letzten Tage ziemlich angespannt gewesen und ich entschuldige mich meines Verhaltens wegen. Es kommt nicht noch einmal vor.«

Er entschuldigt sich?, erstaunt lauschte Farin den Worten des Prinzen, die mehr waren als alles, was sie die letzten Jahre miteinander gesprochen hatten. Aber waren sie auch ehrlich? Ganz überzeugt war Farin nicht. *Irgendetwas verschweigt er mir.*

Das Knarzen der schweren Eichenholztür ließ beide zusammenzucken und die Blicke zur Tür wenden.

»Ah, Ihr seid bereits da«, stellte Omir mit einem kurzen Blick auf sie fest. »Dann können wir sofort beginnen. Das erste Licht des neuen Tages wird bald den Hof erhellen und die Zeit sitzt uns etwas im Nacken. Uns kamen schon die Knechte entgegen, die die Pferde fertig machen sollen. Ich denke, wir können, nein wir müssen bald los.«

Sein Vater sah erst in die Runde, dann glitt sein Blick suchend durch den Raum. *Denkt er etwa, wir haben hier jemanden versteckt?*

Anscheinend zufrieden mit seiner Analyse des Raumes, wandte der große Mann sich wieder ihnen zu. »Gut, ich denke, wir haben nicht die Zeit, unsere Begegnung länger als nötig in die Länge zu ziehen.« Farins Vater hielt inne und atmete noch einmal tief ein, als würden ihm die nächsten Worte schwerfallen. »Ich denke, wir sind uns alle einig, dass das, was vorhin im Garten geschehen ist, unter uns bleiben muss. Unter keinen Umständen darf ein Wort darüber nach außen dringen. Nicht zu anderen, und am besten wäre natürlich, Ihr redet auch nicht miteinander darüber. Wir können nicht wissen, wer durch Zufall mithört! Zu gegebener Zeit werden wir alles erklären. Für den Moment jedoch müsst Ihr Euch damit zufriedengeben.«

Farin schnaubte. *Zufriedengeben?* »Wir sollen also mit einer Hexe reisen und uns nichts anmerken lassen? Was ist, wenn sie uns verzaubert oder uns täuscht?« Er versuchte nicht einmal, seine ablehnende Haltung gegen das Mädchen zu verbergen. Warum sollte er auch?

Die ganze Zeit hatte ihn schon etwas an ihr gestört und nun sollte er so tun, als wäre alles normal?

»Farin, du solltest deine Wortwahl überdenken!« Der Ton seines Vaters war scharf, aber so leicht würde er sich nicht einschüchtern lassen.

»Wieso überdenken? Ich darf ja wohl meine Gedanken aussprechen?« Provozierend hob er eine Augenbraue und sah seinen Vater an.

»Farin!«, donnerte es sogleich.

»Ja, Vater?«, fragte er sarkastisch.

»Du weißt, was ich von dir erwarte!«, knurrte Omir ihn an.

»Jetzt hört auf!«, schrie eine Frauenstimme und abrupt erfüllte Stille den Raum, als sie verklang.

Belle

Sie wollte nicht, dass sich jemand ihretwegen stritt und schon gar nicht wegen ihrer Gabe. Farins Worte und seine offenkundige Abneigung hatten sie traurig gestimmt, aber er hatte lediglich seine Meinung geäußert und diese akzeptierte sie. Wie konnte sie auch nicht?

Ohne groß darüber nachzudenken, hatte sie in die Szene vor ihren Augen eingegriffen, bevor sich Vater und Sohn wegen ihr noch an die Gurgel gingen, wie es Chace und Farin vorhin schon getan hatten.

Entgegen ihrer Erwartung hatte sie die Männer unvermittelt zum Schweigen gebracht und Stille erfüllte nunmehr den Raum. Belle spürte, dass drei Augenpaare auf sie gerichtet wurden und sie fragend ansahen. »Ich will nicht, dass sich jemand wegen mir streitet.« Ihre Worte klangen bestimmend. »Vielleicht gibt es ja einen anderen Weg? Gibt es nicht außerhalb von Habicht jemanden, der mir helfen kann? Ich kann doch allein …«

Farin brach in ein gehässiges Lachen aus. »Allein? Ist das Euer Ernst? Ihr wollt einfach so allein den Weg bestreiten? Was, denkt Ihr, geschieht zuerst? Verlauft Ihr Euch oder werdet Ihr gefangen genommen?«

»Farin, es ist genug!«, herrschte die rechte Hand des Königs seinen Sohn an.

»Es ist doch nur die Wahrheit!«, fauchte der zurück.

»Ich komme ganz gut allein zurecht!«, murmelte Belle.

»Ach ja? Das habe ich gesehen!«

Belle wollte im ersten Moment widersprechen, doch dann merkte sie, dass Farin nicht auf die Situation draußen im Wald hinauswollte und mit Erschrecken stellte sie fest, dass sie wirklich hilflos gewesen war.

»Jetzt ist aber genug!« Omir hatte sich zwischen sie gestellt und sah bedrohlich aus. »Wir haben wichtigere Dinge zu tun, als hier zu stehen und einander anzublaffen. Farin, du überdenkst ab jetzt deine Wortwahl und wirst mir gehorchen. Hast du verstanden?«

»Ja«, brummte er widerwillig.

»Gut! Und Isabelle? Ihr hört sofort auf, Euch darüber Gedanken zu machen. Ihr begleitet uns, wenn wir nach Habicht aufbrechen. Verstanden?«

»Ja«, murmelte sie.

»Wunderbar, dann haben wir ja alles geklärt. Und jetzt zu dem anderen Grund, warum Ihr hier seid. Wenn wir nach Habicht aufbrechen, reist Ihr nicht als Prinzessin. Ed und ich sind uns sicher, dass Späher Gregor bereits davon in Kenntnis gesetzt haben, dass der Prinz aufgefunden wurde und sich in Kretin befindet. Wenn der neue König nicht sogar schon weiß, dass auch Ihr hier seid.

Daher haben wir Vorkehrungen getroffen. Man wird erwarten, dass wir nach Habicht aufbrechen. In dem Moment, in dem wir diese Mauern verlassen, sind wir fast schutzlos. Wir reiten zwar mit vielen Soldaten in einer Formation, die uns eine gewisse Sicherheit bietet, aber im Ernstfall werden sie gegen die Schergen nichts ausrichten können. Ed und ich haben uns daher etwas ausgedacht.«

Omir wandte sich an Chace. »Ed wird Euch schützen wie gehabt, mein Prinz, den Herzog und seine Frau übernehme ich und«, sein Blick suchte den seines Sohnes. »Farin, du kümmerst dich um Isa… Belle.«

Aus den Augenwinkeln sah sie, dass Farin protestieren wollte, doch der Blick seines Vaters ließ ihn jeglichen Widerstand vergessen.

»Belle, Farin und Ihr werdet einfache Kleidung tragen. Niemand soll auf den ersten Blick sehen, wer Ihr seid und dass er Euch schützt. Im Ernstfall kann man Euch so nicht gleich ausmachen. Wenn die Schergen kommen, trennen wir uns und versuchen, einzeln nach Habicht zu kommen. Im besten Fall sehen wir uns dort alle gesund wieder. Ich will keine Widerrede, von niemandem von Euch, und auch keine Heldentaten bei einem Überfall! Habt Ihr verstanden?« Die letzten Worte galten den Männern, da war sie sich sicher, aber Belle erstarrte dennoch.

Omir schien fest mit einem Übergriff zu rechnen. Warum ritten sie überhaupt los? Konnten sie sich nicht einfach hier verschanzen und warten?

Gregor will dich und wird kommen, hierher oder nach Habicht …

In Habicht gibt es wenigstens Antworten und vielleicht kann ich mich mit ihnen schützen. Ich muss dorthin … Ihr Kopf hatte recht, aber warum verlangte Omir von ihr, dass sie sich in die Obhut seines Sohnes begab? Der Sohn, der sie offenkundig nicht leiden konnte?

Ist das wirklich sein Ernst? Die Frage schien ihr im Gesicht zu stehen, denn Omir setzte mit einem Blick auf Farin und sie hinzu:

»Ab jetzt möchte ich, dass Ihr einander nicht mehr von der Seite weicht. Und Belle? Keine Zaubereien, bis wir Habicht erreicht haben, außer es ist lebensnotwenig. Verstanden?«

Belle nickte, was blieb ihr auch anderes übrig?

Nichts.

Farin neben ihr grummelte etwas Unverständliches. *Wie wunderbar …*

Kapitel 22

Endline

Grip

Er sah sich im allgemeinen Trubel des Hofes nach seinem Herrn um, konnte ihn aber nirgends entdecken.

Obwohl die Befehle eindeutig waren, hatte er fest damit gerechnet, dass Gregor sie vor ihrer Abreise noch einmal aufsuchen würde, doch dem war nicht so.

Unruhig sah er sich um. Etwas hatte Gregor verändert. Sein Auftreten, seine Haltung … Wenn Grip es genauer betrachtete, hatte sich dessen gesamte Ausstrahlung in den letzten Tagen immer mehr gewandelt und er wusste beim besten Willen nicht wieso.

Um sich abzulenken, wandte er sich Bled zu, der nur ein paar Meter weiter stand. »Was meint Ihr, können wir aufbrechen?« Sein Blick streifte die beiden Pferde, die angebunden und leicht bepackt am Stall standen. Sie hatten beschlossen, nur das Nötigste mitzunehmen. Den Rest würden sie sich auf dem Weg besorgen. Schnelligkeit war jetzt die Devise.

Achselzuckend sah Bled ihn an. »Ich denke schon.«

Eine karge Antwort, aber Grip hatte auch nicht mit mehr gerechnet. Zügig überflog er ihre Ausrüstung. Die Dolche hatten sie sorgsam unter ihrer einfachen Kleidung verborgen. Nur ein einzelnes Schwert hing jeweils an ihren Gürteln hinab.

Nicht dass sie auf diese menschlichen Spielzeuge angewiesen waren, aber man wusste ja nie, auf wen man traf und sinnlos verraten mussten sie sich schließlich auch nicht.

Zufrieden musterte er ihre Ausgangssituation. Nichts gab einen Anhaltspunkt darauf, wer sie waren und was sie suchten.

Perfekt.

Einen letzten Blick auf das Schloss vor ihm werfend, gab Grip das Zeichen zum Aufbruch. Es gab keine Zeit mehr zu verlieren und bis Kretin war es noch ein weiter Weg.

Tesslon

Omir

Die gegrummelten Worte seines Sohnes ignorierte Omir geflissentlich. Er hatte mit deutlich größerem Widerstand gerechnet als ein paar derbe Ausdrücke. Mit einer einzigen Handbewegung bedeutete er ihnen, dass sie ihn allein lassen sollten.

Ohne ein weiteres Wort schicken die drei sich an, den Raum zu verlassen, als Omir noch etwas einfiel.

»Ach, und Farin? Halte dich im Zaum!«

Endline

Chaver

Das erste Mal nach Jahrzehnten wieder selbst die Augen aufschlagen zu können und auch etwas zu sehen, war ein wunderbares Gefühl. Endlich hatte er es geschafft. Er besaß zwar nur einen Bruchteil seiner früheren Macht, doch darüber konnte er hinweg sehen. Seine Magie würde wiederkommen und so genoss er einfach nur den Moment. *Es ist so befreiend, endlich wieder Herr über einen Körper zu sein,* dachte er und atmete tief durch.

Zu viele Jahre hatte er im Dunkeln gelebt und mit Warten verbracht.

Viel zu viel war geschehen und darunter auch einiges, was schnellstmöglich wieder rückgängig gemacht werden musste.

»König Gregor, geht es Euch gut?« Die Stimme eines Mannes drang an sein Ohr und Chaver wandte den Kopf nach rechts. Sein Blick glitt an den Vorhängen des Himmelbettes vorbei und traf auf einen Mann, der kaum mehr als zwanzig Jahre alt sein konnte.

Zu jung, um ihn und seine Herrschaft miterlebt zu haben. So entschloss Chaver, dass es keinen Sinn haben würde, den Mann aufzuklären. Am Ende war es vielleicht sogar besser, wenn man ihn noch eine Weile für Gregor hielt.

Mit harschen Worten, die problemlos von dem ehemaligen Besitzer seines Körpers stammen konnten, fertigte er den Mann ab, der kurz darauf wieder verschwand.

Zufrieden und endlich allein im Raum richtete Chaver sich auf und nahm seinen Körper näher in Augenschein.

Gregor war zwar eher schmächtig gewesen, aber für seine Bedürfnisse war der Körper im Moment mehr als ausreichend.

Wie lange hatte er doch auf dieses Tag warten müssen. Wie gut, dass ihm kurz vor seinem vermeintlichen Ende noch diese kleine Sache eingefallen war. Unweigerlich musste er grinsen. *Der Fluch …*

Ja, der Fluch war schon eine feine Sache. In seinem Kerker hatte er, Selfin sei Dank, genug Zeit gehabt, sich darüber Gedanken zu machen. Mit einem Spruch, den ihm einst der Dämon Dragon verraten hatte, hatte er seinen Niedergang verhindert.

Der Fluch hatte dafür gesorgt, dass ein Teil seines Geistes sich an den schwächsten der fünf Könige gehangen hatte. Die Wahl war damals auf Edwin gefallen. Er war der Mann, der am empfänglichsten für die dunklen Kräfte war. Dennoch hatte Chaver es nie geschafft, in den Besitz seines Körpers zu gelangen. Erst sein Sohn hatte ihm zugehört.

Mithilfe seiner Stimme hatte er dem Königssohn geholfen und ihm Kraft gegeben. Wenn man so wollte, hatte er sogar den jungen Prinzen vor großem Unglück beschützt …

Gemeinsam hatten sie sich einen Plan erschaffen, wobei Chaver stets Jener, der am Ende die Strippen gezogen hatte, gewesen war. Es war ein Leichtes gewesen, Gregor zu überzeugen und in die richtige Richtung zu lenken. Irgendwann war er dann an dem Punkt angekommen, an dem er sich nur noch zurücklehnen brauchte.

Doch im Nachhinein bereute er die Entscheidung, dass er dem Königssohn freie Hand gelassen hatte. Gregor hatte die Prinzessin erst fast umgebracht und dann entkommen lassen. Beides war mehr als schlecht gewesen.

Gut, der Prinz kannte nicht die Gründe, weshalb das Mädchen für ihn so wichtig war, aber dennoch …

Chaver blickte aus dem Fenster. Die Sonne war aufgegangen, was bedeutete, dass Grip und Bled sich längst auf die Suche gemacht hatten.

Er hoffte für sie, dass sie die Tochter Endlines schnellstmöglich zu ihm brachten. So gnädig wie Gregor würde er andernfalls nicht verfahren.

Jetzt war er wieder im Spiel. Im Spiel um die Macht, und dieses Mal würde er gewinnen, denn er würde etwas haben, was er damals nicht besaß.

Das Mädchen und seine Gabe … Edids Magie.

Grip

»Jetzt kommt schon, wir haben nicht den ganzen Tag Zeit!«, schimpfte Grip und warf einen genervten Blick über seine Schulter zu Bled, der mit seinem Pferd immer weiter zurückfiel.

Sie hatten eben erst die Sumachen hinter sich gelassen und noch einen langen Weg vor sich. Für solche Spielchen hatte er keine Geduld mehr.

»Der Gaul will einfach nicht mehr«, murrte es hinter ihm. »Warum können wir uns nicht einfach verwandeln und ohne diese blöden Pferde los? Wir wären doch viel schneller!«

Grip zügelte sein Pferd und ließ es zurückfallen, bis er mit Bled auf einer Höhe war. »Toller Vorschlag, und wie wollen wir dann die Prinzessin nach Trebin bringen? Wollt Ihr Euch dann in einen Gaul verwandeln und ich binde sie auf Euch fest?« Fast hätte ihn der Gedanke amüsiert, doch das Thema war zu ernst, um Witze darüber zu machen.

»Wir können uns doch irgendwo Pferde klauen«, schnaubte Bled.

»Und wenn nicht? Ihr vergesst, dass wir warten sollen, bis sie Kretin verlassen, und ihnen dann unauffällig folgen. Wenn wir sie im Nirgendwo überfallen, können wir uns nicht darauf verlassen, dass uns Pferde zur Verfügung stehen …« Kopfschüttelnd sah er Bled an. Manchmal reagierte er wirklich ohne Sinn und Verstand. *Manchmal?*

Ein Blick nach vorne sagte ihm, dass sie Kretin erst in einigen Stunden erreichen würden. Die weite Ebene lag vor ihnen und die Volnana schlängelte sich in Richtung Nordwesten. Von Weitem sah er eines der Dörfer, das am Rande der Handelsstraße gebaut worden war. Vielleicht gab es dort ausgeruhte Pferde für sie, die den nächsten Part der Reise schneller vorantrieben?

Das aktuelle Tempo bot zwar genug Zeit, um über Gregor nachzudenken, aber leider auch genug Zeit, dass Omir und seine Männer nach Habicht aufbrechen konnten und dadurch einen großen Vorsprung schufen.

Kapitel 23

Tesslon

Belle

Ihre Laune hatte einen neuen Tiefpunkt erreicht. Seit dem Gespräch in Omirs Arbeitszimmer hatte niemand mehr mit ihr geredet. Sie spürte, dass Farin ihr gerne aus dem Weg gegangen wäre, wenn er die Wahl gehabt hätte. Die Befehle seines Vaters waren jedoch mehr als eindeutig gewesen und so folgte er ihr wortlos auf Schritt und Tritt durch die Gänge des Schlosses.

»Ihr solltet Euch umziehen«, eröffnete er ihr kurz angebunden, als sie den Korridor erreicht hatten, auf dem ihre Zimmer lagen.

Stirnrunzelnd sah sie ihn an und dann an sich herunter.

Oh Gott, sie trug noch immer das kurze Seidenkleid und den Mantel!

Nickend stimmte sie ihm zu, aber dann fiel ihr etwas ein. »Ich habe aber keine anderen Sachen …«

Das Kleid, das sie angehabt hatte, als sie hier ankam, war mit blutigen Flecken übersät gewesen und an mehreren Stellen gerissen. Arge Zweifel beschlichen sie, dass man es hatte retten können.

Ohne darauf einzugehen, hielt Farin ihr die Tür zu ihrem Zimmer auf und ließ sie eintreten.

»Ich warte genau hier«, rief er noch in den Raum, bevor er die Tür schloss und sich anscheinend davor positionierte.

Na, wenigstens schaut er mir nicht beim Umziehen zu.

Doch ihre Frage hatte er auch nicht beantwortet. Was sollte sie nur anziehen?

Ein Blick zum Bett sagte ihr, dass jemand im Zimmer gewesen sein musste. Das Bett war sorgfältig gemacht und die Bettdecke glatt gestrichen worden. Nichts deutete mehr daraufhin, dass sie die Nacht hier verbracht hatte. Ihr Blick fiel auf den Nachtschrank neben dem Bett, der vorher noch nicht da gestanden hatte. Auf ihm lag etwas. Neugierig begab Belle sich darauf zu und fand ein fein säuberlich zusammengelegtes Kleid sowie einen schweren, aber gut gefütterten Reisemantel.

Wer hatte die Sachen hingelegt? Eine der Zofen? Oder war es Farin gewesen?

Ein lautes Klopfen beendete Belles Überlegungen.

»Könntet Ihr Euch bitte beeilen?«, drang Farins Stimme zu ihr.

Wenigstens sagt er bitte …, dachte sie und verdrehte die Augen.

So schnell wie möglich zog sie sich das Kleid über den Kopf und nestelte dann an den Schnüren des Mieders herum, wie Sophia es ihr vorgemacht hatte. Dummerweise bekam sie das Oberteil nicht richtig zusammengezurrt. Noch bevor sie sich erlaubt hatte, auch nur daran zu denken, stand Farin im Zimmer.

»Sagt mal, braucht Ihr Jahrzehnte für ein einfaches Kleid? Ich wollte gern noch etwas essen, bevor wir aufbrechen!«, knurrte der. »Was treibt Ihr da eigentlich?« Mit gerunzelter Stirn beobachtete er die Szene vor sich.

Sich selbst bewusst, dass sie komisch aussehen musste, wandte Belle sich von ihm ab. Merkte dabei aber schnell, dass es ein Fehler gewesen war, Farin das Mieder so zu präsentieren.

Ein Räuspern erklang, das im ersten Moment gefährlich an ein Lachen erinnerte.

Belle versteifte sich. Ein Lufthauch sagte ihr, dass Farin sich ihr genähert haben musste. Sein Atem, der ihren Hals streifte, verriet ihr auch, wie weit.

»Ihr könnt wahrlich froh sein, dass ich Schwestern habe«, murmelte er, strich ihr die Haare über die Schulter, damit der Rücken frei lag, und nahm ihr anschließend bestimmend die Schnüre aus der Hand.

Belle betete zu Edid, dass ihm der Schauer, der bei seiner Berührung über ihren Körper geglitten war, nicht aufgefallen war.

Mit wenigen, aber dafür gezielten Bewegungen hatte Farin ihr das Mieder nachgeschnürt und half ihr, den Rest des Kleides zu richten. Krampfhaft bemühte Belle sich dabei um Haltung und versuchte, die Situation nicht noch unangenehmer zu gestalten.

»Können wir jetzt endlich?« Schließlich war es Farin, der die aufkeimende Stille durchbrach.

»Ja«, hauchte Belle und schaute betroffen zu Boden.

»Was ist denn nun schon wieder?« Die Stimme klang ungehalten und sie merkte, wie sie gemustert wurde.

»Wir sollten los …« Ohne ihn anzusehen, lief sie los, nur um zwei Gänge weiter festzustellen, dass sie sich in ihrer Hast verlaufen hatte.

Warum hatte sie auch nicht auf den Weg geachtet?

Belle spürte, dass jemand sich mit ihr im Gang aufhielt und ohne sich umzusehen, wusste sie auch, wer es war.

»Hier entlang.« Seine Stimme klang einen Hauch freundlicher als vorhin und Belle nahm den Weg, den er ihr zeigte, ohne Widerspruch.

Beim Betreten der Halle wurde ihr bewusst, dass sie mehr als spät dran waren. Der Raum war voller Menschen. Das Frühstück hatte schon begonnen und ihr war unwohl dabei, durch die Menge zu laufen. Doch Farin schob sie erbarmungslos vor sich her. Am höchsten Tisch blieb er stehen, wünschte den Anwesenden einen guten Morgen und schob ihr auffordernd den einzigen freien Stuhl zurecht.

Widerwillig betrachtete sie den Platz, der genau zwischen Chace und dem Herzog lag. Wollte sie dort wirklich sitzen?

Farin jedoch war gnadenlos und bedachte sie mit einem Blick, der sie an seiner Menschlichkeit zweifeln ließ. Belle setzte sich.

Mit einer Verneigung wandte sich ihr neuer Aufpasser ab und ließ sie allein, um sich am anderen Ende des Tisches zu seinem Vater und den anderen Leibwachen zu setzen.

»Wollt Ihr etwas vom Ei?«, drang eine Frauenstimme an Belles Ohr.

Überrascht sah sie in die Richtung und erkannte die Frau, die Chace gestern so stürmisch um den Hals gefallen war und nun zu dessen linker Seite saß.

War sie nicht eigentlich die Frau des Herzogs? Wie konnte man nur so schamlos sein?

Und bist du nicht die Verlobte des neuen Königs? Touché! Ihr eigener Gedanke ließ Belle erstarren und völlig vergessen zu antworten.

»Prinzessin Isabelle?« Die Stimme drang erneut an ihr Ohr, aber diesmal mit mehr Nachdruck.

Belle schüttelte den Kopf, sie hatte plötzlich keinen Hunger mehr.

»Gut, dann vielleicht etwas anderes?«

Konnte diese Frau sich nicht einfach um ihre eigenen Sachen kümmern? »Nein danke!«, erwiderte Belle scharf. »Ich habe keinen Hunger!«, setzte sie noch deutlich hinzu, damit die Herzogin nicht erneut nachfragen konnte. Mit Genugtuung stelle Belle fest, wie die Frau mit ihrer Fassung rang.

»Ophelia, lasst es gut sein«, schaltete Chace sich in die Situation ein und aus den Augenwinkeln sah Belle, wie er nach der Hand dieser Frau, seiner Geliebten griff und sie drückte.

Hörbar zog sie die Luft ein und machte Chace dadurch auf sich aufmerksam. Das erste Mal in der letzten Zeit schaute er sie bewusst an und sein aufmerksamer Blick schien zu fragen, was los war.

Doch sie ignorierte ihn. Es war ihr egal, was er dachte. Sie wollte nicht mit ihm reden. Er hatte sie nur benutzt und mit ihren Gefühlen gespielt. Das war etwas, was sie ihm nicht verzeihen konnte.

Reflexartig stand sie auf und ging auf die andere Seite des Tisches zu. Farin schaute sie überrascht an, als sie sich auf den freien Stuhl neben ihm niederließ. Er fragte jedoch nicht, sondern verputzte weiter sein Frühstück.

Dankbar über die Ruhe blieb Belle sitzen und sah sich im Raum um.

Ihr Blick streifte die Männer in der Halle. Alle hatten sich bereits für die Reise fertig gemacht und waren bis an die Zähne bewaffnet. Für Belle sah es eher so aus, als ob sie in den Krieg zogen, als dass sie nur von einem Schloss zum nächsten reisen wollten.

»Ihr solltet etwas essen.« Farins Stimme klang bestimmend und fürsorglich zugleich.

»Ich habe keinen Hunger«, sagte sie erneut.

»Das glaube ich Euch nicht. Ihr habt wohl eher einen Grund, weshalb Euch der Hunger vergangen ist, aber glaubt mir: Ihr braucht etwas im Magen.« Aufmunternd schob er einen Teller zu ihr. »Kommt schon! Wir wissen nicht, wann und wo wir die nächste Rast haben und ich habe nicht vor, Euch zu tragen, nur weil Ihr zu erschöpft seid.« Er versuchte locker zu klingen, aber Belle wusste, dass seine Bedenken nicht ganz an den Haaren herbeigezogen waren, schließlich hatte sie ihm erst gestern bewiesen, wie herrlich sie zusammenbrechen konnte …

Belle zwang sich, Farin anzusehen. Sein Gesicht wirkte ehrlich besorgt. Na gut, was schadete es schon, einen Happen zu essen?

Omir

Alles war bereit für den Aufbruch. Sie wollten gerade los, als man ihm sagte, dass ein Bote in seinem Arbeitszimmer auf ihn warten würde. Mit eiligen Schritten brachte er den Weg zwischen dem Burghof und seinem Arbeitszimmer hinter sich.

Leicht außer Atem erreichte er sein Ziel und machte geräuschlos die Tür hinter sich zu.

Sein Zimmer lag im Halbdämmer des Tages und da weder Kerze noch Feuer brannten, brauchte er einen Moment, bis er den Mann in dem Raum erkannte.

»Ulstre! Ich dachte, Ihr wärt tot! Welche Freude, dass ich mich getäuscht habe!« Ehrlich überrascht starrte er den Mann an, der nun näher an ihn herantrat.

»Ich dachte selbst, dass ich es nicht lebend aus Trebin schaffe, aber irgendwie ist es mir doch gelungen. Ich weiß, Ihr wollt los, aber ich habe einige Informationen, die Ihr sicherlich noch gut gebrauchen könnt, und vielleicht habt Ihr noch die ein oder andere Frage, was Trebin betrifft, die ich Euch beantworten kann.«

Omir nickte, die hatte er in der Tat.

Farin

Seit gut einer Stunde waren sie unterwegs und inzwischen war die Morgendämmerung der gänzlichen Helligkeit gewichen, zumindest wenn man es so nennen konnte, denn dichte Wolken hatten sich am Himmel versammelt. Farin dankte den Göttern für jede Minute, in der es nicht zu regnen begann.

Omir hatte veranlasst, dass sie dem Brückenweg folgen sollten. Einem eher unbekannten Pfad, der sie unweigerlich zu einer der kleineren Brücken über den Sumil führen würde. Der Weg war zwar um einiges länger, führte aber größtenteils durch weites, gut einsehbares Land. Der Weg selbst wurde nur von wenigen Menschen genutzt, da keine Dörfer oder Städte an ihm lagen und er somit für Händler und Bauern nur wenig interessant war.

Durch die vielen Soldaten und die enge Formation, in der sie ritten, kamen sie nur langsam voran. An Trab oder Galopp würden sie so nicht mal im Traum denken können.

Die Stunden würden verrinnen und Farin war sich fast sicher, dass sie in diesem Tempo noch mindestens zwei Tage bis Habicht brauchen würden.

Sorgsam beobachtete Farin seine Umgebung, aber mehr um sich abzulenken und nicht mit der Frau neben sich reden zu müssen, als dass er wirklich aufpasste.

Das weite Land hätte er normalerweise in wenigen Sekunden überschaut. Seinen Augen entgingen selbst kleinste Bewegungen eher selten bis gar nicht, dennoch versteckte er sich hinter dieser Aufgabe und schwieg. Der Prinzessin neben ihm machte es nichts aus. Sie versuchte gar nicht erst, mit ihm zu reden. *Vielleicht ist sie einfach froh, dass ich sie nicht ausfrage …* Und er würde nicht fragen, nichts zu dem Thema, das ihn brennend interessierte und das in ihm Fragen über Fragen aufkommen ließ. Die Worte seines Vaters waren deutlich gewesen und zu viel stand auf dem Spiel für den Preis seiner Neugierde.

Stumm ritten sie in den Tag hinein, während sein Vater sich vorne im Zug mit dem Herzog unterhielt. Ihm folgten Chace und die Herzogin, die ebenso angeregt miteinander redeten. Ed folgte ihnen und hatte ein waches Auge auf die Geschehnisse. Jeder machte aus der Situation das Beste, nur die Prinzessin und er versanken im Schweigen … *Dieser Ritt wird endlos werden,* ging es ihm durch den Kopf.

Nach weiteren zehn Minuten war Farin es leid, so zu tun, als würde er die Umgebung im Auge behalten. Die flache Ebene bot kaum Deckungsmöglichkeiten und die einzigen Menschen, die er in der Nähe des kleinen Brückenwegs ausmachen konnte, waren Bauern, die ihre Felder bestellten. Niemand sonst.

Einen Seufzer ausstoßend wandte er sich nach links und musterte die Person neben sich. Belles Augen wirkten glasig, fast traurig, als wäre sie ganz woanders.

Seit dem hastigen Frühstück hatte sich ihre ganze Art geändert. In sich gekehrt und steif hatte sie von einem Moment auf den anderen gewirkt und dabei hatte die Herzogin trotz der allgegenwärtigen Aufbruchsstimmung alles getan, damit es Belle an nichts fehlte. *Kann sie nicht einfach zufrieden sein?* Er verstand diese Frau nicht und würde es auch nie.

Sein Blick wanderte wieder nach vorn zum Zug. *Wenigstens lässt Chace sich nicht bei uns blicken, das würde der ganzen Situation noch das Krönchen aufs Haupt setzen* … Amüsiert über seinen eigenen Witz, schaute er wieder der Frau neben sich zu.

»Alles in Ordnung mit Euch?« *Warum kannst du nicht mal dein Maul halten?* Farin wusste selbst nicht, was ihn geritten hatte, aber da waren die Worte schon über seine Lippen gekommen und rückgängig konnte er sie schlecht machen. *Vielleicht hat sie es nicht gehört,* dachte er und Hoffnung keimte in ihm auf. Einen Augenblick blieb Belles Miene auch unverändert, doch dann wandte sie sich ihm zu. »Ja«, hauchte sie leise und wollte sich wieder abwenden, aber da hatte er schon die einzelne Träne gesehen, die sich ihren Weg an ihrer Wange hinab suchte.

Instinktiv ließ er mit einer Hand die Zügel los und strich die Träne von ihrer Wange. Seine Hand verharrte einen Moment, dann zog er sie hastig zurück.

Kapitel 24

Endline

Chaver

Nur langsam kehrte seine alte Kraft zurück und war noch immer nicht vollständig. Eigentlich hatte er im Verbogenen ausharren und erst dann die Rolle Gregors übernehmen wollen, wenn er wieder genesen war, aber der neue König hatte ihn dazu getrieben, sich eher zu zeigen.

Chaver fühlte, wie die Macht durch seine Venen wanderte, die noch immer nicht die war, die er damals besessen hatte und doch war er sich sicher, dass er bald wieder vollständig sein würde.

Aber bis dahin würde er sich noch bedeckt halten und die Rolle Gregors spielen. Niemand sollte auch nur erahnen, wer er wirklich war, zumindest solange er noch verwundbar war.

Und wenn er erst mal die Prinzessin hatte, war alles perfekt und niemand konnte ihm mehr etwas anhaben. Die Fehler der Vergangenheit würde er nicht wiederholen.

Zufrieden lehnte er sich auf seinem Thron zurück und besah sich den reich verzierten und mit Marmor gefliesten Saal. Alles war durch und durch eines Königs würdig, wenn nicht sogar dem Herrscher ganz Symantriets. Vielleicht hatte Gregor gar nicht so unrecht damit gehabt, dass dies hier sein Hauptschloss sein konnte. Es beherbergte Luxus in Hülle und Fülle und Chaver wurde bewusst, auf was er in den letzten fünfundzwanzig Jahren schmerzlich hatte verzichten müssen.

Fünfundzwanzig Jahre der Dunkelheit und des Wartens – endlich waren sie vorbei.

Grip

»Wo sind sie?« Die Stimme eiskalt und das Gesicht zu einer grauenvollen Maske verzerrt, starrte er auf den Knecht hinunter.

Der Mann war Mitte zwanzig und einer der wenigen Menschen, die noch in Kretin zu finden gewesen waren.

Ursprünglich wollten sie einen großen Bogen um das Gemäuer machen und alles in Ruhe auskundschaften, als ihnen eine Vielzahl an frischen Hufspuren aufgefallen war.

Sie führten in Richtung des Waldes und verliefen sich dort dank des einsetzenden Regens. Ein Blick auf die Bewachung der Burg hatte ihnen Klarheit gebracht: Man war bereits nach Habicht aufgebrochen, und das in großer Formation.

Die Frage war nur, auf welchem Weg? Und die Antwort lag vor ihm, er musste nur deutlicher werden.

»Bled? Ich denke, der hier will noch eine Runde. Wärt Ihr so lieb?«

»Aber natürlich.« Mit einem grausigen Grinsen im Gesicht kam Bled in der Gestalt eines Hünen näher.

Ein Lächeln huschte über Grips Gesicht, Bled konnte sich nach Belieben austoben. Irgendwann würde der junge Mann ihnen schon die gewünschte Information geben …

Belle

Sie war wütend. Wütend auf sich, wütend auf Chace, wütend auf diese Frau, wütend auf Ed und wütend auf Farin.

Ja, eigentlich war sie auf jeden wütend, aber es änderte an ihrer Situation rein gar nichts und darum war die Trauer gekommen und hatte sich wie ein Schleier um sie gelegt.

Die Frage Farins, ob alles in Ordnung sei, klang aufrichtig und besorgt. Belle war so aufgewühlt, dass sich eine ihrer Tränen selbstständig machte und an ihrer Wange hinabrann. Peinlich berührt wandte sie sich zur Seite, aber es war zu spät. Farin hatte es bereits gesehen und seine Reaktion nahm ihr den Atem. Sie spürte seine schwielige Hand an ihrer Wange. Angenehme Wärme umfing sie, doch der Moment währte nicht lange. Hastig zog Farin seine Hand wieder weg. Hatte sie ihn etwa verletzt?

Erschrocken sah Belle ihn an, unfähig, etwas zu sagen.

»Jetzt schaut mich nicht an, als wäre ich der böse Wolf«, knurrte Farin. »Es tut mir leid, ich weiß selbst nicht, was in mich gefahren ist.«

Belle wollte etwas sagen, um das Missverständnis aus dem Weg zu räumen, doch da wurde es unruhig in der Formation. Die einfachen Soldaten um sie herum drängten zusammen und blieben schlagartig stehen, laute Geräusche drangen an Belles Ohr.

Sie sah, dass Farin sich wachsam umsah, um dann kurz darauf in ihre Zügel zu greifen.

»Was ist los?«

Ein kalter Wind zog auf und statt einer Antwort, die sie sowieso nicht gehört hätte, schüttelte Farin den Kopf und zog sie mit sich.

Was war geschehen? Musste sie Angst haben? Ein Blick zu Farin sagte ihr jedoch, dass keine akute Gefahr drohen konnte. Er hatte sie aus der Formation gebracht und sah gebannt, aber nicht angespannt auf das Geschehen vor sich. Nur der hintere Teil der Männer war betroffen, die ranghöheren Soldaten weiter vorn liefen unbeirrt weiter.

Belle verstand immer noch nicht.

»Was in drei Teufels Namen ist hier los?«, polterte Omir, dem das Spektakel im hinteren Teil des Zuges inzwischen aufgefallen war. Mit wütendem Glitzern in den Augen löste er sich aus der sich entfernenden Masse und ritt zu ihnen zurück.

»Was hat das zu bedeuten?«, schimpfte er und warf einen fragenden Blick zu seinem Sohn.

»Die Steine«, bemerkte dieser nur geheimnisvoll.

»Die Steine?«, sprach Omir Belles Frage laut aus.

»Ja, die Steine. Dort, diese Findlinge.« Er deutete auf einige mannshohe Steine, neben denen die Soldaten standen und die sich von ihrem Standpunkt aus in Richtung Sumil einige Meilen ziehen mussten. Ein regelrechtes Geröllfeld tat sich vor ihnen auf.

Erst jetzt offenbarte sich die Szene vor Belle. Die Männer hatten Angst. Angst vor einer alten Sage aus der Zeit von Edid und Selfin.

»Die Donnersteine«, flüsterte sie.

Farin nickte.

»Könnte mich wohl jemand bitte aufklären?« Omir klang genervt und wollte anscheinend keine wertvolle Zeit verlieren.

»Die Steine symbolisieren laut der Legende die Spaltung Karnestras. Ihre Geschichte wird selten erzählt und wenn, dann nur in den einfachen Kreisen, da es nur diese Schichten damals betraf ...«

Verdutzt sah Omir sie an und auch Farin wirkte darüber überrascht, dass sie die Geschichte kannte. »Es heißt, dass Selfin die Steine erschaffen hatte, um die einfachen Menschen besser kontrollieren zu können. Er wollte seine schwarze Armee stärken und damit er nicht nur die charakterlich schwachen Menschen nutzen konnte, schuf er die Donnersteine. Der Legende nach wird jeder einfache Mann, der die Steine passiert, auf ewig zu seiner Marionette.«

Omir schnaubte, als sie geendet hatte. »Das ist doch alles nur Humbug!«

»Ach ja?« Es war Farin, der seinen Vater fragend ansah und der ohne Frage auf sie anspielte.

»Nun gut, in den Legenden steckt meistens auch ein Funken Wahrheit, aber glaubt Ihr wirklich an gedankenmanipulierende Steine? Bei den Göttern, wir sind mitten im Nirgendwo! Ich denke nicht, dass hinter den Steinen ein Marionettenspieler sitzt und mit seinen Fäden spielt ...«

Unweigerlich brach Farin in Lachen aus und ohne es zu wollen, schlich sich auch in Belles Gesicht ein Lächeln.

»So, und was machen wir jetzt? Habt Ihr auch eine Lösung parat, wenn Ihr die Gründe so gut kennt?«

Belle sah, dass Omir sich wachsam umsah. Der vordere Zug war inzwischen ebenfalls stehen geblieben und sah zu ihnen zurück.

Trotz der Rufe und Versuche ihrer Vorgesetzten standen die einfachen Soldaten immer noch an der gleichen Stelle. Ja, was konnten sie tun?

»Ich schlage vor, wir trennen uns.« Farins Vorschlag überraschte sie und auch Omir wandte sich mit fragendem Blick an seinen Sohn.

»Trennen? Jetzt und hier? Wir sind nicht in Gefahr und solange es nicht nötig ist, sollten wir das gar nicht erst in Betracht ziehen.«

»Nicht nötig? Seht Ihr denn nicht, was ich sehe? Die Steine ziehen sich noch meilenweit nach Nordosten und damit in unsere Richtung. Die Soldaten werden sie nicht passieren. Wollt Ihr hierbleiben?«

»Nein.« Omir sah überrascht aus.

»Das dachte ich mir. Ihr könnt die Männer ja von mir aus anschreien oder ihnen weiß Gott was androhen. Ihr Glaube sitzt zu tief. Ich bezweifele, dass sie auch nur einen Schritt da hindurch machen werden.«

»Das ist doch absurd! Es sind doch nur Steine!« Uneinsichtig trieb Omir sein Pferd an und machte sich auf den Weg zu den Soldaten. Selbst auf diese Entfernung hörte Belle, wie er seine Männer anschrie und zurechtwies, aber wie erwartet, lief niemand weiter.

Charlotte unter ihr schnaubte unruhig und drehte den Kopf so, dass sie mit ihrem Maul ihr Bein anstupsen konnte. Liebevoll kraulte Belle die Nüstern ihrer treuen Begleiterin. »Na, meine Süße, warum bist du denn so aufgeregt?«

Im nächsten Moment drehte Charlotte abrupt den Kopf wieder nach vorn, ihre Ohren zuckten und Belle spürte, wie der Körper unter ihr sich anspannte.

Einen Augenblick später lag eine Hand auf Belles Rücken. »Haltet Euch fest!«, zischte Farin ihr zu, zog seine Hand zurück und griff in Charlottes Zaumzeug, um sie gemeinsam mit seinem Pferd antraben zu lassen. Nervös und verwirrt sah Belle sich um. Unzählige Männer waren wie aus dem Nichts aufgetaucht und das Klirren von Schwertern allgegenwärtig.

Grip

Wie zu erwarten war, hatte der Mann alles ausgespuckt, was er gewusst hatte. Leider war er ziemlich treu gewesen und hatte bis zum Letzten gewartet. Nur die Aussicht auf den schnellen Tod hatte am Ende seine Zunge gelöst.

Bled hatte aber auch ganze Arbeit geleistet, das musste er zugeben.

Nun wussten sie zumindest, dass ihr Ziel sich auf dem Brückenweg befinden musste. Zweifelsohne hatten sie einiges an Vorsprung, aber bis Habicht war es ein weiter und harter Weg und er ging nicht davon aus, dass die Gesuchten ebenso spärlich reisten wie sie. Sie würden langsamer vorankommen und öfter Pausen brauchen – und dann waren sie zur Stelle.

Grip konnte ein Grinsen nicht unterdrücken. Endlich würden sie Gregor bringen können, was er so ersehnte.

»Was ist denn so erfreulich?« Bled hatte zu ihm aufgeschlossen und besah sich die Ebene vor ihnen. »Hier ist weit und breit nichts, denkt Ihr, der Kerl hat uns belogen?«

»Kann ich mir kaum vorstellen. Im Angesicht des Todes sprechen die meisten wahr …«

»Ja, die meisten, aber auch er?« Bled zog fragend seine rechte Augenbraue nach oben.

»Wir werden es herausfinden, aber ich denke schon, dass er uns keine Lüge aufgetischt hat. Das ist der naheliegendste Weg. Kaum jemand nutzt ihn und er umgeht jegliche Orte der Zivilisation. Sie haben schon einen guten Vorsprung, aber wenn wir dranbleiben, sollten wir noch vor der Nacht zu ihnen aufgeschlossen haben.«

Grip trieb sein Pferd an und folgte dem kleinen Pfad im schnellen Galopp. Hinter sich nahm er wahr, wie Bled es ihm gleichtat.

Vielleicht finden wir sie ja schon eher, ging es ihm durch den Kopf.

Er bezweifelte stark, dass eine Gruppe mit so vielen Soldaten und wertvoller Fracht im vollen Galopp unterwegs war … Wer weiß, vielleicht konnten sie sie in einigen Meilen schon in der Ferne ausmachen?

Seine Vorfreude stieg. Endlich würde er seinem Herrn das Mädchen bringen können und die, die es bei sich hatten, würde er mit Freuden selbst töten. Natürlich äußerst qualvoll für die ganze Arbeit, die sie ihm bereitet hatten.

Ach ja, die Vorfreude war doch immer schon die schönste Freude für ihn gewesen …

Kapitel 25

Ewigkeit

Gregor

Nach Tagen voller Dunkelheit war er vollkommen am Ende. Oder waren es doch nur Stunden gewesen?

Er hatte gänzlich die Orientierung verloren und fragte schon lange nicht mehr wie, sondern warum das alles geschehen war. Warum wachte er nicht auf? War er tot? Und wenn er tot war, warum fühlte er sich so lebendig und hockte hier im Dunkeln? War dies etwa die Hölle, weil er einen gesalbten König ermordet hatte?

Gregor erstarrte. War das der Grund?

Aber warum war er allein? Er konnte schließlich nicht der einzige Mensch auf Erden gewesen sein, der es verdient hatte, in die Hölle zu kommen? Fahrig fuhr er sich durch die Haare, spürte die fettigen Strähnen und den Schmerz, als er an ihnen zog.

Konnte man im Tod wirklich noch Schmerz empfinden? Er glaubte es nicht – was also war hier los?

War er eingesperrt? Eingesperrt in einem dunklen Raum, der einfach so groß war, dass er bisher noch keine Wand gefunden hatte, oder war er durch die Dunkelheit immer nur im Kreis gelaufen? Das musste es sein!

Jemand musste ihn eingesperrt haben, als er ohnmächtig und hilflos gewesen war. Wenn er noch im Schloss war, würden seine Männer ihn schon suchen und vielleicht half es, wenn er schrie, um auf sich aufmerksam zu machen?

Laut begann er zu rufen.

Endline

Chaver

Das Geschrei in seinem Kopf erklang unvermittelt und ließ ihn schaudern. Der Mann, der ihm gerade über den Verlauf der Übernahme von Endline Bericht erstattet hatte, musterte ihn neugierig.

Soweit Chaver wusste, war er einer der Männer aus dem Gebirge der Verdammten, die etwas später in Endline angekommen waren und deren Hauptaufgabe darin bestand, den Widerstand in den Bergen zu brechen. Chaver bemühte sich, ein unbeteiligtes Gesicht zu machen, und winkte ab. Der Mann mit den Narben im Gesicht wirkte jedoch nicht überzeugt, fragte glücklicherweise aber auch nicht weiter nach.

Ich muss definitiv ein Auge auf diese Männer haben. Vielleicht sollte ich? Ach, was soll's … ich versuche es einfach. Wie damals streckte er seine Hand aus und bewegte sie, als hielte er unsichtbare Fäden. Sein Gegenüber sah ihn erstaunt an und schien etwas sagen zu wollen, doch die Worte drangen nie über dessen Lippen. Das Leuchten der Augen erlosch und nur noch eine leblose Hülle starrte ihn an.

Zufrieden, dass er den Teil der Kraft, den er bereits wieder innehatte, problemlos nutzen konnte, ließ Chaver den Mann tanzen.

Das Gefühl der Macht war wieder da und ließ ihn lächeln.

Damit konnte er die Armee, die sein Vorgänger aus Mördern, Dieben und anderem Gesindel zusammengestellt hatte, problemlos unter seine Kontrolle bringen. Niemand würde ihn hinterfragen oder in den Rücken fallen, außer …

Die lauten Rufe hallten erneut in seinem Kopf. Natürlich hatte Chaver erwartet, dass Gregor sich nicht einfach so mit der Situation zufriedengeben würde, aber auf solch ein kindisches Verhalten war er nicht gefasst gewesen. Als würden Schreie irgendjemandem nützen!

Chaver blickte sich um, der Thronsaal war bis auf ihn und den Mann leer.

»Geht vor die Tür und haltet Wache! Tötet jeden, der durch sie hindurchtreten will«, fauchte er den Mann an und ließ diesen dann an seinen Fäden zur Tür taumeln.

In den nächsten Minuten konnte er niemanden um sich gebrauchen, denn sie würden gefährlich werden. Zumindest für ihn, der seinen menschlichen Körper schutzlos zurücklassen würde …

Tesslon

Farin

Er hatte die Männer innerhalb von Sekunden ausgemacht. Die Warnung und die Befehle seines Vaters im Kopf, hatte er fast automatisch gehandelt und nun galoppierten sie über die Ebene.

Nervöse Blicke über die Schulter werfend, versuchte er festzustellen, ob jemand ihnen folgte. Auf den ersten Blick sah es aus als wären sie allein, doch er wollte kein Risiko eingehen und trieb seinen Hengst weiter an.

Erleichtert stellte er fest, dass die Stute neben ihm, trotz ihrer kurzen Beine, erstaunlich gut mithielt.

Dennoch spürte er bereits nach kurzer Zeit, wie die Tiere langsamer wurden. Lange würden sie den straffen Ritt nicht mehr durchhalten können. Glücklicherweise kannte Farin sich in diesem Teil Tesslons gut aus und er kannte einen Ort, an dem sie wenigstens für eine Weile sicher waren. Das hoffte er zumindest …

Als der Wald vor ihnen endlich in Sicht kam, fiel Farin ein Stein vom Herzen und er drosselte das Tempo. Dankbar tat es ihm die Stute gleich und im Trab näherten sie sich Fengul.

Von Weitem wirkte der mächtige Wald ruhig, aber Farin war nicht leichtsinnig. Misstrauisch musterte er das Dickicht der Bäume. Er konnte nicht sicher sein, dass dort niemand auf sie wartete …

Je näher sie kamen, desto verlassener wirkte jedoch der Wald, und als sie schließlich auf einen der kleinen Trampelpfade einbogen, entspannte sich Farin etwas.

Ohne ein Wort zu sagen, bahnte er ihnen den Weg in die Tiefen des Waldes. Wie oft war er diesem Pfad gefolgt? Wie oft hatte er diesen Ort ausgekundschaftet? Bestimmt an die Hunderte Male, und doch wirkte heute, unter diesen Umständen alles so anders …

Es hatte zu regnen begonnen und er zog seinen Umhang fester, ließ die Kapuze jedoch unten. Sie beeinträchtigte seine Sicht und lieber hatte er nasse Haare als einen Pfeil im Herzen.

Nach einer Weile wurde der Weg breiter und Farin bemerkte, dass sie die Lichtung erreicht hatten. Er zügelte sein Pferd und stieg ab. Der Regen, der immer stärker geworden war, peitschte ihm ins Gesicht.

Bei dem Wetter und ihren erschöpften Pferden würden sie nicht weit kommen. Farin entschied, eine Pause einzulegen. Eine Weiterreise unter diesen Umständen hatte keinerlei Sinn und würde zwangsläufig nur dazu führen, dass sie in irgendjemandes Falle tappten.

Wenigstens würde das Wasser ihre Spuren verwischen …

»Was ist los?« Belle wirkte überrascht.

»Wir bleiben hier, bis der Regen nachgelassen hat. Dort hinten ist ein kleiner Unterstand, da sollte es trocken sein. Am besten Ihr sattelt ab und lasst Euer Pferd die Zeit verschnaufen. Wir brauchen nachher alle unsere Kräfte.« Zu seinem Erstaunen tat die junge Frau genau das, was er ihr aufgetragen hatte.

Gemeinsam sattelten sie ab und Farin führte sie zu dem Unterstand. Die Pferde ließen sie zum Grasen auf der Lichtung. Da sein Hengst auf Zuruf kam, sah er keine Notwenigkeit darin, ihn anzubinden, zumal er so im Ernstfall schneller reagieren konnte.

Belle

Der Regen wurde immer stärker und hatte längst ihren Mantel durchweicht. Der Reiter vor ihr führte sie indes immer weiter in den dichten Wald hinein und sie hatte keine Ahnung mehr, wo sie war oder was überhaupt geschehen war. War es wirklich nötig gewesen, sich von der Gruppe zu trennen? Was wohl mit Chace und Ed war? Waren sie noch bei den anderen? *Jetzt hör auf. Das muss dir egal sein!* Sollte es, aber war es nicht …

Egal, wie sehr sie es auch versuchte, Chace ging ihr einfach nicht aus dem Kopf. Genauso wenig wie der Gedanke, dass er sich von ihr abgewendet und seiner Geliebten den Vorzug gegeben hatte.

Aber hatte er sich ihr wirklich jemals zugewendet? Tränen füllten ihre Augen, als sie an die Szene in ihren Gemächern dachte, bevor Gregor zu ihr gekommen war.

Hatte Chace sie immer nur angelogen? War er vielleicht am Ende genauso schlimm wie Gregor und hatte nur ihr Reich gewollt? Kaum war sie eine Thronerbin ohne Thron, da hatte er ihr seine Aufmerksamkeit sofort entzogen. Es passte alles, und dennoch … Sie wollte nicht wahr habe, dass sie nur ein Mittel zum Zweck gewesen sein sollte.

Belle schüttelte sich und versuchte, die Gedanken zu verdrängen, als sie plötzlich bemerkte, dass Farin stehen geblieben war und vom Pferd stieg.

»Was ist los?«, hauchte sie und sah sich um.

»Wir bleiben hier, bis der Regen nachgelassen hat. Dort hinten ist ein kleiner Unterstand, da sollte es trocken sein. Am besten Ihr sattelt ab und lasst Euer Pferd die Zeit verschnaufen. Wir brauchen nachher alle unsere Kräfte.« Seine Stimme klang fest, die Worte vernünftig. Sie spürte die Kälte ihrer durchnässten Kleidung und musste ihm recht geben. Eine Pause im Trockenen klang verlockend, und bei dem immer stärkeren Regen und den matschigen Wegen würden sie nur langsam vorankommen. Ohne zu murren stieg sie von Charlotte, sattelte ab und strich ihr sanft über die Nüstern. Der Kopf der Stute neigte sich und sie stupste zurück.

Sie versucht mich aufzumuntern, kam Belle der Gedanke.

»Kommt«, holte Farin sie in die Gegenwart zurück und führte sie zu dem kleinen Unterstand, der inmitten von zwei Tannen versteckt lag.

Es waren kaum mehr als ein paar Bretter, die zwischen den eng stehenden Tannen als Dach fungierten. Wände gab es keine, aber die tief hängenden Äste und die Holzbretter schufen dennoch genug Fläche, damit sie beide einen trockenen Platz fanden.

Belle legte ihren Sattel neben den von Farin ab. »Zieht Euren Mantel aus«, forderte ihr Gegenüber, während er in einem der Lederbeutel kramte.

»Wie bitte?« Ihre Stimme klang schroff. Vielleicht etwas zu sehr, aber was bildete Farin sich auch ein?

»Mir egal, dann behaltet Euren durchnässten Mantel eben an und werdet krank. Ich soll Euch schließlich nur nach Habicht bringen, in welchem Gesundheitszustand, wurde nie erwähnt.« Er zuckte mit den Schultern und zog zwei Decken aus dem Beutel. Mit einem Handgriff entledigte Farin sich seines eigenen Umhangs, hängte diesen zum Trocknen in den Wind und setzte sich dann mit einer der Decken um die Schultern neben sie.

Wann hatte er aufgehört, mit ihr zu diskutieren oder gegenzuhalten? Ihre eigene Schroffheit tat ihr plötzlich leid, insbesondere weil er ihr nichts Böses gewollt hatte und ihr mit einem Mal die Nässe ihres Mantels und das damit verbundene Gewicht immer deutlicher bewusst wurde.

Hätte sie nicht einfach mal nett sein und ihre Sturheit vergessen können? Belle warf einen Seitenblick auf Farin. Sollte sie sich vielleicht entschuldigen? Schließlich hatte er es am Ende nur gut gemeint, aber ihr Innerstes sträubte sich dagegen.

Die Frage war nur, was besser war: stur bleiben und frieren, dafür aber gewinnen oder doch lieber aufgeben und endlich die Kälte aus ihrem Körper bekommen …

Kann ich nicht vielleicht meine Gabe nutzen?

So schnell wie der Gedanke gekommen war, war er auch wieder verflogen. Egal, wie sehr sie sich bemühte, sie wusste einfach nicht, welches Wort sie verwenden konnte. Sollte sie sich eines ausdenken? Aber wenn es das Wort durch einen Zufall schon gab und sie ihre Situation dadurch nur noch verschlimmerte?

Warum verdammt noch mal konnte sie sich nicht helfen? Lag es daran, dass die Sumachen zu weit weg waren?

Doch das konnte nicht sein, in Kretin hatte sie es auch gekonnt, aber warum nicht jetzt, wo sie ihre Kraft wirklich mal gebrauchen konnte?

Belle erinnerte sich an die Worte ihrer Mutter. Sie hatte ihr anvertraut, dass die Gabe einfach da war und niemand sie ihr lehren konnte. Aber im Augenblick war da nichts. Was wäre, wenn ihre Mutter und Omir sich geirrt hatten? Wenn sie das Erbe ihrer Mutter nicht antreten konnte, weil sie zu schwach war?

Verdammt, mir fällt nicht mal ein Wort ein, damit ich nicht erfriere.

Verzweiflung machte sich in ihr breit.

»Alles in Ordnung?«

Belle sah sich um, sie stand noch immer neben Farin und hatte unbewusst die Hände zu Fäusten geballt. Schnell ließ sie locker, doch sein Blick verriet ihr, dass er sie längst durchschaut hatte.

»Jetzt hört endlich auf, hier die Märtyrerin zu spielen. Ich habe verstanden, dass Ihr stark seid und mich nicht braucht, mich nicht einmal leiden könnt. Könnten wir das Ganze jetzt überspringen? Gebt mir einfach den Mantel und nehmt die Decke. Ich werde mir nicht den ganzen Tag ansehen, wie Ihr neben mir zittert und Euch dabei den Tod holt!« Entschlossen war er aufgestanden und ließ keinen Raum mehr für ihre Gegenwehr. Seiner Nähe schlagartig bewusst, gab sie ihm ohne ein Widerwort den Mantel und nahm im Gegenzug die Decke, die er ihr hingehalten hatte.

Erstaunt bemerkte sie, dass er ihr seine eigene Decke gegeben hatte. Statt sich jedoch zu beschweren, kuschelte sie sich in die angenehm warme Wolle ein und beobachtete ihn, wie er ihren Mantel neben seinen in die Zweige der Tanne hängte.

Omir

Das Pferd unter ihm schwitzte und seine Nüstern vibrierten nach dem harten Galopp, zu dem er es über die Ebene angetrieben hatte. Ed stand mit seinem Hengst neben ihm und beide versuchten, sich einen Überblick über die Lage zu machen.

Sie befanden sich unmittelbar an der Brücke, die sie den Sumil überqueren ließ und die ihr ursprüngliches Ziel gewesen war. Omir ließ seinen Blick schweifen. Zu spät hatte er den Hinterhalt bemerkt und reagiert. Zu viele Soldaten sinnlos verloren, aber wenigstens waren die Hauptakteure noch am Leben, zumindest hoffte er es, denn von Farin und Isabelle fehlte jede Spur. Er konnte nur hoffen, dass sein Sohn die richtigen Entscheidungen getroffen hatte.

Wenigstens geht es dem Herzog und dem Prinzen gut.

Ed wandte sich ihm zu: »Wie wollen wir jetzt verfahren?«

Omir seufzte. »Wir bleiben bei unserem Plan und setzen unsere Reise nach Habicht fort.«

Ohne ein weiteres Wort gab er seinem Pferd die Sporen und führte die verbliebene Gruppe weiter.

Farin

Er hängte Belles Mantel gerade in die wankenden Äste, damit er etwas trocknen konnte, da erstarrte er. Auf dem hinteren Teil der Lichtung stand jemand. Ob Freund oder Feind, konnte er bei der Entfernung schlecht ausmachen.

Ein Blick auf die andere Seite des Unterstandes sagte ihm, dass die Pferde, den Göttern sei Dank, außerhalb der Sichtweite waren. Sein Hengst hatte sich anscheinend zum nahen Bach aufgemacht und die Stute war ihm gefolgt. Die Tiere würden wenigstens noch eine Weile von den dichten Tannen verborgen sein.

Wer auch immer dort hinten stand, hatte sie allem Anschein nach noch nicht gesehen. Vielleicht war er auch nur aus Zufall dort, doch Farin glaubte selten an Zufälle. Er war lieber vorbereitet und versicherte sich mit einem Griff an seinen Gürtel, dass sowohl Schwert als auch Dolch einsatzbereit waren.

»Ist et…?« Blitzschnell fuhr er herum, presste seine Hand auf den Mund der Prinzessin und drückte sie mit dem Rücken flach an den Baumstamm. »Ganz ruhig, dort vorn ist jemand«, flüsterte er ihr ins Ohr und ließ ihren Mund los. Dann wandte er sich wieder um.

Der Unbekannte kam näher. Hatte er sie gehört?

Erneut nahm er den Fremden durch die tief hängenden Äste ins Visier. Der Mann sah sich unauffällig um, als hielte er nach etwas Ausschau. Nach ihnen vielleicht?

Farin wollte es nicht unbedingt herausfinden. Immer näher drückte er sich an den Baumstamm und damit auch an Belle, die jedoch überraschenderweise ruhig wirkte und sich still verhielt.

Der Fremde befand sich inzwischen unmittelbar hinter dem massiven Stamm. Farin beugte sich noch näher über Belle und legte damit seinen Körper schützend über sie. Wachsam wanderte sein Blick über ihre Schulter, der Dolch, den er inzwischen gezückt hatte, lag in seiner rechten Hand. Flach presste er sich an das Mädchen und hatte immer noch die Hoffnung, dass man sie nicht entdecken würde, als …

Grip

Der Geruch nach Tod und Verderben drang ihm in die Nase, und je mehr sie dem Pfad folgten, desto stärker wurde der Gestank.

Eine Befürchtung überkam Grip. Hatte etwa jemand anderes ihr Ziel bereits überfallen?

Als er die ersten Toten sah, hatte er die Gewissheit. Sie waren zu spät gekommen. »Na wunderbar!«, schimpfte er und ließ seinem Ärger freien Lauf.

»Die sind ja alle tot!« Genervt drehte er sich zu Bled um. Warum überraschte ihn diese Aussage nicht einmal?

»Natürlich sind sie das. Hier hat jemand oder etwas ganze Arbeit geleistet. Wir können nur beten, dass die Prinzessin nicht unter den Toten ist …« Langsam ließ er sein Pferd auf den Schauplatz des Todes zugehen. Die Ohren des Tieres zuckten nervös und es begann zu schnauben. Achtsam sah Grip sich um. War noch jemand in der Nähe?

Er konnte mit den Augen niemanden ausmachen und auch seine Instinkte schlugen nicht an.

Das Unvermeidliche nicht weiter aufschiebend, saß er ab, warf die Zügel über den Hals seines Pferdes und schritt zwischen den Toten hindurch.

»Ihr behaltet die Umgebung im Auge«, rief er Bled noch zu, als er bemerkte, dass dieser sich anschickte, ihm zu folgen. Achselzuckend blieb sein Halbbruder im Sattel und Grip spürte seine neugierigen Blicke auf sich.

Angespannt wanderte er zwischen den Toten umher und fand glücklicherweise keine weibliche Leiche. Die Prinzessin musste also noch am Leben sein, aber wo? Hatte man sie gefangen oder konnte sie rechtzeitig fliehen?

Er wandte sich zu Bled um. Der stand noch immer am Rand des Geschehens und musterte nur teilnahmslos sein Umfeld.

Grip seufzte. Eine wirkliche Hilfe war er bei der Suche nicht, aber für das Grobe war er immer der perfekte Mann. Nur brauchte er niemanden für das Grobe, noch nicht.

Fast schon nervös versuchte Grip am Boden Spuren zu finden, doch der leichte Regen, der die ganze Zeit schon herrschte und der nun stärker zu werden drohte, hatte alle Fährten zunichte gemacht.

Was sollte er nur tun? Er kannte keinen Fährtenleser, in den er sich hätte verwandeln können, und der einzige, den Bled gekannt hatte, hatte beim letzten Mal schon nichts ausrichten können.

Wütend versenkte er sein Schwert in einem der Toten.

Die Prinzessin war schon wieder weg. Wie sollte er diesen Umstand nur Gregor erklären? Sie hatten nur diesen einen Auftrag und schafften es einfach nicht, ein einziges Mädchen einzufangen und zu ihrem Herrn zu bringen.

Ein Gedanke kam ihm plötzlich und er hielt inne.

Wie hatte er nur so dumm sein können? Warum hatte er nicht sofort daran gedacht? Sie besaßen doch etwas, was sie beim letzten Mal nicht hatten! Er drehte sich zu seinem Pferd um und war mit schnellen Schritten bei ihm.

»Kein Glück?« Die gedankenlose Aussage seines Halbruders machte ihn rasend.

»Zu unserem Glück ist sie *nicht* unter den Toten, wenn Ihr das meint. Nur leider ist sie auch nicht mehr hier und die Spuren nicht zu gebrauchen, oder könnt Ihr sie etwa ausmachen?«

Während er in seiner Satteltasche kramte, nahm er aus den Augenwinkeln wahr, dass Bled sich wieder in den Fährtensucher verwandelte. »Das könnt Ihr lassen«, rief er ihm zu.

»Wieso?«

Muss ich das jetzt wirklich ausdiskutieren? »Eure Suchkünste haben ja schon bei trockenem Boden nicht funktioniert. Der Regen hat fast alle Spuren beseitigt, denkt Ihr wirklich, der alte Körper findet auch nur einen einzigen Anhaltspunkt?«

Sein Bruder blieb stumm und verwandelte sich zurück.

Grip sah zu ihm. Gut, seine Stimme hatte vielleicht eine Spur zu arrogant und genervt geklungen, aber was wollte Bled denn? Ihm heute mehr als sonst auf die Nerven gehen, während er versuchte eine Lösung zu finden, um *ihre* Köpfe zu retten?

Endlich hatte er gefunden, wonach er gesucht hatte und zog ein Tuch aus der Tasche hervor. Das Tuch, das Gregor ihm gegeben hatte.

»Was wollt Ihr damit?« Stirnrunzelnd sah Bled zu ihm herunter.

»Die Fährte aufnehmen, was sonst?«

Er hielt sich das Tuch an die Nase und atmete tief ein. Der süßliche Duft, der vor allem durch die Tropfen des Blutes ausströmte, war ihm zuwider, aber so konnte er ihre Spur problemlos aufnehmen.

Sorgsam verstaute er das Tuch wieder in der Tasche. Man konnte ja nie wissen, ob man es noch mal brauchen konnte.

»Folgt mir«, befehligte er seinen Bruder, dann verwandelte er sich.

Er spürte noch, dass die Pferde nervös wurden, doch bevor er darauf reagieren konnte, bohrten sich im nächsten Moment schon seine Klauen in den Boden. Grip hörte das ängstliche Wiehern und hoffte, dass sein Halbbruder so geistesgegenwärtig war und die Pferde am Durchgehen hinderte.

Er selbst war nicht mehr fähig dazu. Seine Verwandlung war beendet und er nicht länger ein Mensch. Schnüffelnd hob er die riesige Schnauze, die nunmehr in seinem Gesicht thronte und sog die Gerüche ein. Es dauerte nur Sekunden, bis er den gesuchten fand. Kurz darauf setzte er sich in Bewegung. Ein riesiger aschgrauer Wolf gefolgt von zwei Pferden und einem Reiter.

Kapitel 26

Endline

Sep

Nach seinem Ausflug nach Trebin hatte Gregor ihn wieder ins Gebirge geschickt – und das nicht ohne Grund. Der Widerstand der Menschen war noch immer nicht gebrochen und egal, wie sehr er sich auch anstrengte, er verstand einfach nicht warum.

Fast das ganze Land war unter seiner und damit Gregors Kontrolle. Alles hatte mehr als bestens funktioniert. Die anfänglichen Bedenken wegen all der Mörder und Verräter unter seinen Männern, hatten sich verflüchtigt. Der Preis, den der neue König ihnen geboten hatte, war zu verlockend, als dass sie dagegen aufbegehrten.

Bisher hatte niemand von ihnen falschgespielt und die einfachen Menschen, die von Angst und Verzweiflung beherrscht waren, hatte er sowieso stets unter Kontrolle.

Dennoch … Trotz seiner Macht konnte er diesen letzten Widerstand einfach nicht brechen. Sie belagerten die Berge, schnitten die Routen für die Versorgung der dortigen Menschen ab. Töteten jeden, der ihnen in den Weg trat, und mit jedem Tag zeigte er den Widerständlern, wie aussichtslos ihre Lage doch war, aber nichts ließ ihre Hoffnung versiegen oder ihre Angst hervortreten.

Immer wieder streckte er seinen Geist nach den Menschen in diesem trostlosen Gebiet aus und versuchte sie zu lenken, doch sie waren immun. Woher nahmen sie nur die Zuversicht? Wo waren ihre Angst und Verzweiflung? Hatte er nicht alles in seiner Macht Stehende getan, um ihre Situation ausweglos zu machen?

Fieberhaft dachte er nach. Der Gedanke, das Gebirge einfach zu stürmen, war ihm schon mehrfach gekommen. Aber das Gelände war unberechenbar. Steile Klippen wechselten sich mit kantigen Felsen und engen Pässen. Nahezu überall konnte man mit einem Hinterhalt rechnen, denn die dort verschanzten Menschen kannten sich viel zu gut aus. In diesem Gebiet waren die Widerständler klar im Vorteil und arge Zweifel beschlichen ihn, dass seine Übermacht an Männern auch nur in die Nähe des Verstecks käme.

Sep musste sich dringend etwas einfallen lassen. Nur was?

Ewigkeit

Chaver

»Lasst endlich dieses erbärmliche Geschrei!« Die hasserfüllten Worte verklangen und mit einem Mal herrschte Stille in der Dunkelheit.

Chaver spürte den Lufthauch, als Gregor sich bewegte, und wandte sich in die Richtung. Seine Augen fixierten den Mann, der nur wenige Meter von ihm entfernt stand und die Situation abwog. Im Gegensatz zu ihm konnte Gregor mit seinen eher kümmerlichen Fähigkeiten nichts sehen und würde es auch nie. Ihm fehlte es an magischem Blut, aber genau darum war es auch ein Leichtes gewesen, ihm seinen Körper zu stehlen …

»Wer ist da?« Chaver hörte die Verzweiflung in seiner Stimme. *Wie erbärmlich.*

»Ihr erkennt mich wohl nicht mehr? Wir verbrachten so viele schöne Jahre gemeinsam … Stets habe ich Euch geholfen und nun dankt Ihr es mir, indem Ihr mir mit Eurem Geschrei Kopfschmerzen bereitet?«

Fast schon amüsiert musterte er das Gesicht seines Gegenübers, das die Ausmaße des Geschehens erst jetzt allmählich begriff.

Was hatte Gregor denn gedacht? Dass er in einem fenster- und wandlosen Verlies festsaß? Irgendwo in der Dunkelheit? Nein, so einfach war es nicht …

»Was wollt Ihr?«

»Ach, wir überspringen gleich den Teil, wer ich bin? Ihr habt Euch wohl doch erinnert … Hätte ich Euch fast nicht zugetraut und nun zu Eurer Frage: Ich habe schon, was ich wollte. Ich brauche nichts mehr von Euch, außer meine Ruhe!« Seine Stimme hatte sich immer mehr in ein Fauchen verwandelt.

Wie konnte ein einzelner Mensch überhaupt so dumm sein? Hatte er wirklich gedacht, dass er ihm all die Jahre nur aus Nächstenliebe geholfen hatte? Dass seine Hilfe keinen Preis besaß?

»Aber warum?« Die Worte klangen gebrochen.

»Weil Euer Vater schwach war. Er dachte, genau wie die anderen, dass sie mich töten könnten, doch man kann eine unsterbliche Seele nicht töten.

Aber sagt, wir haben uns doch all die Jahre gut verstanden, oder etwa nicht? Ich habe Euch doch immer geholfen und sich in der Grausamkeit auszuleben war doch deutlich besser, als in Traurigkeit zu versinken, oder stimmt Ihr mir etwa nicht zu?« Chaver beobachtete jede Regung in Gregors Gesicht. Allmählich lüftete sich der Schleier der Unkenntnis um ihn.

»Wieso?«

»Ihr fragt ernsthaft, wieso? Liegt es denn nicht auf der Hand? Meine Zeit war bei Weitem noch nicht gekommen. Symantriet nicht gänzlich unterworfen und genau *das* will ich. Ich hätte Euch gern noch länger als meine Marionette agieren lassen, zumindest so lange, bis meine Kräfte vollständig genesen gewesen wären, aber selbst mit der Hälfte meiner Kraft bin ich fähiger als Ihr. Ihr habt meinen ganzen Plan gefährdet.«

Gregors Augen weiteten sich. »Das Mädchen?«, flüsterte der und schien zu befürchten, dass Chaver ihn jeden Moment kaltmachen würde.

Doch das hatte Chaver gar nicht vor … Viel grausamer war es, ein ewiges Leben in der Dunkelheit führen zu müssen. Das war ein viel besserer Preis für den Ärger, den Gregor ihm bereitet hatte.

»Ja, das Mädchen, das Ihr fast umgebracht habt und dann entkommen ließet. Sie ist der Schlüssel. Daher habe ich mich entschlossen einzugreifen, bevor Ihr es wieder versaut. Bei Selfin, Ihr schafft es ja nicht einmal, Euch richtige Schergen anzulachen. Was sind das für Gestalten? Die sollen wirklich von Dragon abstammen?« Chaver schnaubte und Gregor war zur Salzsäule erstarrt. »Dragon hätte mir das Mädchen längst gebracht und nicht solche Mätzchen veranstaltet. Wie froh ich doch bin, wenn ich endlich meine volle Macht einsetzen und ihn rufen kann. Er wird das Kapitel der Prinzessin endlich schließen und Eure Nichtsnutze aus dem Weg räumen.«

Chaver wusste selbst nicht, warum er Gregor all dies erzählte. Es war aber wohl dem Fakt geschuldet, dass Chaver im Moment niemanden anderen hatte, den er in seinen Plan einweihen konnte, und bei Gregor war er sich sicher, dass dieser es niemals jemandem mitteilen konnte.

»Ihr hattet alles geplant …« Die Erkenntnis kam zwar spät, aber die Wahrheit ließ sich nicht leugnen.

»Natürlich, von Anfang bis Ende, und nun wäre ich Euch sehr verbunden, wenn Ihr demnächst etwas ruhiger sein könntet. Niemand kann Euch mehr helfen! Findet Euch mit der Situation ab. Sie wird Euch auf ewig erhalten bleiben … Eigentlich müsstet Ihr mir ja dankbar sein …« Sein Blick glitt über den einstigen König, der immer noch starr in seine Richtung sah und keinen Ton herausbekam.

Gregor

War das eben tatsächlich geschehen? Das konnte eigentlich nicht sein … Und doch war er hier und nicht mehr er selbst.

Eingesperrt in einer Dunkelheit ohne Mauern, aber auch ohne alles andere. Vollkommen allein und … hilflos.

Auf ewig in der Dunkelheit … Was sollte er nur tun? Was konnte er tun?

Ich kann nur hoffen, dass meine Getreuen bemerken, dass er nicht ich ist. Am besten bevor er seinen Dragon rufen kann. Andernfalls …

Er wollte den Gedanken nicht zu Ende denken. Ein ewiges Leben hier kam der Verdammnis gleich. *Wie konnte ich nur so dumm sein und dieser Stimme vertrauen?* Er kannte die Antwort selbst – Er hatte ihr damals vertrauen wollen. Hatte aus dem Sog der Einsamkeit und der Missgunst seines Vaters herausgewollt und diese Stimme war seiner Erlösung gleichgekommen. Eine glückliche Fügung, wie er immer gedacht hatte. Dabei war sie am Ende sein Verderben.

Gregor brauchte schnellstmöglich einen Plan.

Tesslon

Farin

»Dolch weg und raus dort, Junge!«, knurrte eine Stimme unmittelbar hinter dem Stamm. Fieberhaft suchte Farin nach einem Ausweg.

»Keine Mätzchen, oder soll ich deutlicher werden?«

Ein Schwert schwang nur wenige Zentimeter an seinem Gesicht vorbei und bohrte sich in den Stamm.

Der Angreifer trat in sein Blickfeld und Farin ließ gezwungenermaßen den Dolch fallen.

»Gut, und jetzt auseinander. Wen haben wir denn da Hübsches?« Das dreckige Grinsen im Gesicht des Mannes gefiel Farin gar nicht und er stellte sich schützend vor Belle.

Seine Reaktion gefiel dem Mann jedoch ganz und gar nicht. Der Ausdruck in dessen Gesicht veränderte sich und er hob bedrohlich sein Schwert.

»Ich sagte auseinander!«, fauchte er. »Und Hände dorthin, wo ich sie sehen kann! Wenn sie nur in die Nähe Eures Schwertes kommen, seid Ihr tot!«

Das Schwert schwang bedrohlich und in Farins Kopf arbeitete es. Wer war der Mann? Er sah keinesfalls so aus, als würde er zu Gregors Armee gehören. Obwohl: Hieß es nicht, dass er auch Mörder und Diebe rekrutiert hatte?

Ohne sein Gegenüber aus den Augen zu lassen, machte er ein paar Schritte zur Seite und versuchte sich dabei auf die Umgebung zu konzentrieren. War der Mann allein oder lauerten im Hintergrund noch mehr?

Glücklicherweise hatte der Regen nachgelassen und erleichterte ihm das Hören, doch er konnte niemanden ausmachen, bis auf den Mann vor ihnen.

»Wer seid Ihr? Was wollt Ihr von uns?«, versuchte Farin es diplomatisch.

»Wer ich bin, kann Euch egal sein und die Frage ist wohl eher: wer seid *Ihr* und was macht *Ihr* hier? Allein mitten im Wald und noch dazu mit solch einem bezaubernden Täubchen.«

Der Fremde machte einen Schritt auf Belle zu, die sich am Stamm entlangschob um zurückzuweichen und dabei fast über eine der Wurzeln stolperte.

»Na, mein Herzchen, nicht so schüchtern.«

»Lasst sie in Ruhe!« Seine Stimme klang fest. Vielleicht eine Spur zu sicher, denn der Mann war mit einem Schritt bei ihm und richtete die Schwertspitze auf sein Gesicht.

»Mischt Euch nicht ein! Aber wisst Ihr was? Wenn ich schon mal hier bin …«

Mit einer geschickten Handbewegung nahm der Fremde ihm sein Schwert ab. »Wirklich eine schöne Arbeit, das muss ich zugeben.« Fast anerkennend drehte der Mann den Schwertgriff in seiner linken Hand und ließ unbewusst seine rechte mit dem eigenen Schwert sinken.

Intuitiv nutzte Farin seine Chance und griff mit beiden Händen nach den Handgelenken des Mannes, die er kurz darauf mit aller Kraft verdrehte. Ein schmerzhafter Aufschrei entglitt dem Angreifer und er ließ die Schwerter fallen, noch ehe er begriff, was vor sich ging.

Klirrend fiel das Metall zu Boden. Farin zog den Mann zu sich heran, drehte sich und rammte ihm mit aller Macht den Ellenbogen in die Magengegend. Sein Gegner litt einen Moment an Atemnot, dann packte ihn ein Hustenanfall.

Die Chance nutzend griff Farin nach den Schwertern, bekam eines davon zu fassen und stach nur Sekunden später zu.

Ein Röcheln entglitt der Kehle des Mannes, dann herrschte Stille.

Noch ganz außer Atem machte Farin sich daran, die Taschen des Mannes zu untersuchen. Bis auf ein paar armselige Habseligkeiten waren sie leer. Es gab keinerlei Hinweis darauf, wer der Mann war oder für wen er gearbeitet hatte.

Spielte es überhaupt eine Rolle, ob er für jemanden gearbeitet hatte? Er hätte sie getötet, wenn er die Chance gehabt hätte. Nun war er eben tot.

Ein Gegner weniger.

»Ist er tot?« Belles Stimme klang leise – und hörte er etwa Angst aus ihr heraus? Erstaunt blickte er auf. In dem Gesicht der Prinzessin spiegelte sich tatsächlich so etwas wie Angst und machte sie ihm gleich ein ganzes Stück sympathischer.

»Ja, ist er. Aber wenn nicht er, dann wären wir es gewesen, die jetzt hier liegen würden. Wir müssen wohl noch vorsichtiger sein. Die Schergen des Königs sind anscheinend nicht die Einzigen, die hinter uns her sind.«

Mittlerweile hatte er sich wieder erhoben und war zu ihr getreten. Er sah, dass die Decke nicht mehr um ihre Schultern lag und sie leicht zitterte. Mit einer Handbewegung nahm er ihren Mantel vom Boden und reichte ihn ihr. Dann suchte Farin ihre restlichen Sachen zusammen.

»Wir sollten schnellstmöglich von hier verschwinden. Wer weiß, vielleicht laufen noch mehr von diesen Gestalten hier herum. Wir sollten nicht warten, bis sie uns finden!« Ein Pfeifen ausstoßend lief er zu den Sätteln und hoffte, dass sein Hengst es gehört hatte.

Das Hufgetrappel erklang wenig später und Farin entspannte sich langsam, ließ jedoch seine Umgebung nicht mehr aus den Augen. Routiniert begann er damit seinen Hengst zu satteln und nahm aus den Augenwinkeln wahr, dass Belle es ihm gleichtat.

Als sie sich wenig später wieder auf den Weg machten, redeten sie kein Wort. Etwas verwirrt sah Farin zu Belle. Hatte der Tod des Fremden sie so aus der Bahn geworfen? Er verstand es nicht.

Belle

Die wiederholte körperliche Nähe zu Farin hatte sie verwirrt.

Sie war so damit beschäftigt gewesen, *dass* er ihr unvermittelt so nah war, als mit dem eigentlichen *warum* er ihr so nah war.

Der Grund war nämlich ziemlich banal, er hatte den Auftrag, sie zu schützen – und das tat er.

Jetzt hör auf, dir mehr darauf einzubilden als es ist!, schimpfte sie sich selbst.

Als der Fremde sie angriff, war sie vollkommen überrascht und noch immer nicht bei der Sache gewesen. Im Gegenteil, sie war sogar so abgelenkt, dass sie beinahe über eine der großen Wurzeln gefallen wäre.

Was war nur los mit ihr?

Es ging um dein Leben und du denkst an einen Mann! Das Gerangel der Männer war ihr zwischen ihren abschweifenden Gedanken und ihren Gefühlen gänzlich entgangen. Erst als der Fremde am Boden röchelte, kehrte sie wieder in die Gegenwart zurück, nur um schockiert festzustellen, dass der Mann und seine Verletzung sie an ihren Vater erinnerten.

»Ist er tot?«, brachte sie gerade so über die Lippen. Sie kannte die Antwort, Farin hatte ihn umgebracht …

Die Antwort, die Farin ihr dennoch gab, war beschwichtigend und ließ sie erkennen, dass er keine andere Wahl gehabt hatte.

Wann war die Welt nur so grausam geworden? Zitternd stand sie da und starrte auf den Toten zu ihren Füßen, während der Regen wieder zunahm. Erst als Farin ihr fast fürsorglich den Mantel reichte und sich daranmachte, ihre restlichen Sachen einzusammeln, wurde ihr klar, dass sie nicht einfach stehen bleiben konnte.

Sie mussten weiter.

Kapitel 30

Endline

Camelia

War es Tag oder schon wieder Nacht? Sie wusste es nicht. Den ganzen Tag über hatte ein grauer Schleier vor den Gittern des Fensters gehangen und kein Stück Tageslicht eingelassen.

Die steigende Nässe in dem Gemäuer zeigte ihr lediglich, dass es regnen musste. Der modrige Geruch wurde immer schlimmer und immer deutlicher wurde ihr bewusst, dass dies jetzt ihr Zuhause für ihr ganzes restliches Leben war …

Die einst starke Frau seufzte und Tränen traten in ihre Augen. Sie hatte Rache gewollt. Für ihre Familie, ihre Mutter und alles, was Elias ihr mit seinen Taten angetan hatte, aber nun hatte ihre eigene Rache sie eingeholt.

Wie ein Häufchen Elend saß sie zusammengekauert in einer Ecke der Zelle. Das wertvolle Kleid hatte man ihr genommen und einen einfach Bauernfetzen gegeben. Der Stoff war kratzig, aber wenigstens wärmte er. Schuhe trug sie keine und ihr wurde klar, dass ihre Situation selbst damals nie so schlimm gewesen war wie heute.

Warum hatte sie sich nicht mit ihrem einfachen Leben zufriedengeben können oder hatte sich selbst etwas aufgebaut? Warum hatte sie ihr ganzes Leben der Rache gewidmet und alles dafür getan, um ihren Plan durchzuziehen?

Sie hatte ihr Leben vergeudet und schmerzlich wurde ihr bewusst, dass, auch wenn man sie jemals aus dem Kerker ließe, sie niemanden hatte, zu dem sie gehen konnte. Der einzige Mensch, dem sie am Herzen gelegen hatte, war tot. Ermordet durch sie und ihren Hass …

Die Tränen liefen wie ein Rinnsal an ihren Wangen hinab und sammelten sich auf dem harten Gesteinsboden.

Tesslon

Omir

Ein Blick über die Schulter sagte ihm, dass niemand ihnen folgte. Er zügelte sein Pferd und sah sich nach seinen Begleitern um. Der Herzog und die Herzogin standen neben ihm, Ed und der Prinz etwas abseits. Ansonsten waren nur noch zwei berittene Soldaten, zwei seiner Hauptmänner, bei ihnen. Der Rest war verloren oder tot.

Nachdem sie die Brücke über den Fluss genommen hatten, hatten sie sich immer nördlich Richtung Habicht gehalten. Egal wie oft er sich bisher umgesehen hatte, niemand war ihnen gefolgt, aber sein Blick vermisste schmerzlich seinen Sohn und die Prinzessin. Ihm wurde bewusst, *warum* niemand ihnen gefolgt war.

»Verdammt!«, schimpfte er.

»Wer hat uns vorhin angegriffen?« Ed hatte zu ihm aufgeschlossen und sah ihn an.

»Ich weiß es nicht, aber ich glaube nicht, dass es Gregors Männer waren. Seine Schergen habe ich zumindest nicht ausmachen können und ich bezweifle, dass wir noch leben würden, wenn sie da gewesen wären.« Ed atmete tief durch. »Und was jetzt? Bleiben wir immer noch dabei, dass wir nach Habicht weiterreiten? Ich habe Eure Blicke gesehen und nehme nicht an, dass ihr Euch permanent nach unseren Verfolgern umdreht, die wir seit den Donnersteinen nicht mehr hinter uns haben.«

Ertappt. »Ich sehe, dass ich Euch nichts vormachen kann. In der Tat habe ich irgendwie gehofft, dass Farin und Isabelle wieder zu uns stoßen, aber langsam muss ich mich von diesem Gedanken lösen. Wie es aussieht, haben sie eine andere Richtung genommen und ich kann nur hoffen, dass Farin weiß, was er tut.«

Ed sah ihn aufmunternd an.

Omir kämpfte mit sich selbst. Der Vater in ihm wollte sofort los, seinen Sohn suchen, aber die Vernunft hielt an seinem Plan fest. Sie mussten die anderen sicher nach Habicht bringen. Das Wohl des Prinzen und Thronerben war zu wichtig.

Farin war ein guter Kämpfer. Er würde es schon schaffen, sich bis nach Habicht durchzuschlagen. *Und von Habicht aus kann ich immer noch einen Suchtrupp nach ihnen losschicken oder mich selbst auf die Suche machen!*

»Er wird es schaffen«, flüsterte Ed.

Farin

Der Tag dämmerte schon und mit jeder Minute, die verstrich, wurde es dunkler. Farin war klar, dass sie sich bald im Dickicht des Waldes nicht mehr zurechtfinden würden und er entschied, dass es besser war zu rasten.

»Wir bleiben heute Nacht hier«, raunte er Belle zu, ehe er vom Pferd sprang und begann, es abzusatteln.

»Hier?«

»Ja, oder wollt Ihr im Dunkeln weiter durch den Wald wandern? Die Chancen, dass Ihr Euch verlauft und ich Euch los bin, stehen sehr gut …« Er wollte einen Scherz machen, um die allgemeine Stimmung wieder aufzubessern, doch der Schuss ging nach hinten los.

»Sehr witzig«, erwiderte Belle trocken, sattelte ebenfalls ab und blieb ansonsten stumm.

Ratlos sah er sie an und wandte sich dann ab. Wer wusste schon, was in dieser Frau vor sich ging? Er definitiv nicht und darum betteln, dass sie sich ihm erklärte, würde er auch um keinen Preis.

Um sich abzulenken, beschloss er etwas Holz zu sammeln. Ein kleines Feuer, um sich besser warm halten zu können, würde wohl nicht schaden. Außerdem bezweifelte er, dass man es durch das Dickicht der Tannenbäume weit würde sehen können …

Mit einem Auge immer bei der Prinzessin, die inzwischen die Pferde versorgt und entlassen hatte, machte er sich auf die Suche. Nachdem er einiges an Holz zusammen hatte, kehrte er zurück und schichtete es neben ihrem behelfsmäßigen Lager auf.

»Und wie wollt Ihr es entzünden?« Ihre Stimme überraschte ihn, er hatte nicht erwartet, dass sie etwas sagen würde.

»Mit Steinen? Lasst mich nur machen, ich schaffe das schon.« *Als würde ich kein Feuer mehr zustande bringen …* Farin schüttelte den Kopf. Er hatte schon zwei Feuersteine, die er im Wald zufällig gefunden hatte, in der einen Hand und griff gerade mit der anderen nach dem Reisig neben sich, da bemerkte er, wie Belle neben ihm etwas Unverständliches murmelte und das Feuer wie aus heiterem Himmel zu brennen begann.

Fassungslos starrte er auf die Flammen. »Wie habt Ihr das gemacht?« Mit einer Mischung aus Erstaunen und Unglauben löste er seinen Blick von dem Feuer und sah zu ihr hinauf.

Seine Mimik schien sie zu belustigten, zumindest brach sie kurz darauf in ein glockenhelles Lachen aus.

Nicht gerade das Lachen einer Hexe, kam ihm der Gedanke. »Nicht witzig«, stellte er stirnrunzelnd fest. Sofort verstummte Belle.

»Ach nein? Könnt Ihr mir nicht ein wenig Freude lassen?«

Ihre Stimme klang enttäuscht, und als sie sich neben ihm niederließ, taxierte er ihre Bewegungen. Sie hatten sich von einem Moment zum anderen von denen einer starken Frau zu denen eines traurigen Kindes gewandelt. Sie versuchte es zu vertuschen … Das Trugbild gelang ihr jedoch immer weniger.

»Wenn Ihr Eure Gabe beherrschen könnt, warum setzt Ihr sie dann nicht ein? Vorhin zum Beispiel?«

»Ich kann sie nicht beherrschen«, hauchte Belle.

»Wie bitte?« Die Antwort überraschte Farin. Hatte sie nicht eben das Feuer angezündet? Wenn sie ihre Kraft nicht beherrschen konnte, warum hatte sie dann genau das getan, anstatt den ganzen Wald in Brand zu setzen?

»Also ich kann es steuern, aber nur etwas … Die Worte sind einfach da oder eben nicht. Ich weiß nicht warum. Glaubt mir, wenn ich wüsste, aus welchem Grund dem so ist, würde ich sie längst einsetzen. Im Moment jedoch …«, sie seufzte, »… bin ich wohl oder übel auf Euch angewiesen.«

»Ein einfaches Danke hätte auch gereicht.« Er hatte gewusst, dass sie nicht unbedingt freiwillig zusammen waren, aber ihre Worte hatten ihn aus irgendeinem Grund doch getroffen.

»Es tut mir leid. Es sollte nicht so klingen! Ich bin froh, dass Ihr da seid und ich nicht allein bin, aber ich falle Euch doch mehr zur Last als alles andere. Am besten bin ich einfach still und sage nichts mehr.«

Farin starrte auf das Feuer vor ihm. Es strahlte eine angenehme Wärme aus und als er gewohnheitsmäßig nachlegen wollte, stellte er fest, dass er nicht nachzulegen brauchte.

Das Feuer brannte zwar, aber es schien dabei das Holz nicht zu verbrennen. Ihm war schleierhaft, wie es brennen und Wärme aussenden konnte, ohne das Holz zu verbrauchen, aber er würde die Zauberkraft des Mädchens neben sich nicht hinterfragen.

Konnte er auch gar nicht, da er bezweifelte, dass sie selbst die Antwort kannte.

Belle

Unwohl rutschte sie auf ihrem Platz am Feuer hin und her. Sie hatte Farin die Wahrheit gesagt, sie wusste nicht, wie sie ihre Gabe einsetzen konnte. Mal waren die Worte einfach da und dann nicht mehr. In der letzteren Situation war es egal, wie sehr sie sich auch darum bemühte, nach Ihnen zu greifen, es gelang ihr einfach schlicht und ergreifend nicht.

Vielleicht weiß der Mann, von dem Omir gesprochen hatte, wirklich etwas, das ich bisher noch nicht verstanden habe?

Nur was brachte es ihr, wenn sie die Gabe beherrschte? Mit Entfesselungstricks und Feuer entfachen würde sie ihren Thron ganz sicher nicht zurückbekommen. Nachdenklich sah sie in die lodernde Flamme vor sich. Was würde wohl ihre Zukunft bringen? Würden sie es überhaupt bis nach Habicht schaffen?

Gregors Schergen waren hinter ihnen her oder genauer gesagt hinter ihr. Nur wegen ihr hatte die Gruppe sich getrennt. Wie es den anderen wohl ging?

Hoffentlich ist niemanden etwas passiert … Belle wünschte sich wenigstens zu wissen, ob alle am Leben waren, und dann kam ihr eine Idee.

Suchend sah sie sich um. In einer Kuhle ganz in ihrer Nähe hatte sich eine Pfütze gebildet.

Mit neuem Schwung stand sie auf und war mit wenigen Schritten am Ziel angekommen.

»Was ist passiert? Was macht Ihr?« Sie spürte Farins fragenden Blick auf sich, wollte es jedoch nicht laut aussprechen. Zu groß war die Angst, dass es doch nicht klappen würde.

Belle beugte sich über die Pfütze und bemerkte dabei, dass Farin hinter sie trat. Doch es war ihr egal … Sanft ließ sie ihre Hand über die Oberfläche der Pfütze gleiten und murmelte ein Wort, das ihr damals in Trebin in den Sinn gekommen war.

»Illnestra Omir.«

Die Oberfläche der trüben Pfütze kräuselte sich und als sie kurz darauf wieder glatt war, spiegelte sie den Nachthimmel wider. Doch das Bild, das sich in der Pfütze spiegelte, zeigte nicht ihr eigenes Spiegelbild, als sie sich über das Wasser beugte. Es zeigte nichts …

Hatte sie sich vertan?

Enttäuscht wollte sie sich wieder gerade hinsetzen, als ein Gesicht in der Pfütze erschien. Im letzten Moment gelang es Belle, einen Aufschrei zu verhindern und auch Farins Gesicht zuckte gefährlich.

Wie erstarrt sahen beide wieder in das Wasser und Belle erkannte den Mann …

Das Gesicht im Wasser gehörte Omir. *Es funktioniert also doch und er lebte noch!* Auf einmal veränderte sich der Blickwinkel. Omir wurde immer kleiner und stattdessen der Hintergrund mehr und mehr sichtbar. Belle sah die Umrisse ein paar weniger Bäume und ansonsten nur weites Grasland.

»Sie müssen weiter nach Norden geritten sein und den Sumil überquert haben«, sprach Farin aus, was ihr auch soeben in den Sinn gekommen war.

»Sie haben uns hiergelassen …«, hauchte Belle.

»Was dachtet Ihr denn? Die Befehle meines Vaters waren doch für uns alle eindeutig.«

Erschüttert sah Belle auf und merkte, wie Farin sie stirnrunzelnd musterte. Als ihre Blicke sich trafen, wandte Belle sich schnell ab und sah betreten wieder auf die Szene in der Pfütze.

Ihr Herz machte einen Sprung, als sie neben Ed ein bekanntes Gesicht erkannte. *Chace!* Im nächsten Moment jedoch schlug es wieder normal. Er war ebenfalls bei den anderen und hatte sie einfach allein gelassen.

Warum auch nicht? Er hatte deutlich gezeigt, dass sie ihm egal war. Chace hatte seine schöne Herzogin, und sie hatte … *Nichts.*

Frustriert warf sie einen Stein, der in Griffnähe lag, in die Pfütze. Das dreckige Wasser spritze auf ihr Kleid und das Bild des verhassten Mannes verschwand. Schwungvoll stand sie auf und ging zurück zum Feuer, wo sie sich mit dem Rücken an einem der massiven Stämme niederließ.

»Etwas gesehen, was Ihr nicht sehen wolltet?«

Die Worte erklangen unmittelbar neben ihr und Belle fuhr herum. Sie hatte nicht bemerkt, dass Farin ihr wie ein Schatten gefolgt war und dann zu ihrer Rechten am gleichen Stamm Platz genommen hatte.

»Wie kommt Ihr darauf?« Genervt verdrehte sie die Augen. Ihm ihr Herz auszuschütten war das Letzte, was sie wollte.

Statt einer Antwort reichte Farin ihr eine der Decken aus seiner Satteltasche und ein Stück Brot, auf dem sie jedoch nur lustlos herumkaute. Wer hätte auch in solcher einer Situation ans Essen denken können?

»Ihr solltet versuchen zu schlafen!«, sagte Farin neben ihr bestimmt. »Ich werde die Wache übernehmen und alles im Auge behalten.« Er nickte in Richtung des Feuers, der Pferde und dann in die Dunkelheit.

»Sollten wir das Feuer nicht löschen?«

»Nein, es vertreibt die wilden Tiere und außerdem müssen wir so nicht frieren.«

Logisch. Belle versuchte sich in die Decke zu kuscheln und schloss die Augen.

Die Nacht war inzwischen hereingebrochen. Kalt und ruhig lag die Welt um sie herum da. Ab und an hörte sie ein Käuzchen, ansonsten war alles still und diese Stille wirkte unheimlich.

Auf der Suche nach einer bequemen Schlafposition rutschte sie herum, doch der kalte Boden und die harte Rinde änderten sich nicht und der Schlaf wollte einfach nicht kommen.

Resigniert gab Belle auf und öffnete ihre Augen. Ohne zu ihm zu sehen, wusste Belle, dass Farin immer noch neben ihr saß. Sie spürte seine Wärme oder bildete sie sich diese nur ein?

»Ihr könnt nicht schlafen«, stellte er sachlich fest.

»Ach ja? Ich dachte eigentlich gerade, dass das alles nur ein schlimmer Traum ist und ich gleich aufwache.« Für den Sarkasmus in ihrer

Stimme hätte sie sich im nächsten Moment am liebsten selbst geschlagen, aber Farin hatte ihn gekonnt überhört.

»Versucht es wenigstens. Wir haben morgen einen weiten Weg vor uns«, sagte er bestimmend.

»Ich kann nicht …«

»Ich glaube Euch nicht.«

»Doch …«

»Es muss viel für Euch sein, das verstehe ich ja, aber wir brauchen morgen unsere Kräfte. Versucht es wenigstens.«

Schwang etwa Besorgnis in seiner Stimme mit?

»Wollt Ihr Euch nicht statt meiner etwas ausruhen?« In Erwartung, endlich eine Aufgabe zu haben, richtete sie sich auf. »Ich kann für einige Stunden die Wache übernehmen und Euch wecken, falls etwas sein sollte.«

Schon bevor sie die letzten Worte ausgesprochen hatte, hatte Farin damit begonnen, den Kopf zu schütteln. »Nein, lasst mal. Ich habe lieber selbst alles im Blick.«

Etwas enttäuscht sank Belle zurück an den Stamm.

Und was nun? Sollten sie die ganze Nacht damit verbringen, sich gegenseitig anzuschweigen?

Als hätte er ihre Gedanken erraten, brach Farin in Stille. »Was ist eigentlich zwischen dem Prinzen und Euch vorgefallen?«

Sie spürte seinen Blick auf sich. »Was ist zwischen *Euch* und dem Prinzen vorgefallen?«

»Beantwortet Ihr Fragen immer mit Gegenfragen?«

»Weicht Ihr immer den Antworten aus?« Neugierig sah sie zu ihm hinüber. Seine braunen Augen schimmerten fast golden im Schein des Feuers und seine Haut wirkte dunkler.

Fast erwartete Belle, dass er sich der Antwort erneut entziehen würde, doch da begann Farin zu erzählen.

Chace

Sie hatten ihr Lager in einem kleinen Waldstück aufgeschlagen. Wachsam glitt Chaces Blick in die Ferne auf der Suche nach einem Hinweis auf die anderen, aber er konnte aufgrund der Dunkelheit und des Regens kaum etwas erkennen.

Die Bäume um sie herum spendeten etwas Schutz vor den dicken Tropfen, die vom Himmel herabfielen, dennoch war Chace klatschnass. Sein Umhang war schon lange durchweicht gewesen, bevor sie das Lager aufgeschlagen hatten, aber die Nässe und die damit einhergehende Kälte störte ihn nicht. Schlimmer war die Ungewissheit, die über dem Lager lag.

»Sollten wir nicht zurück und die anderen suchen, anstatt hier auszuharren und im Morgengrauen weiterzuziehen?«, fragte er Ed, als dieser neben ihn trat.

»Nein.«

Ungehalten starrte er seinen Freund und Beschützer an. »Nein?«, brachte er außer sich hervor.

»Nein, niemand von uns wird sich auf die Suche machen. Wir müssen nach Habicht.«

»Aber wir können sie doch nicht einfach hier allein lassen?« Warum wollte niemand das Lager verlassen? Vielleicht war Belle ganz in der Nähe …

»Jetzt seid nicht dumm, Chace!«, wies Ed ihn zurecht. »Belle ist nicht allein und Farin wird schon wissen, was er macht. Omir tut recht daran, dass wir an unserem Plan festhalten, und glaubt mir, es fällt ihm genauso schwer wie Euch.« Ed wandte sich ab und sah in die Ferne, wie Chace es zuvor getan hatte. »Sein einziger Sohn ist dort draußen, aber er kennt seine Aufgabe und wird alles daransetzen, sie erfolgreich auszuführen. Euer Leben ist zu kostbar, als dass wir es einfach aufs Spiel setzen können!« Eds Tonfall ließ keinen Raum für eine Diskussion.

Betroffen sah Chace zu Boden. Ed hatte recht, aber dennoch wollte etwas in ihm nicht daran glauben, dass er nichts tun konnte.

»Ich kann Belle nicht einfach hierlassen«, murmelte er.

»Ihr müsst, und nun verbannt sie endlich aus Eurem Kopf, bevor noch jemand Eure Gefühle mitbekommt. Dass noch niemand etwas anhand Eures Verhaltens der letzten Stunden mitbekommen hat, ist mir ein Rätsel, aber dafür bin ich dankbar.« Mit diesen Worten drehte Ed sich um und ging einfach weg.

»Chace?« Ophelias Stimme drang an sein Ohr und er wirbelte herum. »Ist alles in Ordnung mit Euch? Ihr wirkt so aufgebracht.« Die junge Frau klang beunruhigt und ihre Augen musterten ihn nervös.

Einen kurzen Moment war Chace versucht, Ophelia in alles einzuweihen, aber die Erinnerung an den scharfen Tonfall, mit dem Ed ihn kurz zuvor bedacht hatte, ließ ihn den Gedanken sofort wieder verwerfen.

»Ja, es ist alles in Ordnung, meine Liebe. Ich bin einfach nur durcheinander und habe mir Sorgen um die anderen gemacht.« Chace versuchte zu lächeln, obwohl sein Innerstes am liebsten laut aufgeheult hätte.

Wenigstens ist es keine Lüge, beschwichtigte er sich selbst.

Ophelia nickte. »Das verstehe ich. Aber glaubt mir, ich kenne Farin und seine Fähigkeiten. Alles wird gut werden!«

Belle

»Wir waren Kinder und sind durch unsere Eltern mehr oder weniger gemeinsam aufgewachsen. Ophelia und meine jüngste Schwester waren nahezu unzertrennlich, und auch Chace und mich verband etwas Besonderes.« Farin hielt inne und Belle spürte, dass es ihm schwerfiel weiterzusprechen. Sie wollte etwas Tröstendes erwidern und ihm schon sagen, dass er es nicht verraten musste, als Farin schon tief Luft holte und weitersprach: »Eines Tages gingen wir zum Fluss. Die Mädchen spielten am Lauf. Ich weiß bis heute nicht, was sie dort machten, aber es spielt auch keine Rolle mehr.

Meine jüngste Schwester war gerade vier Jahre alt, als es passierte und eigentlich sollte ich auf sie achtgeben, doch Chace bestand darauf, dass er unbedingt kämpfen wollte.

Ich wehrte mich dagegen, aber er griff mich einfach an und da konnte ich nicht anders. Es waren harmlose Rangeleien, und doch …«

Belle sah ihm an, dass es ihm nicht leichtfiel, die Worte über die Lippen zu bringen. Im Gegenteil … Es wirkte, als ob er darüber noch niemals gesprochen hatte.

Fast zärtlich berührte sie seinen Oberarm und spürte das Zucken, das durch seinen Körper ging. »Was ist geschehen?«, hauchte Belle, obwohl sie sich die Antwort zusammenreimen konnte.

»Meine Schwester verlor den Halt und stürzte ins Wasser. Sie hatte nie schwimmen gelernt und damit keine Chance. Der Strom hat sie sofort mit sich gerissen und den Fluss entlanggetrieben. Als ich sah, was geschehen war und mich aus Chaces Griff befreit hatte, bin ich ihr hinterher, aber es war zu spät … Nie habe ich sie erreicht und bin selbst mit mehr Glück als Verstand wieder an das Ufer gelangt. Ich weiß, dass Chace an sich nichts dafür kann, aber dennoch habe ich ihm diesen Tag nie verziehen.«

Aufmerksam musterte Belle den Mann neben sich. Seine Aufrichtigkeit hatte sie überrascht und die Geschichte sie ehrlich getroffen. Sie müsste lügen, wenn sie Farins Beweggründe nicht verstanden hätte. »Ich kann Euch verstehen«, flüsterte sie und warf ihm einen aufmunternden Blick zu.

Einen Moment lang sah sie einen Hauch von Schwäche und Verletzlichkeit, doch dann richtete er sich wieder auf und der Moment war zu Ende. Farin war wieder ganz der Alte.

»Nun gut, das war damals. Die Zeiten haben sich geändert und was geschehen ist, ist nun mal geschehen. Niemand wird daran etwas ändern, und egal, wie sehr ich Chace für damals verachte, es wird mir meine Schwester nicht wiederbringen. Und wenn ich in die Fußstampfen meines Vaters treten will, muss ich wohl oder übel den König schützen, den in naher Zukunft nun mal Prinz Chace verkörpern wird. Ich sollte am besten schnell in den sauren Apfel beißen, erfahrungsgemäß werden sie mit der Zeit nur immer saurer …« Zerknirscht sah er zu Boden.

»Hm«, machte Belle und dachte an ihren eigenen sauren Apfel …

»Genug von mir. Jetzt seid Ihr dran. Wie lautet Euer Grund?« Sein Blick wirkte entschlossen und Belle wusste, dass sie nun an der Reihe war, ihre Geschichte zu erzählen …

»Dann habt Ihr Euch auf einem Stadtfest in Trebin kennengelernt und wusstet voneinander nicht, wer der andere ist?« Fragend sah er sie an. War so etwas überhaupt möglich? Es klang zu sehr nach einem Märchen, um Wirklichkeit zu sein.

»Ich denke schon. Zumindest kannte ich ihn nicht, ob er es wusste, kann ich nicht sagen. Er spricht seit der Flucht ja kaum noch ein Wort mit mir, und wie Ihr zweifelsfrei bemerkt habt, bin ich ihm egal. Wahrscheinlich, da ich kein Land mehr besitze.«

»Das glaube ich nicht.« Farin schüttelte den Kopf.

»Was glaubt Ihr nicht?«

»Es mag zwar sein, dass Chace eher ein Draufgänger ist, aber das würde er nie tun. Und egal seid Ihr ihm erst recht nicht. Oder habt Ihr etwa vergessen, wie er mich angegangen ist? Ich bezweifle, dass er so gehandelt hätte, wenn Ihr ihm nichts bedeuten würdet.« Durchdringend sah er sie an. Seine Worte entsprachen der Wahrheit. Zwar konnte er Chace nicht wirklich leiden, aber über ihn lügen oder schlecht über ihn reden würde er auch nicht.

»Meint Ihr wirklich? Aber er war so abweisend und so mit der Herzogin beschäftigt, dass ich das Gefühl hatte, er wollte sich ablenken. Sie hat ja auch deutlich mehr zu bieten als eine Prinzessin ohne Land und Krone.«

Farin konnte nicht anders und ein lautes Lachen entrang seiner Kehle. Dachte die Prinzessin wirklich, dass Chace und die Herzogin …? Nein, das war zu absurd …

»Was ist daran so lustig?« Stirnrunzelnd sah sie ihn an und nur schwer schaffte Farin es, sich wenigstens einigermaßen zu beruhigen. »Ihr denkt ernsthaft, der Prinz hätte etwas mit Ophelia?«

»Ja!?« Fragend sah sie ihn an.

»Ich glaube, ich sollte Euch vielleicht aufklären, wenn es bisher alle versäumt haben: Ophelia ist Chaces Schwester.« Farin sah zu Belle hinüber, die mit einem Mal so aussah, als hätte sie einen Geist gesehen.

»Aber die Szene im Schlosshof? Die konnte man doch gar nicht missverstehen. Ich …« Belle brach ab und starrte zu Boden.

Sicherlich sucht sie ein Loch, in das sie kriechen kann …

Fast schon amüsiert sprach er weiter: »Sie hatten seit jeher ein enges Verhältnis zueinander und sich seit Jahren nicht gesehen. Genauer gesagt seitdem Ophelia geheiratet und den Hof in Habicht verlassen hat. Sephin bestand darauf, dass Chace seine Ausbildung weiterführt und Ophelia hatte ihr eigenes Schloss und ihren eigenen Hofstaat, den sie führen musste. Es blieb kaum Zeit für mehr als ein paar Briefe.«

»Also seid Ihr damals mit Ophelia gegangen, um dem Hof zu entfliehen?« Farin nickte. Er hatte vor so vielen Jahren die Chance ergriffen, der Schwester seines ehemaligen Freundes zu folgen, um bei deren Mann in die Ausbildung und später in den Dienst zu gehen.

Zumindest so lange, wie er nicht am Hof benötigt wurde, und wie es aussah, war es nun an der Zeit, zurückzukehren.

»Oh Gott, ich bin so blöd. Warum bin ich nicht darauf gekommen?«

»Vielleicht weil Ihr es nicht sehen wolltet? Weil Ihr fieberhaft einen Grund gesucht habt, ihn zu hassen? Glaubt mir, den Wunsch kenne ich gut genug. Plötzlich sieht und bemerkt man Dinge, die eigentlich nicht so sind und doch so scheinen.« Aufmunternd sah er sie an. Die emotionslose Maske war dahin. Sie wirkte traurig, fast verloren und Farin musste gegen das Gefühl ankämpfen, sie in den Arm zu nehmen. *Denk gar nicht erst daran. Sie ist eine Prinzessin und bei deinem Glück verpasst sie dir gleich noch eine.*

»Ihr habt recht. Ich war wirklich dumm, aber warum ist er dann nur so? Warum hat er sich von mir abgewandt? War ich nur das Mittel zum Zweck? Eine Tür für ein weiteres Königreich?«

»Ich weiß es nicht, aber er wird sicherlich einen guten Grund haben und Ihr werdet ihn herausfinden, da bin ich sicher.«

Die ganze Zeit über ging ihm die Verlobung, die sein Vater erwähnt hatte, nicht aus dem Kopf. War das vielleicht der Grund? Traute Chace sich deshalb nicht mehr in ihre Nähe, weil er einen Bruch der Länder fürchtete? Oder hatte sein Vater wieder die Hände im Spiel?

Farin konnte es nicht sagen, aber jetzt war auch nicht die Zeit, sich darum Gedanken zu machen.

Sie saßen mitten im Nirgendwo und hatten bei Weitem größere Probleme als den Liebeskummer einer Prinzessin …

Kapitel 28

Endline

Chaver

Der nächste Morgen graute und mit ihm kam neue Kraft, doch mit Bedauern musste er feststellen, dass er noch immer zu schwach war … Er konnte im Augenblick weder Dragon rufen noch das Mädchen selbst beschaffen. *Warum dauert das so lange? Warum ist meine Magie nicht längst wieder wie damals?*

Langsam zweifelte Chaver daran, dass seine Macht überhaupt die alte Stärke erreichen würde … *Jetzt hör auf, darüber nachzudenken! Es sind so viele Jahre vergangen, sie braucht einfach noch etwas Zeit.*

Chaver lehnte sich auf seinem Thron nach hinten und überblickte den Raum, der vor Reichtum nur so strotzte.

Elias hat es sich nach meinen Ableben ganz schön gut gehen lassen, stellte er fest. Einer Eingebung folgend wandte er sich wieder sich selbst zu und starrte auf seine Hände. Er ballte sie zu Fäusten und ließ wieder locker. Wie wundervoll es doch war, endlich wieder agieren zu können. Sich frei wandelnd durch die Welt zu bewegen, Männer zu befehligen und Angst und Schrecken zu verbreiten.

So viele Jahre musste ich im Dunkeln ausharren und warten. Bald wird es so sein, als wäre ich niemals weg gewesen. Bald …

Sein Blick glitt aus dem Fenster. Zu seinem Missfallen waren Bled und Grip, Gregors unfähige Schergen, immer noch nicht zurückgekehrt.

Erneut war ein Tag ohne das Mädchen verstrichen und je länger es dauerte, desto höher war die Chance, dass ihm jemand zuvorkam oder sie gar zu stark wurde. Wie lange sollte er noch warten?

Wie gerne würde ich es selbst machen, aber ich kann nicht.

Chaver spürte selbst auf die Entfernung, dass die Magie der Prinzessin im Moment deutlich stärker war als seine. Sobald er seinen Geist nach dieser ausstreckte, drohte sie ihn anzugreifen … Handelte er jetzt unbedacht oder impulsiv, konnte sie ihn für immer zerstören.

Nein, ich muss hier warten und alles vorbereiten. Sie müssen die Prinzessin zu mir bringen. Erst wenn sie ihr das Amulett umlegen, kann ich mich gefahrlos nähern.

»Verdammt!« Wütend versenkte er die Fäuste in den Armstützen des massiven Thrones. Warum musste alles so verdammt schwierig sein?

»Ruhig! Es wird ihnen gelingen, und wenn nicht, schafft es Dragon«, sprach er sich leise zu.

Chaver zwang sich, ruhig ein- und auszuatmen. Er musste sich beruhigen und sich konzentrieren. Er hatte eine wichtige Aufgabe vor sich … Aufmerksam sah er sich im Raum um. Niemand außer ihm war anwesend. Den Mann, den er gestern unter Kontrolle gebracht hatte, war die Aufgabe zuteil geworden, die Tür zu bewachen. Niemand sollte auch nur in die Nähe kommen.

Langsam entspannte Chaver sich und schloss die Augen. Kurz darauf begann er seinen Geist auszustrecken und zu fühlen …

Die Auren derjenigen, die im Augenblick für Gregor kämpften. Es war einfach, sie zu finden … Mörder, Diebe, Verräter … Menschen mit Hass, Verachtung und Gier im Herzen. Er spürte ihr Verlangen nach Vergeltung und ihre Ablehnung der Fremdherrschaft. »Gregor, Gregor, wie konntet Ihr nur den Fehler begehen, diesen Menschen zu trauen?«

Ohne die Augen zu öffnen, schüttelte Chaver den Kopf. *Gut, er hat auch den Fehler begangen, mir zu trauen*, dachte er, dann konzentriere er sich wieder auf die Männer, die nicht der Sache treu waren, sondern nur sich selbst. Sie würden Gregor und damit ihn in dem Moment fallen lassen, in dem sie sich ihm als König vollends beugen mussten. Wie gut es da doch war, dass er den Fehler seines Vorgängers ausbügeln konnte …

Chaver rief nach seiner verfügbaren Macht und mit Freuden stellte er fest, dass diese ausreichte, um all jene zu beugen. Wie in Trance fuhr er mit seinen Händen nach vorn und bewegte sie wie ein Puppenspieler, dann flüsterte er seine Befehle.

Als er die Augen wieder öffnete, fühlte Chaver sich matt. Es hatte Kraft gekostet, enorme Kraft, aber nun war zumindest diese Gefahr gebannt. Die Männer, die ihm hätten später gefährlich werden können, waren unter Kontrolle. Zufrieden sah er auf seine Hände.

Das Gefühl, wieder der Herr der Lage zu sein, fühlte sich gut an. Sehr gut sogar.

Sep

Die Feuer wurden eben gelöscht und die Männer waren dabei, alles zusammenzupacken, als mit einem Mal Stille herrschte. Erstaunt sah Sep sich um. Niemand bewegte sich. Die Männer starrten aus seltsam leer wirkenden Augen vor sich hin.

»Was zum Teufel ist hier los?« Verwirrt und mit steigender Beunruhigung wandte er sich um. »Hallo?« Er tippte einen Mann an, der unmittelbar neben ihm stand. Der Mann regte sich nicht, selbst als Sep ihn grob schüttelte.

Schlagartig erinnerte Sep sich an Geschichten von damals. Geschichten, die ihm einst seine Mutter erzählt hatte und die von Chaver und seinem Vater handelten.

Das kann nicht sein! Chaver ist tot und Vater damals verschwunden!

Bevor er sich weitere Gedanken machen konnte, ging ein Ruck durch die Menge, die sich kurz darauf wieder in Bewegung setzte. Sep musterte sein Umfeld nervös. War er in Gefahr?

Sekunden verstrichen und die Männer folgten wieder seinen ursprünglichen Befehlen, als wäre nichts geschehen.

Mit dem Unterschied, dass keiner mehr sprach und ihre Augen immer noch leer wirkten.

Wenn seine Theorie stimmte, dann … »Safin?« Er sprach den Mann zu seiner Rechten an und überrascht stellte er fest, dass dieser sofort reagierte.

»Töte den Alten dort drüben.« Er zeigte auf einen schwächlichen alten Mann, der im Gebirge der Verdammten den größten Teil seines Lebens verbracht hatte. Ohne zu zögern versenkte Safin sein Schwert in des Mannes Brust und noch während der Alte zu Seps Füßen starb, ging Safin wieder seiner Arbeit nach. »Wirklich interessant …«, murmelte der.

Sie stehen vollkommen unter fremder Kontrolle. Nur unter wessen? Wer ist machtvoll genug, um so etwas fertigzubringen? Gregor kann doch nicht …

Camelia

Ich werde hier unten sterben. Elendig und allein. Die Erkenntnis kam und wurde mit jeder Minute, jeder Stunde und jedem Tag deutlicher.

In der Zelle war es nass und kalt, kein Feuer brannte und es gab nicht einmal mehr eine Fackel, die ihre Zelle erleuchtete. Hatte man sie vergessen? Würde jemand kommen und ihr Essen bringen oder ließ man sie verhungern? Hoffte Gregor, sie so aus dem Weg zu räumen, ohne sich die Hände schmutzig zu machen?

Camelia traf in ihrer Einsamkeit eine Entscheidung, die ihr ganzes weiteres Leben bestimmen würde. Ob es die richtige war, würde sich herausstellen, doch lieber würde sie schnell durch ein Beil sterben als elendig zu verhungern.

Kurz darauf begann sie zu schreien.

Chaver

Er spürte, dass Sep etwas bemerkt haben musste und sein Spiel langsam zu durchschauen begann …

Chaver schloss seine Augen und versuchte, Seps Geist zu erfühlen.

Er spürte nur zu deutlich den Widerstand, der ihm entgegengesetzt wurde, doch unbarmherzig riss er diesen nieder. Nicht einmal Dragon hatte das Eindringen seines Geistes verhindern können – warum also sein Sohn?

»Ihr solltet Euch nicht so sträuben«, sagte er. »Am Ende schadet Ihr nur Euch selbst.«

Er spürte, wie Seps Geist versuchte sich zu entspannen.

»Wer seid Ihr?«

»Ich weiß, dass Ihr es längst wisst oder Euch zusammengereimt habt. Ihr seid der Sohn Eures Vaters und solltet die eine oder andere Geschichte kennen. Also, wer bin ich?«

»Ihr seid Chaver.« Die Stimme klang trocken. »Was habt Ihr mit Gregor gemacht?« Schwang da eine Art der Drohung mit? *Ich sollte ihn im Auge behalten.*

»Dem geht es gut. Er ist hier bei mir und in Sicherheit für alle Zeiten. Macht Euch keine Gedanken um ihn. Aber genug geplaudert. Ich bin nur gekommen, um Euch über Eure neue Rolle aufzuklären. Wie Ihr zweifelsohne bemerkt habt, machen die Männer von nun an nur das, was Ihr oder ich ihnen befehle.« Chaver machte eine theatralische Pause, damit Sep die Worte verinnerlichen konnte. »Sie werden nicht hinterfragen oder aufhören, einen Befehl auszuführen, bis Ihr sie aufhaltet. Egal, wie gefährlich oder selbstmörderisch es auch sein mag. Handelt jedoch mit Bedacht. Ihr habt nur diese Männer und ich will in den nächsten Tagen das Kapitel des Widerstandes endlich geschlossen haben. Ihr habt eine Woche. Enttäuscht mich nicht und Euer Vater wird stolz auf Euch sein. Und Sep? Ich habe ein Auge auf Euch.«

Ohne auf die Antwort zu warten, zog Chaver sich zurück.

Er war eben in seinen menschlichen Körper zurückgekehrt, als seine Marionette in den Saal stürmte.

»Was ist? Warum stört Ihr mich?« Prüfend ließ er seinen Blick über den Mann gleiten. Er stand vollends unter seinem Einfluss.

»Herr, unten im Kerker schreit eine Frau unablässig. Sollen wir für Stille sorgen?«

Chaver entspannte sich. *Eine Frau im Kerker?* Er überlegte einen Moment. *Ach ja …* Die Königswitwe hatte Gregor nach seiner Machtübernahme in den Kerker gesperrt. *Wie war ihr Name doch gleich? Camelia, die Intrigantin, wenn ich mich recht entsinne.*

An die Frau hatte er gar keinen Gedanken mehr verschwendet, vielleicht war es Zeit, ihr einen Besuch abzustatten?

Er nickte dem Mann zu. »Gut, Danke für Eure Meldung. Ich werde mich persönlich darum kümmern.« Sein Getreuer nickte und mit einer einzigen Handbewegung entließ er den Mann.

Kapitel 29

Tesslon

Farin

Er hatte nicht vorgehabt, Belle die ganze Geschichte seiner Kindheit zu erzählen. Nachdem er aber begonnen hatte, hatte er nicht wieder aufhören können. Es hatte gutgetan, nach all den Jahren mit jemandem darüber zu sprechen.

Farin warf einen Blick auf das Mädchen neben sich, das in den frühen Morgenstunden endlich eingedöst war. Gleich würde er sie wecken müssen. Inzwischen war es hell genug, um weiterzureiten und bis Habicht war es noch ein langer Weg.

Mit einem Ruck stand er auf und ließ dabei die Decke zu Boden gleiten. Unvermittelt umfing ihn die eisige Luft des Morgens.

Immer noch die beste Art, wach zu werden, fand er und streckte sich.

Sorgsam wanderte sein Blick über die Umgebung. Er fand die Pferde, die ein paar Meter weiter friedlich grasten, und wanderte dann weiter. Niemand sonst war zu sehen.

»Prinzesschen, aufwachen!« Behutsam berührte er die Schulter der Prinzessin.

»Was?« Verschlafen blinzelte sie ihn an.

»Los, wir müssen weiter.« Entschieden zog er ihr die Wolldecke weg.

»Hey, was soll das?«, keifte sie im Nu hellwach.

»Wir müssen los, schon vergessen?«

Ihre Augen funkelten angriffslustig. Der Kummer der Nacht war allem Anschein nach abgeebbt. »Nein, *das* habe ich nicht vergessen.«

»Dann los, oder wollt Ihr hier warten, bis uns die Schergen eingeholt haben?«

Seufzend erhob sich das Mädchen.

Um sich zu orientieren, ließ Farin seinen Blick über die Bäume gleiten. Sie kamen ihm seltsam bekannt vor. *Ich glaube ich weiß, wo wir sind, und wenn, dann müsste hier hinten …*

Langsam bewegte er sich durch das Unterholz. Wenig später fand er, wonach er gesucht hatte. Ein kleiner Bach schlängelte sich durch das Dickicht. Hufabdrücke am Ufer verrieten ihm, dass die Pferde ihn bereits gefunden haben mussten.

»Ihr habt mich einfach allein gelassen! Wie konntet Ihr nur?« Vorwurfsvoll erklang Belles Stimme, als er wieder auf die kleine Lichtung trat.

»Ihr habt mich wohl vermisst?« Verschmitzt lächelte er sie an und musste sogleich an ihr Spiel denken.

»Nein«, fauchte Belle.

»Dann ist doch alles gut. Ich bin wieder da und Ihr braucht keine Angst mehr zu haben!« Bevor die Prinzessin ihren Hang zur Theatralik ausbauen konnte, schob er sie in Richtung des Baches.

»Angst? Ich hatte keine Angst! Ich konnte nur nicht fassen, dass Ihr mich in diesem Wald allein gelassen habt. Mir hätte Gott weiß was geschehen können!«, wetterte sie.

»Was soll Euch schon passieren? Ihr seid die einzige Frau, die mich bisher zu Boden geschickt hat. Ihr könnt Euch selbst ganz gut verteidigen. Und mal ehrlich: Entführen wird Euch auch niemand freiwillig … Eine halbe Stunde und man gibt Euch zurück. Warum der neue König Euch unbedingt wiederhaben will, ist mir ein Rätsel …«

»Vielen Dank auch«, fauchte es vor ihm.

Endlich hatten sie die letzte Tanne passiert und der kleine Bach kam in Sicht.

Chace

»Hätten wir nicht doch umkehren und sie suchen sollen?«

Innerlich ganz verunsichert zügelte er sein Pferd, bis er sich hatte zu Ed zurückfallen lassen.

Ed war genervt von seiner ewigen Fragerei und den immer wiederkehrenden Dialogen. »Wir wissen doch gar nicht, wo wir anfangen sollen. Und was geschieht, wenn uns die Schergen begegnen? Wenn Ihr gefangen genommen werdet? Ihr seid der Thronerbe, vergesst das nicht!« Die Worte waren tadelnd, doch dann setzte Ed nachsichtiger hinzu: »Lasst doch endlich gut sein, Chace. Omir hat recht. Farin kennt sich hier aus und ist ein guter Kämpfer. Er wird Belle unbeschadet nach Habicht bringen, da bin ich mir sicher!«

Als Omir sich zu ihnen gesellte, ließen sie das Thema ruhen. Still ritten sie nebeneinanderher. Erst als sie die ersten Ausläufer des tesslonischen Gebirges passierten, ergriff Omir das Wort:

»Wenn wir in Habicht sind, schlage ich vor, dass Ihr Euer Verhältnis zur Prinzessin weiterhin geheim haltet. Wir können nicht wissen, wer uns zuhört und uns gut gesonnen ist.«

»Verhältnis?«, schnaubte Chace. »Welches Verhältnis? Ich hatte keines mit der Prinzessin, was sollte ich also ausplaudern?«

»Ihr wisst genau, was ich meine«, knurrte Omir.

Soll ich jetzt vor ihm Angst haben? Woher weiß er überhaupt davon? Stirnrunzelnd sah er zuerst Omir an und dann Ed. Hatte Ed etwas verraten?

»Am besten, Ihr sagt einfach gar nichts über die Prinzessin«, bemerkte Omir und ritt dann wieder zurück ans Ende des kleinen Trosses, um die Umgebung wieder in Augenschein zu nehmen.

Chace wandte sich an Ed. »Was sollte das?«

»Vielleicht macht er sich nur Sorgen wegen der politischen Situation? Ich weiß es nicht …«, wisperte Ed und wirkte unsicher.

»Woher weiß Omir es überhaupt?«

»Weil ich es ihm vorhin verraten habe, aber er konnte es sich wohl schon denken.«

Chace zog eine Augenbraue nach oben und sein Blick glitt nach vorne. Es würde keinen Sinn machen, das jetzt mit Ed auszudiskutieren.

Farin

»Wann verlassen wir endlich diesen Wald? Ich habe das Gefühl, dass wir uns verlaufen haben. Ich dachte, Ihr kennt Euch hier aus?«

Fragen über Fragen prasselten auf ihn ein. Genervt warf er Belle einen Blick zu, der sie verstummen ließ.

Endlich Ru… Er hatte den Gedanken noch nicht zu Ende gebracht, da murmelte es neben ihm schon wieder. »Man wird ja noch fragen dürfen.«

Farin seufzte und wandte sich im Sattel um. »Wisst Ihr, ich finde es schön, dass Ihr nicht mehr so zickig seid, aber stiller wart Ihr mir irgendwie lieber …«

Belle sah ihn schräg an. Farin befürchtete schon eine Schimpftirade, doch dann brach sein Gegenüber in schallendes Gelächter aus.

Verwirrt sah Farin sie an. »Was ist so witzig?«

»Ich … Ihr … ähm … Ihr meintet das eben ernst?« Er hörte die Frage aus ihrem Gestotter heraus und nickte.

»In Ordnung, entschuldigt bitte, ich werde ab jetzt ruhig sein.« Die Prinzessin neben ihm war mit einem Mal wie ausgewechselt. Ernst und still setzte sie sich aufrecht in den Sattel.

Kopfschüttelnd betrachtete Farin sie. *Versteh einer die Frauen!* Mit einem Seufzer machte er sich daran, dem Wald wieder seine volle Aufmerksamkeit zu schenken. Mit Zufriedenheit stellte er fest, dass dieser sich endlich lichtete. Bald würden sie das geschützte Dickicht verlassen und auf die Ebene treffen, die zwischen dem Fengul und dem tesslonischen Gebirge lag. Weites, gefährliches Terrain …

Seit Belle schwieg, waren die Probleme wieder da. *Jetzt lenkt dich wenigstens nichts mehr ab.*

Doch ohne die Ablenkung sah er wieder, wie gefährlich das Leben geworden war und noch war ihm nicht klar, ob sie es heil nach Habicht schaffen konnten.

Bled

Es war früher Morgen und dichter Nebel zog über die Felder. So dicht, dass sie den großen Wald erst bemerkt hatten, als sie unmittelbar davor standen. Fast mystisch erhoben sich seine Umrisse vor ihnen.

»Seid Ihr Euch sicher, dass sie dort hinein sind? Der Wald wirkt so verlassen.« Fragend sah Bled zu Grip hinunter, der sich wieder in seine menschliche Gestalt zurückverwandelt hatte.

»Ist das Euer Ernst?« Grip wirkte genervt. »Natürlich bin ich mir sicher! Mein Gespür trügt mich nie, aber die Spur ist schon gut einen

Tag alt. Wir hätten nicht trödeln dürfen!« Der Tadel in der Stimme seines Halbbruders entging ihm nicht.

»Hm.« Grip hatte recht. Wäre er nicht dem Wahn verfallen, essen zu müssen und dabei ein ganzes Dorf zu vernichten, wären sie schon weiter. Aber gegen seine minderen Triebe, Hunger und Blutdurst, kam er im Augenblick einfach nicht an. Sein Gehirn hörte auf zu denken und er verfiel in eine Art Rausch, den nicht einmal Grip aufhalten konnte.

»Entschuldigt bitte …« Fast flehend sah er seinen Bruder an.

»Ist schon gut.« Grip winkte ab. »Ändern können wir jetzt auch nichts mehr. Wir werden das Beste aus alldem machen und ihnen weiter folgen. Irgendwo hier müssen sie noch sein und im Wald sollten wir wenigstens keine Zeugen haben.«

Bled reichte Grip den Zügel des Pferdes und spürte, dass sein Halbbruder noch etwas sagen wollte, jedoch abrupt innehielt.

Er wollte fragen, was los war, als ihm der Geruch von geronnenem Blut in die Nase stieg.

Leckeres süßes Blut … hm … Verdammt noch mal, jetzt beherrsch dich! Wegen dir haben wir schon genug Zeit verloren!

Bled wollte sich wieder Grip zuwenden, doch der war bereits zwischen den Bäumen verschwunden. Zweifelsohne begab er sich zur Quelle des Duftes und Bled dankte ihm dafür. Er kämpfte aus dieser Entfernung schon genug mit sich und seinem Bluttrieb, dem er nicht nachgeben durfte. Wenn er sich jetzt verwandelte, könnte er nicht mehr unterscheiden, wer die Prinzessin war und wer nicht, er würde alle töten …

Krampfhaft rang er um Fassung, das Pferd unter ihm schnaubte nervös.

»So schlimm?«

Er hatte gar nicht bemerkt, dass Grip zurückgekommen war.

»Ja, aber ich verstehe nicht weshalb. Es ist wie verhext …«

Sephin

»Mein König!«, entfuhr es dem Mann, der sich eilig verbeugte und ein paar Schritte zurückging, um ihm Platz zu machen.

Sephin nickte dem Mann zu und sah sich um. Er befand sich auf einem der Aussichtstürme seiner Burg. Von hier oben konnte man an guten Tagen kilometerweit über das Land blicken, doch heute Morgen war alles unter einer dichten Nebeldecke verborgen.

»Gibt es irgendetwas Neues? Habt Ihr etwas gesichtet?«, fragte er den Mann.

»Leider nein, mein König. Der Nebel versperrt uns fast gänzlich die Sicht, aber wir halten die Augen offen.«

Grip

Der Mann ist schon zu lange tot. Die Prinzessin hat einen immens großen Vorsprung. Warum zum Teufel kann Bled sich nicht einmal beherrschen?

Gregor wird außer sich sein. Grip wollte es nicht zugeben, aber ihm gefiel die ganze Situation überhaupt nicht. Sie hätten das Mädchen längst finden müssen.

Es *musste* etwas mit der Prinzessin zu tun haben! Und wer zum Teufel war bei ihr? Dass der Fremde sich in diesem Wald gut auskennen musste, stand außer Frage. Der Unterstand lag zu gut versteckt, als dass man einfach über ihn stolpern würde …

Die immer tiefer hängenden Äste zwangen Grip, seine Überlegungen zu beenden, indem er sich flach an den Pferdehals pressen musste. *Wenn es so weitergeht, werden wir wohl absteigen müssen.*

Seufzend schob Grip einen weiteren Ast zur Seite und versuchte dabei, seinen Geist nach Gregor auszustrecken. Er hatte Wut erwartet, fand jedoch nur in eine gähnende Leere. Was hatte das zu bedeuten? Sie hatten doch immer eine Verbindung …

»*Gregor?*«

Kapitel 30

Endline

Camelia

Die Wachen starrten sie aus leeren Augen an und versuchten nicht einmal, sie zum Schweigen zu bringen.

Ein mulmiges Gefühl beschlich Camelia, aber sie dachte gar nicht daran, mit dem Schreien aufzuhören.

Vielleicht hört mich ja jemand, der mir helfen kann? Sonderlich große Hoffnung jedoch hatte sie nicht. Wer sollte ihr auch helfen? Sie hatte ihren Mann ermordet und ihrer Stieftochter weiß Edid was angetan … Erschöpft rüttelte sie an den Gitterstäben, die sich keinen Millimeter bewegten. »Dann tötet mich doch«, schrie sie verzweifelt die Wachen an. Alles war besser als elendig in diesem Loch zu krepieren, doch die Männer rührten sich immer noch nicht. Hatten sie ihre Worte überhaupt gehört?

»Soso, da ist also unsere Unruhestifterin. Lasst uns allein!«

Diese Stimme! Camelia schaute auf. *Gregor!*

Die Wachen verneigten sich und verschwanden. Camelia sah ihnen nach, die Bewegungen der Männer wirkten merkwürdig. Ungelenk und steif … *Spielen mir meine Augen schon Streiche?*

Angstvoll blickte sie nach oben zum neuen König, der sich inzwischen in Bewegung gesetzt hatte. Ihren Adleraugen entgingen der veränderte Gang und die gradlinige Haltung nicht. Etwas stimmte ganz und gar nicht …

»Es hat Euch wohl die Sprache verschlagen?«, bemerkte der neue König von Endline.

»Nein, hat es nicht. Ich war nur überrascht, dass *Ihr* mir die Ehre erweist.« Fest sah sie ihn an und bemerkte, wie er überrascht eine seiner Augenbrauen hob.

»Ach ja? Wer hätte Euch sonst einen Besuch abstatten sollen, insbesondere wenn Ihr solch ein Drama veranstaltet? Sagt, was wolltet Ihr damit bezwecken, außer dass meine Wachen Kopfschmerzen bekommen?«

»Alles ist besser als hier vergessen zu werden«, murmelte Camelia mehr für sich und war überrascht, dass Gregor es gehört haben musste.

»Vergessen ist manchmal gar nicht so schlecht, gerade wenn man als Intrigantin fungiert hat.«

Camelia sah den forschenden Blick. Wollte er jetzt ein Geständnis von ihr? Sie hatte ihm auf den Thron geholfen, alles getan, damit *er* es leicht hatte.

»Ich habe Euch geholfen und *das* hier war Euer Dank!« Wütend machte sie eine ausladende Handbewegung in Richtung der Zelle.

»Nicht mir habt Ihr Euer neues Heim zu verdanken.« Ein grausames Lächeln breitete sich auf Gregors Gesicht aus und seine Augen blitzten seltsam auf.

Was soll das bedeuten? Und plötzlich fiel es ihr wie Schuppen von den Augen: Vor ihr stand nicht Gregor. Sein Körper vielleicht, doch die Haltung, die Art, diese Augen, all das war nicht der Gregor, den sie kennengelernt hatte.

»Ihr seid nicht Gregor von Fallenday«, flüsterte sie leise.

»Gut erkannt.«

Automatisch trat Camelia von den Gitterstäben zurück in Richtung der Wand. »Was wollt Ihr von mir? Wer seid Ihr?«

»Oh, entschuldigt, dass ich mich noch nicht vorgestellt habe. Mein Name ist Chaver. Vielleicht habt Ihr schon von mir gehört.« Ein verschmitztes Grinsen erschien auf seinem Gesicht.

Camelia wurde kreidebleich und die alten Legenden fielen ihr wieder ein. Legenden, von denen sie immer geglaubt hatte, dass sie vor allem eines waren, nämlich Märchen.

Chaver? Das kann nicht sein …

»Doch, meine Liebe, das kann es, und bevor Ihr Euch fragt: *Ja*, ich kann Eure Gedanken lesen oder besser gesagt hören, was Ihr denkt.«

»Was habt Ihr mit mir vor?« Ihre Stimme war brüchig.

»Mit Euch? Ursprünglich eigentlich nichts. Aber jetzt, da Ihr mich auf Euch aufmerksam gemacht habt, habe ich vielleicht sogar eine passende Verwendung für Euch.«

Chaver

»Was habt Ihr mit mir vor?«

Camelia war hübsch, auch wenn ihr Charakter mehr als fragwürdig war. Glücklicherweise war Letzteres zweitranig, denn ihr Körper hatte sein Verlangen geweckt. Aber das Verlangen galt nicht ihr, sondern seiner Geliebten von damals. *Katheryna.*

Fünfundzwanzig Jahre war sie inzwischen tot. Getötet von einem der fünf Könige. Er wusste bis heute nicht, wer von ihnen das Schwert geführt hatte, aber er würde es erfahren. Sie würde es ihm erzählen und dann konnte er sich rächen.

Er musste nur Katherynas Geist zurückholen. Einen passenden Körper hatte er dank Camelia schon gefunden.

Tesslon

Belle

Blinzelnd sah Belle in die Sonne, als sie aus den Schatten der letzten Bäume traten. Der Sonnenstand verriet ihr, dass es noch nicht einmal Mittag sein konnte.

»Wie weit geht sie?«, wandte sie sich zaghaft an Farin und brach damit die Stille, die in den letzten Stunden zwischen ihnen geherrscht hatte.

»Sie?«

Erstaunt darüber, dass sie das Wort ergriffen hatte, schaute er zu ihr. Seine Haut schimmerte im Licht der Sonne und seine Augen wirkten weicher als am Abend zuvor.

Belle ertappte sich dabei, wie sie ihn musterte, und wandte sich ab.

Denk an das Spiel! Du wirst doch nicht verlieren wollen?

»Die Ebene meine ich.«

»Ach so! Also, die tesslonische Ebene erstreckt sich von hier gut zwanzig Meilen bis hin zum tesslonischen Gebirge. Also ungefähr bis zu unserem Ziel …«

Belle folgte seinem Blick. Weit hinten konnte sie die Spitzen einiger Berge, die von dichtem Nebel gefangen gehalten wurden, erkennen. *Dort hinten befindet sich also Habicht.*

»Ihr seht, dass wir noch einen langen Weg vor uns haben.« Zwar hatte Farin mit ihr gesprochen, doch äußerlich hatte er sich schon wieder von ihr abgewendet und sah sich aufmerksam um. Sein Gesicht wirkte angespannt und unruhig.

Die Weite ihrer Umgebung behagte ihm anscheinend gar nicht und auch Belle machte sich ihre Gedanken. Zwar würden sie Verfolger schnell ausmachen können, waren jedoch selbst eine einfache Beute.

Da Farin ihr den Dolch wiedergegeben hatte, war sie zwar nicht ganz schutzlos, fühlte sich aber auch alles andere als wohl.

Grip

Den Wald hatten sie in beachtlichem Tempo durchquert und Grip musterte die Ebene, die sich nun vor ihnen erstreckte. Welcher Richtung sollten sie folgen? Einen Seufzer ausstoßend schwang er sich vom Pferd. Um eine erneute Verwandlung würde er nicht umhinkommen.

Er hörte das panische Wiehern, als sich seine Klauen in die nasse Erde bohrten und er sich kurz darauf mit der Schnauze auf die Suche nach einer brauchbaren Spur machte, dabei hoffend, dass Bled sein Pferd festhielt.

Es brauchte nur einige wenige Sekunden, bis er eine Spur ausmachen konnte. Um aber sicherzugehen, dass die Gesuchten nicht erneut eine falsche Spur gelegt hatten, folgte er dieser eine Weile. Mit gebührendem Abstand folgte ihm Bled mit den Pferden.

»Da vorn sind sie! Endlich!« Grip hatte sich wieder in einen Menschen verwandelt und klopfte sich etwas Dreck vom Hemd.

»Da vorn? Ich sehe nichts …«

Genervt verdrehte Grip die Augen. »Ihr solltet vielleicht endlich aufhören, Euch immer diese alten Körper auszusuchen. Euch ist schon bewusst, dass wir uns in alles und jeden verwandeln können? Es müssen nicht immer die gleichen und fast an Altersschwäche sterbenden unnützen Personen sein.« Abschätzig sah er seinen Halbbruder an. Im Gegensatz zu ihm, dessen menschliche Hülle jung und stark war, trug dieser fast ausschließlich das Aussehen eines alten Mannes, den sie vor Jahren in Maux kennengelernt hatten. Ihm war schleierhaft, was Bled an diesem Mann gefunden hatte. Wer war schon freiwillig alt und grau?

»Lasst mich doch!«, knurrte Bled und Grip zuckte die Schultern. Sie standen, verborgen vor etwaigen neugierigen Blicken, im Schatten der einzigen Bäume weit und breit. Mit seinen Adleraugen spähte er in die Ferne und musterte das ungleiche Paar, das sich Meilen vor ihnen befand.

Zu seinem Bedauern hatte er festgestellt, dass das Mädchen mit einem Mann unterwegs war, der sein Handwerk verstand und seine Umgebung nicht aus den Augen ließ. *Was mache ich nur mit Euch Möchtegern-Beschützer?*

Endline

Chaver

Dass er die Seele von Katheryna wieder zu sich zu rufen konnte und sie damit wiedervereint sein würden, war ihm anfangs nicht gleich in den Sinn gekommen. Natürlich kannte er die Geschichten, dass man Tote nicht wieder lebendig machen konnte, aber er war Chaver. In ihm lebte ein Teil von Selfin und damit eine uralte Macht, die alles ermöglichen konnte. Außerdem … Dragon hatte ihm damals ein Ritual verraten, das es ihm ermöglichte, die Seelen zu rufen. Er würde Katheryna zu sich holen und ihr Camelias Körper anbieten. Genauso, wie er es bei Gregor getan hatte …

Es klopfte und eine Wache steckte den Kopf durch die Tür.

»Herr, hier ist ein Bote mit einer Mitteilung für Euch. Er sagt, es wäre wichtig.«

»Lasst ihn eintreten.«

Die Tür wurde geöffnet und ein schlaksiger Mann trat ein. Seine Augen waren dunkel und vollkommen ohne Glanz. *Seelenlos und treu,* stellte Chaver zufrieden fest.

»Mein Herr, ich habe eine Nachricht von Hauptmann Sep für Euch.« Kaum hatte er die Worte gesprochen, überreichte er einen Brief und Chaver entließ ihn mit einer Handbewegung. Neugierig öffnete er den Umschlag und überflog das Papier.

Im Gebirge gab es erneute Fortschritte. Zufrieden lehnte sich Chaver in seinem Sessel zurück. Seine Marionetten leisteten ganze Arbeit. Jetzt fehlte nur noch etwas zu seinem Glück …

Sein Blick wanderte unruhig zu einem der Fenster. Bisher hatte er noch nichts Neues von Bled oder Grip gehört.

Es war ein ungutes Gefühl, nicht zu wissen, warum es so lange dauerte. »Sie ist doch nur ein Mädchen«, flüsterte Chaver und wusste doch, dass dieser Umstand nicht ganz der Tatsache entsprach.

Tesslon

Farin

Entgegen seiner Erwartungen hatten sie den Weg bis zum Sumil ohne besondere Vorkommnisse zurücklegen können. Einen Großteil der Strecke waren sie getrabt, doch als Belles Stute immer weiter zurückfiel, hatte er seinen Hengst gezügelt und sie waren im Schritt weitergeritten.

Sorgsam sah Farin sich um, doch egal, in welche Richtung er blickte, er konnte nichts und niemanden ausmachen. Die Prinzessin, seine kostbare Fracht, ritt unmittelbar hinter ihm und schien endlich verstanden zu haben, dass sie ihn nicht mit Reden ablenken sollte.

Eigentlich hätte er sich etwas entspannen müssen, aber sein ungutes Gefühl wollte einfach nicht weichen. *Es ist zu einfach.*

Warum war ihm bisher niemand entgegengekommen? Gut, die Ebene galt nicht gerade als verlockende Handelsstrecke, aber trotzdem musste man sie überqueren, wenn man mit Endline und Malvine

Handel treiben wollte. Warum also hatte er auch in der Ferne noch niemanden ausmachen können?

Die ersten Ausläufer des Gebirges rückten immer näher, bald würden das bergige Umland und die dichten Baumbestände der Berge sie schützen. Farin sah sich um und wollte Belle eben fragen, ob sich ihre Stute wieder erholt hatte, als sein Hengst einen Satz zur Seite machte. Farin wandte sich dem Tier zu.

»Ruhig, mein Großer. Was hast du denn?«, sprach er beruhigend auf das Pferd ein, doch es half nichts. Im Gegenteil, es wollte davonstürmen. Farin fasste die Zügel kurz und das Pferd unter ihm begann zu steigen. Aus den Augenwinkeln sah er, dass auch Belle ihre Probleme hatte. *Was ist los, verdammt?*

Er hatte es kaum gedacht, da sah er es. Es war jedoch schon zu spät, um zu reagieren und die Pferde laufen zu lassen …

Ein riesiger Wolf sprang vor die Hufe der Tiere, die in Panik ausschlugen. Farin hörte Belles Rufe und sah, wie sie den Halt verlor, um kurz darauf von ihrer Stute zu stürzen. Wenig später verlor auch er die Kontrolle und stürzte zu Boden. Die Pferde rannten davon …

Zügig rappelte Farin sich auf und griff instinktiv nach seinem Schwert. Er wandte sich in Richtung des Wolfes, doch das Tier war verschwunden. War es den Pferden hinterhergerannt?

Keinen weiteren Gedanken daran verschwendend, lief er auf Belle zu und half ihr auf. »Alles in Ordnung bei Euch?«, wisperte er und musterte ihren Körper. Bis auf ein paar Schrammen war ihr glücklicherweise nichts geschehen.

»Ja, es war wohl mehr der Schreck. Was ist geschehen, wo ist der Wolf und wo sind die Pferde?«

Farin fuhr herum, dass Schwert in der Hand, und musterte die Umgebung. Ein paar große Findlinge, zwei einzelne karge Birken und sonst nichts. Kein Wolf. Keine Pferde.

»Oh, sind da etwa jemandem die Pferde durchgegangen?« Die Stimme erklang unvermittelt und Farin wirbelte erneut herum. Ein Mann war wie aus dem Nichts erschienen und stand neben einem der Findlinge. Die Hände hatte er vor der Brust verschränkt und seine Haltung wirkte entspannt.

Mit einer einzigen Handbewegung packte Farin Belle am Handgelenk und zog sie hinter sich. Glücklicherweise machte sie keinen Aufstand.

»Ach, wie niedlich, Ihr wollt sie wirklich schützen.« Amüsiert sah sein Gegenüber ihn an.

»Was wollt Ihr und wer seid Ihr?«, knurrte Farin und hob sein Schwert.

»Warum denn so unfreundlich?« Der Mann ihm gegenüber löste die Hände und unwillkürlich lief Farin ein Schauer über den Rücken. Sein Gegner besaß keine Hände, es waren Klauen! Lange und spitze Klauen, wie die eines Tieres.

»Wollt Ihr nicht vielleicht doch lieber das Schwert wegstecken und wir bleiben beim Reden?« Sein Gegenüber verzog sein Gesicht zu einem grauenvollen Grinsen, das spitze Eckzähne entblößte.

Was ist das?, ging es Farin durch den Kopf. *Ist das einer der Schergen, von denen Vater gesprochen hat? Ein Mensch mit Dämonenblut?*

In seinem Kopf schrillten die Alarmglocken. *Hatte Vater nicht von zwei Schergen gesprochen?*

Suchend streifte sein Blick die Umgebung ab.

»Ach, er will sich wirklich mit uns anlegen?« Eine zweite Person in der Gestalt eines alten Mannes kam hinter dem Findling hervor.

»Ich befürchte fast, dass er in der Tat denkt, es mit uns aufnehmen zu können – oder irre ich mich?« Das erste Wesen musterte erst ihn und dann Belle. »Wir können«, schnaubte es, »die ganze Sache einfach oder schwer machen. Glaubt mir, beide Wege sind mir recht. Also, entweder Ihr gebt uns das Mädchen freiwillig und Ihr kommt davon *oder* wir töten Euch einfach und holen es uns dann – Ihr habt die Qual der Wahl. Also?« Auffordernd sah das Wesen ihn an.

Ungewollt entrann Farin ein Lachen. Dachten diese Wesen wirklich, dass er ihnen Glauben schenken würde?

Sie werden mich so oder so töten, außer ich komme ihnen zuvor …

Farin hatte noch nie aufgegeben und würde auch diesen Kreaturen nicht kampflos das Feld überlassen.

»Ich weiß nicht, was an Eurer Situation zum Lachen sein soll!« Die Gestalt mit den Klauen machte einen Schritt auf ihn zu und Farin sah, dass die Klauen sich wieder in Hände verwandelten. *Sie können es also steuern.*

»Ich finde zum Lachen, dass Ihr der Meinung seid, Ihr könntet mich täuschen. Ihr würdet mich nicht am Leben lassen. Außerdem … Es gibt noch eine andere Möglichkeit. Ich töte Euch und *wir* ziehen ungehindert weiter. Diesen Weg finde ich persönlich am besten. Was sagt Ihr?«

Schallendes Gelächter drang ihm entgegen. »Ihr denkt wirklich, dass es so einfach ist, oder?« Sein Gegner funkelte ihn an.

»Farin?« Belles Stimme erreichte sein Ohr, doch er wandte sich nicht zu ihr um.

»Farin bitte! Vielleicht sollte ich einfach …«

»Wagt nicht, es auch nur auszusprechen«, fauchte er sie eine Spur zu heftig an. »Wir sind nicht so weit gekommen, um jetzt aufzugeben. *Ich* gebe nie ohne Widerstand auf!« Entschlossen sah er die beiden Wesen an, deren Augen mordlustig aufleuchteten. Der Anführer der beiden, zumindest kam er Farin so vor, trat nach vorn und unvermittelt begannen sich seine Umrisse zu verändern. Von einem Moment zum nächsten wirkte nichts mehr menschlich an ihm. Die Kreatur sah aus wie ein riesiger Schatten mit messerscharfen langen Krallen und rötlichen Augen.

»Gut, wenn Ihr Eure Wahl getroffen habt, so sei es!« Die Stimme klang wie das Fauchen eines Tieres und im nächsten Augenblick erreichte Farin der erste Angriff. Schnell und präzise schlug die Kreatur nach ihm. Im allerletzten Moment gelang es Farin auszuweichen.

Er keuchte, als er einem neuen Hieb ausweichen musste. *Verflixt, ist das schnell! Ich komme nicht einmal dazu, zurückzuschlagen.*

Aus den Augenwinkeln sah er, dass das zweite Wesen sich noch immer dort aufhielt, wo es zuvor gestanden hatte. Fast gelangweilt lehnte es sich an den Felsen und es sah aus, als würde es nicht damit rechnen, in den Kampf eingreifen zu müssen.

Wenigstens ignoriert es Belle.

Als er erneut ausweichen musste, suchte Farins Blick das Mädchen. Zu spät merkte er, dass das ein Fehler gewesen war.

Die Krallen erwischten ihn am Bein und bohrten sich tief in das Fleisch. Ungewollt entfuhr ein Aufschrei seiner Kehle. Farin spürte das warme Blut, das sein Hosenbein tränkte.

Verdammt, warum hatte er sich auch ablenken lassen?

»Wollt Ihr nicht langsam mit diesem sinnlosen Kampf aufhören? Es wird langweilig«, meinte sein Gegner und sah in Belles Richtung.

»Niemals!«, zischte Farin und nutzte dessen Unaufmerksamkeit, um ihm das Schwert in die Seite zu stoßen.

Schwarzes Blut spritzte und das Wesen zuckte leicht. *Er müsste vor Schmerzen aufschreien …* Irritiert sah Farin seinen Gegner an, der an sich heruntersah und das Schwert musterte. »Ihr meint es also tatsächlich ernst?« Mit einer unglaublichen Schnelligkeit griff das Wesen nach dem Schwert, dessen Spitze noch immer in dessen Bauch steckte, und riss es aus sich und Farins Griff heraus. »Welch Ironie, wenn ich Euch mit Eurem eigenen Schwert umbringe. Meint Ihr nicht auch?«, flüsterte es und Farin schluckte.

Eine Bewegung hinter ihm sagte ihm, dass die zweite Kreatur sich ihm näherte. *Sie wollen die Sache beenden …*

Hastig zog Farin seinen Dolch und wollte herumwirbeln, doch sein verletztes Bein ließ ihn wanken.

Die Hände des alten Mannes schlangen sich um seinen Hals. Farin versuchte sich zu befreien, aber es war vergeblich. Das Wesen war stärker, als der alte Körper, in dem es hauste, vermuten ließ. Der Druck auf Farins Hals nahm zu, die Luft wurde knapper. Aus den Augenwinkeln sah er, wie der zweite Dämon sich näherte.

Das Schwert, sein Schwert, feierlich erhoben.

Belle

Die bloße Anwesenheit der Wesen machte ihr Angst. Sie waren so anders als alles, was sie bisher gesehen hatte. Belle spürte ihre Auren und wusste schlagartig, dass sie diejenigen waren, die damals im Wald versucht hatten, über sie die Kontrolle zu erlangen.

Ein Schauer glitt über ihren Rücken, als der Kampf vor ihr heftiger wurde. Farin schaffte es kaum mehr, den Hieben auszuweichen. Belle wurde bewusst, dass es gar kein Kampf war. Es war eine Hinrichtung.

Farin hatte von Anfang an keine Chance gehabt. *Er hat es gewusst,* schoss es Belle durch den Kopf. Genauso wie Twin es gewusst hatte.

Farin würde ihretwegen sterben …

Vielleicht haben wir ja doch eine Chance. Hoffnung keimte in Belle, nur um kurz darauf einzugehen, als der zweite Halbdämon eingriff und Farin in den Würgegriff nahm. Belle musste unbedingt etwas tun, aber was? Nervös sah sie sich um. *Sie werden ihn töten, wenn du nicht eingreifst!,* schrie sie sich in Gedanken selbst an. *Aber wie?* Fieberhaft sah Belle sich nach einer Lösung um und stellte dabei fest, dass die Monster ihr keinerlei Beachtung schenkten.

Sie halten mich nicht für eine Bedrohung, wurde ihr klar und diesen Umstand musste sie zu ihrem Vorteil nutzen.

In gebückter Haltung schlich Belle um den alten Mann herum und näherte sich ihm langsam von hinten.

Oder sie wissen, dass du keine Chance gegen sie hast …, kam ihr der Gedanke. Na wunderbar, im sich selbst motivieren war sie ja mal wieder spitzenmäßig.

Unmittelbar hinter dem Wesen löste Belle behutsam den Dolch aus ihrem Strumpfband. Nur Sekunden später steckte er zwischen den Rippen des alten Mannes.

»Ich verfluche Euch«, flüsterte sie. Verwirrt blickte das Monster sich zu ihr um und ließ Farin los. Es wollte etwas sagen, hechelte jedoch nur und brach unvermittelt zusammen. Schwarzes Blut floss aus der Wunde und tropfte dampfend auf den kalten Erdboden.

»Was habt Ihr getan?«, fauchte die andere Kreatur und war mit wenigen Schritten bei ihnen.

Farin schob sich schwer atmend zwischen sie und drückte Belle nach hinten, sodass sie einige Schritte von dem Halbdämon trennten.

»Bled, hört Ihr mich?«, schrie der Anführer, doch statt einer Antwort erklang nur ein Röcheln.

»Ihr Miststück, sagt mir sofort, was Ihr ihm angetan habt!« Das Wesen hatte sich ihr zugewandt. Drohend grub es die Krallen in den Boden.

Es wird uns umbringen, wurde ihr bei dem Anblick bewusst und Belle begann zu zittern. Der alte Mann vor ihren Füßen röchelte erneut und begann sich zu verändern. Ein Schatten, der kleiner und schwärzer war als die dämonische Gestalt des anderen.

War es ein Zeichen des nahenden Todes? Es reichte zumindest aus, um die Aufmerksamkeit des anderen Dämons auf sich zu ziehen.

Was habe ich getan? Farins wankender Körper riss Belle aus ihren Gedanken. Ein Blick an seiner Wade hinab und die Blutlache, die sich unter dem Bein sammelte, sagte alles. Es war ein Wunder, dass er überhaupt noch stehen konnte. *Wenn er uns jetzt angreift …*

»Wir sehen uns wieder, darauf könnt Ihr Gift nehmen!«, zischte die Kreatur. Belle zuckte zusammen und schöpfte Hoffnung. Konnte das bedeuten, dass sie sich zurückzogen?

Farin stöhnte auf. »Verdammt, was war das? Sind sie weg?« Erschrocken sah Belle zu ihm und half ihm, sich hinzusetzen.

»Ich glaube schon … Was ist mit Eurem Bein?« Sie sah zu Farin, der statt einer Antwort die Zähne zusammenbiss. Eine Intuition folgend sah sie ihm in die Augen und bemerkte, dass diese bereits trüb wurden. *Er wird sterben, wenn ich nichts unternehme.*

»Darf ich?«

Ein hauchzartes Lächeln zeichnete sich auf Farins Gesicht ab. »Seit wann fragt Ihr?«

»Wenn es Euch so gut geht, dass Ihr Witze machen könnt, kann es ja nicht so schlimm sein.«

Vorsichtig zog sie den durchweichten Stoff von der Wunde. Als sie den Unterschenkel freilegte, keuchte Farin.

Belle erstarrte. Es war schlimmer, als sie befürchtet hatte. Die Klaue hatte sich bis zum Knochen durchgeschlagen. Überall war Blut, die Wundränder wirkten verätzt und es war unmöglich, die Wunde auf die Schnelle zu versorgen.

Belle war keine Heilerin, aber fest stand, dass Farin nicht mehr lange durchhalten würde. Schon jetzt war er blass und zittrig.

Denk nach, Belle! Farin tat ihr so unendlich leid. Alles war nur ihre Schuld. Nichts konnte sie tun.

Doch dann … Wie war das früher gewesen? Sie hatte schon mehr als einmal Leben gerettet. Gut, vielleicht nicht unbedingt das Leben eines Menschen, aber Vögel waren immerhin auch Lebewesen.

Farin neben ihr stöhnte und drohte das Bewusstsein zu verlieren. Verängstigt sah sie ihn an. Er durfte sie nicht allein lassen … Sie brauchte ihn und plötzlich war es da.

»Helmestra!«, flüsterte Belle. Sofort hörte die Wunde auf zu bluten und begann sich zu verschließen.

»Wie habt Ihr das zustande gebracht?« Seine Stimme klang zittrig und brüchig. Hatte er nicht genug Kraft, um normal zu sprechen oder war er zu schockiert? Sie sah hinauf in sein Gesicht, in dem sich Verblüffung und Dankbarkeit spiegelte, keine Angst oder Schwäche.

»Geheimnis einer Hexe«, brachte sie schmunzelnd hervor.

Ein Lächeln schlich sich auf Farins Gesicht. »Danke«, wisperte er, doch sie schüttelte den Kopf. »Nein, ich muss Euch danken. Ihr wusstet die ganze Zeit, dass es ein aussichtsloser Kampf ist, und habt ihn trotzdem begonnen.«

Sein Blick sagte ihr, dass sie recht hatte.

Kapitel 31

Tesslon

Omir

Die schweren Tore der Burg, die hoch über dem Wald thronte, schwangen auf und gewährten ihnen Einlass.

Ein Blick in den Burghof genügte, um festzustellen, dass man sie von einem der Türme gesehen haben musste. Im Hof wimmelte es von Menschen, die ihnen entgegendrangen.

Omir hatte sein Pferd eben einem Stallknecht übergegeben, als ein gehetzt wirkender Sephin an seiner Seite auftauchte.

»Mein Sohn?«, fragte der König atemlos. Omir nickte in Chaces Richtung und bevor er noch etwas sagen konnte, war der König schon verschwunden. Erst jetzt bemerkte Omir die Königin, die blasser als sonst hinter dem König herlief. *Sie müssen tausend Ängste durchlitten haben,* kam ihm der Gedanke und dann die Erkenntnis, dass es nun sein Sohn war, der vermisst wurde. Sein einziger Sohn …

Nachdenklich sah Omir nach oben, über die Zinnen hinweg in den Himmel, der sich bereits dunkel verfärbte.

»Farin, wo bist du nur? Geht es dir und der Prinzessin gut?«, flüsterte er und wandte sich dann ab. Er durfte sich keine schwachen Gefühle leisten. In den nächsten Stunden musste er die neuen Erkenntnisse seinem König und dessen Beratern mitteilen und in Erfahrung bringen, ob diese bereits den Rat einberufen hatten.

Der Anblick seines Sohnes, der gesund und munter neben Ed stand, ließ mit einem Mal alle Sorgen von ihm abfallen.

»Chace!« Seine Stumme klang brüchig, doch es war ihm egal. Genauso wie ihm egal war, dass er mitten im Burghof stand, als er seinen Sohn umarmte.

Wann war das das letzte Mal geschehen? Vor zehn Jahren? Es spielte keine Rolle. Sein Sohn und Thronerbe lebte …

Sephin hatte Chace gerade losgelassen, als Celina dazukam. Tränen standen in ihren Augen, als sie ihren Sohn so fest an sich drückte, als würde sie ihn nie mehr loslassen wollen.

»Was ist geschehen? Wir waren voller Sorge. Es kamen keine Nachrichten von dir und das, was aus Trebin zu uns drang, war so beunruhigend …« Sie stockte und ließ ihren Sohn los.

»Ich bin wieder zu Hause, Mutter. Mir geht es gut. Ihr braucht Euch keine Sorgen mehr zu machen!« Die Stimme klang beruhigend. *Zu beruhigend …* Celina legte den Kopf schief und wollte nachhaken, als eine wohlbekannte Frauenstimme sie herumwirbeln ließ.

Das kann doch nicht sein. Ihr Blick fand die Frau. »Ophelia?«

»Mutter!«

Mit schnellen Schritten hatten die Frauen einander gefunden und lagen sich in den Armen.

Etwas befremdlich sah Sephin auf die Szene vor sich, dann wandte er sich an seinen Sohn und widmete sich der Frage:

»Sag mal, Chace. Was ist mit Twin? Ich kann ihn nirgends entdecken.«

Stille.

Sephin sah die Blicke, die Ed und Chace sich gegenseitig zuwarfen. »Ed?«

»Er ist tot. Gestorben bei dem Versuch, uns zu helfen.«

»Das kann doch nicht sein! Twin ist einer der Besten! Hört auf mit diesem dummen Scherz!«

Betreten sah Ed zu Boden. »Es ist kein Scherz. Twin ist tot. Wir wurden überfallen, bevor wir auf Omir und seine Männer trafen. Wie sich herausstellte, waren unsere Gegner keine Menschen.«

Sephin erstarrte. »Ist das Euer Ernst?«

Seine Gegenüber blieben stumm.

»Vielleicht sollten wir dieses Thema in einer ruhigeren Umgebung besprechen …«

Sephin zuckte zusammen. Er hatte nicht bemerkt, dass Omir sich genähert hatte. »Na schön, aber Ihr werdet mir nachher Rede und Antwort stehen! Ist das klar?«

»Ja«, sprachen Ed und Chace wie aus einem Mund.

»Mein König, ich habe ein Anliegen. Farin ist noch da draußen. Zusammen mit einer Freundin. Die Zusammenhänge erkläre ich Euch nachher. Ich brauche jetzt nur Eure Einwilligung, dass ich nach ihnen suchen lassen darf.«

Sephin runzelte die Stirn. *Was wird hier gespielt?*

»Gut, meine Zustimmung habt Ihr. Aber Omir? Ich verlange einen umfassenden Bericht!«

»Natürlich!«

Ohne ein weiteres Wort verschwand seine rechte Hand in der Menge.

Endline

Grip

Es war später Abend und ein kühler Windstoß begrüßte ihn, als er endlich den Schlosshof erreichte, den stöhnenden Bled von sich warf und sich wieder in seine Menschengestalt verwandelte.

»Einen Arzt, ich brauche einen Arzt!«, rief er. Zwei Wachleute kamen ihm entgegengelaufen.

»Wer seid Ihr? Was sucht Ihr hier?«, knurrte der eine von ihnen.

Verwirrt sah Grip sich um. Er war doch in Trebin? Normalerweise erkannte man ihn. *Jeder* kannte ihn …

Bled zu seinen Füßen stöhnte und mit Erschrecken stellte Grip fest, dass mit jeder Sekunde das Leben weiter aus ihm strömte.

Dieses verfluchte Gör, wie ist ihr das nur gelungen?

»Ist schon gut, Männer«, erklang Gregors Stimme und Grip fuhr herum. »Mein König, ich brauche Eure Hilfe. Bled, er ist …«

Gregor warf einen abschätzigen Blick zu dem am Boden liegenden Bled.

»Fast tot. Dem kann niemand helfen.« Die Kälte in der Stimme seines Meisters war ungewohnt, auch sein Auftreten wirkte anders. Grip spannte sich an. »Er braucht Hilfe!«, versuchte er es noch einmal.

Gregor schüttelte den Kopf. »Wenn er nur verletzt wäre, würde ich Euch durchaus zustimmen, aber hier schwingt etwas anderes mit. Sie hat ihn verflucht, oder? Diese kleine Hexe hat ihn tatsächlich verflucht … Ich spüre ihre Magie, nicht stark, aber es genügt. Das Einzige, was Ihr noch für ihn tun könnt, ist, ihn zu erlösen.«

Ohne jegliche Emotion hatte sein ehemaliger Freund die Worte ausgesprochen. Grip erstarrte. *Ist das sein Ernst?*

Ein lautes Stöhnen entfuhr Bleds Kehle.

»Macht schon, oder soll ich? Meine Ohren können das Gejammer nicht mehr ertragen.«

Starr von der Unbarmherzigkeit dieser Worte, reagierte Grip nicht sofort und nur Augenblicke später sauste ein Schwert an ihm vorbei. Sein Halbbruder röchelte und plötzlich war es still.

»Was habt Ihr getan?«, hauchte Grip, doch Gregor zuckte nur mit den Schultern. »Was getan werden musste. Und nun, wo ist meine Prinzessin?«

»In der tesslonischen Ebene.«

Er blickte in das Gesicht seines Königs und sah, dass es vor Zorn verzerrt war. »Ihr habt sie dort gelassen und stattdessen Euren wertlosen Bruder hierher gebracht?«, fauchte er und die Wut, die Grip entgegenschlug, ließ ihn zurückweichen.

Das ist nicht Gregor, wurde ihm bewusst.

»Ganz recht, *ich* bin nicht Gregor!«

Grip erstarrte. Sein Gegenüber hatte seine Gedanken gelesen.

»Wer seid Ihr dann?« Mit bemüht fester Stimme presste Grip die Worte hervor.

Ein Grinsen erschien auf Gregors Gesicht. »Kommt Ihr nicht von allein drauf? Ich dachte wenigstens, dass das Blut Eures Vaters mich erkennen würde. Zumindest hatte Sep mich schnell durchschaut.«

»Chaver? Das kann nicht sein«, brachte Grip zwischen den Zähnen hervor.

»Oh doch!« Das Grinsen seines Gegenübers gefiel ihm gar nicht. Mit einem Mal war Grip schlecht und das nicht nur, weil sein toter Halbbruder ihm zu Füßen lag.

In seinem Kopf hämmerte es. Wenn das hier Chaver war, was war mit Gregor? Wo war er? Lebte er noch?

»Ihr solltet Euch nicht so viele Gedanken über Euren ehemaligen Herrn machen.« Abschätzig musterte Chaver ihn.

»Ach nein?«

»Nein, das Einzige, worüber Ihr Euch Gedanken machen solltet, ist das Mädchen. Ich will es immer noch und mache Euch ein Angebot. Ich vergesse Eure Unfähigkeit, wenn Ihr sie mir bringt, bevor die Sonne das nächste Mal untergeht. Andernfalls wird Euer Vater die Sache in die Hand nehmen müssen und Euch im gleichen Atemzug auslöschen. Haben wir uns verstanden?«

Grip starrte ihn an.

»Jetzt verschwindet endlich und holt sie her!«

Chaver hatte sich schon umgedreht und angeschickt wegzugehen, als er sich noch umwandte: »Ach, und wenn Ihr sie herbringt, legt ihr das hier um, bevor Ihr das Schloss betretet.«

Grip fing den kleinen Anhänger auf, der ihm zugeworfen wurde, und musterte ihn. Es war ein Amulett mit einem seltsamen Schriftzeichen. Grip wollte fragen, was das zu bedeuten hatte, aber als er wieder aufsah, war Chaver schon verschwunden.

Tesslon

Belle

»Denkt Ihr, dass Ihr laufen könnt?« Fragend sah sie auf Farins Bein, das zwar äußerlich geheilt war, aber dennoch verdächtig zitterte.

»Natürlich kann ich laufen!«, ergriff Farin das Wort und stemmte sich hoch, ohne dabei auf die Hand zu achten, die sie ihm hingehalten hatte.

»Was denkt Ihr, wie lange brauchen wir zu Fuß?«

»Ihr meint, wenn uns die Schergen nicht einholen?« Farin sah in die Ferne, als schätzte er die Entfernung ab. »Ein oder zwei Stunden bis zum Rand des Gebirges vielleicht und danach mindestens noch vier oder fünf Stunden, bis wir Habicht erreichen.«

Seine Stimme sprudelte nicht gerade vor Elan. »Wir können allerdings auch einfach hierbleiben und uns die Anstrengung sparen. Die Schergen werden uns sowieso einholen …«

»Scherge …«, berichtigte Belle ihn.

»Wie bitte?« Verwundert sah Farin sie.

»Scherge, die Einzahl. Es ist nur noch der eine.«

»Und wie kommt Ihr darauf? Könnt Ihr inzwischen etwa Hellsehen?«

»Ich habe ihn mit einem Fluch belegt. Er kann nicht überleben.« Belle antwortete so leise, dass sie im ersten Moment dachte, dass Farin sie unmöglich gehört haben konnte, doch dann nickte er. Sie sah zu ihm und stellte dankbar fest, dass er sie nicht ausfragte. Im Gegenteil: Er wirkte abwesend, als würde er über etwas nachgrübeln.

Farin

Er verlagerte sein Gewicht auf sein geheiltes Bein und stellte mit Erleichterung fest, dass es sich ganz normal anfühlte. *Wirklich erstaunlich.*

Eine Hand vor die Augen haltend, blickte er in die Ferne. Die Berge am Horizont wirkten so nah und waren dennoch in weite Ferne gerückt, zumindest wenn die Pferde nicht wieder auftauchen würden.

Mehrfach pfiff er nach seinem Hengst, aber nichts geschah. In alle Richtungen wandte er sich um und hielt Ausschau nach den Tieren, doch nicht das geringste Lebenszeichen war zu finden. *Sie können sich doch nicht in Luft aufgelöst haben! Und nun?*

»Was denkt Ihr, wie lange brauchen wir zu Fuß?«, holte ihn Belles Stimme wieder in die Gegenwart.

»Ihr meint, wenn uns die Schergen nicht einholen?«

Mit einem Seufzer nahm er erneut die Berge ins Visier.

»Ein oder zwei Stunden bis zum Rand des Gebirges vielleicht und danach mindestens noch vier oder fünf Stunden, bis wir Habicht erreichen.« Es laut auszusprechen, machte die Sache nicht unbedingt leichter. Die Aussicht auf einen langen Fußmarsch war nicht gerade das, was er sich jetzt wünschte. Ein heißes Bad und ein bequemes Bett wären ihm bei Weitem lieber gewesen.

»Wir können allerdings auch einfach hierbleiben und uns die Anstrengung sparen. Die Schergen werden uns sowieso einholen …«

»Scherge …«, erhob Belle das Wort und Farin suchte verwundert ihren Blick.

»Wie bitte?«

»Scherge, die Einzahl. Es ist nur noch der eine.«

»Und wie kommt Ihr darauf? Könnt Ihr inzwischen etwa Hellsehen?«

»Ich habe ihn mit einem Fluch belegt …«

Er hatte aufgehört, ihr zuzuhören. Konnte das wirklich sein? Andererseits: Sie hatte auch sein Bein geheilt, warum sollte sie nicht auch Leben nehmen können?

Belles Magie war stark. Stärker, als er gedacht hatte und Farin wurde mehr und mehr bewusst, warum Gregor so viel daran lag, Belle und damit ihre Macht sein Eigen zu nennen.

Ihre Magie in den falschen Händen ist tödlich.

Farin war plötzlich klar, wie viel von ihm und seiner Aufgabe abhing.

Sie dürfen Belle nicht bekommen. Wir müssen es irgendwie bis nach Habicht schaffen!

Aber was geschah, wenn sie die geschützte Burg nicht rechtzeitig erreichten? Wenn die Schergen schneller waren?

Wäre es nicht besser, wenn er Belle tötete, bevor Gregor ihre Macht besaß?

Bei dem Gedanken daran zuckte er zusammen. *Könnte ich Belle wirklich umbringen?*

Tief Luft holend versuchte er sich zu beruhigen und wieder klare Gedanken zu fassen. Noch war es nicht so weit, dass er über Derartiges nachdenken musste.

Omir

»Omir, mein Lieber, ich habe in den Sternen gesehen, dass Ihr mir einen Besuch abstatten würdet, aber einen Grund haben sie mir nicht verraten. Was führt Euch also zu einem alten, bescheidenen Mann?«

Unwillkürlich schmunzelte Omir, als er die warme Stimme seines Freundes vernahm. Er kannte den Mann, seit er klein war und seit jener Zeit hatte er sich kein Stück verändert. *Als wäre die Uhr stehengeblieben,* dachte er, als er näher kam. Das gleiche zahnlose Lächeln, die freundlichen Augen und die Falten im Gesicht.

Er muss weit über hundert sein, stellte er fest.

Seit Omir denken konnte, lebte Zage in diesem Gemäuer, aber in seiner eigenen kleinen Welt. Die Sterne, die Karten und das Pendel waren seine Fenster nach draußen. Nur selten verließ er das Zimmer und begab sich in die Wirklichkeit.

»Ich bin gekommen, weil ich Euren Rat ersuche und weil ich jemanden habe, der sich gerne mit Euch unterhalten würde.«

Zage nickte bedächtig und lief auf einen Kessel über dem Feuer zu. »Das Mädchen«, sagte er nur und öffnete den Deckel. Ein betörender Duft erfüllte den Raum.

»Woher wisst Ihr das?« Wie in Trance verfolgte Omir jede Bewegung des alten Mannes.

»Ich wusste, dass der Moment eines Tages kommen würde. Sie ist Endlines Tochter und ich habe nichts anderes erwartet. Nur wo ist sie? Ich habe gesehen, dass sie bei Euch war, aber seit einer Weile ist das Bild dunkel … Sie hat ihren Geist verschleiert. Weder ihren noch den von Farin kann ich spüren.«

Omir erstarrte. *Vielleicht sind sie tot?*

Zage musterte ihn scharf. »Sie leben noch«, stellte er fest. »Auch wenn ich nicht sehe, was sie tut oder wo sie ist, spüre ich doch ihre Magie. Sie wird immer stärker und gefährlicher …«

»Gefährlich?«, hauchte Omir.

»In den falschen Händen …«

»Wir haben uns schon gedacht, dass ihre Gabe der Grund ist, warum Gregor sie unbedingt besitzen will, aber …« Bevor er weitersprechen konnte, unterbrach ihn Zage. »Ihr irrt Euch! Nicht Gregor ist es, der die Hände nach ihr ausstreckt. Chaver will sie.«

Wie erstarrt sah er Zage an. *Hat er wirklich eben Chaver gesagt?*

»Chaver?«, wiederholte Omir. »Seid Ihr Euch ganz sicher?«

»Natürlich bin ich das! Aber dieser Chaver ist noch nicht ganz er selbst. Noch versucht er sich zu finden und denkt, dass sich alles von allein fügt, doch das tut es nicht. Es ist nur eine Frage der Zeit, bis er bemerkt was los ist. Wenn er Isabelle bekommt, wird er noch stärker werden. Stärker als jemals zuvor … Das Mädchen ist der Schlüssel. Es kann ihn besiegen oder unsterblich machen.«

»Bei Edid, das muss ich umgehend Sephin mitteilen. Das verändert alles.«

»Tut das«, sagte Zage bestimmend. »Und wenn das Mädchen eintrifft, bringt es unverzüglich zu mir.«

Omir war schon fast an der Tür, als Zage sich noch einmal an ihn wandte. »Ach Omir? Sorgt dafür, dass Farin weiterhin bei der Prinzessin bleibt und unterrichtet den König, dass sein Sohn sich ihr nicht mehr nähern soll.«

Erstaunt sah Omir seinen alten Freund an. »Aus welchem Grund?«

»Vertraut mir einfach – und nun geht!«

Der Besuch bei Zage hatte mehr Fragen aufgeworfen, als er beantwortet hatte, dennoch konnte Omir sich im Moment nicht den Luxus leisten, darüber nachzudenken. Sorgsam suchte er in diesem Moment Männer aus, die er zu Suchtrupps zusammenstellte.

Alles, was Zage ihm mitgeteilt hatte, hatte er seinem König anvertraut. Gemeinsam hatten sie beschlossen, dass die Suche nach dem Mädchen äußerste Priorität hatte.

Wenn sie die Einzige ist, die Chaver besiegen kann, müssen wir sie finden. Wir hätten sie gar nicht erst zurücklassen dürfen. Ich habe einen furchtbaren Fehler gemacht …

Omir betete, dass alles nicht noch schlimmer werden würde und sie das Mädchen fanden.

Kapitel 32

Endline

Chaver

Genervt ließ er sich am königlichen Tisch nieder und winkte eine junge Magd heran. Wenig später hatte er bereits den besten Wein und eine Auswahl der erlesensten Speisen neben sich, ohne auch nur ein Wort verloren zu haben. Als König lebte man nicht schlecht …

Doch auch wenn die Speisen verführerisch dufteten, rührte Chaver nichts davon an. Der Misserfolg von Grip und Bled lag ihm schwer im Magen. Wie konnten sie ihn nur so enttäuschen? Wie hatte Gregor diese Nichtsnutze nur jahrelang aushalten können? Missmutig nahm er einen Schluck vom Wein.

Erst sind sie nicht in der Lage, ihren kleinen Abwehrzauber zu durchbrechen und dann sind sie auch noch so dumm und lassen sich verfluchen!

Seufzend schob er den Teller beiseite. Wenn er doch nur Dragon rufen konnte. Am Morgen erst hatte er es probiert, aber seine Macht war immer noch nicht stark genug, und obwohl er es den Nachfahren Dragons androhte, konnte er nicht einmal sie unterwerfen.

Das Hauptdefizit seiner Macht hatte Chaver jedoch festgestellt, als er auf die Verwünschung der Prinzessin traf. Der Zauber an sich war einfach und schwach. Chaver hatte ihn deutlich gespürt, aber seine dunkle Magie war nicht in der Lage gewesen, ihn zu lösen …

Grip

Bled war tot. Unwiderruflich und endgültig. Aber das war nicht die schlimmste Erkenntnis des Tages gewesen …

Chaver war zurück und zwar im Körper Gregors. Allmählich ergab alles einen Sinn. Das getriebene und von Hass erfüllte Tun der letzten Jahre, die Stimme, von der Gregor während ihrer Reise nach Trebin im Schlaf gemurmelt hatte, und dann die letzten Ereignisse …

Weder Sep noch Bled noch er waren da gewesen, um Gregor zu helfen. *Wir haben unsere Aufgabe gründlich vermasselt.*

Tesslon

Belle

Die ersten Ausläufer der Berge kamen immer näher und mit ihnen die Hoffnung. Vielleicht würden sie es wirklich schaffen?

Ein Seitenblick auf Farin zerstörte jedoch ihr kurzzeitiges Hochgefühl. Er wirkte angespannt und hielt verkrampft den Knauf seines Schwertes umklammert.

»Ist bei Euch alles in Ordnung?« Ihr Gefährte hörte sie nicht. *Oder er ignoriert mich gekonnt …*

»Farin!«, rief sie mit Nachdruck und blieb stehen. Sie waren seit gut einer Stunde unterwegs und hatten kaum ein Wort gewechselt. Farin lief noch einige Schritte weiter, dann erst bemerkte er, dass sie stehen geblieben war. Ebenfalls innehaltend sah er sich nach ihr um. »Wir müssen weiter. Kommt!«, raunte er und wollte sich gerade wieder umwenden, als Belle bei ihm war und ihn zurückhielt.

»Erst wenn Ihr mir sagt, was Euch beschäftigt!« Entschlossen, ihn nicht eher gehen zu lassen, sah sie zu ihm auf und plötzlich wurde ihr bewusst, wie nah sie sich standen.

Sein Atem streichelte ihre Wange und seine Augen blickten sie erstaunt an. Verlegen bemerkte Belle, dass ihre Hand sich immer noch um seinen muskulösen Oberarm schloss und schnell ließ sie los.

Die Nähe ließ sie nur schwer klar denken und sie spürte, wie ihr Herz zu rasen begann. *Vergiss nicht das Spiel!* Sollte sie einen Schritt zurückgehen?

»Ihr wollt es unbedingt wissen?«, flüsterte Farin. Sie schaute ihn an und nickte. Fiel ihm die Spannung zwischen ihnen ebenfalls auf?

Sie verspürte den Wunsch, ihr nachgeben zu wollen und ihn zu küssen, doch sie zwang sich zur Räson.

Du bist eine Prinzessin, vergiss das nicht!, schimpfte sie sich selbst und vergrub den Gedanken in der hintersten Ecke ihres Kopfes. Sie würde nicht verlieren …

Farin seufzte und zog sie noch näher zu sich heran. In seinen Armen spürte Belle seinen Herzschlag. Ihr eigenes Herz drohte zu zerspringen. *Was zum Teufel tut er da? Das ist unfair!*

Belles Vernunft sagte ihr, dass sie ihn wegstoßen sollte, aber …

Farins Hände lagen auf ihrem Rücken, sein Atem streichelte ihren Hals und Belles Gegenwehr versiegte, ohne wirklich begonnen zu haben.

Ich kann nichts dagegen tun, kam ihr die Erkenntnis.

»Ich werde Euch umbringen, bevor die Schergen Euch bekommen.«

Die Worte drangen in ihr Ohr, augenblicklich setzte ihr Herzschlag aus und ihr Körper versteifte sich.

Fallenday

Edwin

»Ein Falke? Wer schickt mir denn einen Falken, wenn es Boten gibt?«

Verwirrt sah Edwin zu dem Bediensteten auf, der ihm eben die Nachricht überbracht hatte.

Seit Jahren hatte man diese dreckigen und unsicheren Tiere nicht mehr genutzt. Wer wusste denn auch, ob sie ihr Ziel fanden? Vielleicht war der Brief ja gar nicht für ihn?

Edwin musterte den Umschlag. Es war hochwertiges Pergament und sein Name prangte in fein säuberlichen Buchstaben darauf.

Er zog die Augenbrauen hoch, dann öffnete er den Umschlag und während er las, wurden seine Augen immer größer.

»Feistun?«, rief er nach seinem Handlanger.

»Ja, mein König?«

»Macht die Kutsche fertig und gebt den Wachen Bescheid. Wir brechen in den nächsten Stunden nach Habicht auf. Morgen Abend haben wir ein Treffen.«

Mit einer Verneigung tat der Diener wie geheißen.

Edwins Blick glitt nach draußen.

»Gregor«, flüsterte er und sah traurig in die Ferne.

Tesslon

Omir

Zwanzig Pferde standen im Hof bereit und ebenso viele Männer hatten sich um ihn herum versammelt. Zufrieden betrachtete Omir seine Auswahl.

Jeder Einzelne war ihm treu ergeben und alle ausgezeichnete Kämpfer. Wenn jemand die beiden Gesuchten fand und heil nach Hause brachte, dann diese Soldaten.

Als die letzten Männer den Burghof durch das Falltor verließen, blickte Omir ihnen lange nach und hoffte, dass sie schnell fündig werden würden. Jede Minute, die die Prinzessin schutzlos verbrachte, war eine zu viel.

Nur schwer wandte sich Omir vom Tor ab. Zu gerne wäre er mit seinen Männern ausgeschwärmt, aber den Rat, den Sephin zu sich in die Burg berufen hatte, galt es ebenso zu schützen und *das* war nun mal seine Aufgabe.

Inzwischen wusste er, dass Sephin alle Könige nach Habicht eingeladen hatte und gegen morgen Abend mit ihnen rechnete.

Müde, aber entschlossen lief er durch die vielen Gänge der Burg in Richtung seines Arbeitszimmers. Er hatte noch einiges zu planen und zu erledigen.

Malvine
Lewin

Das Abendessen wurde eben aufgetragen, als einer seiner Diener zu ihm trat.

»Was ist, Defin?« Lewin war es nicht gewöhnt, beim Essen von seiner Dienerschaft gestört zu werden. Argwöhnisch zog er eine Augenbraue nach oben, als der Mann ihm wortlos einen fein säuberlich versiegelten Brief reichte.

Die Schrift auf dem Umschlag kam ihm merkwürdig bekannt vor und Unwohlsein überkam ihn.

Maux
Tewin

»Sattelt die Pferde und macht alles Nötige bereit. Wir werden in Kürze nach Habicht aufbrechen«, wies er seinen Hauptmann an.

Die Nachricht von Sephin war unvermittelt gekommen, aber tief in sich drin hatte er schon seit Längerem damit gerechnet.

Ich wusste doch, dass dieser Kerl nur Ärger bringt. Doch wieder mal wollte mir einfach keiner zuhören!

Wütend knallte er die Tür zu seinen Gemächern hinter sich zu.

Celeste saß am Feuer und starrte verschreckt von ihrer Näharbeit auf.

Was ist los?, er sah die Frage in ihren Augen.

»Sephin hat den Rat einberufen. Ich werde umgehend nach Habicht aufbrechen. Es ist schlimmer, als wir erwartet haben. Wie es aussieht, hat nicht Gregor Endline an sich gerissen, sondern Chaver …« Zerknirscht schaute er zu Boden.

»Chaver? Aber das kann doch nicht sein. Er ist tot – oder etwa nicht?« Ihre Stimme zitterte.

»Ich fürchte nicht. Wie es aussieht, haben wir damals nur seine Hülle zerstört«, gab er zu.

»Aber wie? Ich verstehe es nicht.«

Tewin holte tief Luft und begann dann zu erzählen. Er erzählte ihr von dem, was im Kerker Wolfins geschehen war, und von dem Fluch, der sie nun einzuholen schien und dem niemand Beachtung geschenkt hatte.

Tesslon

Farin

»Ich werde Euch umbringen, bevor die Schergen Euch bekommen.«

Er hatte es nie aussprechen wollen, doch Belle hatte ihn dazu gedrängt. Farin spürte, wie sie sich in seinen Armen versteifte. Sofort ließ er sie los und sie machte einige Schritte rückwärts, als befürchte sie, dass er es gleich hier machen würde.

Vielleicht musst du das ja. Aufmerksam sah er sich um. Wer konnte schon wissen, wo sich die Kreatur befand? Selbst allein war sie gefährlich …

Diese Macht, ihre Macht in den falschen Händen *musste* er einfach verhindern. Wenn so viel auf dem Spiel stand, durfte es keinen Platz für Gefühle geben.

»Das ist es also, was Ihr denkt? Dass ich nur eine Sache bin, die von einem Punkt zum anderen geschafft werden muss und wenn es Euch nicht gelingt, muss ich sterben?« Eine Mischung aus Missbilligung und Verständnislosigkeit schwang in ihrer Stimme mit.

In einem Anflug von Reue machte er einen Schritt auf das Mädchen zu und wollte seine Hand nehmen. Farin wollte ihr begreiflich machen, dass er es nicht freiwillig tun würde, aber Belle wich vor ihm zurück.

»Belle, bitte … es tut mir leid.« Auf einmal wünschte er sich, dass er die Worte, die alles verändert hatten, niemals ausgesprochen hätte.

»Es tut Euch leid?« Ihre Stimme triefte vor Verachtung und Farins Blick suchte instinktiv den ihren. Er musste wissen, ob sie ihn wirklich hasste.

Belles Augen wirkten glasig, ihr Gesicht fast emotionslos. Da war sie wieder: die Maske, die herauskam, um die echten Gefühle zu verbergen.

»Ja, das tut es.«

Ein verächtliches Schnauben quittierte seine Antwort.

»Belle …« Flehend sah er sie an, aber das Mädchen wandte sich ab.

»Wir sollten weiter«, sagte es nur und lief den kleinen Pfad entlang.

Mit etwas Abstand folgte er ihr und nahm betrübt seine Aufgabe wieder auf. Mit einer Hand den Griff seines Schwertes umfassend, ließ er ihre Umgebung nicht aus den Augen.

Seit gut drei Stunden waren sie unterwegs und die baumlose Ebene hatte sich längst mit dem tesslonischen Gebirge abgewechselt. Die Bäume wuchsen dicht an dicht, doch durch die noch kahlen Kronen der Laubbäume drang glücklicherweise das letzte Sonnenlicht des Tages bis zu ihnen hinab zum Waldboden.

Je weiter sie liefen, desto steiler wurde der Pfad und auch wenn Belle sich bemühte, leichtfüßig und schnell zu laufen, so merkte Farin, dass sie müde war und eigentlich längst eine Pause brauchte.

Das Tageslicht um sie herum wurde mit jeder Minute spärlicher, wachsam sah er sich um. Die Umgebung sah zunehmend gleich aus. Unvermittelt blieb er stehen, denn er sah keinen Sinn darin weiter durch die Dunkelheit zu irren.

»Belle«, sagte er schließlich mit Nachdruck, als das Mädchen vor ihm einfach weiterlief.

Belle

Sie kniff die Augen zusammen und suchte sich mühsam einen Weg durch das Unterholz. Das kaum noch vorhandene Licht sorgte dafür, dass sie schon mehr als einmal fast gestürzt wäre, und verdammt … wo befand sie sich eigentlich? Waren sie noch auf dem richtigen Weg? Warum konnte Farin nicht vorweg laufen?

Weil du vor ihm wegrennst vielleicht? Belle atmete tief durch und versuchte sich zu orientieren. Sie durfte nicht langsamer werden …

»Belle!« Der Nachdruck in der Stimme ließ sie herumfahren.

Was habe ich nun schon wieder getan? Ist er es etwa leid, dass ich noch lebe?

»Was?«, fuhr sie ihn hasserfüllt an, doch es prallte einfach an ihm ab.

»Das hat doch keinen Sinn.« Seine Stimme klang eiskalt und jagte ihr einen Schauer über den Rücken.

Was hat keinen Sinn? Erschrocken sah sie ihn an. Fast hatte sie erwartet, dass er mit dem Dolch in der Hand dastehen würde, doch das tat er nicht.

»Verdammt noch mal, jetzt schaut mich nicht an wie eine Kuh, die zur Schlachtbank geführt wird. Ich werde Euch ganz sicher nicht hier im Wald umbringen. Denkt Ihr nicht, es gab bessere Gelegenheiten dafür als in dem bisschen Licht?«

Erstaunt registrierte sie seinen Ausbruch, unfähig, etwas darauf zu sagen und blickte zu Boden.

»Ich bin hier, um Euch zu schützen, so wie mein Vater es mir aufgetragen hat. Ich habe nicht vor, Euch etwas zu tun. Ich meinte nur, so wie die Dinge liegen, dürfen sie Euch und Eure Macht nicht bekommen. Wie würdet Ihr an meiner Stelle handeln? Würdet Ihr lieber den Tod einer einzelnen Person oder den Tod vieler Menschen auf Eurem Gewissen lasten haben?«

Belle spürte Farin näher kommen und als sie aufblickte, stand er ihr direkt gegenüber.

»Belle«, hauchte er und schob seine Hand vorsichtig unter ihr Kinn und hob ihren Kopf, bis sie ihm gezwungenermaßen in die Augen sehen musste.

»Ja?«

»Was würdet Ihr tun?«

Ja, Belle, was würdest du tun? Sie wusste keine Antwort auf diese Frage und sah dieselbe Zerrissenheit in Farins Gesicht.

»Ich weiß es nicht«, hauchte sie.

Farin beugte sich zu ihr hinab, lehnte seine Stirn an ihre und sein Mund kam dem ihren gefährlich nah. Ihr Herz begann erneut zu rasen und ein starkes Verlangen, den Mann zu küssen, der ihr vor Kurzem eröffnet hatte, dass er sie töten würde, überkam sie.

Was war nur los mit ihr?

Ein Knacken im Gebüsch rechts von ihnen ließ sie herumfahren. Ohne zu zögern zog Farin Belle hinter sich und zog sein Schwert in ebenjenem Moment, indem ein Reiter das Gebüsch durchbrach. »Zu mir! Ich habe sie!«, schrie der Mann nach hinten. Mit einem Blick auf Farin knurrte er nur: »Runter mit dem Schwert«, doch der junge Mann vor ihr dachte nicht daran.

Er vertraut ihm nicht. Aufmerksam musterte Belle den fremden Mann. Er war um die dreißig und hatte schon an manchen Stellen graues Haar. Seine Statur war schmächtig und auch so wirkte er nicht sonderlich bedrohlich, aber das hatte die andere Kreatur auch nicht ... Plötzlich wurde es laut um sie herum und drei weitere Männer mit Fackeln in den Händen brachen aus den Bäumen hervor. Eingekesselt standen sie da. Belle drehte sich und stand Rücken an Rücken mit Farin. Angstvoll drückte sie sich an ihn. Was würde als Nächstes geschehen? Wer waren all diese Männer?

»Ich sage es nicht noch einmal! Runter mit dem Schwert, mein Junge!«, knurrte der Mann erneut.

»Nein!«, zischte Farin hinter ihr.

Der Fremde kam mit ebenfalls erhobenem Schwert näher und die Situation drohte zu eskalieren.

»Na, endlich haben wir Euch!« Die Stimme klang freundlich und erleichtert. »Ruben, nehmt um Edids willen das Schwert herunter. Ihr anderen auch«, sagte die Stimme bestimmt. Die Männer murmelten etwas, taten jedoch wie geheißen. Dann trat der Mann, der gesprochen hatte, ins Licht der Fackeln und gab sein Gesicht preis.

»Vielleicht würdet Ihr ebenfalls Euer Schwert sinken lassen, Farin?«

Beim Klang seines Namens zuckte Farin und sie spürte, wie er einen Blick über ihre Schultern warf. Nur Augenblicke später ließ er das Schwert sinken und wandte sich vollständig dem Mann zu.

»Gedowin! Was macht Ihr hier?«

Grip

Ohne Pferd wäre er deutlich schneller gewesen, aber wie er Bled schon gesagt hatte, brauchte er eines, um das Mädchen nach Trebin zu bekommen.

Bled ... Dieses Miststück hat meinen Bruder auf dem Gewissen! Wut überkam ihn und er trieb das Tier unter sich noch stärker an.

Sie würde für ihre Tat noch büßen. Chaver wollte sie nur lebend haben. Er hatte sich nicht geäußert, in welchem Zustand … Niemand nahm ihm ungestraft seinen Bruder!

In der Ferne konnte er bereits die Berge ausmachen. Bald musste er sie haben.

Selbst wenn sie weitergegangen sind, müssen sie irgendwo ein Nachtlager aufgeschlagen haben. Der Kerl war viel zu stark verletzt. Sie müssen eine Pause machen …

Aufmerksam richtete er seinen Blick wieder nach vorne und er suchte den Nachthimmel nach Rauchwolken ab, die ein entfachtes Feuer anzeigten und damit das Lager verrieten, aber er fand nichts.

Grip machte sich jedoch keine weiteren Gedanken darüber.

Sie konnte nicht entkommen.

Ihm nicht.

Endline

Chaver

Es war fast Mitternacht und damit Zeit …

Chaver schritt langsam und bedächtig in einem der Schlafzimmer, die den Gästen des Königs zustanden, umher. Um ihn herum brannten Hunderte von Kerzen und in ihrem Zentrum befand sich eine Art Altar. Auf einem kleinen Tisch daneben stand ein Gebräu, das er zuvor aus Kräutern und einem Haar von Katheryna gemischt und mit seiner dunklen Magie verwoben hatte.

Es war nicht schwer gewesen, an eines ihrer Haare zu kommen. Seine einstige Geliebte hatte man nur wenige Tage nach seinem vermeintlichen Ableben ermordet und dann in einer der Grüften tief unter Wolfin verscharrt. Da Edwin es gewesen war, der mit dieser Aufgabe betraut worden war, hatte Chaver es sozusagen in erster Reihe miterleben müssen.

Er sah die Bilder von früher vor sich, fühlte die Wut und Verzweiflung, aber auch die Hilflosigkeit, die ihn damals ergriffen hatte. Er hatte sie nicht beschützen können und die Frage, wer es gewesen war, quälte ihn bis heute. Das Einzige, was Chaver sicher wusste, war, dass nicht Edwin den tödlichen Schlag gegen Katheryna ausgeführt hatte. Ihm war damals nur die Drecksarbeit anvertraut worden …

Wütend rammte Chaver seine Faust gegen die Wand. Er würde bald herausfinden, wer von den anderen Königen es gewesen war und dann würde er seine Geliebte rächen, wenn er sie damals schon nicht hatte schützen können.

Der pochende Schmerz in seiner Faust sorgte dafür, dass Chaver sich wieder der Gegenwart zuwandte. Irritiert betrachtete er seine Hand. Scherben des Spiegels, den er in seiner Wut zerschlagen hatte, steckten darin und ein feines Rinnsal aus Blut lief seine Finger hinab. Angewidert zog er die Scherben heraus und warf sie weg. Innerhalb weniger Augenblicke war die Verletzung an seinen Fingern verschwunden.

Ich werde stärker, stellte er zufrieden fest. Zwar war die Magie in seinen Adern noch immer nicht mit der von damals zu vergleichen, doch sie sollte ausreichen, um Katheryna rufen zu können.

»Katheryna«, flüsterte er andächtig den Namen, an den er sich schon vor Jahren verboten hatte zu denken.

Ihr Verlust war weitaus schlimmer gewesen als sein ewiges schwarzes Gefängnis und endlich würden sie wiedervereint sein!

Mit schweren Schritten durchquerte er den Raum. Bald schon würde die Uhr zwölf schlagen und dann war die Zeit gekommen, aber etwas fehlte noch …

Eine seiner Marionetten öffnete ihm die Tür und Chaver trat auf den dunklen Gang. Er gab den zwei Männern, die auf dem Gang standen, ein Zeichen, ihm zu folgen, und machte sich dann auf den Weg nach unten in den Kerker.

Camelia

Eine neue Nacht mit neuer Dunkelheit war angebrochen.

Nicht dass es bei Tag sonderlich hell in ihrem Verlies gewesen wäre, aber zumindest um einiges heller als in der dunklen Tageshälfte.

Camelia hatte sich in eine der Ecken ihrer Zelle gesetzt. Den Rücken zur Wand gerichtet, beobachtete sie permanent die schemenhaften Umrisse, die die wenigen Fackeln vor ihrem Gefängnis preisgaben. Bis auf huschende Schatten, die gefährlich nach Ratten aussahen, gab es jedoch kaum etwas zu sehen.

Ein Seufzer entfuhr ihr und Camelia startete erneut den Versuch, eine einigermaßen bequeme Schlafposition zu finden. Sie wollte eben ihre Augen schließen, da hörte sie, wie die schwere Tür zum Kerker geöffnet wurde. Laute Stimmen drangen zu ihr und im Nu war sie aufgestanden und an die Gitter getreten.

Aufmerksam verfolgte sie das Geschehen. Gregor, nein Chaver, schritt gut gelaunt die Treppe herunter, flankiert von zwei Männern, die sich in einer Art Trance befanden.

Was wollten sie mitten in der Nacht hier unten?

Ein ungutes Gefühl überkam Camelia und ließ sie in das Dunkel ihrer Zelle zurückweichen.

Als würde die Dunkelheit dich unsichtbar machen …

»Guten Abend, meine Liebe.« Die Stimme klang kalt und rau. Camelias Härchen an den Armen stellten sich auf und sie wich bis zur Mauer zurück.

»Warum denn so schüchtern? Bei Gregor habt Ihr Euch doch nie so geziemt und dabei will ich Euch nicht einmal beiwohnen.« Chaver trat ins Licht der Fackel und sah sie amüsiert an.

»Was wollt Ihr von mir?«

»*Das* werdet Ihr gleich selbst sehen. Warum sollte ich mir die Mühe machen, es Euch zu erklären und damit kostbare Zeit verschwenden?« Sein Lächeln verhieß nichts Gutes.

»Ich überlasse Euch meinen Körper nicht! Was immer Ihr auch vorhabt!«

Ihr Gegenüber fing an zu lachen. »Denkt Ihr wirklich, Ihr seid in der Lage, diese Entscheidung selbst zu treffen? Männer, packt sie und bringt sie nach oben in das Zimmer.«

Angstvoll sah sie sich um und sah die beiden Wachen, die Chaver in die Zelle gefolgt waren, näher kommen.

»Nein! Geht weg!«, keifte sie beinahe hysterisch.

Tesslon

Omir

Es war schon späte Nacht, als es klopfte, und dennoch war Omir sofort hellwach.

Bis jetzt hatte er über seinen Papieren gesessen und alles für den nächsten Abend vorbereitetet. Keine Sicherheitslücke durfte entstehen. Alle möglichen Wendungen musste er einkalkulieren und das hatte ihm bis eben den Schlaf geraubt.

»Herein«, raunte er und sah von seinen Pergamenten auf. Einer seiner Wachen schob seinen Kopf durch die Tür.

»Mylord, sie wurden von den Türmen aus gesichtet und dürften jeden Moment eintreffen!«

So schnell er konnte warf Omir sich einen Umhang über und stürmte aus dem Arbeitszimmer. In Rekordgeschwindigkeit schaffte er es in den großen Saal und riesige Erleichterung überkam ihn, als das große Eingangsportal aufschwang und den Blick auf den Hof preisgab.

Nachdem vor gut einer Stunde ein anderer Suchtrupp die beiden Pferde der Vermissten aufgelesen und nach Habicht gebracht hatte, hatte er sich viele Gedanken darüber gemacht, was passiert sein konnte und ob sie zu spät gekommen waren. Doch solange auch nur der Hauch einer Chance bestand, hatte er weitersuchen lassen.

Vom Portal aus beobachtete Omir die Szene auf dem Hof und versuchte sich einen Überblick zu verschaffen. Farin stand bereits mit beiden Beinen auf festem Boden und half Isabelle, die hinter einem seiner Getreuen auf dem Pferd saß, abzusitzen. Ohne zu zögern schlang die Prinzessin ihre Arme um den Nacken seines Sohnes und ließ sich herunterheben.

Der vertraute Umgang der beiden missfiel ihm, aber vielleicht legte Omir auch einfach zu viel Gewicht in diese Geste?

Zumindest sind sie wohlauf. Sein Blick wanderte zu Farins blutverschmierter und aufgeschlitzter Hose und er erstarrte. *Ist er etwa doch verletzt?*

Scharf musterte er den Gang seines Sohnes, der nicht aussah, als trüge er eine Verletzung am Bein.

Grip

Vor ihm erstreckten sich majestätisch und uneinnehmbar die Umrisse der Burg Habicht. Er war der Spur des Mädchens bis hierher gefolgt und musste feststellen, dass er zu spät gekommen war. Sie hatte Habicht erreicht und *das* war mehr als nur problematisch.

Wie hat sie das trotz der schweren Verletzung des Mannes geschafft?

Verwundert musterte Grip, verdeckt zwischen zwei massiven Tannenbäumen, die Burg. Die Mauern waren hoch und massiv. Sie bestanden aus dem Gestein der Berge und gingen nahtlos in die Klippen über, die an drei der vier Seiten der Burg steil abfielen. Nur von einer Seite konnte man sich der Burg durch den Wald nähern und auf dieser befanden sich auch das Falltor und der tiefe Burggraben, die den einzigen Eingang sicherten. Zu seinem Bedauern stellte Grip mit einem Blick auf das Tor fest, dass es sorgsam verschlossen war.

Grip verfluchte den Umstand, dass er sich zwar in einen Vogel verwandeln konnte, aber nicht in der Lage war zu fliegen. Keiner von seinen Brüdern hatte es jemals geschafft zu fliegen. Das Element der Luft hatte sich ihnen aus einem unbekannten Grund verschlossen. Nur sein Vater war dazu in der Lage gewesen.

»Verdammt! Es wäre alles so einfach gewesen!«, fluchte er und sah sich krampfhaft nach einer anderen Möglichkeit um.

Sollte er sich verwandeln und als hilflose Frau Einlass erbitten? Grip sah sich prüfend um. Die sich auf den Mauern bewegenden Lichtpunkte verrieten ihm, dass mehr Soldaten als nötig patrouillieren mussten. Die ganze Burg war in Alarmbereitschaft und eine innere Stimme sagte ihm, dass heute Nacht für niemanden das Tor mehr geöffnet werden würde.

Sie werden ihnen verraten haben, was ich kann, wurde ihm bewusst und wütend rammte er seine Faust gegen den massiven Stamm der Tanne.

Er brauchte das Mädchen, doch unter diesen Umständen war es nahezu unmöglich, an es heranzukommen.

»Ich habe es vermasselt«, schimpfte er sich selbst.

Und nun? Chavers Worte waren eindeutig gewesen. Ratlos sah er in die Dunkelheit der Nacht.

Farin

Als das massive Falltor hinter ihnen heruntergelassen wurde, stieß Farin einen erleichterten Seufzer aus.

Sie hatten es wirklich geschafft. Sie hatten Habicht erreicht und waren in Sicherheit.

»Willkommen in Habicht, mein Sohn.« Die Stimme seines Vaters ließ Farin zusammenfahren und sich umdrehen.

»Mylord«, sagte er und nickte seinem Vater erfreut zu, behielt sich jedoch vor, kein weiteres Aufheben zu machen. Wenn er eines von Omir gelernt hatte, dann der Umstand, dass Gefühlsausbrüche keinen Platz in der Welt seines Vaters besaßen.

»Wie ich sehe, geht es dir gut«, stellte Omir mit Zufriedenheit in der Stimme fest.

»Ja, dank Belle.« Farin nickte in die Richtung des Mädchens, das bereits von der Königin in Empfang genommen worden war.

Stirnrunzelnd folgte Omir seinem Blick.

»Wie meinst du das?«

»Wir wurden von den Schergen angegriffen. Einer von ihnen ist tot. Ich wurde schwer verletzt, aber Belle hat mich geheilt …« Betreten sah er zu Boden. Hatte er diese Tatsache seinem Vater überhaupt verraten dürfen?

»Einer ist tot?« Verblüfft sah sein Vater ihn an.

»Ja, sie hat ihn mit einem Fluch belegt …« Farin sprach leise und sah sich sorgsam um, ob sie nicht irgendjemand belauschte.

»Hm, und geheilt hat sie dich auch? Bei Edid, sie ist wirklich stärker als gedacht … Farin?«

Erstaunt sah Farin auf.

»Farin, hör mir bitte gut zu. Ich will, dass du weiter ein Auge auf sie hast. Du bleibst bis auf Weiteres zum Schutz in ihrer Nähe. Diese dicken Mauern bieten uns vorläufig Sicherheit, aber die Gefahr ist noch lange nicht gebannt. Es hat einige neue Wendungen gegeben, die ich dir nachher mitteilen werde. Lass Isabelle noch ein bisschen in Habicht ankommen und dann bring sie zu Zage. Er wartet auf sie. Du weißt noch, wo er lebt?«

Farin nickte, natürlich wusste er es noch.

»Sehr gut.« Omir wollte sich umdrehen, doch Farin hielt ihn zurück. »Vater?«

Überraschung trat auf das Gesicht des älteren Mannes.

»Ihr wisst, dass die Schergen sich in alles und jeden verwandeln können, oder?«

Omir nickte. »Dragon konnte es und von seinen Söhnen hatte ich es befürchtet … Vorhin gab ich sicherheitshalber entsprechende Anweisungen an die Soldaten. Niemand wird vorerst mehr die Burg verlassen oder betreten.«

Kaum hatte er die Worte zu Ende gesprochen, drehte Omir sich um und war kurz darauf in der Menge verschwunden.

Farin ging zu Belle und der Königin.

»Farin!« Die Stimme der Frau klang erfreut. Ihre Augen sandten Wärme und Geborgenheit aus und Farin fühlte sich sofort in seine Kindheit zurückversetzt. Wie oft hatte sie sich um seine Schwestern und ihn gekümmert?

»Celina, meine Königin.« Er nahm ihre Hand und verbeugte sich, doch sie entzog sie ihm schnell wieder.

»Farin, ich kenne dich, seid du ein Baby warst, ich denke, auf diese Albernheiten können wir verzichten. Wir mögen uns Jahre nicht gesehen haben, aber du bist mir immer noch wie ein eigenes Kind.«

Ihr Ton ließ keinen Widerspruch zu und Farin gab nach, als sie ihn an sich drückte. Er wollte nicht mit ihr streiten und blieb einen Moment in ihrer Umarmung, ehe er sanft ihre Arme abstreifte und das Thema wechselte.

»Wo sind der König und der Prinz? Ich sehe sie nirgends.« Verwundert sah er sich um.

»Du kannst sie hier auch nicht sehen. Sie haben sich in eines der Arbeitszimmer eingeschlossen und wollen nicht gestört werden. Es geht wohl um den Rat der Könige, den Sephin für morgen Abend hierher einberufen hat.« Celina winkte ab und war das Thema ersichtlich mehr als leid.

Farin beschloss, nicht weiter zu bohren, er würde früh genug noch erfahren, was Sache war. »Würdet Ihr die Prinzessin und mich bitte entschuldigen? Omir sagte mir, dass Zage sie erwartet und in Anbetracht der Uhrzeit würde ich ihn ungern noch länger warten lassen.«

Celina nickte. »Gut, dann geht. Ich denke, ich werde mich jetzt zu Bett begeben. Die letzten Tage waren sehr nervenaufreibend. Wenn Ihr irgendetwas braucht, zögert bitte nicht, es den Dienern aufzutragen oder mich wecken zu lassen!«

Mit diesem Worten drehte sie sich um und verschwand im Schloss.

»Wollen wir?«, richtete Farin das Wort an Belle und hielt ihr den Arm hin.

Endline

Chaver

Böse starrte er die Frau an, die vor ihm in das Zimmer manövriert worden war. Das Geschreie und Gekeife des Frauenzimmers nervte ihn gewaltig, aber die Aussicht darauf, Katheryna bald wieder in seine Arme schließen zu können, besänftigte ihn.

»Lasst mich sofort los! Ich bin die Königin!«, keifte sie und startete einen erneuten Versuch, sich loszureißen.

»Ihr?« Eiskalt sah er sie an.

»Ja!« Der vorlaute Ton und der Körper, der sich so aufrecht hielt, gefielen ihm ganz und gar nicht.

»Ihr wart nie eine Königin und werdet nie eine sein. Ihr seid ein *Nichts*«, blaffte er sie an und zwang sich selbst zur Ruhe.

Dass er Camelias Körper brauchte, war der einzige Grund, dass er sie nicht schon hatte verprügeln lassen.

Die Turmuhr begann zu schlagen. *Es ist Zeit.* »Legt sie auf den Altar.« Chaver deutete auf den zweckmäßig eingerichteten Tisch und die Männer zogen die Frau in die Richtung.

»Was soll das? Lasst mich sofort los. Ich … nein … hört auf. Ich befehle es Euch.«

Chaver lachte. *Denkt diese Frau etwa, dass sie meinen Männern etwas befehlen kann?*

Ohne auch nur mit der Wimper zu zucken, verfrachteten die beiden Wachen Camelia auf den Tisch und hielten ihre Hände und Füße niedergedrückt. Chaver musste immer wieder lächeln, als er die kläglichen Befreiungsversuche sah.

»Man sollte wissen, wann man verloren hat!«, sagte er bestimmt und als der letzte Glockenschlag verklang, trat er an den Tisch und begann das Ritual.

Kapitel 33

Tesslon

Sephin

Die Worte Zages, die Omir ihm mitgeteilt hatte, klangen immer noch in seinen Ohren. Chaver war zurückkehrt. Das konnte nichts Gutes bedeuten.

Der Fluch …, dachte Sephin wehmütig. Warum hatten sie ihn vor so vielen Jahren auf die leichte Schulter genommen?

Weil wir glauben wollten, dass er tot ist. Sephin seufzte und zwang sich, wieder seinen Beratern zuzuhören. Es war weit nach Mitternacht und niemand konnte im Augenblick an Schlaf denken. Das bevorstehende Treffen der Könige hatte oberste Priorität.

Als Gastgeber des Treffens hatte er sich schon einen Plan zurechtgelegt, wie er vorgehen und die anderen Könige von der Dringlichkeit ihres Eingreifens überzeugen konnte. Nun ging es zwar nur noch um die Details, aber die Gespräche zogen sich in die Länge und noch immer war Sephin brennendste Frage ohne Antwort:

Welche Rolle würde die Prinzessin spielen?

Ich muss unbedingt zu Zage und herausfinden, was er weiß, bevor die anderen eintreffen, beschloss der alte König.

Chaver wird sie nicht zurückhaben wollen, um sie zu heiraten. Er muss andere Beweggründe haben.

Nur, aus welchem Grund darf Chace nicht in ihre Nähe? Was hat Zage gesehen, das er uns nicht verrät?

Aus den Augenwinkeln beobachtete er Chace und sah mit trauriger Gewissheit, wie dieser mit sich kämpfte. Man hatte ihnen vor wenigen

Minuten die Nachricht zukommen lassen, dass man die Prinzessin und Farin gefunden und nach Habicht gebracht hatte.

Von Ed wusste er, was zwischen Isabelle und seinem Sohn vorgefallen war. *Ist es wirklich richtig, ihn anzuweisen, sich von ihr fernzuhalten? Vielleicht sollte ich …*

Abrupt schüttelte Sephin den Kopf. Die Vergangenheit hatte gezeigt, dass Zages Worte stets einen Sinn hatten.

Belle

Der verklingende Glockenschlag einer fernen Turmuhr sagte ihr, dass es inzwischen ein Uhr war. Nachdem sich die Tore der Burg hinter ihnen geschlossen hatten, war die Anspannung von ihr abgefallen.

Der freundliche Empfang, den Königin Celina ihr nach all den Strapazen bereitet hatte, war wie Balsam für ihre Seele gewesen und hatte sie zur Ruhe kommen lassen. Doch mit der Ruhe kam auch die Müdigkeit und Belle wünschte sich kaum etwas sehnlicher, als in einem richtigen Bett liegen zu können.

Gut, vielleicht wäre ein Bad auch nicht schlecht, fügte sie in Gedanken hinzu und blickte an sich hinunter. Ihr Kleid war zerrissen und dreckig, ebenso der Umhang, und in ihren zerzausten Haaren fand sich sicherlich das ein oder andere Blatt.

Uff, jetzt ein Bad und dann ein weiches Bett …

Doch die Erfüllung ihrer Wünsche rückte in weite Ferne. Farin hatte etwas von einem Zage gesagt, der sie erwartete und zu dem er sie nun führte. War er der Mann, der über alles Bescheid wusste?

Belle hatte aufgehört zu zählen, wie viele Treppen sie nach oben gestiegen oder wie viele Türen und Flure sie passiert hatten.

Diese Burg ist riesig, dachte sie ehrfürchtig und beeilte sich, den Anschluss an Farin nicht zu verlieren.

Erst als sie eine steile Wendeltreppe erreichten, hielt Farin inne und drehte sich zu ihr um. »Die Stufen sind steil und eng. Zages Zimmer liegt am Ende der Treppe. Am besten Ihr lauft vor, dann kann ich Euch auffangen, falls Ihr stürzt …«

Belle blieb wie angewurzelt stehen. *Macht er sich tatsächlich Sorgen um mich?*

»Was ist?« Farin legte den Kopf schief und sah sie fragend an.

»Ach, nichts«, antwortete sie ausweichend, lief an ihm vorbei und raffte ihre Röcke.

Schon nach zwei Stufen wurde Belle klar, was Farin gemeint hatte. Die Stufen waren ungewöhnlich hoch und die Trittfläche klein. Belle musste sich stark konzentrieren und einen Fuß hinter den anderen setzen, um nicht abzurutschen. Das Geländer an der Steinwand zu ihrer Rechten sah zwar verlockend aus, aber ihre Hände waren mit dem Hochhalten ihres Kleides vollauf beschäftigt und ein Greifen danach undenkbar.

Einige Stufen später sah Belle endlich den letzten Treppenabsatz und die Umrisse der Tür, die sie zu Zage führen sollte. Mehr auf die Tür als auf die nächste Stufe konzentriert, schätzte Belle den Abstand falsch ein und geriet gefährlich ins Wanken.

Glücklicherweise stand Farin direkt hinter ihr und hielt sie wie versprochen fest.

»Danke schön«, brachte sie atemlos hervor, als sie wieder mit beiden Beinen sicher stand.

»Kein Problem. Wollen wir weiter?« Sie spürte, dass er den Besuch so schnell wie möglich hinter sich bringen wollte. Entschlossen raffte sie ihr Kleid neu und lief weiter.

Kurz darauf fand Belle sich der Tür gegenüber, die sie zuvor schon gesehen hatte. Es war eine einfache Holztür ohne großartige Verzierungen.

Sie wirkte ganz und gar normal, fast schlicht, aber als sie aufschwang, stockte Belle der Atem.

Chace

Sein Vater hatte sich mit seinen wichtigsten Beratern in den Audienzsaal zurückgezogen und auf seine Anwesenheit bestanden. Unschlüssig sah Chace sich in dem großen Raum um. Was erwartete sein Vater von ihm? Sollte er sich zu den Beratern gesellen oder hier warten, bis man ihn dazu rief?

Der Schrei eines Vogels weckte seine Aufmerksamkeit und Chace wandte sich in die entsprechende Richtung. Sein Blick fand einen Diener, der einen Falken auf dem Arm trug und mit schnellen Schritten den Raum durchquerte. Vor seinem Vater blieb der Mann stehen. Neugierig beobachtete Chace, wie sein Vater eine kleine Pergamentrolle vom Fuß des Falken entfernte und zu lesen begann. Er wirkte zufrieden.

»Gut, auch der letzte meiner Brüder im Geiste hat eben für unser Treffen zugesagt. Chace, würdest du zu uns kommen?«

Unruhig sah Chace zu seinem Vater. »Könntet Ihr mich noch einen Moment entschuldigen?«

Fragend sah sein Vater ihn an. »Es geht um unser bevorstehendes Treffen und die Frage, wie wir Chaver aufhalten können, was kann wichtiger sein?«

»Nichts«, versuchte Chace es ausweichend und spürte den prüfenden Blick seines Vaters.

»Nichts? Das glaube ich dir nicht. Du willst zu dem Mädchen, habe ich recht?«

Ertappt sah Chace zu Boden.

»Deinem Verhalten nach zu urteilen, liege ich goldrichtig. Sie ist hier und es geht ihr gut, was musst du mehr wissen?«

»Ich bin mit ihr gereist und habe mir lediglich Sorgen gemacht«, murmelte Chace in einem sinnlosen Versuch, das Thema einschlafen zu lassen.

»Ach, Sorgen hast du dir gemacht? Nichts weiter?«

»Nein …«

»Chace, jetzt verkauf mich nicht für dumm! Ed hat mir alles berichtet. Und er hat recht! Halte dich von ihr fern! Hast du mich verstanden?« Seine Stimme klang bestimmend und holte Chace aus allen Wolken.

»Wie bitte? Warum verlangt Ihr das von mir?« Verwirrt blickte er seinen Vater an. Dieser seufzte und winkte ihn zu sich. Zögernd kam Chace näher.

»Mein Sohn, ich würde lügen, wenn ich sagen würde, dass ich dich nicht verstehe. Die Prinzessin ist hübsch und hat es dir allem Anschein nach angetan. Zu meinem Leidwesen bin ich auch derjenige, der alles eingefädelt hatte, aber im Moment liegen die Dinge leider kompliziert. Du musst mir vertrauen! Ihre Nähe ist gefährlich.«

»Ich glaube Euch kein Wort!«

»Mir ist egal, ob du mir glaubst! Mein Beschluss steht fest! Du hältst Abstand! Das ist ein königlicher Befehl!«, donnerte sein Vater.

»Ich verstehe nicht warum?«

»Das musst du auch nicht, Sohn, du musst dich nur daran halten! Wenn du das wünschst, kann ich dich auch gerne persönlich überwachen lassen. Lesin?« Ein großer, kräftiger Mann trat von der Seite heran und nickte Sephin zu.

Bilder von damals, als sein Vater ihn auf die verhassten Bälle hatte schleifen lassen, drangen in Chaces Gedächtnis. Unwillkürlich zuckte er zusammen und knickte ein. »Gut, meinetwegen, dann bleibe ich Belle eben fern.«

»Sehr gut, dann haben wir das ja geklärt.«

Ja, das hatten sie.

Endline

Camelia

Mit vor Schreck geweiteten Augen sah sie, wie Chaver an den Tisch trat und ein Fläschchen in der Hand hielt. *Gift?*

Camelia zweifelte daran, gab es doch weit weniger aufwendigere Möglichkeiten, sie aus dem Weg zu schaffen.

Dennoch, was er mit dem Inhalt des Fläschchens machte, wollte sie eigentlich gar nicht erfahren, aber wie sie sich auch drehte und wendete, sie schaffte es nicht, die Griffe der Männer zu lockern.

»So, meine Liebe, es wird Zeit, dass Ihr Euch noch ein letztes Mal umseht. Genießt das, was Ihr seht!«

Erschrocken sah sie zu ihm auf. »Was habt Ihr mit mir vor?« Ihre Stimme war zittrig und leise.

»Das hatte ich doch schon erwähnt. Dasselbe, was ich auch mit Gregor gemacht habe. Es wird endlich Zeit!«

Chaver entfuhr ein gehässiges Lachen, dann stand er über ihr und hielt ihr unbarmherzig den Mund auf, um die Flüssigkeit einzuträufeln.

Sie schmeckte bitter und Camelia versuchte sie auszuspucken, aber Chaver hielt sie fest. Ihr blieb nur die Wahl zwischen schlucken und ersticken … Ihr Überlebenswillen gewann die Oberhand und sie schluckte den Inhalt des Fläschchens unfreiwillig herunter.

»Ihr könnt sie loslassen.« Unvermittelt ließen die Hände von ihr ab und Camelia konnte sich aufrichten. Das Gefühl, sich übergeben zu müssen, kam über sie und Camelia wandte sich zur Seite, doch statt zu brechen, wurde ihr schwarz vor Augen und ihre Umgebung schwand.

Tesslon

Grip

Rast- und ruhelos bewegte er sich im Dickicht auf und ab. Was sollte er tun? Wütend auf sich selbst starrte er zur Burg.

Er war hier draußen und das Mädchen dort drinnen. Allein würde er es selbst in seiner dämonischen Form nicht schaffen …

Grip blieb nichts anderes übrig, als sich einzugestehen, dass er versagt hatte, und zu hoffen, dass Chaver ihm gnädig war.

Belle

Das Funkeln Tausender Sterne drang ihr durch die geöffnete Tür entgegen, und dabei hatte sie im Hof dank der dichten Wolkendecke nicht einmal den Mond gesehen.

Wie erstarrt blieb Belle im Türrahmen stehen und betrachtete die Decke des Raumes, zumindest so lange, bis Farin sie sanft, aber bestimmt weiter in das Gemach schob.

»Wie ist das möglich?«, hauchte sie, während ihre Blicke von der Decke nach unten wanderten und die Einrichtung des Gemachs betrachtete. Seltsame Apparaturen standen auf den Tischen, an den Wänden gab es mehrere Regale mit Gefäßen aller Art. Überall hingen getrocknete Blumen und Kräuter.

Genau so stellte Belle sich eine Hexenküche vor, doch der Mann, den ihre Augen zwischen all den Tischen und Stühlen gefunden hatten und der sich nun langsam auf sie zubewegte, kam ihr ganz und gar nicht wie ein Hexer vor.

Bei näherer Betrachtung sah Belle, dass dem Mann das Laufen Schwierigkeiten bereitete und die Falten in seinem Gesicht verrieten ihr den Grund: *Er muss uralt sein!*

Aber wie war so etwas möglich? Irritiert wollte sie zurückweichen, stieß dabei jedoch mit dem Rücken an Farins Brust.

»Alles gut«, flüsterte dieser ihr behutsam ins Ohr.

Alles gut? Alles? Und das aus dem Mund des Mannes, der mir gesagt hat, dass er kein Problem damit hat, mich zu töten?

»Keine Angst, mein Kind. Ich tue Euch nichts, das könnte ich weder vor mir noch vor Eurer Mutter verantworten.« Sein Gesicht war freundlich und wirkte ehrlich. Interessiert sah Belle ihn an. Hatte er eben gemeint, dass er ihre Mutter gekannt hatte?

»Ja, meine Liebe, ich kannte Endline, und sogar sehr gut. Ich habe ihr damals geholfen, wo ich nur konnte.«

Belle wusste nicht recht, was sie sagen sollte. Der Mann schien ihre Gedanken gelesen zu haben.

»Da Ihr schon mitbekommen habt, zu was ich fähig bin, meint Ihr nicht, es wäre einfacher, wenn Ihr mit mir reden würdet? Andernfalls kann sich Farin unser Gespräch nur schwerlich zusammenreimen.« Der Mann hatte sie fast erreicht. »Setzt Euch doch«, forderte er sie auf und zeigte auf einige Stühle. Dankbar nahm Belle Platz. Mit einem Mal fühlte sie sich geschafft und zittrig.

Er kannte meine Mutter, ging es ihr durch den Kopf.

»Ah, entschuldigt, jetzt habe ich doch glatt vergessen, mich vorzustellen. Meine Name ist Zage. Ich lebe schon seit vielen Jahrzehnten in diesen Gemächern, die ich kaum mehr verlasse. Nur selten erfahre ich etwas von der Außenwelt, aber Euch, meine Liebe, hat so ziemlich jeder und alles angekündigt.« Geheimnisvoll sah er sie an.

»Wie bitte?«

Zage seufzte und bedeute auch Farin, sich zu setzen. »Am besten ich fange ganz von vorn an. Ich nehme an, dass Ihr die Geschichte von Edid und Selfin kennt?«

Belle nickte. Ja, sie kannte die Geschichte auswendig. Die Entstehung und die Teilung, die Liebe und der Krieg …

»Gut, und ich nehme an, dass Endline es irgendwie geschafft hat, Euch zu kontaktieren?« Forschend suchte er ihren Blick und wieder antwortete Belle mit einem Nicken.

»Ihr wisst also, dass Ihr von Edid abstammt?«

»Ja«, hauchte sie und spürte, wie Farin neben ihr zusammenzuckte.

Zage ging nicht weiter auf Farins Reaktion ein und nickte. »Das macht es um einiges leichter. Wie Euch zweifelsohne aufgefallen ist, haben diese alten Geschichten durchaus einen wahren Kern.«

Er pausierte und atmete tief durch, dann begann er seine Geschichte …

»Edids Macht wurde auch die helle Magie genannt. Sie war rein und unschuldig und damit immer Selfins dunkler Magie überlegen. Während er nur noch in der Lage war, die Geschicke der charakterschwachen Menschen zu lenken, hatte Edid die Macht besessen, alle zu beherrschen. Jedoch nur, wenn sie es gewollt hätte. Doch das hatte sie nie. Im Gegensatz zu Selfin …

Jahrhundertelang lebten und agierten die Götter gemeinsam, ihre Mächte ergänzten einander und sorgten für ein Gleichgewicht der Kräfte, indem die helle Magie die dunkle im Zaum hielt. Als aber der Jüngling auf den Plan trat und Edids Aufmerksamkeit forderte, hörten die Mächte auf, miteinander zu arbeiten.

Wie Ihr wisst, Isabelle, brachte Selfin den Mann, der Edids Herz gestohlen hatte, aus Hass und Eifersucht um. Doch Selfins hasserfülltem Ich war diese Tat nicht genug. Er sammelte alle Menschen, die er kontrollieren konnte, und ließ sie gegen jene kämpfen, die noch einen freien Willen besaßen.

Laut der Legende, die Ihr kennt, zog sich Edid der Trauer wegen zurück und sah nicht, was Selfin in ihrem wunderschönen Land veranstaltete. Aber nicht die Trauer war es, die sie sich zurückziehen ließ.

Schon als sie den Jüngling begrub, bemerkte sie, dass etwas anders war. Sie spürte Veränderungen an sich, und so blieb sie lange Zeit in diesem Wald in ihrer menschlichen Gestalt.«

Zage pausierte und warf ihr einen prüfenden Blick zu. Belle erstarrte.

»Monate später gebar Edid eine Tochter. Dieses Kind hatte sie empfangen, als sie in Menschengestalt dem Jüngling beigewohnt hatte … Es war eine Verbindung zwischen Göttin und Mensch, und für Edid war das Mädchen ein Wunder. In ihm lebte der Mann weiter, den sie einst geliebt und verloren hatte. Sie taufte das Kind auf den Namen Esme.«

»Meine Ururururgroßmutter Esme?«, hauchte Belle und unterbrach damit Zage.

»Ja.« Er nickte. »Nach Esmes Geburt raffte Edid sich auf und schuf ihre helle Armee, um Selfins Tun Einhalt zu gebieten und die Zukunft der Menschen, die Zukunft von Esme nicht zu gefährden. Das Ende muss ich Euch ja nicht erzählen, denn es gleicht dem, das Ihr kennt. Daher zurück zu Esme.

Mit ihr beginnt auch die Besonderheit in Eurer Familie, Isabelle. Esme hatte als Erste »die Gabe«.

Edid merkte schnell, dass ihre Tochter besonders war und Eigenschaften von Mensch und Gott vereinte, dennoch stellte sie traurig fest, dass Esme sich nicht verwandeln konnte und im Gegensatz zu ihr alterte. Da auch Gottheiten als Menschen altern und irgendwann mit dem Körper sterben, wollte Edid ursprünglich nur so lange bei ihrer Tochter bleiben, bis diese sich in die Welt der Sterblichen integriert hatte. Aber die Menschen hatten Angst vor Esme, und so widerrief Edid ihren Plan.

Sie zog mit Esme in die Sumachen, weitab von der Bevölkerung Symantriets.

Statt eines ewigen Lebens, entschloss sich Edid für ein einziges gemeinsam mit ihrer Tochter, und so lebten sie jahrelang in Frieden.

Da sie wusste, dass die Angst der Sterblichen von der Gabe herrührte, half Edid, diese zu verbergen.

Mutter und Tochter hüteten die Worte der alten Sprache, und erst als Edid mit ihrem menschlichen Körper starb, entschloss Esme sich, den Wald, der ihr allein so unheimlich war, zu verlassen.

Draußen hatte man das unheimliche Mädchen von einst längst vergessen. Und nun, als wunderschöne Frau, die gelernt hatte, ihre Magie zu verbergen, fiel es ihr nicht schwer, einen Mann zu finden. Bereits kurze

Zeit später war sie verheiratet, gebar eine Tochter und begann ihrerseits damit, das Mädchen zu lehren, die Macht, die es zweifelsohne geerbt hatte, unerkannt zu nutzen.

Eure Gabe, Isabelle, wurde so über die Jahre von Generation zu Generation im Geheimen weitergetragen und bewahrt. Bis heute.«

Als er geendet hatte, war Belle nicht in der Lage, etwas zu sagen. Zu viel ging ihr durch den Kopf.

Aber wozu gibt es die Gabe, wenn sie den Menschen Angst macht?

Mit Schreck dachte sie an die Hexenverbrennungen und all die anderen Taten, zu denen Menschen in der Lage waren, wenn sie sich dem Unerklärlichen gegenübersahen.

Was bringt sie, wenn ich sie nur unerkannt nutzen kann?

»Könntet Ihr bitte die Frage laut stellen? Das Thema hatten wir schon, und wenn ich Eure Gedanken belausche, fühlt es sich so ungalant an.«

Zages Worte schreckten sie auf und sie sah überrascht in sein altes, faltiges Gesicht. »Gebt mir Eure Hand, Isabelle«, forderte er. Belle zögerte, doch der aufmunternde Blick, den Farin ihr von der Seite zuwarf, überzeugte sie. Zaghaft hielt sie Zage ihre rechte Hand hin.

»Seltsam«, murmelte Zage, als er ihre Hand in die seine nahm. »Sehr seltsam.«

»Was ist seltsam?« Erschrocken sah Belle ihn an, seine Augen starrten in die Ferne, das Weiß trat hervor und in einem Anflug von Panik wollte sie ihre Hand zurückziehen, doch er hielt sie mit erstaunlicher Kraft fest.

Lasst mich los!, brüllte ihre innere Stimme. Nur Sekunden später spürte sie eine Wärmewelle durch ihren Körper gleiten. Mit einem Schmerzensschrei ließ der alte Mann abrupt ihre Hand los.

»Zage! Was ist geschehen?«, brüllte Farin und stand unvermittelt neben dem alten Mann.

»Alles in Ordnung, Farin. Ich hatte nur nicht mit dieser Gegenwehr gerechnet. Setzt Euch wieder.« Beschwichtigend deutete er auf den Stuhl, den Farin in seiner Hast umgeworfen hatte.

»Entschuldigt, wenn ich Euch erschreckt habe, Isabelle, das war nicht meine Absicht. Ich wollte nur die Macht Eurer Gabe prüfen und musste feststellen, dass sie deutlich stärker ist, als ich gedacht habe. Eure helle Magie ist um einiges machtvoller als die Eurer Mutter oder Urgroßmutter. Ich würde sogar behaupten, dass sie der Magie Edids am nächsten kommt. Das würde auch begründen, warum Eure Mutter bei Eurer Geburt starb. Eure Magie war zu groß ... Wenn Ihr sie einsetzen könntet ...«

»Aber wozu?«

»Eure Gabe ist der Schlüssel. Ihr allein seid in der Lage, Chaver und die dunkle Magie endgültig zu besiegen«, unterbrach sie der alte Mann.

Erstaunt sah Belle ihn an. »Aber ich kann doch nicht ... Ich weiß gar nicht ...«

»Verdammt noch mal, Isabelle! Jetzt hört Zage zu! Mit Eurer Sturheit, die Gabe nicht einsetzen zu wollen, bringt Ihr uns alle in Gefahr! Die Zeit läuft uns davon!«

Erschrocken fuhr Belle herum und starrte auf den Mann, der plötzlich neben ihr aufgetaucht war. Sie hatte nicht bemerkt, wie Omir das Zimmer betreten hatte. Der überraschte Blick Farins sagte ihr, dass es auch ihm entgangen war.

»Ich ...«

»Prinzessin, Ihr solltet inzwischen mitbekommen haben, dass Eure Macht begehrt ist und es nicht mehr nur darum geht, was Ihr wollt oder was Ihr glaubt, nicht tun zu können!«, schimpfte die rechte Hand des Königs.

Betreten sah Belle zu Boden und hörte, wie Zage seufzte. »Omir, ich denke, das ist genug. Isabelle ist keine Waffe. Sie muss erst die Zusammenhänge verstehen, dann sehen wir weiter. Könntet Ihr Euch bitte setzen? Ihr macht mich ganz nervös und ich muss mich konzentrieren, damit ich die zweite Geschichte richtig erzählen kann.«

»Ich ziehe es vor, stehen zu bleiben, aber macht weiter, ich übe mich derweil in Stille.« Omir machte eine abwertende Handbewegung und Zage nickte ihm zu.

»Selfins Tod ging mit der Spaltung Karnestras einher. Seine gesamte Lebenskraft und Magie floss durch sein Zauberschwert in den Riss zwischen Symantriet und Samoro. Als Selfin, getrieben von seinem Hass, selbst nicht aufhören konnte, den Riss zu vergrößern und damit

Raum zwischen Edid und sich schaffte, konnte ihn nur das Ende seiner Macht und die Auflösung seines Körpers dazu bewegen, innezuhalten.

In dem Moment, in dem er sich gänzlich auflöste und zu Rauch wurde, fiel das verzauberte Schwert zu Boden und blieb jahrelang unbemerkt liegen.

Der Überlieferung nach fand ein Sterblicher aus Symantriet, der Schiffbruch erlitten hatte und so nach Samoro kam, einige Zeit später das Schwert und mit ihm auch einen Rest der dunklen Magie.

Etwas an diesem Sterblichen war einzigartig, denn er konnte das Schwert aufheben und brachte es fertig, mit dessen Kraft nach Symantriet zurückzukehren. Über die Jahre hinweg lernte der junge Mann die Macht zu lenken und diese zu übernehmen.

Dank dieser Magie, die so dunkel ist, dass sie einen Pakt mit dem Teufel geschlossen hat, lebt der Mann nach all den Jahren immer noch unter uns, auf ewig und ohne älter zu werden. Sein Name dürfte Euch allen etwas sagen: Chaver.«

Belle hörte, wie Omir mit den Zähnen knirschte.

Chaver? In ihrem Kopf arbeitete es.

»Chaver?«, fragte sie, doch es war nicht Omir, der ihr antwortete.

»Chaver, besser bekannt als der Tyrann, der einst unser schönes Symantriet in seiner Gewalt hatte. Mit Grausamkeit knechtete und unterjochte er das Volk. Durch die dunkle Magie Selfins war er nahezu unbesiegbar. Und wir Trottel dachten tatsächlich, dass wir ihm ein Ende gesetzt hatten … nur um festzustellen, dass wir uns gründlich geirrt haben.«

Überrascht starrte Belle den Mann in der Ecke des Raumes an.

»Sephin!«, begrüßte Zage den Neuankömmling.

Der König, Chaces Vater, ging es Belle durch den Kopf.

»Kommt zu uns und setzt Euch. Ich habe gesehen, dass Ihr uns besuchen wolltet, aber noch nicht mit Euch gerechnet. Nun, sei es drum. Ich hoffe nur, dass wir nicht noch mehr werden, andernfalls gehen mir langsam die Stühle aus«, versuchte Zage sich an einem Scherz.

Misstrauisch musterte Belle den Raum. Waren das alle Überraschungen?

Kapitel 34

Ewigkeit

Camelia

»Hilfe! Hallo, ist da jemand?«

Ihre kläglichen Rufe verklangen in der Dunkelheit und hallten nicht ein einziges Mal wider. Suchend drehte sie sich im Kreis, suchte einen Lichtschein, eine Wand, einen Anhaltspunkt, einfach irgendetwas, aber sie fand *nichts*. Die Szene in einem der Schlafgemächer drang ihr ins Gedächtnis. Die vielen Kerzen, der Tisch, der einem Altar geähnelt hatte, und dieses fürchterliche Gebräu.

Hatte Chaver sie doch vergiftet? War sie tot und das ihr Ende?

Hilflos brach Camelia zusammen und ein Schluchzen entwich ihrer Kehle. *Was habe ich nur getan?*

Ihre sinnlose Rache hatte sie nur tiefer ins Verderben gestürzt, als es das erbärmliche Leben zuvor jemals getan hatte …

»Hört auf zu heulen, das nützt niemandem«, erklang unvermittelt eine wohlbekannte Stimme hinter ihr. Erschrocken wandte Camelia sich um und versuchte den Verursacher auszumachen, doch die Dunkelheit verschluckte alles.

»Gregor«, wisperte sie.

»Ja, Camelia, ich bin es.«

»Aber wie kann das sein? Wo sind wir hier und wie hat Chaver Euren Körper an sich gebracht?«

Gregor seufzte. »Einst war ich dumm und gutgläubig. Blind habe ich einer Stimme vertraut, der ich nie hätte trauen dürfen. Chaver hat mich all die Jahre geleitet und damit alles für seine Rückkehr vorbereitet … Als einfältiger Fisch, der ich war, konnte ich nur ins Netz gehen …«

Camelia hörte die Resignation in seiner Stimme und bohrte nicht weiter nach. Ihre Situation war schlimm genug. »Und was ist das hier? Wie kommen wir hierher?«, hauchte sie stattdessen.

»Wenn ich richtigliege, befinden wir uns in einer Art Seelenwelt, die Chaver geschaffen hat, um seine Seele am Leben zu erhalten. All die Jahre harrte Chaver aus in dieser Dunkelheit, der Ewigkeit. Von hier hat er zu mir gesprochen, mich geleitet, beobachtet und verfolgt. So lange, bis er meinen Körper übernehmen und selbst agieren konnte. Wenn ich das richtig verstanden habe, wollte er Euren Körper für seine Geliebte. Ihr seid also hier, damit Eure Seele aus dem Weg ist …«

Camelia erstarrte. Das hatte Chaver also gemeint … »Wenn Chaver Euch von hier übernehmen und alles beobachten konnte, können wir dann nicht auch eine Verbindung zur Außenwelt herstellen?«

Ein grausiges Lachen klang durch die Dunkelheit. »Und wie stellt Ihr Euch das vor? Ich habe alles versucht, aber ich sehe und höre nur das, was er mich sehen und hören lassen *will.*« Gregor pausierte und Camelia hörte, wie er die Luft einzog. »Dieser Mann ist nicht zu unterschätzen. Er hat besondere Kräfte. Kräfte, die eine ganze Armee willenlos gemacht haben … Glaubt mir, der wird nicht auf seinen eigenen Trick hereinfallen, und erst recht wird er dafür gesorgt haben, dass wir hier nicht einfach so hinausspazieren können …«

Endline

Chaver

»Katheryna, meine Liebe, erhebt Euch!« Seine Stimme war nur noch ein Flehen. Die Kerzen im Gemach waren mittlerweile so gut wie heruntergebrannt, seine Marionetten hatte er nach draußen geschickt und nun stand er allein über dem regungslosen Körper Camelias.

Er wusste, dass deren Seele in der Ewigkeit angekommen war, aber was nützte das, wenn Katheryna trotzdem nicht zurückgekehrt war? Wie konnte das sein? Er hatte alles genauso gemacht, wie Dragon es ihm gesagt hatte …

»Was ist schiefgelaufen?«, murmelte er.

Lag es an seiner Kraft oder hatte Dragon sich geirrt?

Ich werde sie nie wiedersehen, wurde ihm bewusst und wütend zerdrückte Chaver die Flasche in seinen Händen. Sie splitterte und Reste des Gebräus rannen an seinen Fingern nach unten.

»*Dragon*!«, schrie er in seinem Wutanfall.

»Ja, mein Herr?«

Die plötzliche Antwort in dem eigentlich leeren Raum ließ ihn herumfahren und er sah sich kurz darauf dem menschlichen Gesicht des großen Dämons gegenüber.

»Ihr seid hier?« Beunruhigt sah Chaver sich um. War er wieder bei Kräften, ohne dass er es bemerkt hatte?

»Natürlich bin ich hier. Ihr hattet nach mir gerufen.«

Mit verschränkten Armen stand Dragon da und hielt seinem musternden Blick stand, ohne auch nur mit der Wimper zu zucken.

»Dann bin ich wieder bei Kräften? Ich dachte, dass es sich anders angefühlt hätte«, stellte er irritiert fest und starrte auf seine Hände.

Habe ich nicht immer die dunkle Kraft pulsieren gefühlt?

Dragon räusperte sich »Nein, Ihr seid nicht bei Kräften«, stellte der Dämon mit kalter Stimme klar.

»Nein? Warum konnte ich Euch dann rufen?«

Stirnrunzelnd sah ihn sein Gegenüber an, als könne Dragon nicht glauben, dass er es nicht wusste. »Eure Macht ist schwächer als sonst und wirkt anders.«

Fassungslos sah Chaver weiter auf seine Hände. *Meine Macht ist schwächer als sonst? Was soll das bedeuten? Kehrt sie denn überhaupt gänzlich zurück?*

»Was ist geschehen, Dragon? Ich dachte, der Fluch …« Seine Stimme wurde brüchig.

»Der Fluch hat es nur geschafft, einen Teil von Euch zu retten, der andere ist mit Eurem Körper gestorben …« Die Sachlichkeit in den Worten des Dämons schockierte ihn.

»Warum habt Ihr es damals nicht erwähnt?«, fuhr er seinen Getreuen an.

»Ich hielt es nicht für nötig, ich dachte nie, dass es jemals so weit kommen würde. All die Jahre …«

Ja, all die Jahre, Hunderte waren es gewesen, die sie gemeinsam verbracht hatten – und nun fand er heraus, dass Dragon vor ihm etwas zurückgehalten hatte.

»Wie konntet Ihr nur?«, blaffte er ihn an.

Dragon setzte zu einer Antwort an, doch in diesem Moment fiel Chaver etwas ein und er unterbrach ihn. »Habt Ihr mich bei dieser Sache auch belogen?« Er deutete auf den leblosen Körper mitten im Raum. »Kann ich Katheryna zurückholen?«

Der große Mann ihm gegenüber sah ihn fest an. »Nein«, hauchte er. »Niemand kann die Toten erwecken …«

Wütend stieß Chaver einen Stuhl zur Seite und machte einige Schritte auf Dragon zu, bis sie sich genau gegenüberstanden.

»Warum zum Teufel habt Ihr mir Hoffnung gemacht und mich dieses ganze Ritual durchführen lassen? Ihr habt mich getäuscht und belogen!«, keifte er seinen Getreuen an, der nicht einmal zuckte.

»Ihr solltet das Portal öffnen, damit ich zurückkommen kann.«

Chaver brauchte einen Moment, um die Informationen zu verarbeiten. Die Erkenntnis traf ihn hart und er wollte Dragon schon zurechtweisen, als ihm bewusst wurde, dass der Dämon ihm mit seinem Handeln in erster Linie das Leben gerettet hatte. Nur durch ihn war er noch oder wieder am Leben, wenn er auch mit falschen Hoffnungen gelockt worden war.

»Danke«, flüsterte er daher, das erste Mal.

Der Dämon nickte ihm zu.

»Und nun?« Auffordernd sah er zu Dragon.

»Wir brauchen die Prinzessin und ihre Magie.«

Tesslon

Sephin

»Ich hoffe nicht, dass sich noch mehr zu uns gesellen«, stellte er mit belegter Stimme fest. »Und ich muss auch darauf bestehen, dass alles, was in diesem Raum gesprochen wird, nicht nach außen dringt. Zumindest so lange, bis ich die Möglichkeit hatte, die anderen Könige zu informieren und wir eine entsprechende Entscheidung getroffen haben!« Ernst sah er jeden in der Runde an, dann fuhr er fort: »Sagt, Zage, wusstet Ihr, dass Chaver nie gestorben ist?«

Zage sah zu ihm auf und Sephin wurde bewusst, dass dieser es tatsächlich gewusst hatte.

»Wie konntet Ihr nur?«, hauchte er.

Ohne mit der Wimper zu zucken, lehnte Zage sich auf seinem Stuhl zurück. »Sephin, Ihr seid mein König, aber ich bin mehr. Ich sehe die Zukunft, aber ich darf nicht aktiv eingreifen oder sie steuern. Wenn ich es versuchen würde, würde ich meine Macht verlieren oder gar sterben.«

Wütend starrte Sephin den alten Mann an. »Ihr wohnt unter meinem Dach, esst mein Essen und werdet hier geduldet ohne Wenn und Aber. Bei Edid, Ihr gehört quasi zum Inventar und dann hintergeht Ihr mich!« Wütend stand Sephin auf und warf dabei den Stuhl um. Aus den Augenwinkeln bemerkte er, wie die anderen am Tisch zusammenzuckten, Zage jedoch blieb ohne Regung.

»Ich weiß, dass Ihr es nicht versteht, Sephin, aber Ihr müsst wissen, dass nichts verloren ist. Chaver ist nicht der Tyrann von damals. Ein großer Teil seiner Macht starb mit seiner menschlichen Hülle, und das ist der Punkt, an dem die Prinzessin für ihn interessant wird.«

Zage wandte sich dem Mädchen zu. »Chaver will Eure Macht. Durch den Verlust seines Körpers ist er schwächer als früher, mit Euch hingegen kann er stärker werden, als er es jemals war.«

»Aber wie?« Ihre Stimme klang leise und brüchig.

Zage sah die Prinzessin an und Sephin bemerkte, wie der alte Mann mit den Worten rang. »Es gibt ein Ritual, das bewirken kann, dass Eure Macht mitsamt Eurer Lebenskraft in einen anderen übergeht.«

»Und Chaver hat darüber Kenntnis?«

»Ich denke es und wenn nicht, weiß er es spätestens dank Jenem, der vor wenigen Minuten wieder in unsere Welt getreten.«

Endline

Chaver

Der einstige Tyrann wandelte über die mondbeschienen Wege des Schlossgartens und mit seinen Blicken suchte er sorgsam die Umgebung ab.

Ich spüre sie, wo sind sie nur? Suchend blickte er sich um und endlich, an einer der Schlossmauern fand er sie: die Rosen.

Vorsichtig näherte Chaver sich den zarten Knospen, die aussahen, als würden sie sich jederzeit öffnen. Er spürte die Magie, die von ihnen ausging, und streckte die Hand nach einer von ihnen aus, doch sobald er sie berührte, verwelkte die jeweilige Knospe.

»Was soll mir das sagen, Endline? Dass deine Tochter eher stirbt als mir zu gehören?«, flüsterte Chaver in die Nacht hinein. »Soll sie doch …«

Entweder würde sie ihm die Macht geben oder den Tod finden. Eine andere Option gab es nicht.

»Ich werde das Ritual durchführen und mir nehmen, was mir zusteht«, flüsterte er leise, aber bestimmt.

Es sei denn …

Er betrachtete den Rosenstock. In seinem Zentrum fand er, wonach er gesucht hatte. Die kleinste und zarteste Knospe, die von Spinnweben überhäuft war und aussah, als würde sie seit Jahren im gleichen Stadium verharren …

Isabelles Knospe, ich bin also nicht zu spät, stellte er zufrieden fest und die gerade noch geherrschte Anspannung verpuffte wieder.

Tesslon

Omir

Ein Schauer glitt ihm bei Zages Worten über den Rücken.

»Dragon …«

»Das werden wir nicht zulassen. Der Tyrann darf nicht wieder zu Kräften kommen! *Nie wieder*! Das wäre unser aller Ende!« Er sah von Zage zu Sephin.

»Da bin ich mit Euch einer Meinung, Omir. Aber wie? Zage? Wir dachten schon einmal, dass wir ihn besiegt haben, doch es war ein Irrtum. Chaver wird nicht noch einmal dieselben Fehler begehen.«

»Wie ich schon gesagt habe, ist die Prinzessin diejenige, die in der Lage ist, alles zu beenden. Sie besitzt die helle Magie, und ich kann ihr helfen, sich dessen bewusst zu werden, aber ich brauche Zeit und ich weiß, dass Chaver und Dragon wissen, wo sie ist. Sie werden kommen …«

»Zeit?« Omir sah ihn an. »Ich kann die Männer zusammentrommeln und die Burg verteidigen, wenn es sein muss, aber wenn Dragon seine Kraft von damals besitzt: Was soll ihn davon abhalten, hier einfach aufzutauchen und sich Isabelle zu nehmen? Wir sind kein Hindernis für ihn …« Sein Einwand war berechtigt. Sowohl Chaver als auch Dragon waren früher in der Lage gewesen, immer und überall aufzutauchen. Was nützte da eine Verteidigung der Mauern?

»Er kann hier nicht auftauchen.« Zages Worte überraschten Omir.

»Ist er etwa auch schwächer?« Hoffnung schwang in der Stimme mit.

»Nein, er ist genauso stark, aber Isabelles helle Magie verhindert unbewusst, dass die dunkle sich ihr nähert. Zumindest in begrenztem Maße. Keiner von beiden kann sich einfach in das Gemäuer zaubern.«

Irritiert sah Omir zur Prinzessin, die verwirrt wirkte. »Aber ich mache doch gar nichts«, flüsterte sie.

»Nein, Isabelle, das müsst Ihr auch nicht, das macht die Magie allein. Ich sagte doch bereits, dass Ihr deutlich stärker seid als Eure Mutter.« Er warf ihr ein Lächeln zu, dann wandte er sich wieder an Omir. »Ihr müsst dafür sorgen, dass die Mauern sicher sind. Wenn Dragon sie ohne Magie durchbricht, wird ihn keiner mehr aufhalten können. Habt Ihr mich verstanden?«

Er nickte. »Ich werde die Männer zusammenrufen, aber ich weiß nicht, wie viele Chaver schicken wird. Wisst Ihr es?«

Zage schüttelte den Kopf. »Noch weiß Chaver von seinem Glück nichts, aber ich schätze, sobald er es herausfindet, wird er alle verfügbaren Kräfte einsetzen. Er will sie unbedingt. Isabelle ist sein Aufstieg und sein Tod zugleich. Eure Männer in Habicht werden bei Weitem nicht genügen. Sephin, Ihr müsst bei Eurem Treffen an die anderen appellieren. Wir brauchen mehr Soldaten. Ich brauche Zeit.« Zage hatte geendet, da kam Omir ein Gedanke. »Sephin? Ist es noch möglich, den Rat nach Fest zu verlegen?«

»Ich werde es umgehend versuchen«, flüsterte der König.

»Gut, ich denke, wir haben alles gesagt, oder? Dann gehe ich auch. Es gibt viel zu tun. Vielleicht sollten wir Frauen und Kinder morgen gleich fortbringen. Nur zur Sicherheit ...« Omir sah, wie das Mädchen bei seinen letzten Worten erschrocken zu ihm sah. »Farin, du bleibst bei ihr und zwar ohne Ausnahme. Weiche ihr keinen Meter mehr von der Seite, hast du verstanden?«

Belle

Hatte sie richtig gehört? Alle würden ihretwegen die Burg verlassen?

»Ist es nicht besser, wenn ich gehe?« Sie merkte selbst, wie brüchig ihre Stimme klang.

Omir schüttelte den Kopf. »Und dann? Er würde uns draußen angreifen und hätte ein noch leichteres Ziel. Habt Ihr nicht verstanden? Er will *Euch*, und wenn Chaver Euch bekommt, ist es vorbei ... Hier haben wir starke Mauern und genug Männer, um Euch eine Weile zu verteidigen. Lebend werden sie Euch nicht bekommen.«

Lebend ... Belle erstarrte.

Sie warf einen Blick über ihre linke Schulter und sah Farin direkt ins Gesicht. Er erwiderte ihren Blick und schüttelte nur beschwichtigend den Kopf, als wollte er sagen, dass sie keine Angst zu haben brauchte.

Und dabei war er es, der mir sagte, dass er mich umbringen wird.

Mit einem Mal wurde ihr eiskalt. Vielleicht sollte sie es selbst beenden? *Dann sterben nicht so viele Unschuldige und Chaver kann meine Gabe niemals bekommen.*

»Hört auf, Isabelle!« Es war Zages Stimme, die sie aus den Gedanken riss. »Denkt gar nicht erst an so etwas. Ich denke, Omir hat sich falsch ausgedrückt. Wir werden alles tun, damit Chaver Euch nicht in die Finger bekommt. Niemand will diesen Tyrannen wieder auf dem

Thron sehen, aber am Ende können wir ihn nur mit seinen eigenen Mitteln schlagen. Nur Ihr könnt dafür sorgen, dass er gänzlich stirbt.«

Seine Worte ließen Belle aufblicken. Zage hatte vorhin schon erwähnt, dass sie der Schlüssel war. Aber wie konnte das sein, wenn sie nicht einmal die einfachsten Dinge vollbrachte?

»Aber ich kann doch nicht …«

Zage unterbrach sie sanft: »Ihr könnt und Ihr werdet. Ich kann Euch zwar nicht die Worte lehren, die tief in Euch verborgen schlummern, aber ich kann Euch erzählen, wie Eure Mutter es bewerkstelligt hat. Das Wissen, was sie an Euch hätte weitergeben sollen, werde ich Euch weitergeben. Aber nicht mehr heute. Es ist spät und Ihr braucht Ruhe.«

Sie sah, dass Omir etwas erwidern wollte, es dann aber herunterschluckte und einlenkte: »Farin, ich nehme an, du kennst noch den Weg zu deinem alten Zimmer?«

»Ja, Vater.«

»Gut, dann brauche ich euch nicht zu zeigen, wo ihr heute Nacht schlaft.«

Mit diesen Worten hatte sich die rechte Hand des Königs erhoben und verließ den Raum.

Was soll das bedeuten? Teile ich mir heute Nacht wirklich ein Zimmer mit Farin? Ein Seitenblick auf ihn zeigte ihr, dass auch er unsicher war und sich bei dem Gedanken äußerst unwohl fühlen musste.

Na wunderbar …

»So, wo das nun geklärt wäre, würde ich sagen, wir sehen uns morgen früh.« Zage klatschte in die Hände und entließ sie.

Kapitel 35

Ewigkeit

Camelia

»Wir müssen versuchen, ihn mit seinen eigenen Waffen zu schlagen!«

»Und wie sollen wir das bewerkstelligen? Wir sitzen hier fest und haben nichts.« Camelia saß auf dem Boden und hielt sich mit einer Hand die Schläfe. Ihr Kopf dröhnte und sie fühlte sich matt.

Die letzten Stunden hatten sie versucht, durch Rufe, Schreie und Wortgefechte Chaver auf sich aufmerksam zu machen, aber nichts hatte genützt.

»Ich verstehe es nicht. Beim letzten Mal war er sofort bei mir. Er hat sich gestört gefühlt und wollte, dass ich aufhöre. Ich habe ihn doch auch immer gehört!« Wut und Verzweiflung schwangen in Gregors Stimme mit.

»Vielleicht hat er das Mädchen und ist stärker geworden?«, flüsterte Camelia. Sie wollte nicht glauben, dass das hier ihr Ende war.

Ausharren in der Dunkelheit und das auf ewig. Irgendwo musste es einen Ausweg geben.

Denk nach!

Der Trank!

»Chaver flößte mir etwas ein, das mich hierher brachte, vielleicht gibt es ein Gegenmittel, damit ich in meinen Körper zurückkehren kann?«

Ein kehliges Lachen drang ihr entgegen. »Ein Gegenmittel? Wo wollt Ihr es hernehmen? Hier ist weit und breit nichts außer uns beiden! Nein, gebt auf. Wir sitzen hier in der Falle.«

Sephin

Er stieg die steilen und spärlich beleuchteten Stufen des nordöstlichen Turmes nach oben. Früher hatte er diesen Weg mehrmals am Tag beschritten, doch irgendwann hatten sie aufgehört, Falken zu nutzen. Die Tiere waren zu unzuverlässig und machten einen Heidendreck.

Glücklicherweise hatte er die Vögel nicht gänzlich abgeschafft und nachdem sie ihm die letzten Tage schon gute Dienste geleistet hatten, hoffte er, dass sie auch dieses Mal ihre Ziele erreichen würden und er die anderen Könige noch abfangen konnte.

Sephin hatte die letzte Stufe erreicht und vor ihm öffnete sich der große, kreisförmige Raum. Es gab weder Türen noch Fenster, die verschlossen werden konnten, sondern nur die entsprechenden Öffnungen. Ein kalter Windhauch streifte ihn und ließ ihn frösteln. Er griff sich den Lederhandschuh, der an der Wand hing, und stülpte ihn sich über seine rechte Hand. Anschließend zog er drei Briefe aus der Innentasche seines Mantels. Im Licht der einzigen Fackel des Raumes waren die Namen nur schemenhaft zu erkennen: *Tewin*, *Lewin* und *Edwin.*

Als schließlich der letzte Brief sich auf die Reise gemacht hatte, blieb Sephin noch einen Moment am Fenster stehen und starrte auf die Landschaft weit unter sich. Alles wirkte ruhig und friedlich. Nichts deutete auf einen erneuten Krieg hin. Noch nicht …

Hoffentlich hat Zage recht und das Mädchen kann uns wirklich helfen, war sein letzter Gedanke, bevor er den Falkenturm verließ, um seinen Sohn aufzusuchen.

Chace

Der anstrengende Ritt und die Ereignisse der letzten Tage hätten ihn eigentlich dazu zwingen müssen zu schlafen, doch dem war nicht so. Er lag wach in seinem Bett und konnte kein Auge zutun, obwohl er müde und erschöpft war.

Lag es daran, dass er Belle noch immer nicht gesehen hatte? Er machte sich Sorgen um sie, auch wenn das Verbot seines Vaters noch in seinen Ohren nachklang.

Pah, gefährlich … Denkt er wirklich, dass ich ihm solchen Unsinn glaube?

Chace rappelte sich im Bett auf.

»Ach, was soll es?«, stöhnte er und warf die Bettdecke zur Seite.

Wann habe ich überhaupt das letzte Mal auf Vater gehört? Er würde Belle suchen. Nur ein kurzer Blick … Wenn er wüsste, dass es ihr gut ging, würde er beruhigt schlafen können.

Nur wo war sie?

Farin wird es wissen, hoffte er und machte sich auf den Weg.

Endline

Chaver

Er war eben aus dem Garten zurückgekehrt und hatte befohlen, den leblosen Körper Camelias fortzuschaffen, als Dragon in das spärlich erleuchtete Zimmer trat.

Chaver wartete, bis die beiden Männer den Körper rausgetragen und den Raum verlassen hatten, dann wandte er sich seinem Diener zu.

»Konntet Ihr etwas in Erfahrung bringen?«

»Natürlich mein Herr.« Dragon stellte sich kerzengerade hin und begann dann mit seinem Bericht: »Der niedere Halbdämon Grip hat sich auf den Rückweg gemacht, zu unserem Leidwesen jedoch ohne das Mädchen.« Chaver schnaubte, aber es war keine große Überraschung für ihn.

Ich wusste doch, dass er versagt …, wusste es die ganze Zeit. Grimmig sah er aus dem Fenster. »Weiter?«

»Sephin und seine Männer wissen, wer Ihr seid, dass Ihr das Mädchen wollt und zu unserem Unglück auch wieso. In diesem Moment rüsten sie Habicht, da sie einen Angriff erwarten. Das Treffen der Könige hat man nach Fest verlegt, dort will König Sephin um Hilfe für den Schutz von Habicht bitten. Er scheint auch mit dem Gedanken zu spielen, einen Krieg zu beginnen …«

Chaver konnte nicht anders, er musste lachen. »Einen Krieg beginnen? Die wissen doch nicht, auf was sie sich damit einlassen … Haben sie denn gar nichts gelernt? Sollen sie doch nur kommen mit ihrer lächerlichen Armee. Ich werde sie übernehmen wie damals und sie dann mit ihren eigenen Männern vernichten.«

Das Räuspern Dragons lief ihn aufschauen. »Was ist?«

»Leider ist es nicht so einfach … Im Gegensatz zu damals habt Ihr weniger Kraft. Es wird Euch nicht gelingen, ihre Armeen zu übernehmen. Wenn sie uns jetzt gemeinsam angreifen, könnten sie Eure dunkle Armee in die ewigen Jagdgründe schicken, ehe wir überhaupt eine Chance hätten zu reagieren.«

Chaver erstarrte. Daran hatte gar nicht gedacht. »Was schlagt Ihr stattdessen vor?« Seine Stimme wurde immer leiser.

»Ich beende den sinnlosen Kampf im Gebirge und übernehme Sep und seine Fähigkeiten. Dann sammeln wir unverzüglich die Männer und lassen sie nach Habicht marschieren.«

Der große Dämon sah ihn fest an. »Wir überfallen die Burg, solange die Könige sich in Fest aufhalten. Selbst wenn man mit einem Angriff rechnet, wird uns jetzt noch keine große Anzahl an Soldaten erwarten. Außer Sephin haben die Könige noch nicht damit angefangen, ihre Armeen zusammenzurufen. Durch Gregors unbedachte Handlungen sind sie lediglich in Alarmbereitschaft. Wenn wir schnell handeln, haben wir einen Vorteil.«

Überrascht sah Chaver seinen Diener an. »Könnt Ihr Euch nicht einfach verwandeln? Oder Euch gar hinzaubern und sie mir herbringen? Dann wären wir alle Probleme los …«

Chaver fand seine Idee gar nicht schlecht und bei Weitem nicht so verstrickt und mit Schwierigkeiten behaftet, aber Dragon schüttelte den Kopf.

»Nein, das kann ich nicht. Um ehrlich zu sein, habe ich selbst schon mit diesem Gedanken gespielt und es versucht.« Betreten sah der Dämon zu Boden.

»Und?«

»Auch wenn das Mädchen seine Macht nicht einzusetzen weiß, ist sie da und verhindert, dass ich mich auf magische Art und Weise auch nur nähere. Wir müssen die Burg wohl oder übel stürmen und die Prinzessin so in unsere Gewalt bekommen …«

Hatte er sich eben verhört? »Seid Ihr Euch sicher? Vielleicht habt Ihr nur einen Fehler gemacht?«

Dragon schüttelte erneut den Kopf. »Alles habe ich versucht und nichts hat etwas gebracht. Aus diesem Grund waren auch Bled und Grip immer hinter ihnen und nicht in der Lage, sie Euch zu bringen. Die helle Magie erwacht immer mehr und schützt damit das Mädchen. Diese Macht ist im Moment unser stärkster Feind …«

»Bis wir ihre Macht bannen oder sie auf mich übergangen ist«, flüsterte Chaver.

»Genau.« Dragon nickte.

»Dann veranlasst alles, was nötig ist. Beendet diesen sinnlosen Widerstand im Gebirge und leitet alles ein. Ich vertraue Euch und gebe Euch hiermit alle Befugnisse, die Ihr braucht.«

Dragon nickte und schickte sich an, den Raum zu verlassen, als dem neuen König von Endline noch ein Gedanke kam: »Sagt, Dragon, wenn Ihr wollt, erfahrt Ihr alles, oder?«

Der Dämon hielt in seiner Bewegung inne und sah ihn mit zusammengekniffenen Augen an. Für Chaver sah es fast so aus, als würde er abwägen, was von seiner Antwort abhing.

»Dragon?«, verlieh er seiner Frage mehr Nachdruck.

»Ja, ich erfahre alles, mein Herr«, gab sein Gegenüber nach.

»Dann verratet mir, wer Katheryna auf dem Gewissen hat.«

Tesslon

Farin

Wortlos führte Farin das Mädchen durch das Gewirr zahlreicher Gänge und Treppen. Wie lange war er schon nicht mehr auf diesen Wegen gewandelt? Das letzte Mal musste inzwischen weit über drei Jahre her sein und doch wusste er genau, wo er entlang musste. Noch immer kannte er jeden Winkel dieses Gemäuers.

Nach schier endlosen stummen Minuten bog Farin auf den letzten Korridor ein und mit einem Mal wurde ihm bewusst, warum sein Vater auf seinem Zimmer bestanden hatte. Es war nicht nur dessen Fenster, das zum Hof hinführte und damit Angreifern von außen keine Chance bot, es war vor allem die Lage im Inneren der Burg.

Sein Gemach befand sich im zentralsten Teil, die anderen Zimmer indes, die vom Gang abgingen, gehörten alle ausschließlich den Leibwachen der königlichen Familie. Farin zweifelte stark daran, dass jemand so lebensmüde war und bei einem Angriff in der Nacht gerade in diesen Teil des Schlosses einfallen würde.

Vor seiner alten Zimmertür blieb Farin schließlich stehen und zögerte. Was würde ihn dahinter erwarten?

»Was ist los?« Belles Stimme hinter ihm klang leise.

»Nichts«, antwortete er ausweichend und öffnete die Tür.

Alles war genau so, wie er es einst verlassen hatte. Sein Bett, der Schrank, die Bilder an den Wänden, das kleine Waschzimmer, dessen Tür angelehnt war. Nichts wirkte verändert.

Nicht nur, dass Celina das Zimmer nie wieder vergeben hatte, sie hatte alles genau so gelassen wie damals.

Sie wusste, dass ich wiederkomme.

Natürlich hatte sie es gewusst. Ebenso wie er …

Sephin

Die Burg lag verlassen und ruhig da, als er seinen Weg in Richtung der königlichen Gemächer fortsetzte. Es war mitten in der Nacht und niemand kam ihm auf seinem langen Weg entgegen. Durch die Fenster konnte er ab und an nach draußen sehen. Auf den massiven Außenmauern tanzten flammende Punkte und sagten ihm, dass seine Männer wie angewiesen patrouillierten.

Sephin lief weiter und mit jedem Schritt stieg seine Müdigkeit weiter an, doch eines wollte er noch getan wissen, bevor er sich zur Ruhe begeben konnte.

Vor der Tür seines Sohnes blieb der alte König stehen und klopfte. Sekunden der Stille vergingen, und als er auch auf ein erneutes Klopfen keine Antwort erhielt, öffnete er mit einem flauen Gefühl die Tür und spähte vorsichtig in den Raum.

»Verdammt!«, entfuhr es ihm und er stieß die Tür vollständig auf. Das Bett war zwar zerwühlt, aber leer. Eine böse Vorahnung beschlich ihn. Zur Sicherheit kontrollierte Sephin gänzlich den Raum und auch das kleine Waschzimmer, aber er behielt recht: Chace war nicht hier.

Wo zum Henker trieb der Bursche sich jetzt schon wieder herum?

Eine ungute Ahnung glomm in ihm empor und Sephin eilte den Gang wieder hinunter in Richtung der Zimmer seiner Leibwache.

Fallenday

Edwin

»Noch ein Falke?« Er hob angewidert seine Augenbrauen. Warum kam denn schon wieder solches Viehzeug? Gab es eine neue Krankheit, von der er nichts wusste und die alle Boten befiel?

Edwin stand schon im Hof und wollte sich in seine Kutsche begeben, als der Knecht nach ihm gerufen hatte.

Widerwillig stand er neben dem Falkner und bedachte das riesige Tier auf dessen Arm mit einem misstrauischen Blick. Mit zusammengekniffenen Augen entfernte er den Brief, der dem Falken um das Bein gebunden worden war, und öffnete ihn.

Planänderung. Wir treffen uns in Fest.

Sephin

Irritiert starrte Edwin auf das Pergament vor sich.

Warum zum Teufel in Fest? Was wusste Sephin, das er ihm nicht verriet und das ein Treffen in Habicht nicht zuließ?

»Feistun? Eine kleine Änderung. Gebt den Männern Bescheid, dass wir nach Fest reiten.«

Tesslon

Belle

Sie hätte lügen müssen, wenn sie gesagt hätte, dass sie nicht neugierig auf Farins altes Zimmer war. Zwar behagte ihr die Aussicht auf ihn als Zimmergenossen ganz und gar nicht, aber als sie schließlich vor der verschlossenen Tür standen, drohte die Neugier sie zu übermannen. Vor ihrem inneren Auge tanzten Bilder von einem kleinen, karg eingerichteten Raum. Als Farin endlich die Tür öffnete, verschlug es ihr fast den Atem.

Das Zimmer war um einiges größer als ihr eigenes Gemach in Trebin. Im Zentrum stand ein fein säuberlich gemachtes und mit einer Vielzahl an Kissen ausgestattetes Himmelbett. Fasziniert stellte Belle fest, dass es mindestens drei Meter breit sein musste. Nur mühsam nahm sie ihren Blick von dem Bett und ließ ihn über die großen Schränke im hinteren Teil des Zimmers gleiten. Sie sah eine kunstvoll gearbeitete Kommode, einen riesigen Kamin mit einigen Sesseln davor, einem großen Schrank mit …*Büchern? Er liest?*

Sie hatte ihm nicht einmal zugetraut, dass er lesen konnte … In Erwartung, mehr über ihren Beschützer herauszufinden, sah Belle sich weiter um. Neben der Kommode befand sich eine angelehnte Tür.

Belle war so beschäftigt mit dem Raum, dass sie nicht bemerkte, dass Farin sie etwas fragte. Erst als er sich räusperte, sah sie erstaunt zu ihm.

»Ja?«

»Habt Ihr Euch genug umgesehen? Ich würde nämlich ganz gern die Tür schließen.« In seiner Stimme schwang Amüsiertheit mit.

Er hat mich beobachtet, stellte Belle verlegen fest und machte einige Schritte in den Raum.

»Das ist also Euer Zimmer?« Das Erstaunen in ihrer Stimme konnte sie nicht verbergen.

»Ja, war es.«

Sie taxierte ihn, aber er wandte sich ab und seiner Kommode zu. Wahllos zog er ein paar Schubladen heraus und wirkte erstaunt, dass sie noch einen Inhalt besaßen.

»Celina«, hörte sie ihn murmeln und glaubte, Anerkennung für die Königin herauszuhören. Da Belle nicht wusste, was sie sonst tun sollte, wandte sie sich ab und musterte aufmerksam den Raum. Ihr Blick blieb an einem Gemälde hängen, als Farin sie unvermittelt ansprach.

»Fangt!« Überrascht drehte Belle sich in seine Richtung und schaffte es im letzten Moment, das Hemd und die kurze Hose aufzufangen, bevor sie auf den Boden fielen.

»An Euren Reflexen müssen wir eindeutig noch arbeiten«, bemerkte Farin und sah sie mit vor der Brust verschränkten Armen an.

Warum bitte sollte ich an meinen Reflexen arbeiten wollen?

An der Art und Weise, wie Farin sie ansah, wurde ihr bewusst, dass ihr Gesicht erneut Bände erzählen musste.

Er schnaufte, ersparte sich aber eine Antwort und deutete stattdessen auf die Sachen in ihren Händen. »Gut, also etwas anderes kann ich Euch nicht anbieten und Celina möchte ich ungern eines Kleides wegen aus dem Schlaf reißen. Dort hinten ist ein kleines Bad, da könnt Ihr Euch frisch machen und umziehen.« Sein Nicken zeigte in Richtung der angelehnten Tür.

»Ein Bad?«

Sie sah, wie Farin mit den Augen rollte.

Bevor er etwas Gehässiges antworten konnte, hatte Belle schon den Raum durchquert und schob die Tür vollends auf.

Vor ihr eröffnete sich ein kleines Zimmer, das von mehreren Kerzen erhellt wurde. Belle erkannte in der Mitte des Raumes eine Wanne, die der ihren ähnelte, nur mit dem Unterschied, dass ihre immer hereingetragen wurde und diese hier ihren festen Platz besaß. Ihre Augen erkundeten den kleinen Raum, der für sie vorbereitet worden war. In einer Ecke war ein Abort, in der anderen ein kleiner Schrank, auf dem eine Schale mit frischem Wasser bereitstand.

So etwas kannte Belle nicht, wenn sie baden oder sich frisch machen wollte, hatte sie stets immer nur rufen müssen und schon wurde es herbeigetragen.

Die warmen Quellen in Kretin waren schon etwas Besonderes gewesen, aber das hier …

Eine Bewegung ließ sie herumfahren und sie sah, wie Farin im Türrahmen lehnte und ihr belustigt zusah.

»Hey, was soll das?«, murrte sie. »Ich hätte nackt sein können!«

»Seid Ihr aber nicht.« Sein Zwinkern gefiel ihr absolut nicht.

»Raus!« Bestimmt trat sie zu ihm und schob ihn aus dem Türrahmen.

»Ihr werft mich aus meinem eigenen Bad?« Ein Lachen unterdrückend ging Farin in Richtung der Kommode und Belle warf hinter ihm die Tür zu.

Puh! Am besten mache ich mich schnell frisch und zieh mich um, bevor er wiederkommt.

Belle untersuchte die Sachen in ihren Händen. Sie dufteten herrlich nach Lavendel, aber zu ihrem Unglück musste sie feststellen, dass die Hose nicht mal ansatzweise in die Nähe ihrer Knie kam.

Dieser Hund, schimpfte sie innerlich, war aber dennoch froh, endlich aus ihren von der Reise dreckigen Sachen zu kommen. Wegen ein paar Sachen zum Schlafen und die nur Farin an ihr sehen würde, würde sie keinen Aufstand machen.

Er hat dich schließlich schon weniger bekleidet gesehen, kam es ihr in Erinnerung.

Endline

Sep

Die Männer und er hatten unerbittlich gekämpft und inzwischen war die Schlacht gewonnen. In seiner Halbdämongestalt rannte er in ungeheurer Geschwindigkeit durch den Gebirgswald und tötete jeden, der ihm auch nur in die Quere kam, doch es waren nicht mehr viele. Das Nest schien ausgeräuchert zu sein. Endlich.

Zur Sicherheit streckte er seinen Geist aus und fand nur noch vereinzelt schwache Seelen, die jedoch dem Ende nah waren.

Zufrieden verwandelte er sich zurück. Er hatte Erfolg gehabt und nur das zählte für Chaver, auch wenn das Führen einer seelenlosen Armee keine große Kunst war.

Sep wollte gerade die Truppen zusammenrufen, als ihn ein ungeheurer Schmerz durchfuhr. Der Schmerz ging von seinem Kopf aus, lähmte seine Hände, seine Beine und schließlich seinen ganzen Körper. Kurz darauf wurde ihm schwarz vor Augen.

Tesslon

Farin

Er würde sich frisch machen, sobald Belle das Bad räumte. Da er ihr aber durchaus zutraute, dass dies einige Zeit dauern konnte, hatte er beschlossen, sich wenigstens schon seine neuen Sachen zurechtzulegen.

Warum verdammt habe ich da drin auch einen Spiegel? … Farin seufzte und kramte in den Schubladen. Celina hatte so gut wie alle seine Sachen aufgehoben und einen ganzen Schwung an neuer Kleidung dazugepackt. Er zog ein Hemd und eine lockere Hose heraus und legte sie auf die Kommode.

Der Gedanke an die Königsmutter ließ ihn lächeln. Nachdem seine richtige Mutter sehr früh gestorben war, hatte sie sich immer um ihn und seine Schwestern gekümmert. Als er damals gemeinsam mit Ophelia Habicht verließ, musste für sie eine ganze Welt zusammengebrochen sein.

Kopfschüttelnd schloss Farin die Schublade, er wollte nicht darüber nachdenken, wie sehr er Celina damals in seinem Egoismus verletzt haben musste.

Das plötzliche Öffnen seiner Zimmertür ließ ihn herumfahren.

»Chace, was macht Ihr hier?«, fuhr er den Prinzen feindlich an. Das hier war sein Zimmer, war anklopfen zu viel verlangt?

»Ich suche Belle«, kam die nicht weniger unfreundliche Antwort.

»Und dazu stürmt Ihr in mein Zimmer ohne anzuklopfen?«

»Wo ist sie?«

Farin verzog wütend das Gesicht und war mit wenigen Schritten bei Chace. »Ich wüsste nicht, was Euch das angeht«, stellte er fest und baute sich vor dem Königssohn auf.

Er sah, wie Chace etwas erwidern wollte, doch in diesem Moment kam Belle aus dem Bad.

»Was ist denn hier los?«

»Belle … ich … ich wollte nur wissen, wie es Euch geht.« Farin sah, wie der Prinz Belles Aufzug musterte.

»Was hat das hier zu bedeuten? Seid Ihr etwa seine Hure?«

Die letzten Worte klangen nur noch wie ein wütendes Zischen.

Farin wollte Chace zurechtweisen, aber es war Belle, die statt seiner antwortete. »Raus hier!«, giftete sie.

»Nein, Ihr sagt mir erst, was Ihr hier macht!«, donnerte Chace und schob sich unsanft an ihm vorbei. Noch bevor Farin reagieren und ihn zurückhalten konnte, stand der Prinz unmittelbar vor Belle.

»Nach was sieht es denn aus? Ihr habt Euer Urteil doch schon längst gefällt!«, fauchte die Prinzessin.

»Also habe ich recht?! Wie könnt Ihr nur?«, brüllte Chace und sah aus, als würde er die Hand gegen Belle erheben wollen. Reflexartig schob Farin sich zwischen die beiden Parteien und hob beschwichtigend seine Hände. »Wir sollten uns alle erst mal beruhigen. Es ist doch …«

Unsanft wurde er von Chace unterbrochen, noch bevor er überhaupt die Möglichkeit gehabt hatte, alles klarzustellen.

»Ehrlich, Belle, und dann auch noch *der*? Hasst Ihr mich so sehr oder ist Euer Anspruch so stark gesunken?«

»Mein Anspruch?« Farin glaubte aus den Augenwinkeln ein Zucken in Belles Gesicht zu sehen.

»Chace, ich denke, Ihr solltet gehen …«, versuchte Farin erneut die Situation zu lösen, aber der Prinz dachte gar nicht daran, das Feld zu räumen.

»Ich gehe, wenn es mir passt, und jetzt geht mir aus dem Weg!« Mit einer Kraft, die Farin ihm gar nicht zugetraut hatte, stieß Chace ihn zur Seite. Überrascht sah Farin auf die beiden Streitenden, die sich erneut gegenüberstanden.

»Da kann ich ja froh sein, dass zwischen uns nichts weiter geschehen ist. Wer weiß, was Ihr vor mir mit anderen hattet …« Seine Stimme triefte vor Verachtung.

Farin sah zu Belle, die sichtlich mit ihrer Beherrschung kämpfte. »Prinz, es ist nicht so …« Weiter kam Farin nicht, bis es Belle war, die ihm das Wort abschnitt.

»Chace, Ihr sagt es, zwischen uns war nichts. Nur ein Kuss, und jetzt hört auf, über Dinge zu sprechen, von denen Ihr nichts wisst und die Euch nicht einmal etwas angehen!«

Soll ich vielleicht lieber hinausgehen?

»Hure!« Laut und deutlich kam das Wort über Chaces Lippen brachte das Fass zum Überlaufen.

»Ernsthaft, Chace? *Ihr* macht mir den Hof und küsst mich, damit Ihr mich im nächsten Moment ignorieren und Euch in die Arme von anderen Frauen schmeißen könnt! Und nun kommt Ihr hierher und beschimpft mich mir nichts, dir nichts als Hure? Raus! Verschwindet sofort oder bei Edid, ich vergesse mich und verwandle Euch zu Stein.« Die Aussprache ihrer Worte war eiskalt, aber nicht dieser Umstand an sich verunsicherte Farin, sondern die Tatsache, dass er ihr glaubte. Ihre Präsenz hatte sich geändert. Er spürte die Magie, die sie umgab, nur zu deutlich. Auch Chace schien es zu merken, aber trotzdem sah er nicht aus, als würde er das Feld räumen.

Jetzt sei nicht dumm, Chace!, flehte er im Stillen.

Glücklicherweise öffnete sich hinter ihnen erneut die Tür und Sephin trat in den Raum. »Chace, hier bist du ja. Wieso …?«

Weiter kam er nicht. Ein beunruhigter Gesichtsausdruck erschien auf seinem Gesicht. »Was auch immer geschehen ist, ich schlage vor, wir beruhigen uns alle erst einmal.«

Diplomatisch hob Sephin die Hände und begab sich langsam in ihre Richtung.

Farin musste nicht zu Belle schauen, um zu wissen, dass sie noch immer wütend war. Ihre Kraft, die er so deutlich spürte, reichte völlig.

»Geht einfach.« Belles Worte waren eiskalt.

Sephin zuckte zusammen, nahm jedoch seinen Sohn beim Kragen und trat den Rückzug an.

»Was soll das? Lasst mich!«, schimpfte Chace und wollte sich losreißen.

»Nicht jetzt«, hörte Farin Sephin wispern und wenig später war er allein mit Belle im Zimmer.

Vielleicht sollte ich auch lieber gehen?

Unsicher sah er zur Tür und dann zu Belle, die noch immer an der Badtür stand. Von einem Moment auf den anderen spürte er die Präsenz nicht mehr.

»Belle?«, fragte er vorsichtig und sah sie an. Das Mädchen zitterte am ganzen Körper und war leichenblass. Ohne nachzudenken, war Farin mit wenigen Schritten bei ihr und fing sie im letzten Moment auf, bevor sie auf dem Boden aufschlug.

Na wunderbar, und jetzt? Soll ich einen Heiler holen?

Doch die gleichmäßige Atmung der jungen Frau in seinen Armen hielt ihn davon ab. Es lag sicherlich in ihrem Interesse, dass er kein großes Aufsehen machte.

In der Annahme, dass sie nur Ruhe bräuchte, trug er sie zu seinem Bett, ließ sie behutsam daraufgleiten und bedeckte ihren Körper mit einer der Decken. Einen letzten Blick auf sie werfend, begab Farin sich in Richtung Bad.

Das heißt dann für dich heute der Sessel, alter Knabe, kam ihm der scherzhafte Gedanke, doch ihm war eigentlich ganz und gar nicht nach Lachen zumute.

Kapitel 36

Endline

Chaver

»Er also! Ich habe es doch gewusst.« Wütend schritt Chaver durch seine Gemächer. Dragon hatte ihn allein gelassen, um alles für den neuen Tag zu regeln.

Ihr bisheriger Plan besagte, dass die gesamte dunkle Armee in spätestens zwei Tagen in Habicht einfallen und die Burg bis auf die Grundmauern niederreißen würde. Keiner der Insassen sollte überleben und Dragon würde ihm im Anschluss das Mädchen bringen.

Nach dem Ritual, mithilfe ihrer Magie, konnte er sich anschließend um die Könige und ihre lächerliche Armee kümmern … Niemand würde ihn mehr aufhalten können. *Niemand.*

Chaver selbst blieb in Trebin und würde alles für ebenjenes Ritual vorbereiten. Solange er nicht seine vollständige Macht hatte, war er verletzbar – zumindest war die Magie der Prinzessin dazu imstande und er wollte kein Risiko eingehen.

Dragon wird sie mir bringen und dafür sorgen, dass sie mir nichts tun kann, wenn sie hier ist, da war er sich sicher.

Doch bis die Armee vor Habicht stand und Dragon sich zu ihnen begeben musste, hatten sie noch etwas Zeit. Zeit, die Dragon für einen anderen Auftrag benötigte …

Die Trauer darüber, dass Chaver Katheryna nie wiedersehen würde, war groß, aber endlich wusste er nun, wen er dafür verantwortlich machen konnte.

Und bei Selfin, er würde sich rächen und diesem Mistkerl alles nehmen … Zufrieden setzte sich Chaver auf das Bett.

»Endlich werde ich Euch rächen!«, flüsterte er.

Sephin

Ohne ein Wort mit seinem Sohn zu reden, schob er ihn durch die dunklen Flure und hoffte, dass ihnen niemand entgegenkam.

»Was soll das?«, herrschte Chace ihn an und versuchte sich aus seinem Griff zu winden, aber Sephin hielt ihn unerbittlich fest. Erst als sie dessen Gemach erreicht und er sorgsam die Tür hinten ihnen verschlossen hatte, richtete er das Wort an den Prinzen: »Was sollte das eben, Chace? Habe ich dir nicht gesagt, dass du der Prinzessin fernbleiben sollst? Dass sie gefährlich ist?«, schimpfte er seinen Sohn. Doch diesem fehlte es an jeder Einsicht. »Das geht Euch gar nichts an. Meine Entscheidungen treffe ich immer noch selbst!«, schimpfte der junge Mann zurück.

»Das war ein Befehl!« Sephin musste sich arg beherrschen, um nicht die ganze Burg aus dem Schlaf zu schreien.

»Ach, ein Befehl?«

Weiß er überhaupt, in welcher Gefahr er war? Ein Schauer glitt über Sephins Rücken. Er hatte die Magie um Isabelle nur zu deutlich gespürt. Die ungeheure Kraft, die sie umgeben hatte und die drohte, gegen sie eingesetzt zu werden. »Hast du überhaupt eine Ahnung, was da eben geschehen ist?« Sephin zwang sich, ruhig zu sprechen und sich nicht weiter aufzuregen. Er kannte diese Trotzphase seines Sohnes nur zu gut und wusste, dass er mit Schreien nichts erreichen würde.

»Ich habe sie mit Farin erwischt!«, fauchte Chace und sah zu Boden.

Er wirkt gekränkt, stellte Sephin fest. *Gekränkter Stolz kann stärker schmerzen als ein Dolchstoß …*

»Sie mit Farin erwischt?«, fragte er behutsam.

»In seinem Zimmer, in seinen Sachen. Braucht Ihr noch deutlichere Hinweise?«

Ein Lachen entglitt Sephins Kehle, was ihm einen bösen Blick seines Sohnes bescherte.

»Das ist wirklich dein Ernst? Du denkst, Farin und Isabelle …?« Sephin schüttelte den Kopf.

»Bei Edid, nein, das würde keiner von beiden wagen. Farin erhielt den Auftrag, nicht mehr von ihrer Seite zu weichen. Er beschützt sie nur …« Abrupt änderte sich die Haltung des Prinzen. »Ich … das wusste ich nicht.«

Sephin suchte den Blickkontakt zu seinem Sohn. »Chace, was hast du getan, dass sie die Magie freigesetzt hat? Sie hätte dich umbringen können …«

Der schockierte Ausdruck ins Chaces Augen sagte ihm, dass es diesem in seiner Wut nicht bewusst gewesen war.

»Ich …«, begann der Prinz und brach ab.

Abwehrend hob Sephin die Hand. »Gut, Chace, wenn du es mir nicht sagen willst, dann behalte es für dich. In Zukunft jedoch wünsche ich von dir absoluten Gehorsam. Du bleibst dem Mädchen bis auf Weiteres fern. Du hast gesehen, was geschehen kann. Morgen nach dem Frühstück brechen wir nach Fest auf. Keine Widerworte!«

Ohne sich noch einmal umzudrehen oder auf eine Antwort zu warten, verließ er die Gemächer seines Sohnes und steuerte seine eigenen Räume an.

»Diese Magie …«, flüsterte er fassungslos, als er die dunklen Korridore entlangschritt.

Belle

Ein schwacher Mondschein beleuchtete den Raum, als Belle erwachte. Nur vage konnte sie sich an die letzten Minuten vor ihrem Wegtreten erinnern.

Sie dachte an das Gefühl der Macht, die durch ihre Adern geflossen war. Von einem Moment auf den anderen hatte sie sich gefühlt, als könnte sie alles … Und dann war das Gefühl der Wut da … Eine unsägliche Wut, die sie auf Chace verspürt hatte und die ihr ohne Unterlass alle Kraft zu nehmen drohte.

Ein innerer Kampf. Magie gegen Lebenskraft.

Erschöpft schloss Belle wieder ihre Augen. Ihr Kopf dröhnte und sie fühlte sich matt. Die Weichheit des Bettes unter ihr war tröstlich, aber … *Moment mal, wie komme ich in das Bett und wo ist …?*

Müde öffnete sie ihre Augen und suchte das Zimmer ab. In einem Sessel am Kamin, der nur noch glomm, fand sie den Gesuchten: Farin. *Hat er mich ins Bett gelegt?*

Eigentlich war die Frage unnötig, denn nur Farin hatte sich noch mit ihr in dem Zimmer befunden, aber von einer inneren Unruhe getrieben, wollte Belle es unbedingt aus seinem Mund hören.

Entschlossen richtete sie sich auf und warf die Decke zurück.

Trotz der Wärme im Zimmer fröstelte sie leicht und die Härchen an den Armen stellten sich auf.

Langsam tastete sie sich im Halbdunkel durch das Zimmer und setzte einen Fuß vor den anderen, bis sie schließlich den Sessel erreicht hatte.

Ein Blick in Farins Gesicht sagte ihr, dass er tief und fest schlief.

Und jetzt? Am besten lasse ich ihn einfach schlafen und frage morgen … Belle wollte sich schon umwenden und den Rückzug antreten, da bewegte sich Farin leicht und eine Strähne seines dunklen Haares fiel ihm ins Gesicht. Reflexartig streckte Belle ihre Hand aus und wollte sie zurückstreichen, als seine Hand vorschnellte und ihr Handgelenk ergriff. Sie konnte gar nicht so schnell aufschreien und reagieren, wie er sie nach vorne gezogen hatte.

Erst als sie auf Farins Schoss saß und er ihr den Arm auf den Rücken verdreht hatte, wurde ihr das ganze Ausmaß ihrer Situation bewusst.

»Macht das nie wieder!«, schnauzte Farin ihr ins Ohr, als er erkannte, wen er da auf seinen Beinen sitzen hatte.

»Lasst mich los!«, fauchte sie zurück und versuchte sich aus seinem Griff zu befreien, doch er ließ sie nicht los.

»Ist Euch bewusst, dass ich Euch hätte umbringen können?« Seine Stimme klang mit einem Mal eine Spur freundlicher und überrascht sah sie in sein Gesicht.

Hätte er? Nach schier endlosen Momenten, die durch das Anschweigen ewig wirkten, ließ Farin sie los.

»Es tut mir leid«, stammelte Belle entschuldigend und erhob sich schnellstmöglich von Farins Schoß.

Nervös fuhr ihr Gegenüber sich durch die Haare.

»Aus welchem Grund schleicht Ihr Euch eigentlich mitten in der Nacht an mich heran?«

Er hatte die Taktik geändert. Statt sie anzumotzen, versuchte er es auf die freundliche Art.

Passt irgendwie nicht ganz zu ihm, bemerkte Belle.

»Ich wollte nur wissen, ob Ihr mich ins Bett gelegt habt …«, hauchte sie und starrte auf den Boden. Der Grund kam ihr auf einmal so kindisch vor. Sie hätte ihn am Morgen einfach beim Frühstück fragen können oder gar nicht, da sie die Antwort sowieso kannte.

Warum war sie mitten in der Nacht aus dem Bett geklettert und zu ihm gelaufen?

Weil du mit jemanden reden wolltest. Die Erkenntnis ließ sie straucheln.

Farins hatte anscheinend dieselben Gedanken. »Raus mit der Sprache. Was ist los?«

»Nichts«, versuchte sie es ausweichend. Schlagartig war sie unsicher, ob sie sich Farin wirklich anvertrauen wollte.

»Nichts?« Seine Miene verriet ihr, dass er ihr kein Stück glaubte.

»Ja, nichts!« Müde wandte sie sich von ihm ab, hatte dabei jedoch die Rechnung ohne Farin gemacht. Plötzlich hellwach stand er hinter ihr und wollte ihr »Nichts« nicht gelten lassen.

»Ihr könnt mich nicht mitten in der Nacht wecken und dann einfach gehen.« Die Worte klangen ein klein wenig trotzig.

Überrascht drehte Belle sich zu ihm und erwartete fast schon, in seinen Augen ein hämisches Grinsen zu sehen oder wenigstens Ärger, weil sie ihn geweckt hatte, doch nichts von alledem. Seine Augen wirkten forschend und besorgt.

»Belle? Setzt Euch.« Er deutete auf einen Sessel am Kamin, und als sie sich nicht sofort in Bewegung setzte, schob er sie sanft darauf zu, ehe er sich um das Feuer im Kamin kümmerte.

Farin

Er war gerade eingeschlafen, als seine Sinne sich wieder meldeten und Bewegungen in seiner unmittelbaren Umgebung registrierten. Noch bevor er die Augen geöffnet hatte, wusste er ganz genau, wo die Person stehen musste. Der Rest war fast schon Gewohnheit.

Erst als er die Augen öffnete, stellte er fest, dass er keinen Angreifer überwältigt hatte, sondern Belle, die nunmehr bewegungsunfähig auf seinem Schoß saß.

»Macht das nie wieder!«, schimpfte er.

Bei Edid, hätte ich ein Messer in der Nähe gehabt, hätte ich ihr die Kehle durchschneiden können, bevor ich auch nur gemerkt hätte, dass sie es gewesen ist!

»Lasst mich los!«, kam die Antwort, ohne auch nur die geringste Einsicht. Stattdessen versuchte sie sich aus seinem Griff zu schälen.

»Ist Euch bewusst, dass ich Euch hätte umbringen können?«, sprach er es aus und Belles Gesicht spiegelte Überraschung wider, als sie ihn anblickte.

Sie war nicht auf mögliche Konsequenzen gefasst, wurde ihm bewusst.

Diese Erkenntnis besänftigte ihn und er ließ seinen Griff locker, damit sie aufstehen konnte.

»Es tut mir leid«, stammelte die junge Frau.

Farin fuhr sich durch die Haare und atmete mehrfach tief ein und aus, um sich zu beruhigen. »Aus welchem Grund schleicht Ihr Euch mitten in der Nacht an mich heran?«, fragte er sie und bemühte sich, einen freundlicheren Ton anzuschlagen.

»Ich wollte nur wissen, ob Ihr mich ins Bett gelegt habt …«

Im Ernst? Ist ihr keine bessere Ausrede eingefallen? »Raus mit der Sprache. Was ist los?« Farin konnte sich zwar denken, was die Prinzessin beschäftigte und ihr damit den Schlaf raubte, dennoch wollte er es von ihr hören …

»Nichts!«

»Nichts?«

»Ja, nichts!«

Als Belle sich abwandte, konnte er nicht anders, er sprang auf und lief hinter ihr her. »Ihr könnt mich nicht mitten in der Nacht wecken und dann einfach gehen«, warf er ihr fast kleinlaut vor.

Ruckartig blieb Belle stehen und drehte sich zu ihm um. Fast schon erwartete er eine bissige Antwort, doch kein einziges Wort kam über ihre Lippen. Sollte es ihr die Sprache verschlagen haben? »Belle? Setzt Euch.«

Da sie seiner Einladung nicht gleich folgte, schob er sie sanft in Richtung der Sessel und half ihr beim Platz nehmen, bevor er sich um den Kamin kümmerte.

Die Flammen des Feuers loderten und tauchten das Zimmer in ein angenehmes Licht, als Farin sich in einen Sessel neben Belle setzte.

»Nun?«

»Was, nun?«

Da war sie wieder, die emotionslose Maske, Farin seufzte.

»Jetzt hört endlich auf. Es ist mitten in der Nacht und ich habe gelinde gesagt keine Lust auf solche Spielchen. Entweder Ihr sprecht oder Ihr lasst es bleiben. Wenn Letzteres der Fall ist, würde ich gern wieder schlafen.«

Er sah, wie Belle zögerte. Aus einer Eingebung heraus nahm er ihre Hand und drückte sie leicht.

»Ihr könnt mir vertrauen, nichts, was Ihr mir sagt, wird jemals diesen Raum verlassen.«

»Ach ja? Ich soll Euch vertrauen? Demjenigen vertrauen, der mich umbringen würde?«

Mit einem Ruck entzog sie ihm die Hand.

»Was soll's, dann gehe ich wieder schlafen. Gute Nacht.« Genervt stand er auf und wollte sich umwenden, als Belle ihn zurückhielt.

»Bitte wartet! Es tut mir leid, mir fällt es nur schwer, darüber zu reden.«

Aufmerksam sah er sie an. Das hatte er nicht erwartet.

Ohne einen Kommentar setzte er sich wieder.

Sephin

»Zage, Ihr habt nicht erwähnt, zu was sie fähig ist! Was habt Ihr mir noch alles vorenthalten?«

Wütend stürmte Sephin in den Raum des alten Mannes. Er hatte die halbe Nacht wach gelegen und immer wieder versucht, die Situation in Farins Gemach zu verstehen.

In der Vergangenheit hatte er viel erlebt, darunter auch Chaver und dessen Magie, aber selbst in seinen besten Zeiten war dessen

Aura nichts gegen das gewesen, was das Mädchen in der Nacht umgeben hatte.

»Sie ist gefährlich!«, schrie er Zage an, der sich gerade erst aus seinem Bett schälte.

»Doch, habe ich«, sagte der alte Mann mit erstaunlich fester Stimme. »Ihr solltet nur endlich lernen, zuzuhören!«

»Zuzuhören? Ich habe zugehört und dachte, dass sie eine Gefahr darstellt, wenn sie in Chavers Händen ist, aber nicht, wenn sie in meinen Gemäuern einquartiert ist! Sie hat fast meinen Sohn umgebracht!« Aufgebracht rauschte er durch das Gemach und stieß dabei ein Gefäß um, dessen Inhalt sich kurz darauf auf dem Boden verteilte. Ein süßlicher Duft stieg auf.

»Würdet Ihr so freundlich sein und etwas achtgeben?« Zages Stimme war ungewohnt kalt. »Das war nur ein Duftwasser, aber ich habe es nicht gern, wenn meine Tränke verschüttet werden und weiß Edid was geschieht! Außerdem habe ich gesagt, dass Euer Sohn ihr fernbleiben soll …«

Sephin verkniff sich eine Antwort und setzte sich stattdessen auf den nächstbesten Stuhl. »Und was habt Ihr mir zu sagen?«

Zage seufzte. »Ich habe gespürt, dass ihre Macht heute Nacht ausgebrochen ist, aber für gewöhnlich geschieht so etwas nicht. Nur wenn sie wütend ist … Was hat Euer Sohn mit ihr gemacht?« Der Blick, den Zage ihm zuwarf, war forschend.

Sephin zuckte die Achseln. Er wusste es nicht, erst in letzter Sekunde war er in den Raum gekommen, aber eine innere Stimme sagte ihm, dass genau das der Fall gewesen war.

»Gut, ich rede nachher mit ihr. Wir müssen dafür Sorge tragen, dass die Magie nicht noch einmal ausbricht. Aber Sephin? Euer Sohn soll sich ein für alle Male von ihr fernhalten!«

»Das ist alles? Bekomme ich nicht einmal einen Grund?« Fassungslos sah er zu dem alten Mann, der nur den Kopf schüttelte.

»Nein, aber ich verspreche Euch, dass es nicht noch einmal geschehen wird.«

Sephin starrte Zage an. Er wollte sich nicht mit dieser Antwort zufriedengeben, aber er spürte auch, dass Zage ihm nichts weiter verraten würde.

»Wie will Chaver eigentlich an ihre Macht gelangen? Ihre ist viel stärker als die seine …«, wechselte er geschickt das Thema.

»Es gibt nur einen einzigen Weg, sie an sich zu binden. Diese Verbindung ist ewig und kann durch nichts gebrochen werden. Einmal verbunden, kann er ihr ihre Macht einfach nehmen …«

Erstaunt riss Sephin die Augen auf. *So etwas ist* möglich?

»Ich sagte doch, dass es einen Weg gibt.«

»Und wie geht dieses Ritual?«

Zage seufzte, holte tief Luft – und dann erzählte er es.

Sephin erstarrte. Hatte er das gerade richtig vernommen?

»Aber es gibt noch einen anderen Weg?«

»Ja, einen Fluch. Und diesen Fluch zu erfüllen will ich Farin in ihrer Nähe haben … Dem Schicksal einen Wink geben …«

»Aber warum nicht Chace?«

Zage schüttelte nur den Kopf und flüsterte: »Dragon.«

Eisige Kälte stieg in ihm auf, als er den Namen hörte.

Dragon.

»Chaver weiß es … alles?« Sephins Stimme war kaum mehr als ein Flüstern.

Zage nickte.

Bei Edid …

Chace

Was zum Teufel war in ihn gefahren?

Er war so wütend auf alles und jeden gewesen, als er Belle in Farins Zimmer entdeckt hatte.

Inzwischen wusste er, dass Farin sie beschützen sollte, aber …

Warum ausgerechnet er? Erneut flammte Wut in ihm auf und er stieß einen Stuhl um, der krachend zu Boden fiel.

»Farin!«, presste er voller Verachtung hervor und dachte an die Szene von vorhin zurück. An Belle und die Wut, die er auf einmal verspürt hatte. Die ungeheure Kraft, die Belle mit einem Mal umgeben und die sich auf ihn fokussiert hatte, war ihm keineswegs entgangen, aber seine Wut hatte ihn rasend und blind gemacht und die Angst überschattet.

Sie hätte mich umbringen können, wurde ihm bitter bewusst. *Und ich Idiot habe sie munter weiterbeschimpft.*

Beschimpft … Er hatte sie zu Unrecht beschimpft, und das hatte er in dem Moment gewusst, als er es ausgesprochen hatte. Doch was hätte er sonst tun sollen? Um Entschuldigung bitten und gehen?

Chace wusste es nicht, aber eines wusste er mit Gewissheit: Egal, wie sehr Belle ihm am Herzen lag, in dieser Nacht hatte er sie endgültig verloren. In ihren Augen hatte es keinen Platz mehr für Liebe oder Zuneigung ihm gegenüber gegeben. Sie waren nur noch erfüllt gewesen von Hass.

Nie würde sie ihm die Worte verzeihen. Niemals.

Es ist gut so, wenn wir morgen abreisen, fand Chace und traurig wandte er sich dem Bett zu, um sich noch ein paar Stunden hinzulegen, ehe sie aufbrechen würden.

Kapitel 37

Tesslon

Belle

Es dämmerte schon und die ersten Vögel begannen ihre Lieder zu zwitschern, als Belle wieder in das Bett fiel. Eingekuschelt in die Bettdecke, starrte sie zur Decke des Zimmers hinauf. Das leise Schnarchen aus Richtung des Kamins sagte ihr, dass Farin schon eingeschlafen war.

Ein oder zwei Stunden hatten sie noch, bis man sie zum Frühstück wecken würde, hatte er gemeint.

Belle fühlte sich müde und ausgelaugt, doch die letzten Stunden hatten ihr gutgetan. Farin war ein guter Zuhörer …

Endlich fühlte sie sich erleichtert. Erleichtert darüber, dass sie mit jemandem gesprochen hatte, und zwar über alles. Sophias Tod, den Tod ihres Vaters, ihre Gefühle und Ängste und über … Chace.

Farin hatte einfach dagesessen und zugehört. Belle war ihm sehr dankbar dafür.

Endline

Chaver

Das Licht des neuen Morgens flutete durch die großen Fenster des Saals und tauchte alles in ein goldenes Licht. Der Tag versprach wunderbar zu werden und genauso war seine Laune.

Endlich verlief alles so, wie es sollte. Dragon kümmerte sich darum und er brauchte eigentlich nichts weiter tun als zu warten, doch das konnte er nicht. Zu groß wog die Vorfreude.

Die Rache für Katheryna …

Dragon würde sie ihm liefern, aber war es dann auch wirklich »seine« Rache?

»Dragon«, rief er laut und wusste, dass dieser es hören würde, wo auch immer er sich gerade befand.

Die Mägde, die eben die Tische gedeckt hatten, blickten beim Klang des Namens erschrocken auf. Die Gestalt des Dämons machte ihnen Angst, aber Chaver scherte sich nicht darum.

»Ja, Meister?« Die Stimme klang schneidig und die große Gestalt schob sich behände durch den Raum auf ihn zu.

»Ich weiß, ich habe noch immer nicht meine volle Kraft, aber ich denke, sie reicht aus, damit ich Euch begleiten kann. Ich will *es* sehen. Aus erster Reihe will ich erleben, wie *er* zerbricht!«

Ohne ein Wort des Einwandes nickte Dragon.

»Gut, gebt mir Bescheid, wenn Ihr so weit seid, dann brechen wir auf.«

Tesslon

Farin

Das leise Klopfen an der Tür riss ihn aus dem Schlaf. Noch benommen schaute er sich im Zimmer um. Belle schlief noch. Um sie weiter schlafen zu lassen, schlich er zur Tür und öffnete diese behutsam. Davor stand eine junge Frau, die ihm verdächtig bekannt vorkam.

»Guten Morgen, es hieß, ich soll Euch wecken?«, fragte die Frau betont schüchtern, und bevor Farin etwas antworten konnte, quetschte sie sich schon an ihm vorbei in das Zimmer.

Stirnrunzelnd sah er ihr nach. »Ja, wecken schon, aber das habt Ihr getan und was …« Farin stockte der Atem, als er sie erkannte und ihm siedend heiß wurde.

Samira. Oh Gott …

Auffordernd sah sie ihn an. »Jetzt erst habt Ihr mich erkannt?« Ihre Stimme klang enttäuscht. »Wir hatten immer viel Spaß miteinander, bis Ihr vor drei Jahren einfach die erstbeste Gelegenheit ergriffen habt und verschwunden seid.« Ihre wütend blickenden Augen fixierten ihn und Farin war froh, dass Blicke nicht töten konnten.

»Samira, ich denke nicht, dass wir das hier besprechen …«, versuchte er, aber sie ließ ihn nicht ausreden.

»Empfindet Ihr denn gar nichts mehr für mich?« Ihre graugrünen Augen funkelten ihn herausfordernd an. »War es nur mein Körper?«, hauchte sie, öffnete zwei Knöpfe ihres Umhangs, der kurz danach nach unten fiel. Sie trug nichts darunter.

»Nun?« Sie sah ihn auffordernd an und kam näher.

Eine Spur zu nah für seinen Geschmack . Farin wollte einen Schritt nach hinten machen, aber sie hielt ihn am Handgelenk fest.

»Wo wollt Ihr denn hin?«, gurrte sie.

»Könntet Ihr Euch bitte wieder anziehen?«, versuchte Farin bittend und zwang sich, ihr in die Augen zu sehen.

»Warum sollte ich? Ihr habt Euch doch früher auch nicht geziert!«, tadelte sie ihn spielerisch und zielsicher wanderten ihre Hände zu seiner Hose. Bevor sie diese jedoch erreichten, hielt Farin sie auf.

Tief durchatmen! Wie konnte er ihr schonend beibringen, dass er sich geändert hatte? Dass alles, was früher gewesen ist, ein Fehler war?

Sein Blick glitt zu Belle, die noch schlief und von der ganzen Szene nichts mitbekam. *Wenigstens etwas …*

Doch im nächsten Augenblick ärgerte er sich schon über sich selbst. Samira war seinem Blick gefolgt. »Wer ist das denn?«

Sephin

Es war früher Morgen, als er mit Celina beim Frühstück saß. Draußen dämmerte es und die Burg erwachte langsam zum Leben. Wachsam ließ er seinen Blick über die Anwesenden im Saal streifen. Weder Ed noch Chace konnte er sehen. *Wo bleiben sie nur?*

Sephin wandte sich nach links und wollte etwas zu Celina sagen, doch seine Frau wirkte seltsam abwesend. Lustlos stocherte sie in ihrem Essen herum und schob schließlich den Teller gänzlich zur Seite.

»Alles in Ordnung mit Euch? Ist etwas mit dem Essen? Hat der Koch schon wieder zu viel Salz verwendet? Ich schwöre, der Kerl macht mich noch arm bei seinem Salzverbrauch!«

Überrascht sah sie zu ihm auf. »Nein, das ist es nicht! Ich habe einfach keinen Hunger«, gab sie zu.

»Seid Ihr aufgeregt? Wegen der Reise? Ihr wisst, dass Ihr das nicht sein müsst …«

Celina schüttelte den Kopf. »Nein, ich bin nicht aufgeregt. Ich … Ich bin traurig, dass wir Farin hierlassen müssen. Ich habe ihn so lange nicht gesehen und alles, was Omir gesagt hat, klingt gefährlich. Das Mädchen ist gefährlich … Könnt Ihr nicht jemand anderen mit ihrem Schutz betrauen? Kann er nicht mit uns kommen?«

Stirnrunzelnd sah er seine Frau an. Es war kein Geheimnis, dass sie Farin wie einen eigenen Sohn liebte, aber er sah keine Möglichkeit, ihr diesen Wunsch zu erfüllen. Farin war der Beste für die Aufgabe. Zumindest hatten sowohl Omir als auch Zage darauf bestanden.

»Celina, Ihr wisst, ich würde alles für Euch tun, aber in dieser Sache sind mir die Hände gebunden. Es tut mir leid!«

Fest sah Sephin seine Frau an, die wenig überzeugt war. »Meine Teuerste, vergesst nicht, dass Farin kein Kind mehr ist. Er kann hervorragend auf sich achtgeben und wird mit allem fertig. Wenn all dies vorbei ist, sehen wir uns alle wieder hier! Ihr werdet sehen!«, versuchte er sie aufzumuntern.

Hin- und hergerissen sah er sie an. Eigentlich hatte er vorgehabt, ihr alles über letzte Nacht und den unkontrollierbaren Magieschub der Prinzessin mitzuteilen, aber sollte er dies unter diesen Umständen wirklich tun? Was war, wenn sie sich nur noch mehr Sorgen machte und am Ende darauf bestand, hierzubleiben?

Sephin durfte kein Risiko entgehen.

Das Eintreten Chaces nahm Sephin zum Anlass, um geschickt das Thema zu wechseln, und erfreut sah er, wie Celina in der Gegenwart ihres Sohnes aufblühte und sogar noch einen Happen aß.

Lautes Geschrei riss sie aus dem Schlaf.

Mein Gott, ich bin doch eben erst eingeschlafen, warum ist die Welt so grausam?

Schlaftrunken sah sie sich im Raum um und nahm dabei nur langsam die Umrisse wahr. Stand dort eine Frau komplett nackt mitten im Zimmer oder hatte sie vor Müdigkeit schon Halluzinationen?

»Wer ist das?«, fragte die Frauenstimme. Sie klang schrill und wirkte, als hätte sie diese Frage schon mehrfach gestellt. »Farin, wer zum Teufel ist das?« Das Gekeife bereitete Belle Kopfschmerzen. *In was bitte bin ich hier hineingeraten?*

»Ich denke, Ihr solltet jetzt gehen, Samira.« Farins Stimme war fest und ließ keinen Raum für Widerspruch.

»Warum soll ich? Ich will wissen, wer das ist und was sie hier macht!«

Die hübsche Brünette hatte eine ansehnliche Figur, das musste Belle sich eingestehen, dennoch fragte sie sich, was diese hier machte – und das zu allem Überdruss auch noch nackt.

Hatte Farin sie hergeholt? War das seine kranke Vorstellung von *alles wieder gut werden*? Belle schnaubte und richtete sich im Bett auf.

»Wer sie ist, kann Euch egal sein. Ich habe Euch nicht hergebeten. Unsere Zeit ist lange vorbei und war ein Fehler. Jetzt verschwindet!« Farins Stimme war kalt, aber die Frau mit dem Namen Samira schien sich daran wenig zu stören.

»Ich gehe, wann ich will, und noch habe ich nicht bekommen, wofür ich hergekommen bin.«

Sie hatte den Satz noch nicht zu Ende gesprochen, da hüpfte sie schon in Farins Arme und bedeckte seinen Hals mit Küssen.

Belle wollte sich abwenden, aber der Umstand, dass Farin die Situation mehr als unangenehm war und er versuchte, sich krampfhaft aus der Umarmung zu lösen, machte es ihr schwer.

Kurz darauf – und Belle war schleierhaft, wie er es geschafft hatte – hatte Farin die Frau samt Umhang vor die Tür verfrachtet und schloss sorgsam hinter ihr ab.

Einen kecken Blick zu ihm werfend stand sie auf und sah ihn, der inzwischen neben der Tür an der Wand entlang nach unten geglitten war und nun auf dem Fußboden saß, auffordernd an.

»Was war das denn? Eine verrückte Ex-Geliebte von Euch?«

Es sollte eigentlich ein Scherz sein, doch als er nickte, verschlug es ihr die Sprache.

Der auf dem Boden kauernde Farin wirkte mit einem Mal geschafft.

»Geht es Euch gut?«

»Ja, ich bin nur müde … und vielleicht etwas überfordert«, gab er zu.

»Wollt Ihr reden?« Normalerweise hätte sie ihm diese Frage nie gestellt, aber da er schon ihr ganzes Dilemma kannte, konnte sie ihn genauso gut nach seinem fragen.

»Ehrlich? Ihr interessiert Euch ausnahmsweise für etwas anderes als für Euch?« Seine freche Art war mit einem Schlag wieder da, aber Belle ging nicht darauf ein, sondern setzte sich neben ihn.

»Raus mit der Sprache!«

Endline

Chaver

»Wir können los.«

Diese drei Worte aus Dragons Mund waren wie Musik in seinen Ohren.

»Wunderbar! Könnt Ihr mir sagen, wo er sich im Moment aufhält?« Neugierig sah Chaver zu Dragon, der die Augen schloss. »Noch in Habicht, aber sie machen sich gleich auf den Weg nach Fest. Ich denke, wir erreichen sie problemlos noch vor der Stadt.«

Diese hellseherischen Fähigkeiten gepaart mit der Weitsicht sind Gold wert!

Chaver selbst war zwar ebenfalls in der Lage, zu »sehen«, was seine Feinde im Moment taten, benötigte dazu allerdings einen Trank und Zeit. Dragon musste nur seine Augen schließen und schon war es ihm möglich, sein Ziel zu sehen. Alles und jeden konnte er ausmachen, bis auf … das Mädchen.

Wenn ich die helle Magie beherrsche, werde ich es auch können, freute Chaver sich.

Als Chaver auf das Dach des höchsten Turmes trat, war seine Vorfreude riesig. Seine Rache rückte nach so langer Zeit endlich in greifbare Nähe.

Die Gestalt eines riesigen Greifs starrte ihn wartend an. Dragon hatte sich längst verwandelt. Nach langem Hin und Her hatte Chaver den Luftweg gewählt. Es war mit Sicherheit die schnellste Art und Weise, um zu ihrem Ziel und zurück zu kommen. Zumindest von den Varianten, für die seine Zauberkräfte ausreichten …

Doch Chaver meckerte nicht, zu groß war seine Freude darüber, endlich wieder seine Schwingen ausbreiten zu können.

Mit einer einzigen Handbewegung spürte er die Veränderungen in seinem Körper. Seine Hände wurden zu Flügeln, die Beine zu Klauen. Sein Gefieder wuchs und seine Kleidung verschwand.

Als er das erste Mal nach fünfundzwanzig Jahren zu fliegen begann, fühlte er sich unendlich frei und so gut wie lange nicht mehr. Die Luft war sein Element.

Tesslon

Sephin

»Haben wir alles?« Er starrte auf die Unmengen an Kisten und Truhen im Hof.

»War das eine tatsächliche Frage oder wollt Ihr damit andeuten, dass ich zu viel eingepackt habe?« Celina stand neben ihm und schaute ihn auffordernd an.

»Nein, meine Liebe, ich wollte nur wissen, ob wir auch wirklich alles haben, was wir benötigen.« Sephin versuchte, betont freundlich zu klingen, um seine Frau zu beschwichtigen.

Diese beachtete ihn allerdings nicht weiter und suchte die Kutschen mit ihren Blicken ab. Zufrieden mit dem Ergebnis nickte sie.

»Gut, dann können wir los. Aufsitzen, Männer!«

Der Zug mit seiner Familie und denjenigen, für die es in Habicht zu gefährlich werden würde, setzte sich, geschützt von einer Vielzahl von Soldaten, in Bewegung.

Kurz bevor sie in den Wald einritten, drehte Sephin sich noch einmal um und warf einen Blick auf seine Burg.

Hoffentlich wird alles gut und sie steht noch genauso da, wenn ich zurückkehre.

Endline

Grip

Es war früher Nachmittag und die Sonne sank bereits, als Grip den größten Teil seiner Reise hinter sich hatte. Als die ersten Bäume der Sumachen in Sichtweite kamen, hielt er inne und verwandelte sich. Aus dem großen grauen Wolf wurde innerhalb weniger Sekunden ein Mensch, der sich an den Stamm einer alten Buche lehnte und in die Richtung sah, aus der er gekommen war.

Dort befindet sich das Mädchen, das ich erneut nicht beschaffen konnte, das meinen Bruder das Leben gekostet hat und mit etwas Pech auch das meine beenden wird … Er seufzte und arge Zweifel, dass Chaver nach seiner Ansprache gnädig sein würde, keimten in ihm auf. Niedergeschlagen drehte er sich um und sah in die Richtung, in die er unterwegs war.

Will ich wirklich wieder zurück nach Trebin?

Aber es ging nicht darum, was er wollte. Es ging darum, dass er keine Wahl hatte. Er musste zurück, musste sich Chaver stellen und das Urteil annehmen. Es gab kein Entkommen.

Warum war alles nur so schiefgelaufen?

Grips Geist versuchte ein letztes Mal den von Gregor zu erfühlen, doch wie die Hunderte Male zuvor fand er nichts. Resigniert ließ Grip die Schultern hängen und machte sich zu Fuß auf den Weg nach Trebin. Er hatte es nicht besonders eilig, zu sterben.

Belle

»Ich hatte mit Samira vor gut drei Jahren eine kurze gemeinsame Zeit. Nicht weiter der Rede wert, aber im Nachhinein wünschte ich mir, ich hätte mich nie auf sie eingelassen. Samira war immer schon anders … so besitzergreifend. Ein *Nein* galt bei ihr gar nichts, aber Ihr habt es ja selbst erlebt.«

»Oh ja …«

Mit angewinkelten Knien saß sie neben Farin und hatte still seinen Worten gelauscht. Von der Seite taxierte sie sein Gesicht. Mit einem Mal wirkte er anders auf sie. Hatte er immer schon diese Grübchen?

Widerwillig zwang sie sich, den Blick von seinem Gesicht zu nehmen.

»Lasst mich raten, Ihr habt sie auch nicht auf Euer Zimmer eingeladen?«

Farin legte den Kopf schief und sah sie an. »Warum sollte ich? … Seid Ihr etwa eifersüchtig?«

»Nein, wie kommt Ihr denn auf so etwas?«

»Weil es so klang …« Interessiert musterte Farin sie und Belle wurde siedend heiß, während sie fieberhaft zu Boden starrte. »Also habt Ihr oder habt Ihr nicht?«

»Warum hätte ich das tun sollen?«

Ja, warum, Belle? Und warum stellst du so eine blöde Frage?

»Weil keine andere Interesse an Euch hat und Ihr so lange allein …«, stammelte sie und hätte sich im selben Moment am liebsten geohrfeigt. Noch ehe sie wusste, wie ihr geschah, lag sie am Boden und Farin kniete über ihr. »Was soll das heißen?«, knurrte er und hielt ihr die Hände über dem Kopf fest.

»Es war dumm von mir. Es tut mir leid! Bitte lasst mich los«, murmelte sie und versuchte sich zu befreien, doch Farin dachte nicht daran, sie loszulassen. Im Gegenteil: Er setzte sich rittlings auf ihre Hüfte und machte sie damit noch bewegungsunfähiger.

»Hey, was soll das? Ich will das nicht! Geht runter von mir!«, schimpfte Belle und wehrte sich erfolglos.

Mit einem frechen Grinsen auf den Lippen beugte sich Farin herunter und flüsterte ihr ins Ohr: »Warum sollte ich, wenn ich es so dringend nötig habe und Ihr hier seid?«

»*Das* wagt Ihr nicht!« Angst stieg in ihr hoch.

»Würde ich nie!« Sein Gesichtsausdruck wirkte noch verschmitzter. Wann hatte die Situation sich so gewandelt?

»Dann geht runter von mir!«

»Wollt Ihr das wirklich?«

»Sind wir inzwischen im Land der dummen Fragen angekommen?«, fauchte Belle.

Farin grinste. »Nein, sind wir nicht. Ich will Euch nur beweisen, dass es doch jemanden gibt, der Interesse an mir hat, und zwar Ihr.«

»So ein Quatsch – und jetzt lasst mich los!«

Erneut versuchte Belle sich zu befreien, aber Farin hielt sie eisern am Boden.

»Ich weiß, dass das nicht stimmt.«

Verwirrt sah sie ihn an. Woher wollte er das wissen? Sie wusste es ja selbst nicht einmal … »Wie kommt Ihr darauf?«

»Ganz einfach.« Er beugte sich zu ihr hinunter und sein Mund kam ihrem ganz nah. Belle hielt den Atem an, ihr Herz klopfte. Als Farin schließlich mit Bedacht einen Kuss auf ihren Hals setzte, spürte sie einen wohligen Schauer durch ihren Körper strömen. Zufrieden zog er sich sofort von ihr zurück und schaute sie herausfordernd an.

»Seht Ihr? Ich habe gewonnen.«

Kapitel 38

Tesslon

Tewin

Die Sonne stand im Zenit und es war kurz vor Mittag, als Tewin mit seinem Gefolge in den gepflasterten Schlosshof einritt.

Der recht flache, aber dafür lange Gebäudekomplex erhob sich majestätisch zwischen den gut gepflegten Gärten.

Fest war nicht gerade eine Festung, aber ein Schloss mit seltener Schönheit und mit seiner Lage versprach es wundervolle Abgeschiedenheit.

Ein Blick auf das Gebäude sagte Tewin, dass es sich zwar in einem tadellosen Zustand befand, aber dennoch, zumindest im Augenblick, unbewohnt war.

Fest war nur der sommerliche Familiensitz der königlichen Familie von Tesslon und wurde damit lediglich in den Sommermonaten genutzt. Während dieser Zeit herrschte hier das blühende Leben und rauschende Feste wechselten sich mit Staatsempfängen ab. Während des restlichen Jahres gab es im Kontrast dazu nur die Menschen, die es brauchte, um alles instand zu halten.

Tewin verstand den Sinn eines wechselnden Hofes nicht. Er hatte zwar ebenfalls mehrere Schlösser in seinem Besitz, aber nur einen richtigen Sitz. Dort lebte er mit seiner Familie das ganze Jahr über. Niemand, der etwas von seinem König wollte, musste überlegen, an welchem Ort man ihn finden konnte.

Kopfschüttelnd sah er sich um. Ein Blick über den Schlosshof genügte für die Erkenntnis, dass er der Erste sein musste.

Ein einziger Knecht kam ihm entgegen, der sich um die Pferde kümmern wollte.

Einer? Tewin gab einem seiner Männer ein Zeichen.

»Leonard, gebt bitte den Männern Bescheid, dass sie sich heute selbst um ihre Pferde kümmern sollen!« Der Soldat, dem er den Befehl gegeben hatte, nickte und entfernte sich.

Mit einem Seufzer stieg Tewin vom Pferd und übergab es dem einzelnen Knecht, der inzwischen vor ihm stehen geblieben war, dann wandte er sich dem Gebäude zu.

Die Vorhalle des Schlosses wirkte beim Betreten riesig und hell. Die Fenster, die sich an den Wänden aneinanderreihten, waren allesamt zweistöckig und ließen jedes nur mögliche Sonnenlicht von draußen hinein. Ein Blick durch sie hindurch zeigte den Garten, der nun im Frühjahr langsam zum Leben erwachte. Bisher gab es nur wenig Grün, dennoch raubte der Anblick Tewin den Atem. *So langsam kann ich verstehen, was Sephin an Fest findet.*

Bewundernd sah er sich weiter im Raum um, einige Mägde hatten sich darangemacht, den Boden zu kehren und getrockneten Lavendel zu verteilen.

Man schien das Personal erst vor Kurzem von dem bevorstehenden Besuch in Kenntnis gesetzt zu haben, so eilig arbeitete es.

Tewin hatte bereits die Hoffnung auf ein Mittagessen in den Wind geschrieben, als ein alter Mann sich ihm näherte.

»Verzeiht, Mylord, wir waren nicht darauf eingestellt. Die Nachricht von König Sephin kam spät und wir stecken noch mitten in den Vorbereitungen. Mein Name ist Defin. Ich bin seit Jahren hier als Hofmeister tätig und kümmere mich um alle Belange.«

Neugierig sah Tewin ihn an, er wirkte, als wäre er mindestens hundert Jahre alt. Konnte er wirklich noch in der Lage sein, einen ganzen Hof unter Kontrolle zu haben?

Anscheinend ja, dachte Tewin als der Mann sich plötzlich umdrehte und den Mägden neue Befehle zubrüllte. Ein Lächeln trat auf Tewins Lippen. Defin erinnerte ihn stark an seinen alten Lehrmeister.

»Möchtet Ihr Euer Zimmer sehen? Es liegt im Ostflügel und ist schon fertig. Oder wollt Ihr lieber etwas essen? Die Köche müssten jeden Moment bereit sein, es aufzutragen.« Die Worte des alten Mannes brachten Tewin wieder aus seinen Erinnerungen zurück.

»Ich denke, wir essen erst etwas«, sagte er.

Chace

Die Ebene um sie herum war waldig und bot genug Schutz vor fremden Augen. Dennoch wirkte sein Vater aufgewühlt und Chace sah, wie der König sich immer wieder verdächtig umsah.

Ich dachte, wenn wir Belle dort lassen, sind wir sicher? Warum ist er so nervös?

»Trödelt nicht herum, Chace!« Verwundert sah er sich um. Er hatte gar nicht bemerkt, wie Ed neben ihm aufgetaucht war.

»Ich trödel gar nicht!«, beharrte er.

»Wir haben keine Zeit und das wisst Ihr genau. Wir müssen nach Fest. Entscheidungen müssen getroffen werden und die Zeit drängt.«

»Ach ja?« Chace warf einen abschätzigen Blick nach hinten. »Wenn es so eilig ist, warum nehmen wir dann so viele Sachen mit? Wie ich sehe, bin ich noch weit vor den anderen. Also haltet nicht mir den Vortrag!« Ungehalten sah er seinen Freund an.

Was erwartete Ed eigentlich von ihm? Seine Mutter war diejenige, die den Zug aufhielt. *Sie hätte nachkommen können …*

»Alles in Ordnung, Ed?« Die Stimme seines Vaters kam überraschend.

»Warum sind heute alle so besorgt?« Genervt stöhnte Chace auf. Seit gestern Nacht war sein Vater übervorsorglich.

»Ich mache mir nur Sorgen!«, empörte sich der König.

»Könnt Ihr auch, aber ich denke, wir sind sicher, wenn wir uns nicht in ihrer Nähe aufhalten? War das nicht der Grund, warum Ihr Mutter mitgenommen habt und die anderen Frauen? Raus mit der Sprache, was verschweigt Ihr mir?« Auffordernd sah Chace seinen Vater an und ignorierte Ed, der versuchte ihn zu beschwichtigen.

Nein, er wollte nicht beschwichtigt werden, er wollte wissen, was hier gespielt wurde. Warum sollte er direkt hinter seinem Vater reiten und wie ein Hund seinem Herrchen folgen?

»Ich habe damals einen entsetzlichen Fehler begangen und fürchte, dass nun die Zeit der Abrechnung gekommen ist …« Die Stimme seines Vaters klang gebrochen und ließ Chace das Blut in den Adern gefrieren.

»Was habt Ihr getan?«, flüsterte er und sah seinen Vater durchdringend an.

»Vor vielen Jahren, als wir Chavers Tyrannenherrschaft ein Ende setzten, trafen wir viele Entscheidungen und nicht jede von ihnen war edel. Wir wussten, dass Chaver auch nach seinem Tod Gefolgsleute besaß, die uns und dem Frieden in Symantriet gefährlich werden konnten. Daher waren wir uns einig, dass jeder, der ihm treu ergeben gewesen war, beseitigt werden musste.« Sein Vater holte tief Luft und suchte seinen Blick. »Dragon war glücklicherweise von selbst verschwunden und so suchten wir die übrigen Männer und brachten sie zur Strecke. Am ersten Abend unserer Suche wurden wieder die Gerüchte laut, dass Chaver eine Geliebte besessen hatte. Gehört hatten wir es schon Jahre zuvor, aber nie hatten sich diese bestätigt. Bis sie uns am nächsten Morgen in die Falle ging ...« Chace sah, wie sein Vater den Blick abwandte und in die Ferne starrte. »Ich wollte so sehr, dass der Schrecken vorbei ist, dass ich alles in Kauf genommen habe. Du musst mir glauben, Chace, ich habe es nicht getan, weil ich Freude daran hatte ...«

»Was habt Ihr getan?«, flüsterte Chace und war sich sicher, dass er die Antwort gar nicht hören wollte.

»Die Frau stand vor mir und ursprünglich wollte ich nur mit ihr reden. Ich dachte, Chaver hatte sie mit seiner Magie belegt und so gefügig gemacht. Ich vermutete, dass sie nun wieder klar denken konnte und eine Heidenangst haben musste. Ohne nachzudenken bin ich zu ihr gegangen, habe beruhigend auf sie eingesprochen, doch sie hat mich einen Lügner genannt und sich auf mich gestürzt ... Bis heute kann ich nicht sagen wie, denn es geschah wie in Trance, aber ich habe ihr meinen Dolch ins Herz gerammt. Sterbend ist sie in meinen Armen zusammengebrochen. Ich habe Chavers Geliebte getötet und das weiß er. Und sollte dem nicht so sein, wird er es bald herausfinden.«

»Aber woher wollt ...?« Weiter kam er nicht. Ein ohrenbetäubender Lärm brach mit einem Mal los. Menschen schrien, Pferde stoben auseinander. Erschrocken wandte Chace sich um.

Ein riesiger Greif hatte einen der zahlreichen Wagen in ihrem Gefolge attackiert. Ein zweiter riesiger Vogel, ein Adler, landete zwei Meter neben ihnen.

Sephins Augen weiteten sich vor Schreck und Chace wurde unsicher. Was sollte er tun? *So große Vögel gibt es doch gar nicht!*

Instinktiv nahm er sein Schwert in die Hand und machte sich kampfbereit. Ed zu seiner Rechten tat es ihm gleich.

Ein weiterer markerschütternder Schrei drang an sein Ohr und ließ Chaces Körper erbeben. Aus den Augenwinkeln nahm er wahr, wie der riesige Greif den Zug weiter verwüstete und die Menschen angriff. Alle schrien durcheinander.

Wir müssen etwas tun, aber was? Wie benommen stand Chace da, da bemerkte er, wie sich die Umrisse des riesigen Tieres neben ihm veränderten.

Verwirrt sah er sich um und plötzlich starrte ihm ein Mensch entgegen, anstelle des Adlers.

»Gregor!«, rief Chace überrascht.

Ein höllisches Lachen erklang »Nein, ich bin nicht Gregor, aber ich bin zu meinem Leidwesen an diese elendige Gestalt gebunden. Zumindest im Moment noch.«

»Chaver«, flüsterte Sephin.

Chace starrte auf die Gestalt. *Chaver? Der Tyrann?*

»Oh, wie unhöflich von Euch, Sephin! Ich wollte mich doch selbst vorstellen!« Gespielt beleidigt baute sich Gregors Körper vor ihnen auf. »Guten Tag, Sephin, und ich nehme mal an, dass es sich hierbei um Euren Sohn handelt. Ach, wie schön Familie doch ist, findet Ihr nicht auch?« Das höhnische Grinsen verriet Chace nichts Gutes.

»Kein Tag ist gut, an dem Ihr lebt!«, antwortete sein Vater.

»Ach nein? Wohl eher umgekehrt! Für mich wird ein Tag erst gut, wenn Ihr nicht mehr unter uns weilt, aber das ist heute nebensächlich. Habt Ihr mir nicht etwas zu sagen?«

Überrascht sah Chace von einem zum anderen.

»Was sollte ich Euch schon zu sagen haben? Dass ich wünschte, dass Ihr tot seid? Ich glaube, das wisst Ihr bereits.«

Ein hohles Lachen erklang. »Ich kenne diesen Wunsch, nur leider habt Ihr es damals gründlich vermasselt. Eigentlich dachte ich ja, wenn Ihr Euch jahrelang für die Planung zurückzieht, müsste auch etwas dabei herauskommen, nur leider war das nicht der Fall … Aber wie Ihr wisst und ich ebenso, war das nicht der einzige Fehler, den Ihr in der Vergangenheit begangen habt!«

Chace starrte zwischen den beiden Männern umher. Er sah, wie eine Ader an der Stirn seines Vaters pulsierte.

»Wir haben alle Fehler begangen«, versuchte es sein Vater diplomatisch.

»Fehler? Ihr habt meine Frau ermordet!«, schimpfte Chaver und kochte vor Wut. »Sie war das Wertvollste, das ich je besessen habe. Ihr könnt Euch sicher denken, warum ich hier bin, oder irre ich mich, Sephin?«

»Bitte!«, die Stimme seines Vaters klang elendig und Chace sah, wie ihm eine Schweißperle über die Stirn rann.

»Bitte? Hättet Ihr sie damals verschont, wenn ich ›Bitte‹ gesagt hätte?« Die Stimme war eiskalt. »Nein? Dachte ich mir! Dragon?«

Ed, der noch immer an seiner Seite stand, stellte sich in Erwartung eines Angriffs schützend vor ihn. Doch nichts griff sie an, stattdessen begann eine Frau aus Leibeskräften zu schreien.

Nach der Quelle suchend sah Chace sich um, und mit Grauen in den Augen fand er den Auslöser: Der Greif hatte seine Mutter in den Fängen und war dabei, die schreiende und weinende Frau mit seinen Klauen auseinanderzureißen.

»Mutter!« – »Celina!«, riefen Chace und Sephin wie aus einem Mund.

»Warum tut Ihr das? Lasst sie gehen, sie kann nichts für meine Taten!«, versuchte Sephin Chaver zu beschwören.

»Ach nein? Was konnte Katheryna denn für die meinen?«, kam es zurück.

Die Schreie seiner Mutter gingen ihm durch Mark und Bein. Er wollte etwas tun und konnte es doch nicht. Seine Mutter war inzwischen kreidebleich, Blut floss und Chace musste sich abwenden.

»Bitte«, flehte Sephin den Tyrannen erneut an.

Nur ein kaltes Lachen war die Antwort, bevor die Todesschreie von Celina abbrachen.

Belle

»Seht Ihr? Ich habe gewonnen.«

Belle war heiß und kalt zugleich, als sich Farin von ihr zurückzog. Schnell rappelte sie sich auf und sah zu ihm, der immer noch grinsend neben ihr hockte.

Etwas in ihrem Inneren war enttäuscht, dass er sie so schnell losgelassen hatte, und wünschte sich, dass er sie wieder berührte. Der andere Teil ihrer selbst war erleichtert, dass sie wieder klar denken konnte. *Was war das eben?*

Fragende Blicke wanderten in Farins Richtung.

»Was ist los, Belle, habe ich Euch verwirrt?«

»Warum habt Ihr das getan?«, hauchte sie.

»Ich dachte, dass hatten wir schon geklärt? Unser Spiel? Ich wollte Euch nur beweisen, dass Ihr durchaus Interesse an mir habt …«

War das alles wirklich nur ein Spiel für ihn? Unsicher sah Belle ihn an. »Nein, das habe ich nicht!«

»Habt Ihr nicht?«

»Nein«, sagte sie bestimmt und hatte das Wort kaum ausgesprochen, da war Farin schon auf den Beinen und dicht bei ihr. Sein Atem streichelte ihre Wange, und noch bevor sie etwas dagegen sagen konnte, strich er ihre Haare zur Seite und küsste erneut ihren Hals. Seine Bartstoppeln kitzelten leicht und das wohlige Gefühl von vorhin kehrte wieder. Farin wanderte ihren Hals nach oben und knabberte sanft an ihrem Ohrläppchen, während seine Hand ihren Rücken hinabwanderte. Belle drohte sich in dem Gefühl zu verlieren.

Bleib stark, mahnte sie sich. *Er meint es nicht ehrlich. Er spielt nur sein Spiel!* Verflucht, warum hatten sie dieses dumme Spiel überhaupt begonnen? Bevor sie die Antwort ergründen konnte, löste Farin sich von ihr und warf ihr einen kecken Blick zu. »Versucht Ihr es immer noch zu leugnen?«

Atemlos stand Belle da und sah ihn an. Was wollte er mit seiner Aktion bezwecken? Ohne ein Wort zu sagen, stand sie ihm gegenüber und musterte sein Gesicht. Es wirkte weich und freundlich, seine braunen Augen schimmerten im einfallenden Tageslicht leicht und seine Nähe war tröstend.

»Ich denke, ich habe gewonnen«, bemerkte Farin und sah sie verschmitzt an.

Gewonnen? So leicht wollte sie es ihm nicht machen … *Wer hier wen begehrt, haben wir längst noch nicht geklärt!*

Belles Ehrgeiz war geweckt …

Ohne auch nur auf die Etikette Rücksicht zu nehmen, machte sie einen Schritt nach vorn und presste ihr Lippen auf Farins. Es dauerte nur Bruchteile einer Sekunde, bis dieser ihren Kuss gierig erwiderte. In Belle erwachte ein Verlangen, das es ihr schwer machte aufzuhören. Dennoch löste sie sich keuchend nach zwei Küssen von ihm. »Ich denke, jetzt habt Ihr verloren!«, hauchte sie.

Amüsiert zog Farin eine Augenbraue nach oben. »Ach wirklich? Ging das Spiel nicht eigentlich anders?«

Belle wollte etwas erwidern, als Farin sie an die Wand drückte und wieder anfing, an ihrem Hals zu knabbern. Sie stöhnte auf und versuchte ihn mit wenig Elan abzuwehren. *Verdammt, was macht er nur mit mir?*

Farin, der spürte, dass er eindeutig gewonnen hatte, wollte sich zurückziehen, doch so einfach ließ Belle ihn nicht gehen. Entschieden nutzte sie den Moment, schlang ihre Arme um seinen Hals und zog ihn näher zu sich heran. Aufmerksam sah sie ihm in die Augen, die nun dunkler waren und in denen sich Begehren spiegelte.

Keiner von beiden sprach ein Wort. *Er überlegt,* kam es Belle in den Sinn. Ihre Hände lagen an seinem Hals und sie spürte jeden Atemzug, der seine Brust heben und senken ließ.

»Vielleicht … finden wir uns ja gegenseitig interessant?«, flüsterte Belle und sah ihn unentwegt an.

Ohne ein Wort zu sagen, wandte sein Mund sich wieder dem ihren zu, doch jetzt küsste er anders. Alle Vorsicht und Bedenken schien er beiseitegeschoben zu haben und Belle spürte die Härte, mit der er sie an die Wand presste. Seine Hände wanderten auf ihrem Körper, während seine Zunge ihren Mund erkundete.

Farins Nähe und Aufmerksamkeit waren ganz anders als alles, was Belle vorher erlebt hatte. Gut, einen Kuss hatte es zwischen Chace und ihr auch gegeben, aber der hatte nicht einmal annähernd diese Art der Gefühle in ihr ausgelöst. Das, was sie hier gerade mit Farin erlebte, war tiefer, prickelnder – und hatte zudem noch den Reiz des Verbotenen. Der Gedanke an Chace verursachte ihr kurzzeitig einen Stich in der Magengrube. Tat sie in diesem Augenblick nicht genau dass, was er ihr vorgeworfen hatte?

Nein! Ich liebe Chace nicht. Nichts ist zwischen uns vorgefallen und für nichts muss ich mich rechtfertigen.

Aber liebte sie Farin? Konnte sie so jemanden wie ihn, der sie stets zur Weißglut brachte, überhaupt lieben?

Sie kannte die Antwort nicht, und dennoch lag sie hier in seinen Armen und ließ die Gefühle zu. Presste sich sogar näher an ihn.

Was macht Ihr nur mit mir?, wollte sie Farin fragen, verlor sich dann jedoch in seinen Küssen. Seine groben Hände suchten sich ihren Weg unter das Hemd, berührten ihre nackte Haut und ließen sie aufstöhnen.

Ein lautes Klopfen bewegte beide dazu, innezuhalten. Belle stutzte, Farin wog sichtlich ab, was er tun sollte.

Es klopfte erneut, diesmal energischer, und Belle hoffte, dass der Verursacher nicht gleich im Zimmer stehen würde.

Wie lange wohl schon jemand vor der Tür steht, ohne dass wir es mitbekommen haben?

Ähnliches schien Farin durch den Kopf zu gehen und Belle sah in seinem Blick, dass er sich nur äußerst widerwillig von ihr löste. Ihre Blicke folgten ihm bis zur Tür.

Farin

Was bei Edid hat sie nur mit mir gemacht?

Er hatte sein eigenes Spiel verloren. Gut, sie hatten sich letztendlich auf Gleichstand geeinigt, aber wie hatte es dazu kommen können?

Zugegeben, es stimmte, dass er sie seit ihrer ersten Begegnung attraktiv fand, aber bisher hatte er sich immer unter Kontrolle halten können. Warum hatten ausgerechnet jetzt seine Triebe die Oberhand gewonnen?

Wenn es nicht geklopft hätte, wäre Gott weiß was passiert, schimpfte er sich selbst und dankte insgeheim demjenigen, der ihn vor der Tür erwarten würde. Er brauchte dringend etwas Abstand zwischen Belle und sich.

Du hättest dieses Spiel nie beginnen dürfen! Sie ist eine Prinzessin! Du nur irgendwann die rechte Hand des Königs. Bei deinem Glück wird sie die Frau von Chace und du siehst sie jeden Tag. Also schlag sie dir lieber früher als später aus dem Kopf!

»Ja?«, fragte er, als er die Tür einen Spaltbreit geöffnet hatte. Eine Zofe sah ihn mit großen Augen an.

»Mylord, ich habe hier noch einige Kleider für die Prinzessin. Die Königin bat mich, sie Euch zu bringen, wenn sie aufgebrochen sind.« Mit einem kleinen Knicks überreichte sie ihm ein Bündel. Farin nahm es an und wollte die Tür schon wieder schließen, als die Zofe noch etwas sagte. »Ich soll Euch von Omir erinnern, dass das Frühstück aufgetragen ist. Wollt Ihr noch etwas essen, oder sollen wir abräumen?«

Farin griff sich an den Kopf. Oh verdammt, er hatte ganz und gar die Zeit vergessen. Inzwischen musste es schon fast Mittag sein.

»Nein, alles in Ordnung, lasst es stehen. Wir sind gleich da.« Schnell schloss er die Tür hinter der Zofe und sah zu Belle, die immer noch an derselben Stelle stand und ihn verwirrt anstarrte.

»Jetzt schaut mich nicht an, als wäre ich ein Vampir und hätte Euch Euer Blut gestohlen. Wir müssen zu Zage, habt Ihr das vergessen? Und zuvor brauchen wir noch etwas zu essen.«

»Wie Ihr meint.« Da war es wieder: Das Mädchen, das er kennengelernt hatte. Kühl und distanziert.

Hatte er etwas Falsches gesagt? Farin suchte ihren Blick, aber Belle hatte sich abgewandt und lief in Richtung des Bades.

Farin vermutete, dass sie sich fertig machen wollte und hatte sie mit schnellen Schritten eingeholt. »Hier, von Celina.« Er übergab ihr das Bündel und hoffte auf eine kleine Gefühlsregung, aber nichts geschah. Sie ließ ihn einfach stehen.

Frauen …

Chace

Sein Vater hatte ihm den Befehl erteilt zu reiten und zwar so schnell, wie es ihm möglich war. Er sollte sich nicht umsehen, bis er Fest erreicht hatte, aber wie in der Vergangenheit konnte Chace sich auch dieses Mal nicht daran halten. Im schnellen Galopp raste Goatee über die Ebene und immer wieder drehte er sich suchend um. Weit und breit konnte er jedoch niemanden ausmachen. Chace kämpfte mit sich, sollte er stehen bleiben und zurückreiten? Unter Umständen konnte er jemanden retten …

Und wenn nicht? Wenn es genau das ist, was Chaver will?

Chace traf eine Wahl und trieb Goatee weiter die Ebene entlang, als ein riesiger Schatten über ihm auftauchte.

Pferd und Reiter wurden in seine Dunkelheit getaucht.

Kurz darauf war alles Schwarz um Chace …

Belle

Verletzt von Farins Reaktion machte sie sich rasch frisch und betrachtete die Kleider, die Celina ihr zusammengestellt hatte. Zu ihrem Leidwesen mussten alle bis auf eines geschnürt werden, und da sie dies dank Farin immer noch nicht allein konnte, beschränkte sich die wirkliche Auswahl nur auf ein mintgrünes Kleid.

Zügig streifte sie Farins Sachen ab und ließ sich das Unterkleid über den Kopf gleiten, ehe sie den Kampf mit dem Mintgrünen begann.

Zu ihrer Überraschung saß das Kleid auch ohne Schnürung perfekt. Woher kannte die Königin ihre Größe? Hatte sie diese geschätzt oder war das erneut Farins Werk?

Den Gedanken an Letzteren verdrängte sie schnell wieder und betrachtete sich im Spiegel über der Waschschüssel.

Ihre Haare, die sie inzwischen gebürstet hatte, fielen ihr in den gewohnten Wellen über die Schultern. Das Kleid wirkte im Kontrast zu ihnen atemberaubend, da spielte es keine Rolle, dass seine Machart einfach war.

Sie hat ein gutes Auges und einen sehr guten Geschmack, fand Belle und war zum ersten Mal in den letzten Tagen zufrieden mit ihrem Aussehen. Zumindest kümmerte es sie wieder, wie sie herumlief.

Ich werde ihm schon zeigen, was er verpasst! Erschrocken von ihrem eigenen Gedanken, wandte Belle sich vom Spiegel ab.

Wann hatte sie angefangen, sich wie eine alte Jungfer aufzuführen?

Chaver

Mit einem Schlag herrschte Stille und Chaver sah sich zufrieden um. Dragon, der nun die Kutschen nach brauchbarer Beute durchsuchte, hatte ganze Arbeit geleistet. Nicht nur, dass er der Frau dieses Hundes einen elendigen Tod bereitet hatte, nein, er hatte auch den restlichen Zug an Menschen restlos ausgelöscht. Es wirkte fast, als hätte Sephin die Frauen und Kinder aus Habicht mitgebracht, in der Hoffnung, sie so vor ihm zu schützen.

Das Gegenteil war eingetreten. Chaver lächelte und sah dann zu Sephin, der nunmehr mit einem einzigen Beschützer am Rand des Geschehens stand und ihm bitterböse Blicke zuwarf.

Die Augen des alten Mannes wirkten traurig und er las die Angst darin. »Nun, Sephin, wie fühlt Ihr Euch? Wie fühlt es sich an, wenn Euch nichts mehr bleibt?«

»Wie konntet Ihr nur?«, blaffte der ältere Mann und griff nach seinem Schwert. Der Mann daneben hielt seines schon kampfbereit.

»Was gedenkt Ihr zu tun? Wollt Ihr mich abstechen und damit töten? Eure Enthauptungsaktion hat damals schon nicht funktioniert. Ihr solltet wissen, dass es nicht so einfach ist – und bald wird es unmöglich sein!«

Die Mundwinkel des alten Königs zuckten verdächtig. Chaver musterte ihn.

»Was ist los? Hat es Euch die Sprache verschlagen?«

»Ihr seid ein Monster! Diese Menschen konnten nichts für das, was ich getan habe!« Sephin starrte ihn aus hasserfüllten Augen an.

»Ach ja? Sie sind Euch gefolgt, war das nicht Euer Grundsatz damals? Jeder, der mir treu war, muss sterben? Habe ich nicht nach Euren damaligen Regeln gehandelt?«

Seine Worte wirkten auf Sephin wie Schläge und mit Genugtuung stellte er fest, wie der König immer mehr in sich zusammensank.

»Das waren die Regeln des Krieges«, nuschelte der Mann.

»Ja, und? Befinden wir uns nicht in einem neuen Krieg? Ich für meinen Teil sammle meine Leute und werde Euer Königreich und das der anderen Bastarde überrennen. Dieses Land war schon immer meines und ich werde es mir wiederholen!« Er wandte sich ab und sah, dass Dragon wieder an seine Seite zurückgekehrt war.

»Ah, Dragon. Habt Ihr etwas Nützliches gefunden?«

Der Dämon schüttelte den Kopf.

»Nun gut, dann macht mit dem Jungen weiter!«

»Nein, nicht Chace!« Das Echo des Aufschreis hallte mehrfach durch die Bäume.

Mit einem Grinsen auf den Lippen drehte Chaver sich zu Sephin um.

»Warum nicht?«

»Er ist alles, was ich noch besitze …« Die Worte klangen bittend.

Angewidert zog Chaver seine Augenbrauen nach oben. »Ihr wollt, dass ich Euren Sohn am Leben lasse?«

»Bitte …«

»Ihr *bittet* mich?« Ein kaltes Lachen drang aus seiner Kehle. »Warum sollte ich Euch die Bitte diesmal gewähren? Ihr habt alles genommen und getötet, was ich hatte. Warum sollte ich Euch jetzt schonen?«

Chaver machte einen Schritt auf sein Gegenüber zu. Er wollte die Angst und Resignation in dessen Augen sehen. Wollte den Moment miterleben, in dem der Mann am Boden war, alle Hoffnung verlor und innerlich starb, doch der andere Mann schob sich dazwischen und hielt ihm das Schwert vor die Nase.

»Keinen Schritt weiter!«, donnerte dieser mit fester Stimme.

Mit einem einzigen Griff drehte Chaver das Schwert weg, als wäre es ein Spielzeug. »Ihr solltet nicht so damit herumfuchteln, sonst verletzt Ihr noch jemanden!«

Die Augen seines Gegners weiteten sich.

Vielleicht sollte ich ihn töten? Nur so aus Spaß?

Chaver entschied sich dagegen. Er wollte Sephin wenigstens einen Mann lassen, um wohlbehalten nach Fest zu kommen. Jemand musste den anderen Königen ja die freudige Botschaft überbringen …

»Genug gespielt, würde ich sagen! Dragon? Der Junge! Und Ihr entschuldigt mich bitte, ich muss mich in Trebin um wichtigere Dinge kümmern!« Kaum zu Ende gesprochen, verwandelte er sich und stieß sich mit seinen Klauen vom Boden ab. Seine Schwingen trugen ihn nach oben und mit jedem Meter fühlte er sich beschwingter. Ein letztes Mal sah er nach unten zu dem Häufchen Elend, dann entschwand er.

Zage

Alle Vorhänge waren zugezogen, um das Tageslicht aus seinem Zimmer zu verbannen, dennoch war der Raum nicht dunkel. Er wurde von einer Vielzahl an Kerzen erhellt und ein Feuer brannte im Herd, der sich mitten im Raum befand.

Zage saß in seinem Sessel und starrte vor sich hin. Körperlich befand er sich im Raum, doch geistig war er ganz woanders. Mit Schrecken sah er, was viele Meilen weiter nordöstlich geschah. Tief in seinem Inneren hatte er schon damit gerechnet. Er hatte gespürt, wie Chavers Rachsucht neu entflammte. Er hatte gewusst, dass etwas Furchtbares geschehen würde. Dennoch hatte er gehofft und war bitter enttäuscht worden.

In seinen Ohren klangen noch immer Celinas Schreie, als er in seinen Körper zurückkehrte und sich im Sessel aufsetzte. Nachdenklich verharrte er noch einen Moment und dachte wehmütig an die herzensgute Königin und ihr grausames Ende.

Ihm war von Anfang an bewusst gewesen, dass Chaver etwas vorhatte, das auch sie das Leben kosten würde, aber er hatte nichts gesagt.

So etwas stand ihm nicht zu. Zage war dazu verdammt, zuzusehen und den Menschen den Weg zu weisen. Ihre Zukunft durfte er ihnen nicht mitteilen. Er wusste meist schon Jahre im Voraus, wenn wann welches Ende erwarten würde und darüber Stillzuschweigen war die Hölle, doch am Ende konnte niemand seinem eigenen Schicksal entfliegen, und Sephin hatte seines vor so vielen Jahren beschlossen … Einen Seufzer ausstoßend erhob sich Zage von seinem Stuhl und ging schwerfällig in Richtung des Feuers. Die Mittagszeit war vorüber und noch immer war die Prinzessin nicht in seinen Gemächern aufgetaucht. Wusste sie nicht, wie viel von ihr abhing?

Langsam, aber sicher wurde er nervös. Er hob den Deckel vom Topf über dem Feuer und starrte in den kochenden Sud.

Minuten vergingen, in denen er nichts tat, außer in die kochende Flüssigkeit zu starren. Vergrämt setzte er den Deckel wieder auf den Topf. »Warum kann ich ihre Zukunft nicht sehen?«, flüsterte er zu sich selbst.

Gestern hatte er es schon erfolglos versucht, in der Nacht kam ihm die Idee mit dem Sud, der seine seherischen Fähigkeiten verstärkte, und dennoch schaffte er es nicht, auch nur einen Blick in die Zukunft der Prinzessin zu werfen. Sollte es etwas mit ihrer Herkunft zu tun haben? Aber warum hatte er dann Endlines Schicksal gesehen?

Ein Klopfen ließ ihn seine Überlegungen unterbrechen und aufschauen.

»Da seid Ihr ja endlich!«

Belle

Wie konnte ich nur so naiv sein? Er hat die ganze Zeit nur mit mir gespielt und ich bin auch noch darauf eingegangen!

Sie warf einen bösen Blick nach hinten. Farin stieg hinter ihr die Treppe empor und sie wünschte sich mit einem Mal, dass er verschwinden und sie allein lassen würde.

Kann er nicht einfach die Treppe herunterfallen?

Du weißt selbst, dass das nicht geschehen wird, außer du stößt ihn … Zugegeben, der Gedanke war verlockend, aber Belle verbannte ihn schnell wieder. Schließlich brauchte sie Farin noch …

Entmutigt seufzte sie und nahm mit einem Schritt zwei Stufen gleichzeitig, in der Hoffnung, dass ihre Stimmung sich in Zages Anwesenheit etwas hob und sie das Geschehene vergessen konnte.

Voller Enthusiasmus öffnete sie die Tür. Der alte Mann stand mitten im Raum, hob kurz seinen Blick, mit dem er sie tadelnd ansah.

Er ist sauer, dass wir so spät gekommen sind …

Und das konnte sie ihm nicht verdenken. Mit Schreck hatte sie festgestellt, dass sie mit Farin den ganzen Vormittag vertrödelt hatte.

»Entschuldigt, es war meine Schuld, Zage, es kommt nicht mehr vor«, kam Farin ihr zuvor und trat nach vorn.

Zage sah nicht aus, als würde er ihm Glauben schenken, und Belle konnte sich vorstellen warum.

Er spürt genau, dass Farin lügt, wenn er nicht sogar schon weiß, warum wir erst so spät gekommen sind …

Prüfend sah sie den alten Mann an, sorgsam darauf bedacht, ihre Gedanken zu verbergen. Sie würde es ihm nicht wieder so leicht machen und sich abhören lassen. Nein … Ein letztes Mal überprüfte sie die Barriere, die sie sich in ihrem Kopf geschaffen hatte.

Lückenlos, bemerkte sie zufrieden und sah wieder zu Zage, der sie wiederum böse ansah.

»Ihr lernt schnell«, stellte dieser fest. »Nur schade, dass Farin Euch die ganze Zeit begleitet und er es nicht abstellen kann …«

Belle zuckte, er wusste es also. Trotzig sah sie ihn an. »Ich wüsste nicht, dass Euch das etwas angeht. Ich bin hier, um zuzuhören und nicht, um ausgefragt zu werden. Also?«

»Es geht mich mehr an als Ihr denkt«, murmelte der alte Mann, sah zwischen ihr und Farin hin und her. Schicksalsergeben zuckte er mit den Schultern. »Gut, dann lasst uns beginnen. Setzt Euch!«

Belle nahm den Stuhl, den sie am Vortag bereits genutzt hatte, und sah ihn auffordernd an. Aus den Augenwinkeln sah sie, wie Farin sich einen Stuhl in der Nähe der Tür griff.

Wenigstens gibt er mir etwas Abstand.

Immer wieder fragte sie sich, warum er das Spiel angefangen hatte und warum sie sich überhaupt so von ihm hatte hinreißen lassen.

»Wie Ihr Euren Geist vor anderen verschließen könnt, brauche ich Euch anscheinend nicht zu erklären«, riss Zages Stimme sie aus den Gedanken. Abrupt wandte sie sich ihm zu und nickte.

»Wie ich schon erwähnt habe, kann ich Euch nichts *wirklich* beibringen, aber es gibt einiges, was Ihr wissen müsst, um Eure Gabe einzusetzen. Zuallererst darf so etwas wie heute Nacht nie wieder geschehen. Sephin hat es mir berichtet, aber ich habe es auch so gewusst. Ich habe die Magie gespürt und ihre Stärke. Prinzessin, wisst Ihr, was geschehen ist?«

Sie schüttelte den Kopf. Wütend und verletzt war sie gewesen und mit einem Mal hatte sie sich anders gefühlt …

»Edid fühlte weder Wut oder Rache, noch tolerierte sie diese Eigenschaften. Durch die menschlichen Einflüsse jedoch seid Ihr zu diesen Gefühlen fähig, aber es ist äußert wichtig, dass Ihr diese tief in Euch verbannt! Sie machen Euch zwar für einen Moment stark, aber Edids Magie kämpft gegen sie und schwächt Euch. Ihr wurdet bewusstlos, oder?« Forschend sah er sie an.

»Ja«, hauchte Belle.

»Hört mir zu, Isabelle, das darf nie wieder geschehen. Seid froh, dass Ihr nur bewusstlos wurdet. Je stärker die Macht, desto mehr wird sie kämpfen und ihren Tribut der Rache fordern.«

Angsterfüllt starrte sie an. »Es hätte mich umbringen können?«, flüsterte sie.

Zage nickte.

»Aber was soll ich mit einer Kraft, die mich töten kann?«

»Sie wird Euch nicht töten, wenn Ihr sie wie Edid einsetzt. Sie hat ihre Armee mit dieser Macht kontrolliert, indem sie den Vorsatz hatte, das Böse zu besiegen und den Menschen zu helfen, nicht um sich zu rächen ... Sie wollte nicht kämpfen, sondern beschützen. Beherzigt dies und nichts wird Euch geschehen.«

Unvermittelt griff Zage nach ihren Händen. »Isabelle, Ihr seid stark, stärker als Eure Mutter, Ihr werdet es schaffen!«

Gerührt sah sie ihn an. »Was muss ich tun?«

Ein Lächeln erschien auf seinem Gesicht. »Diese Einstellung wünsche ich mir! Was Ihr tun müsst, ist eigentlich ganz einfach. Ihr müsst lernen, wie Ihr die Magie zielgerichtet einsetzen könnt. Zuerst holt Ihr mir mal das Fläschchen dort oben aus dem Regal.«

Zage deutete auf eine kleine grüne Flasche mit winzigem Etikett, die ganz oben stand. Belle wollte sich erheben, aber Zage hielt sie zurück.

»Nicht doch! Holt es mit Eurer Magie!«, forderte er sie auf.

Erstaunt sah sie zu ihm.

Wie bitte? Ist das ein Scherz? »Schaut mich nicht so an, ich weiß, dass Ihr mich verstanden habt!«

Belle sah in seinen Augen, dass er es keineswegs scherzhaft meinte.

»Aber wie soll ich das anstellen?«

Fast schon erstaunt sah Zage sie an. »Ihr habt doch in der Vergangenheit auch Eure Gabe benutzt?«

»Ja, aber wie soll ich sagen, es war mehr Zufall ...« Zage stöhnte auf und Farin unterdrückte ein Lachen. Belle warf ihm einen bösen Blick zu. *Muss er sich wirklich über mich lustig machen? Gerade er? Ist nicht alles schon schlimm genug?*

»Belle? Hört Ihr mir überhaupt zu?« Vorwurfsvoll sah Zage sie an. Hatte er mit ihr gesprochen?

»Entschuldigt … ich war abgelenkt …«

»Das merke ich!«, schimpfte der alte Mann. »Jetzt konzentriert Euch! Ich sagte, Ihr müsst es wollen. Stellt Euch vor, dass Ihr das Fläschchen hier auf dem Tisch vor Euch stehen habt. Sucht nicht krampfhaft nach einem Wort, das kommt von allein. Seid Euch bewusst, was Ihr wollt, wünscht es Euch!«

Sie versuchte sich auf die Flasche zu konzentrieren, aber es gelang ihr nicht.

Ich wünsche mir die Flasche, betete sie sich innerlich vor, doch ihr Seitenblick glitt immer wieder zu Farin.

Frustriert sah sie zu Zage, der sie aufmunternd ansah.

Wenn er nur wüsste … Doch das tat er nicht, sorgsam hatte sie ihren Geist vor ihm verschlossen und von Farin würde er sicherlich nichts erfahren. Was auch? Dass er mit ihr gespielt hatte?

Einen grimmigen Blick in die Richtung des jungen Mannes werfend, probierte sie es erneut. Nichts geschah.

»Ich kann nicht«, murmelte Belle.

»Was heißt, Ihr könnt nicht?«

»Es klappt nicht …«, flüsterte Belle ganz leise und hoffte, dass Farin es nicht mitbekommen würde.

Als wenn er nicht merkt, dass die Flasche nicht zu dir kommt …

»In Ordnung, das reicht, was ist geschehen?« Der alte Mann klang erstaunlich wütend und sah zwischen ihnen hin und her.

»Farin?«, fuhr er den Mann in der Ecke an.

»Nichts«, sagte der.

»Nichts? Na wunderbar!« Belle schnaubte.

»Ist Euch das nicht recht, Prinzessin? Ich dachte, es läge in Eurem Interesse, es zu verbergen, so wie Ihr Euch echauffiert.« Seine Stimme klang wütend.

»Wie bitte?« Hatte sie sich eben verhört?

»Ihr habt mich schon verstanden!«

»Ach ja? Ihr und Eure These habt gewonnen, ich war zu dumm und habe verloren, fein. Können wir das Thema jetzt beenden?« Verletzt sah sie ihn an.

»Belle …« Farin brach ab, als sie sich abwandte.

Vorhin konnte er nicht schnell genug von mir loskommen und hat so getan, als wäre nie etwas geschehen, und nun will er reden.

Belle beschwor sich, ruhig zu bleiben und sah zu Zage, der sich rücksichtsvoll im Hintergrund hielt. »Können wir weitermachen?«

Zage schüttelte den Kopf »Ich befürchte, nein. Solange Ihr andere Dinge im Kopf habt, funktioniert die Sache nicht … Ich schlage vor, Ihr redet miteinander.«

»Haben wir eben, also können wir fortfahren.«

»Nein, haben wir nicht«, fuhr Farin dazwischen.

»Ich denke schon«, fauchte sie ihn an.

»Hört auf, Euch wie eine eingeschnappte Zicke zu verhalten!«, knurrte Farin aus seiner Ecke.

»Ach, und wenn nicht, kommt der böse Wolf und fängt das Reh? Soll ich jetzt Angst haben?« Sarkasmus war schon immer ihre Stärke gewesen und sie sah, wie Farin mit sich rang, ihr nicht etwas Entsprechendes an den Kopf zu knallen.

»Schluss jetzt! Alle beide!«, rief der alte Mann mit einer Festigkeit und Bestimmtheit in der Stimme, die sie ihm nie zugetraut hätte. Erstaunt sah sie ihn an.

»Ich schlage vor, Ihr beruhigt Euch und geht vor die Tür! Ihr habt zehn Minuten, um alles zu klären, danach will ich fortfahren. Wir haben wahrlich Wichtigeres zu tun als solche Zankereien. Ihr habt anscheinend keinerlei Ahnung, wie wichtig das hier für uns alle ist und wie viel auf dem Spiel steht! Bei Edid, Isabelle, wisst Ihr eigentlich, was es bedeutet, dass Ihr der Schlüssel zu allem seid?«

Der alte Mann hatte sich neben ihr aufgebaut. Plötzlich wirkte er nicht mehr alt und zerbrechlich, sondern stark und zu allem bereit.

»Chaver wird kommen, da könnt Ihr Euch sicher sein, und er wird Euch nicht fragen, warum Ihr Eure Magie nicht einsetzen könnt. Er wird sie Euch nehmen und Euch zu seiner Sklavin machen, während all jene, die Ihr liebt, sterben werden.«

Schockiert sah sie ihn an. Konnte das wirklich geschehen? Konnte alles noch schlimmer werden, als es bisher war?

Zages prüfender Blick glitt über sie »Ich sehe, wir haben uns verstanden, und jetzt raus. Ich warte hier. Und Farin? Keine Mätzchen!

Nutzt die Zeit, sonst krame ich in Eurem Kopf, was los war und kläre die Sache auf meine Art!«

Die Drohung zeigte Wirkung und Farin hatte auf dem Weg zur Tür den Gang eines geprügelten Hundes. Amüsiert sah sie ihm nach und folgte ihm kurz darauf.

Kapitel 39

Tesslon

Sephin

Atemlos ritten Ed und er in den Schlosshof ein. Sephin roch den herben Schweiß des klitschnassen Pferdes, ignorierte den beißenden Geruch jedoch bestmöglich.

Panisch sah er sich im Schlosshof um, konnte das Pferd seines Sohnes aber nirgendwo entdecken. Hatte Chaver es tatsächlich geschafft, ihn zu bekommen?

Die Hoffnung noch nicht aufgebend, ließ Sephin sein Pferd bei Ed mitten auf dem Hof stehen und rannte die Stufen zum Eingangsportal nach oben. Verwundert öffnete ihm ein Diener die Tür und Sephin trat ein. Im hinteren Teil des großen Saales konnte er zwei ihm wohlbekannte Männer ausmachen.

»Tewin! Lewin!«, brüllte er und rannte ihnen entgegen. »Habt Ihr Chace gesehen?«

Er keuchte, als er sie endlich erreicht hatte und stehen blieb.

Die Brüder sahen einander an, dann antwortete Tewin: »Nein, haben wir nicht. Wieso? Ich dachte, Ihr würdet alle zusammen herreiten? Wolltet Ihr nicht auch einen Großteil Eures Gefolges mitbringen? Wo ist Celina, ich soll sie von …«

Sephin unterbrach Tewin. »Tot. Celina ist tot. Ermordet von Dragon, und wie es aussieht, hat Chaver auch Chace in seiner Gewalt.« Apathisch sank er zu Boden und hielt sich mit den Händen den Kopf. *Das kann nicht sein, warum nur?*

Er kannte die Antwort und wusste, dass Chaver keine halben Sachen machte. Sephin spürte, wie die Brüder ungläubige Blicke austauschten.

»Vielleicht hat er einfach nur einen falschen Weg genommen? Sollen wir einen Suchtrupp aussenden?«

Sephin schüttelte den Kopf. »Er hat ihn und ich konnte ihm nicht helfen.«

Das Portal wurde erneut geöffnet. Das laute Knarzen in dem sonst stillen Raum lenkte sie ab und die drei Könige sahen zur Tür. Ed trat in ebendiesem Moment hindurch und musterte die Szene.

»Sephin? Edwin ist eben eingetroffen. Ich schlage vor, wir lassen das Treffen sofort beginnen und verschenken keine wertvolle Zeit mehr.«

Sephin nickte. Ihre Zeit war begrenzt.

Endline

Chaver

Einen Moment hatte er gezögert und überlegt, ob es nicht besser wäre, anders zu verfahren, aber dann hatte ihn die Sucht nach Vergeltung überwältigt.

Der Königssohn war tot und niemand würde jemals seine Leiche finden. Vielleicht konnte er die Gerüchte streuen, dass der Prinz noch lebte? Er ihn gefangen hielt und folterte? Wahrlich, das hätte er tun können, aber warum sollte er sich die Ratten ins Haus holen? Am Ende wäre es dem Jungen gelungen, auszubrechen und ihn zu überraschen. Außerdem musste er des Fluches wegen jegliches Risiko beseitigen.

Nein, der Tod des Prinzen war am Ende für alle die sicherste Variante gewesen.

Sephin war jetzt allein, ohne Frau, ohne Erben und bald schon ohne Reich … Chaver grinste, er hatte gewonnen.

Doch so gut ihm die Reise auch getan hatte, umso stärker merkte er, dass er nicht im Besitz seiner vollen Kräfte war. Die Verwandlung hatte ihren Tribut gefordert und er fühlte sich matt und ausgelaugt. Wie sehr sehnte er sich doch nach den Kräften des Mädchens, doch ihm war auch bewusst, dass sie ihn in seinem jetzigen Zustand schaden konnte.

Wohl oder übel musste er sich in Geduld üben und warten.

Warten darauf, dass die dunkle Armee vor den Toren Habichts stand, dass Dragon mit ihnen einfiel und das Mädchen zu ihm brachte.

Tesslon

Farin

»Was ist eigentlich Euer Problem? Könnt Ihr mich nicht einfach in Ruhe lassen?«, knurrte Belle ihn an und langsam, aber sicher platzte Farin der Kragen.

»Die Frage ist wohl eher, was Euer Problem ist!«, feuerte er zurück.

»Ich? Ich habe kein Problem, ich habe nur Euer Spielchen satt!«, fauchte sie.

»Ihr habt mein Spielchen satt? Vorhin habt Ihr aber gut mitgespielt!«

»Ihr habt doch gewonnen, was wollt Ihr noch?«, wurde Belle nun kleinlaut. Irritiert sah er zu ihr. Was hatte das zu bedeuten?

»Gewonnen?«

Farin sah sie an. Die Situation hatte sich verändert und langsam registrierte sein Gehirn, was los war. Er schien Belle verletzt zu haben, aber wie?

Belle stand auf dem oberen Treppenabsatz direkt vor Zages Tür und er ein paar Stufen weiter unten. Aufmerksam sah er sie an. Ihre Augen wirkten müde und er sah, dass sie zitterte. Konnte er es wagen, zu ihr zu gehen oder musste er befürchten, dass sie ihn die Treppe hinabschubsen würde?

Eine berechtigte Frage …

Farin wagte einen Versuch und war mit zwei Schritten bei ihr.

»Belle …«, schlug er einen versöhnlichen Ton an und griff nach ihrer Hand. Doch die Prinzessin entzog sie ihm, drehte sich um und hüllte sich in Schweigen.

»Ihr wisst schon, dass Zage erwartet, dass wir das hier klären? Und zum Klären müssten wir reden … Oder wollt Ihr, dass er in meinem Gedächtnis kramt und neben dem, was er sich zusammenreimen kann, auch noch die Details erfährt?« Aufmerksam musterte er ihre Körperhaltung. Sie schien zwischen Wut und Verletzbarkeit zu wanken.

»Na gut«, antwortete sie zerknirscht und drehte sich ihm zu. »Ihr wollt reden, gut, dann redet!«

»Wie wäre es, wenn Ihr mir sagt, was ich getan habe?« Sein fragender Blick taxierte das Mädchen.

»Es geht nicht darum, was Ihr getan habt, es geht darum, was Ihr nicht getan habt. Ihr habt Euer Spiel gespielt, gewonnen und ich war so dumm und habe mir eingebildet, dass dort mehr wäre. Aber sei es drum!« Sie wollte sich wieder abwenden, da hielt er sie auf und legte ihr eine Hand an die Wange. »Ich habe nie gesagt, dass nicht mehr da ist.«

»Es mir aber gezeigt, indem Ihr Euch schnellstmöglich abgewandt habt«, hauchte sie traurig.

Farin realisierte allmählich, was geschehen war.

Sie fühlte sich verletzt und er war damit kein Stück besser als Chace.

»Belle«, hauchte er und bevor sie etwas sagen konnte, hatte er sie schon in den Arm genommen. Er spürte, wie sie versuchte sich zu befreien, aber er hielt sie fest und zum ersten Mal ließ sie sofort ihre Gegenwehr fallen und sank in seinen Armen zusammen.

»Ich wollte Euch nicht verletzen. Es ist nur so, dass ich nun mal dafür verantwortlich bin, dass Euch nichts geschieht. Ich bin kein Prinz und darf mein Amt nicht missbrauchen …«, stellte er klar.

»Und die Wahrheit ist, dass ich mein eigenes Spiel verloren und die erstbeste Gelegenheit ergriffen habe, Abstand zwischen uns zu bringen, weil ich für nichts mehr garantieren konnte. Es tut mir leid.«

Belle in seinen Armen schniefte. »Und jetzt?«

Die Tür hinter ihm wurde aufgerissen und Zages Kopf kam zum Vorschein. Prüfend musterte er die Situation und nickte dann. »Na endlich«, murmelte er und bedeutete ihnen, wieder hineinzugehen. »Wir haben schon genug Zeit vertrödelt!«, schimpfte der Mann. Widerwillig löste Farin seinen Griff und schob Belle vor sich in das Zimmer zurück.

Die K□nige

»Also ist Chaver wirklich wieder da und hat sich in dem Körper meines Sohnes eingenistet? Wo ist dann mein Sohn?« Edwin schaute frustriert in die Runde. Keiner schien eine Antwort darauf zu haben.

»Ich dachte nicht, dass an diesem Fluch etwas Wahres dran ist«, flüsterte Lewin und schüttelte den Kopf.

»Wer hätte es auch ahnen können? Wir waren jung und naiv. Wir haben das geglaubt, was wir glauben wollten, und nun bekommen wir die Quittung.« Tewin hatte das Wort ergriffen und nickte in Richtung Sephin, der wie ein Häufchen Elend am Tisch saß und kaum ein Wort herausbrachte.

Inzwischen wussten sie von Ed, was vorgefallen war. Es war furchtbar, und noch furchtbarer war die Tatsache, dass Chaver sich wieder verwandeln konnte.

»Er wird wieder stärker! Ich weiß nicht, welches Hexenwerk uns diesen Umstand beschert hat, aber wenn wir nicht bald handeln, wird es zu spät sein!« Erneut schaute Tewin in die Runde.

Es war nur noch eine Frage der Zeit, bis der Tyrann seine Armee um sich gesammelt hatte, wenn er nicht schon dabei war.

»Edwin? Ihr habt die besten Späher. Könnt Ihr sie aussenden, um herauszufinden, ob Truppenbewegungen auf Habicht stattfinden? Wir müssen wissen, ob er noch in Endline beschäftigt ist, oder ob er sein Ziel bereits geändert hat.«

Der König von Fallenday, der aussah, als wäre er in der kurzen Zeit um zwanzig Jahre gealtert, nickte nur.

»Gut! Sephin, ich weiß, es ist hart für Euch, aber Ihr müsst Euch zusammenreißen! Ihr spracht in Eurem Brief von dem Mädchen. Von Elias' Tochter, was ist mit ihr? Warum will Chaver sie? Ihr habt doch nicht umsonst Angst vor einem Angriff auf Habicht?« Auffordernd sah er in die Richtung von Sephin.

Doch stattdessen meldete sich Ed zu Wort, den sie ausnahmsweise an ihrer Sitzung teilnehmen ließen.

»Wir haben Prinzessin Isabelle in Habicht und denken, dass Chaver sie braucht, um seine volle Kraft und sogar noch mehr darüber hinaus zu erreichen. Sie ist der Schlüssel zu allem. Zu seinem Leben und seinem Tod.«

Tewins Augen weiteten sich. »Aber wie soll das gehen?«

Ed sah in die Runde, sollte es wirklich sein, dass niemand außer Sephin davon wusste?

»Isabelle ist eine Urahnin von Edid, genauso wie Chaver seine Magie von Selfin schöpft. Wenn er das Mädchen in seine Finger bekommt, besitzt er eine Macht, die imstande ist, alles und jeden zu beherrschen. Er kann den ganzen Kontinent nach seinem Gutdünken formen und niemand kann ihn mehr aufhalten. Wir müssen dafür sorgen, dass es nicht so weit kommt!«

Ungläubig sah Tewin ihn an, als er das Wort ergriff: »Seid Ihr sicher? Sie ist doch fast noch ein Kind. Wäre sie so stark und hätte Magie wie Chaver, würden wir es wissen. Wie sollte sie es auch geheim halten? Und außerdem könnte sie sich doch selbst schützen, wenn sie so stark ist wie Edid ... Eure Behauptungen klingen nicht sonderlich glaubwürdig.«

»Wusstet Ihr, dass Endline die Gabe hatte?« Ed sah Tewin fest an.

»Nein«, flüsterte der.

»Seht Ihr? Kaum einer wusste davon. Kommen wir zurück zu Isabelle. Sie muss erst lernen, ihre Kräfte zu beherrschen. In diesem Augenblick verrät Zage ihr, was er weiß und hilft ihr, aber wir brauchen Zeit ... Zeit, die Chaver uns wohl kaum freiwillig gibt ...«

Ed sah Tewin fest an, er wusste, dass er ihn würde überzeugen müssen, damit er den Rat der Könige auf seiner Seite hatte.

»Kann sie wirklich so stark sein?« Ungläubigkeit lag in Tewins Augen. »Ja.« Es war Sephin, der antwortete. »Ich habe selbst die Macht erlebt, als sie unbeabsichtigt ausbrach, nur weil sie wütend war. Ich kann Euch sagen, dass ich so etwas noch nie erlebt habe. Solche eine Angst hatte ich nicht einmal, wenn Chaver seine Magie eingesetzt hat.«

Ed nickte. »Zage sagt auch, dass sie die Stärkste ihrer Ahnen nach Edid ist. Sie ist die Einzige, die all das hier endgültig beenden kann. Versteht Ihr? Omir und seine Männer sichern aktuell die Burg. Chaver wird seine Truppen schicken, und dann müssen wir handeln können!«

»Aber wenn es wirklich Chaver ist, was hält ihn davon ab, sie sich selbst zu holen? Er war doch auch hier, um sich Sephins Frau und seinen Stammhalter zu schnappen. Warum soll er auf einmal seine Armee schicken?«, warf Lewin in die Runde.

»Weil er zu schwach ist. Er fürchtet sich vor Isabelles Kraft und Dragon allein kommt gegen die Schutzmauer ihrer Magie nicht an.« Erstaunt wandten sich alle Augen im Raum auf Sephin, dessen Stimme gefasst klang.

»Also sollen wir unser Schicksal in ihre Hände legen? In die Hände eines Kindes?« Tewin legte die Stirn in Falten und sah Sephin an.

»Ja, ich denke schon. Wir haben wohl oder übel keine andere Wahl.«

»Nun gut, ich will Euch glauben. Dann bin ich dafür, dass wir unsere Armeen zusammenrufen, und sobald Edwin eine Rückmeldung hat, dass Chaver seine dunkle Armee in Richtung Habicht schickt, setzen wir die unsere in Bewegung. Was meint Ihr?«

Zustimmendes Gemurmel erklang. Was hatten sie sonst auch für eine Wahl?

Tewin sah aus dem Fenster. Wenn all dies stimmte, mussten sie unter allen Umständen verhindern, dass das Mädchen Chaver in die Hände fiel.

Sie wollten sich schon trennen, um alles in die Wege zu leiten, da fiel ihm noch etwas ein:

»Sagt, Sephin, wenn Ihr wisst, dass er Angst vor ihrer Macht hat, wie will er sie sich dann einverleiben?«

Überrascht drehte der König von Tesslon sich um. »Es gibt einen Weg, wie er sie brechen und ihre Macht erhalten kann – und diesen Weg kennt er. Ich denke, er wird in Trebin alles vorbereiten, um keine Zeit verstreichen zu lassen, wenn Dragon mit seiner Beute kommt.«

»Einen Weg?«

»Ja, nur einen einzigen, um ihre Magie auf sich zu übertragen.«

»Warum habt Ihr das nicht gleich gesagt?« Tewin sah ihn irritiert an. Wie konnte Sephin so ein wichtiges Detail nur auslassen?

»Raus mit der Sprache!«

Kapitel 40

Ewigkeit

Gregor

Keiner ihrer Pläne hatte etwas bewirkt. Die Dunkelheit lag immer noch unerbittlich über ihnen und inzwischen waren sie des Redens leid. Eine grausame Stille hatte sich ausgebreitet.

Wie lange sind wir schon hier?

Gregor hatte sein Zeitgefühl verloren, aber das war nicht das Einzige, was er nicht mehr besaß. Weder Hunger noch Durst überkamen ihn. Eigentlich überkam ihn keines seiner normalen Bedürfnisse. Nicht einmal die Aussicht auf Camelia, die sich ganz in seiner Nähe befand, interessierte ihn.

Was war das nur für ein Leben, das Chaver ihnen beschert hatte? Lieber würde er sterben, als diesen Umstand auf ewig zu ertragen, aber genau so würde es geschehen. Er würde jeden Tag mit Warten verbringen, Hunderte Menschenleben lang und länger.

Tesslon

Omir

Es war später Nachmittag und der Himmel über der Burg zog sich mehr und mehr zu, als ein Bote ihn erreichte. Der Mann war außer Atem und stank nach Pferde- und Menschenschweiß. Omir musste sich arg beherrschen, um nicht das Gesicht zu verziehen, als der Mann vor ihm stehen blieb.

»Herr! Ich habe hier eine dringende Nachricht von König Sephin für Euch!« Vollkommen außer Atem keuchte er die Worte, die Omir das Blut in den Adern gefrieren ließen.

Ohne ein Wort des Dankes griff er sich den Brief und winkte dem Mann, dass er sich entfernen sollte.

Schnell überflog er die hastig dahingekritzelten Zeilen.

»Das darf nicht sein!« Erschüttert fasste er sich an den Kopf. *Ich hätte meine Aufgabe nicht vernachlässigen dürfen!*

Doch Sephins Anweisung war eindeutig gewesen. Er hatte in der Burg bleiben sollen, um alles für den erwarteten Angriff vorzubereiten.

Hastig überblickte Omir den Vorplatz jener Burg. Die Tore waren gesichert, Männer auf den Türmen postiert, die anderen, die ihnen zur Verfügung gestanden hatten, waren jederzeit bereit. Kinder und Frauen hatten die Burg verlassen, und nur die, die sich geweigert hatten, waren noch anwesend.

Die Vorratskammern waren gefüllt. Im Falle einer Belagerung würde man mehrere Wochen standhalten können. Sorgsam hatte er seinen Auftrag erfüllt, aber würde es reichen?

Sephin sprach in seinem Brief davon, dass Chaver sich wieder verwandeln konnte und auch dass Dragon dabei gewesen war.

Omir schauderte und die Vorstellung gefiel ihm ganz und gar nicht. Sein Blick glitt nach oben zum Ostturm, dem Gebäude, in dem Zages Gemächer lagen. Er betete zu den Göttern, dass Zage recht behielt und das Mädchen der Schlüssel zu allem war.

Belle

»Und?« Der alte Mann sah sie prüfend an. »Habt Ihr alles geklärt?«

»Das wisst Ihr doch genau«, murmelte Farin.

Zage wandte sich ihm zu. »Wieso?« Fragend hob er seine Augenbrauen.

»Denkt Ihr, ich spüre nicht, wenn Ihr mich belauscht?«

»Ach, das meint Ihr. Ich dachte, ich frage lieber, alles andere wirkt unhöflich.«

»Warum habt Ihr das getan?« Die Worte kamen über ihre Lippen, ohne dass sie es wollte.

»Ich wollte nur wissen, ob Ihr alles bereinigt habt. Das war alles.« Die Antwort klang ausweichend und Belle glaubte ihm kein Wort, doch bevor sie nachfragen konnte, klatschte der Mann in die Hände und bedeutete ihnen, sich zu setzen. »Wir sollten die Fragestunde nun beenden. Ich denke, es gibt Wichtigeres als belanglose Antworten. Würdet Ihr mir die Ehre erweisen und es erneut probieren?« Er deutete wieder auf die grüne Flasche. »Stellt Euch vor, dass Ihr sie haben wollt.«

Belle sah hoch zu der Flasche und tat wie geheißen. Diesmal war ihr Geist frei und sie konnte sich problemlos konzentrieren. Fasziniert sah Belle, wie die Flasche sich erhob, um sich dann lautlos auf sie zuzubewegen. Direkt vor ihr blieb sie schwebend stehen. Belle schnappte nach Luft. Sie hatte gar nicht bemerkt, dass sie den Atem angehalten hatte.

»Wunderbar«, flüsterte Zage.

»Aber wie habe ich das geschafft? Es kam nicht einmal ein Wort.« Belle verstand es nicht. Immer hatte sie eines der Worte flüstern müssen, und wenn sie nicht in der Lage dazu gewesen war, war nichts geschehen. Warum also dieses Mal?

Prüfend sah Zage sie an und eine plötzliche Erkenntnis spiegelte sich in seinem Blick.

»Ihr seid wirklich stärker, als Endline es jemals gewesen zu sein vermochte«, flüsterte er und in seiner Stimme schwang ein Hauch Ehrfurcht mit.

»Und das heißt?«

»Einst habe ich davon gehört, aber es noch nie gesehen oder erlebt. Selbst Chaver ist nur durch Tränke dazu fähig, seine Macht so weit auszubauen, dass er die Worte nicht braucht. Ihr aber seid stärker als er. Um einiges stärker, um genau zu sein. Während er nur einen Teil von Selfins Macht bezieht, scheint fast alle Magie von Edid in Euch zu wohnen. Ihr könnt die Dinge allein durch Eure Gedanken beeinflussen.«

Verwirrt sah Belle ihn an. »Das kann nicht sein, dass würde ich wissen!«

Aber Zage schüttelte den Kopf. »Nein, würdet Ihr nicht. Edid prahlte nie mit ihrer Macht. Wenn Ihr sie vorher nie so bewusst eingesetzt habt, dürftet Ihr es nicht wissen.«

Jetzt war es an Belle, die den Kopf schüttelte. Das ergab alles gar keinen Sinn. Wenn sie zu so etwas fähig war, wie hatten ihr dann all die schlimmen Dinge geschehen können? Warum …?

»Doch, Belle, es ist so! Der Zauber, den ich aus Eurem Kopf empfange, ist doch ein sehr gutes Beispiel dafür.«

Belles Gedanken hielten inne und sie sah zu dem alten Mann. Seine Worte klangen fast plausibel, aber was war mit …?

»Zage, warum können mich manche Menschen berühren und andere nicht?«

Warum konnte mich Gregor nicht berühren? Farin hatte es gekonnt, auch wenn ich Angst vor ihm gehabt habe.

»Der Abwehrzauber liegt von Geburt an auf Euch und stammt von Eurer Mutter. Sie und ich haben ihn einst entwickelt, um Euch vor dem Bösen zu schützen. Sie spürte, dass ihre Zeit mit Eurer Geburt beendet sein würde, und da niemand sagen konnte, was mit Euch geschehen würde, hatte sie sich dazu entschlossen, Euch zu schützen.«

Zage pausierte und suchte ihren Blick. »Der Zauber fügt jedem Schmerzen zu, der Euch wehtun will. Auch das weiß Chaver und wird entsprechende Vorkehrungen treffen. Wie Ihr zweifelsohne bemerkt habt, reicht es schon, wenn man Eure Haut nicht direkt berührt. Außerdem gibt es auch sehr alte und wirksame Gegenzauber … Er wird einen Weg finden.«

»Also ist das alles?«, begann sie schließlich. »Ich muss nur an etwas denken und schon geschieht es? Dann kann ich doch einfach denken, dass Chaver tot ist?«

Ein Lachen entrann der Kehle des alten Mannes. »Wenn das nur so einfach wäre! Nein, Isabelle, Ihr könnt Euch beispielsweise Dinge von überall her zaubern, die Elemente gehorchen Euch, genauso wie die Tiere, wenn Ihr das wünscht, aber Ihr könnt nicht die Geschicke der Menschen steuern und am allerwenigsten könnt Ihr Chaver steuern. Edid nutzte ihre Magie für das Gute, in diesem Rahmen müsst Ihr Euch bewegen. Ihr seid nicht die Waffe, sondern der Schild.«

»Aber wie soll ich dann gegen ihn kämpfen? Was erwartet man von mir?«

»Das werdet Ihr wohl allein herausfinden müssen.«

»Wie bitte?« Fassungslos starrte Belle ihn an.

»Diese Frage kann ich Euch leider nicht beantworten. Die Antwort liegt in Eurer Zukunft verborgen und niemand kennt seine Zukunft. Aber Belle? Seid auf der Hut. Für die Menschen von Symantriet seid Ihr nur ein Spielball. Chaver will Euch, aber die anderen auch … Passt auf, wem Ihr Euer Vertrauen schenkt. Wenn ich es recht überdenke, wäre neben Eurer Magie auch ein anderweitiges Training nicht schlecht, damit ihr Euch auch allein aus glimpflichen Lagen befreien könnt.« Er nickte Farin zu.

»Ich verlasse mich da ganz auf Euch, Farin. Zeigt Ihr ein paar Tricks. Mehr kann ich nicht für Euch tun.«

»Das war alles?« Enttäuscht starrte sie Zage an.

»Für den Moment, ja.«

Das kann doch nicht sein Ernst sein? »Und wenn Chaver kommt? Wenn er das Schloss übernimmt? Was dann? Soll ich mir eine Vase herbeiwünschen und sie ihm vor den Kopf hauen?« Da war wieder dieser etwas unangebrachte Sarkasmus, aber Belle konnte nicht anders. Was Zage ihr mitgeteilt hatte, reichte einfach nicht. Farin konnte ein Lachen nicht unterdrücken und erntete damit einen bösen Blick von Zage.

»Meine Liebe, ab jetzt liegt es an Euch. Nur Ihr könnt das Schicksal und damit die Zukunft besiegeln. Mir steht es nicht zu, darüber zu sprechen, was geschehen wird und was nicht. Ihr solltet nun gehen.«

Unmissverständlich deutete er zur Tür und sah nicht so aus, als würde er noch ein weiteres Wort verlieren.

Enttäuscht stand Belle auf und ging zur Tür. Farin folgte ihr unauffällig.

Erst als sich die große Eichenholztür hinter ihnen schloss, brach Farin die Stille.

»Und nun? Soll ich Euch etwas beibringen, wie Zage gesagt hat? Wobei … eigentlich kommt Ihr auch gut allein zurecht.« Farins Stimme klang aufmunternd und entlockte Belle ein Lächeln.

»Ich glaube, gegen eine kleine Übungsstunde habe ich nichts einzuwenden.« Die würde sie wenigstens ablenken.

»Dann los!«

Ohne weitere Worte zu verlieren, begaben sie sich auf den Weg nach unten.

Endline

Chaver

Zufrieden wandelte er im Zimmer umher. Er hatte alles für das Ritual vorbereitet. Dragon hatte sich inzwischen zu der Armee gesellt und aller Voraussicht nach würden sie in einem Tag in Habicht einmarschieren. Chavers Vorfreude stieg. Bald würde er die fast schon berühmte Prinzessin mit eigenen Augen betrachten können. Angeblich war die Urahnin der lieben Edid eine wahre Schönheit – und warum sollte er sie sich entgehen lassen? Zuerst hatte er überlegt, sie danach zu töten, aber warum sollte er? Auf ewig wäre sie an ihn gebunden und machtlos dazu verdammt, alles zu erdulden. Warum sollte er nicht ein Spielzeug haben? Umbringen konnte er sie später immer noch …

Tesslon

Omir

Der große Saal war bevölkert mit Soldaten. Als er eintrat, sah Omir sich aufmerksam um. Auf den ersten Blick konnte er Farin nicht entdecken und wollte sich schon umdrehen, um den Aufstieg zu Zages Gemächern anzutreten, als er seinen Sohn gemeinsam mit der Prinzessin die westliche Treppe nach unten und dann in Richtung einer der Türen auf der gegenüberliegenden Seite verschwinden sah.

Stirnrunzelnd folgte Omir ihnen. Wo konnten sie nur hinwollen?

Endline

Chaver

Mit einem Hochgefühl schritt er durch den Garten, der von strahlendem Sonnenschein erhellt wurde. Die Vögel sangen und langsam, aber sicher kehrte die Vegetation aus ihrem Winterschlaf zurück und der Frühling hielt Einzug.

Zufrieden sah Chaver vom Rand der Klippe, auf der die steinerne Bank stand, hinab auf sein Land. All dies war seines, sein Volk, sein Reich.

Bald ist es vollbracht und ich bin endlich der, der ich sein will: der Herrscher von Symantriet, dachte er und wandte sich ab. Langsam ging er auf die Rosen zu, die auf der anderen Seite des Schlossgartens zu blühen begannen. Nur eine einzige von ihnen würde niemals erblühen und ihre Schönheit entfalten. Die Rose Isabelles. Edids Geschenk an ihn.

Es war nur noch eine Frage der Zeit, bis der Zauber, der diese Rosen und ihre Schwestern in den Sumachen am Leben erhielt und schützte, wirkungslos war. *Er* konnte den Fluch brechen und das Schicksal besiegen.

Chaver hatte den Busch erreicht und eine plötzliche Wut, aber auch Panik erfasste ihn, als seine Augen das Unmögliche sahen. *Die* Knospe war größer und ihre Farbe satter.

Das kann nicht sein, das darf nicht sein. Nach all den Jahren …

»Aber ich habe ihn doch aus den Weg geräumt?«, flüsterte Chaver.

Tesslon

Farin

Was soll ich ihr beibringen?, war die Frage, die er sich in seinem Kopf immer wieder stellte.

Sie hat dich im Wald ohne Probleme zu Boden bekommen. Sich selbst verteidigen kann sie eigentlich recht gut, aber Augenblick mal …

Sie standen mitten im Trainingsraum der Leibwache und Farin überlegte fieberhaft, womit sie beginnen konnten, zumindest bis ihm diese zündende Idee kam.

»Farin?« Belle sah ihn fragend an.

»Gut, jetzt weiß ich, mit was wir beginnen. Legt Ihr Euch bitte hin?« Er deutete auf die Matten im hinteren Teil des Raumes.

»Sehr galant!«, schimpfte die Prinzessin und warf ihm einen vorwurfsvollen Blick zu.

»Nein, entschuldigt, so hatte ich das nicht gemeint!« Farin griff sich an den Kopf. Warum zum Teufel hatte er sich so blöd ausdrücken müssen?

»Also nein, ja, ähm … Noch mal von vorn. Ihr könnt Euch im Normalfall ja recht gut selbst verteidigen. Daher dachte ich, dass wir an etwas üben, von dem ich weiß, dass Ihr Euch nicht befreien konntet. Darum solltet Ihr Euch hinlegen. Nichts weiter. Wie klingt das?«

»Hm, gut«, murmelte sie und tat wie geheißen.

Farin, der nicht mehr ganz sicher war, ob er das Richtige ausgewählt hatte, folgte ihr und setzte sich rittlings auf ihre Hüfte, während seine Hände die ihren über Belles Kopf festhielten.

»Hey, was soll das?«

»Zu grob?«

»Ja!«

»Gut, dass Euch das niemand sonst fragen wird …«, antwortete Farin und konnte sich ein Lächeln nicht verkneifen, während er seine Position kein Stück veränderte. »Wenn Ihr wollt, dass ich los- oder lockerlasse, müsst Ihr Euch schon selbst befreien. Also los!«

»Wie bitte?« Schockiert blickte sie ihn an.

»Ihr habt mich schon verstanden!«

Einen Moment verharrte Belle noch in ihrer Lage und dann begann sie, sich zu wehren. Farin analysierte jede ihrer Bewegungen, und auch wenn manche von ihnen gar nicht so schlecht waren, schaffte sie es nicht, ihn auch nur eine Sekunde zum Wanken zu bringen. Erschöpft gab sie schließlich auf.

»War das schon alles? Ihr macht es mir so leicht?« Amüsiert sah er auf Belle hinunter und der Drang, sie zu küssen, war plötzlich da. Energisch verbarg er das Gefühl jedoch wieder. *Vergiss es!*, schimpfte er sich selbst.

»Ja, könntet Ihr jetzt bitte von mir runtergehen?«

»Nein! Wenn Euch jemand so gefangen nimmt, wird er Euch nicht einfach so freigeben. Im Gegenteil: Er wird andere Dinge von Euch wollen.«

In ihren Augen glitzerte Angst. »Keine Angst, ich nicht. Ich helfe Euch«, fügte er daher zwinkernd hinzu. »Jetzt stellt Eure Beine auf!«

Erstaunlicherweise tat die Prinzessin wie geheißen.

»Sehr gut, und jetzt versucht, statt Euch hin und her zu winden, Euren Oberkörper nach oben zu drücken, aber nicht konstant, sondern in unregelmäßigen Abständen. Wenn alles passt, verliere ich den Halt, rutsche ein Stück nach vorn und versuche mich mit den Händen abzustützen. In diesem Augenblick könnt Ihr Euch befreien. Alles klar?«

»Was ist denn hier los?«

Überrascht sah Farin auf und in das irritierte Gesicht seines Vaters.

»Was verdammt noch mal treibst du hier?«, fuhr der ihn an.

»Das, was Zage mir aufgetragen hat«, murmelte Farin, der sich bewusst war, dass die Szene, die sich seinem Vater eröffnete, Raum für einige Fragen ließ.

»Und was genau hat Zage dir aufgetragen?«, fragte sein Vater und musterte ihn. Farin saß noch immer auf Belle, die so aussah, als würde sie im nächsten Moment im Erdboden versinken wollen und keinen Ton rausbrachte.

Sollte er aufstehen?

»Ich zeige Belle, wie sie sich wehren kann.«

»Ach ja? Ich muss zugeben, dass ich so mit noch niemandem Selbstverteidigung geübt habe«, stellte Omir tonlos fest.

Farin wollte ansetzen, etwas zu sagen, als Belle sich unter ihm rührte und er den Halt verlor. Zwei Sekunden reichten, damit sich die Situation änderte und sie diejenige war, die ihn fest im Griff hielt.

»Geschafft!«, murmelte sie.

»Ihr lernt schnell!«, stellte er fest und sein Vater gab sich geschlagen.

»Gut, du hast komische Methoden, aber anscheinend bringen sie etwas. Nur könntet Ihr jetzt bitte aufstehen. Es gibt etwas, das ich Euch mitteilen muss … «

Belle

Tot, Chace ist tot.

Als die Bedeutung von Omirs Worten zu ihr durchdrang, musste sie sich setzen.

»Was ist mit den anderen? Mit Celina?« Farins Stimme stockte, als Omir den Kopf schüttelte. »Niemand wurde verschont. Niemand bis auf Sephin und Ed.«

»Nein«, murmelte sie den Tränen nahe. *Die vielen Frauen und Kinder. Die gutherzige Königin …*

»Dieser Angriff hatte nichts mit Euch zu tun!«, wiederholte Omir zum gefühlten hundertsten Male. Sollte sie ihm wirklich Glauben schenken?

»Wie kann er das nicht?«, flüsterte Belle.

»Die Gründe Chavers lagen tiefer«, antwortete die rechte Hand des Königs ausweichend. »Ich dachte nur, Ihr solltet die Geschehnisse von mir erfahren. Gerade weil Ihr und der Prinz …«

Er sprach nicht weiter und Belles erstarrte. Was dachte Omir, was zwischen dem Prinzen und ihr vorgefallen war?

»Zwischen Chace und mir war nie etwas«, stellte sie mit fester Stimme klar, und zu ihrer Überraschung bemerkte sie, dass sich die Worte richtig anfühlten. In gewisser Weise war sie traurig über seinen Tod, aber die Tränen galten nicht ihm.

Ihr Herz gehörte nicht Chace. Es gehörte ihm nie.

Dankeschön

Wow, der zweite Teil meiner Geschichte rund um Belle hat sein vorläufiges Ende gefunden und ich müsste lügen, wenn ich sagen würde, dass ich ihn allein vollbracht habe.

Es gibt so viele Menschen, denen ich daher an dieser Stelle danken möchte. So viele fleißige und unterstützende Elfen bei meinem Symantriet-Projekt, dass ich wahrscheinlich Seiten füllen könnte, aber ich beschränke mich mal auf die wichtigsten …

Danke, Astrid, du bist so ein wundervoller Mensch und ich bin froh, dass Belle bei dir und dem Drachenmond so ein tolles Zuhause gefunden hat.

Michaela, dir danke ich für das tolle Korrektorat nebst hilfreichen Tipps und das Lächeln, das du mir ins Gesicht gezaubert hast.

Danke an meine Familie, meinen Freund und meine Freunde, die mich immer wieder auf neue Ideen gebracht, mich unterstützt und motiviert haben. Danke schön, dass ihr mich versteht oder es wenigstens versucht, denn ich kann gelinde gesagt echt schwierig sein ….

Ein riesiges Dankeschön gebührt auch bei Teil zwei meinen fleißigen Testleser-, Fehlersucher- und Bloggerbienchen. Allen voran Romy, die nicht nur gefühlt jeden Satz mit mir durchgegangen ist. Ich danke Dir für Deine Unterstützung und bin froh, Dich inzwischen Freundin nennen zu können. Herzliche Umarmungen und mein Dank gehen ebenso an Kristin Braun, Laura Brandes, Martina Gierstl, Svenja Glaser, Anna Hein, Tania Kaimel, Christine Mladejowski und Claudia Willner. Mädels, Ihr seid toll. Von Euch gab es Kritik, Anregungen, Lob und auch manchmal diese schockierenden »Warum hast du das getan?« – Fragen, dass ich herzlich lachen konnte und mich schon auf den nächsten Teil mit Euch freue.

Marie, darf ich sagen, dass ich das Cover liebe? Es ist mein absolutes Traumcover und genau so umgesetzt worden, wie ich es mir vorgestellt habe. An dieser Stelle ein Danke an Dich. Mit Dir ist das Arbeiten immer so wundervoll unkompliziert und ich hoffe, dass Du mir auch für den dritten Teil erhalten bleibst.

Ganz am Schluss möchte ich Dir, lieber Leser, noch ein großes Dankeschön aussprechen. Danke dafür, dass du dieses Buch gekauft hast und Belle und ihre Geschichte weiterverfolgen möchtest. Denn am Ende besteht dieses Buch nur aus Buchstaben und Zeilen. Erst wenn es gelesen wird, entsteht die Welt, die ich mir vorgestellt habe, auch in Euren Köpfen und erst dann ist mein Ziel erreicht.

Alles Liebe
Eure Harriot

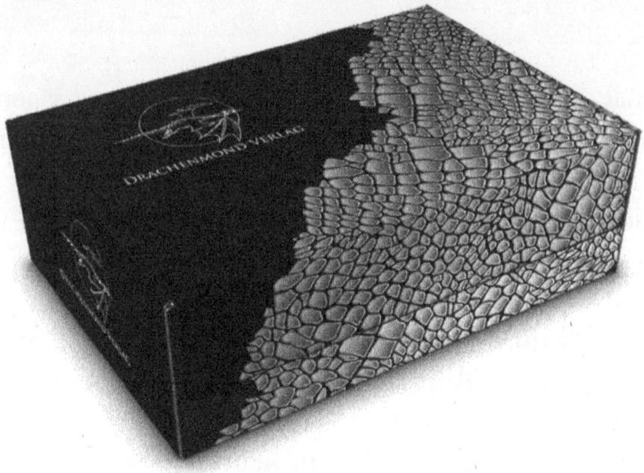
DRACHENMOND VERLAG